KB083013

# 식민주의와 타자성의 위치

**지은이**

**서영인**(徐榮裀, Seo Young-in)

1971년 울산에서 태어났다. 경북대학교 국어국문학과를 졸업하고 「김남천 문학 연구」로 동대학원에서 박사학위를 받았다. 동경 와세다대학교에서 교환연구원으로 수학한 바 있으며 현재는 국민대, 경희대, 충남대 등에서 강의중이다. 근대 문학의 식민성과 탈식민성에 관한 연구를 계속해 왔으며 특히 탈식민의 주체를 타자성의 관점에서 재구성하는 데 관심이 많다.

식민주의와 타자성의 위치

**초판 인쇄** 2015년 9월 1일 **초판 발행** 2015년 9월 15일
**지은이** 서영인 **펴낸이** 박성모 **펴낸곳** 소명출판
**출판등록** 제13-522호 **주소** 서울시 서초구 서초중앙로6길 15, 1층
**전화** 02-585-7840 **팩스** 02-585-7848 **전자우편** somyong@korea.com **홈페이지** www.somyong.co.kr

값 22,000원
ISBN 979-11-86356-74-6 93810

COLONIALISM AND LOCATION OF OTHERNESS

# 식민주의와 타자성의 위치

서영인

## 머리말

표제에서 알 수 있다시피, 이 책은 일제 말기의 문학을 타자성의 관점에서 재구성하려 한 시도의 산물이다.

'암흑기'라는 규정은 이제 더 이상 일제 말기의 문학을 해명하기에 유용하지 않다. 근 10년 동안 일제 말기 문학에 집중된 국문학 연구의 성과 덕분이다. 일제 말기는 확실히 강압의 시대였고 폭력의 시대였으며 광기의 시대였다. 특히 독립적 근대국가를 스스로 완성하지 못한 채 식민지의 역사를 겪어야 했던 조선인들에게 그것은 더욱 강제적인 폭력이었을 것이다. 그럼에도 불구하고 그 시대를 '암흑기'라 불러서는 곤란하다. '암흑기'라는 말이 식민주의의 강압이 전 사회와 문학을 지배하고 있었다는 의미라면, 그 강압이 작동하는 논리를 더 설명해야 하기 때문이다. '암흑기'라는 말이 그 시기의 문학이 그만큼 빈곤했다는 의미라면, 그것은 수정되어야 한다. 한 시대를 온전히 덮을 만큼 지배의 말이 전면적 위력을 가졌는지도 의심스럽거니와, 그렇다 하더라도 그 시기의 문학은 의외로 다채로웠기 때문이다.

1930년대 문학을 주로 연구하다가 일제 말기로 관심을 돌린 것은 어떻게 보면 자연스러운 일이었다. 주지하다시피 1930년대 문학은 한국문학사에서 가장 화려한 개성이 꽃핀 시기이다. 카프문학을 필두로 리얼리즘과 모더니즘으로 항용 분간되는 문학의 조류가, 지식인 문학과 계급적 관점에 의거한 빈궁문학도 나름대로의 진화를 거듭했다. 여성작가들이 가장 많이 등장하고 문학사에 그 흔적을 뚜렷이 남긴 것도 1930년대였다. 중일 전쟁 이후 조선이 급격히 총력전 체제에 편입되면서 식민주의적 간섭은 노골적이 되었고, 문학 역시 전시체제라는 시대적 규정을 벗어나기 힘든 사정에 처했다. 우선 조선어 창작이 금지되거나 제한 당했고, 문학 발표의 장(場)인 매체가 강제 통폐합되면서 시국적 담론으로부터 자유로울 수 없게 되었다. 1930년대의 화려한 개성이 설명되기 위해서는 급변한 조건하의 일제 말기 문학이 함께 해명되어야 했다. 문학사적 연속성이란 변형과 굴절을 감당하면서도 이해 가능한 내적 논리와 연관되는 것이다. 일제 말기 문학을 삭제한 곳에서는 식민지 시기의 문학도 해방 후의 문학도 제대로 해명될 수 없는 단절의 상태에 놓일 수밖에 없었다. 문학 외적 조건이 문학을 강하게 제약하는 시기라 하더라도 지속될 수 있는 문학정신이란 것이 만약 있다면, 그것은 아마도 일제 말기의 문학을 통해 가장 명확히 발견될 수 있을 것이라 생각했다.

그러나 여기에서 문학정신을 거론했다고 해서, 어둠의 시대에도 단독적으로 빛나는 불굴의 의지 같은 것을 상정하고 있는 것은 물론 아니다. 오히려 시대적 조건과 격리되어 존재하는 문학정신이란 존재하지 않는다고 말하는 편이 더 옳겠다. 오히려 문학정신이란 시대적 제약과 강압 속에서 작동 가능한 주체의 존재방식을 의미한다. 통상적으로 말한다면 이 주체란, 지배적 이데올로기에 자신을 동일시하면서 지배 논리를 그대로 내면화하는 주체와 이를 거스르는 주체로 양분된다. 전자가 친일의 주체이고 협력의 주체라면 후자는 저항의 주체이며 이탈의 주체가 될 것이다. 물론 이런 식의 주체가 전적으로 협력적이거나 전적으로 저항적이라 보기는 힘들다. 지배 논리에 자신을 동일시한다 하더라도 어쩔 수 없는 차별과 배제의 논리가 작동하기 때문일 것이고, 지배 논리를 거스르려 한다 하더라도 어쩔 수 없이 작용하는 검열과 강압이 존재하기 때문이다. 또한 문학이 사상이나 신념만으로 구성될 수 없는, 문학 내적 형상화 논리들을 갖고 있으며 당대의 환경 속에서 발표되어야 했고, 무엇보다 당대의 독자들을 상정한다는 특성도 고려되어야 한다. 굳이 말한다면 어떤 문학은 대체로 협력적이거나 대체로 저항적인데, 그것의 판별 여부는 당대의 조건과 어떻게 관계 맺느냐에 따라 결정된다고 할 수 있다.

그렇다고 해서 소위 말하는 '혼종적' 주체나 '양가적' 주체라는 설명을 전적으로 받아들일 수도 없다. 이러한 용어를 제시한 이론들이 대체로 담론 내에서 작동하고 담론 내에서 분석되는 경우가 많고, 그래서 지배 논리에 대한 실천 문제가 모호하게, 자의적으로 처리된다는 문제점이 있기 때문이다. 지배 담론과 관련하여 문학은 전적으로 협력적이거나 전적으로 저항적이지 않으며 그래서 모든 문학은 협력과 저항의 양가적 가능성을 함께 가진다는 말은 부분적으로 옳다. 그러나 '혼종성'과 '양가성'이라는 용어는 문학의 실천에 대한 탐구를, 문학적 주체의 문제를 종종 이 모호함의 와중에 중단시키거나, 혹은 자의적으로 판단하게 만들 우려가 있다. 예컨대 식민주의의 지배 논리에 대해 문학이 양가적이라면 작가는 그 양가성 중에 어떤 것을 선택하는지, 그리고 그 선택을 가능하게 하는 요건은 어떤 것인지가 더 말해져야 한다. 혹은 양가성 속에 놓인 문학을 두고 문학 연구는 그것이 더 가치 있는 선택과 실천이 되기 위해 어떤 문학이 가능하고 필요한지를 탐구할 수 있어야 한다. 그리고 그것이 가능하다면 이미 어떤 주체도 '혼종적'이거나 '양가적'이지 않다.

일제 말기의 문학'들'을 읽으면서 부딪친 주체의 문제를 고민하다가 '타자성'의 관점으로부터 일종의 출구를 찾을 수 있게 된 것 같다. 애초에 '식민주의와 타자들'이라고 제목을 정했다가 생각 끝에 '식민주의와 타자성의 위치'로 제목을 바꾼 것은 엄밀히 말해 이 책에서 제안하고 싶은 주체는 '타자'가 아니라 '타자성의 위치'에 존재한다는 생각 때문이었다. 사실 '타자성'이란 명확하게 규정되기 힘든 개념이다. 여러 설명이 가능하겠으나 식민주의와 문학이라는 이 책의 관심사에 한정한다면 우선 두 가지 정도의 난점을 생각해 볼 수 있다. 첫째, 타자성은 언제나 상대적일 수밖에 없는 개념이다. 담론을 주도하고 지배를 구축하는 주체가 있다면 거기에서 소외되고 배제되는 타자가 상대항으로 존재한다. 그러나 다른 국면에서 주체와 타자의 위치는 바뀔 수 있으며, 그래서 한 국면에서의 타자가 언제나 타자가 되는 것도 아니다. 자칫 타자의 타자로 지연되는 연쇄적 과정 속에서 어떤 지배에 대한 대항적 담론이란 영원히 불가능한 것으로 유보될 우려가 있다. 문학의 차원에서 '타자성'의 더 중요한 난점은 대체로 작가들은 스스로 타자가 되기보다는 어떤 식으로든 주체의 입장에서 말할 수밖에 없는 위치에 있다는 점이다. 지식인이었고 지배 담론을 해득하는 데 유리했으며, 문학적 형상을 완결해야 하는 작가들이란 근본적으로 어떤 식으로든 현실을 주체화하여 해석하고 표현하는 자들이었다. 그러므로 '타자되기'의 문학이란 애초부터 불가능하거나 불완전할 수밖에 없다는 반론도 가능하다.

문학을 통해, 이 난점들을 관념적 반론에 그치지 않게 하는 해법을 찾을 수도 있을 것 같았다. 예컨대 식민지인의 문학은 사회적으로 언제나 지배 담론의 영향하에 있다는 점에서 타자화되어 있지만, 서사 내적으로 권력의 위계와 지배의 관계를 형상화해야만 했으므로 끊임없이 다른 타자들과 조우하게 된다. 그 타자들로부터 무엇을 더 말하느냐가 서사의 결을 결정한다고 생각한다. 어떤 경우에는 식민 지배에 대항하는 주체가 계몽적 주체가 됨으로써 또 다른 타자화를 유발할 수도 있다. 계몽적 주체에 의해 타자화된 빈민, 여성, 혹은 유랑자, 이민족 등이 이에 해당할 것이다. 그때 그들이 또 다른 타자화를 유발하므로 그들의 저항이 의미 없다 할 것인가. 다만 그들의 저항이 아직 완결되어서는 안 된다고 말해야 하지 않을까. 계속해서 발견되는 타자들이 처한 현실, 타자들의 말을 서사 내에서 차단하거나 외면하지 않는 윤리에 의해서 문학의 인식과 성찰은 더 깊어질 수 있거나, 적어도 현실 탐구의 더 끈질긴 가능성을 확인해 갈 수 있는 것이 아닐까. '서발턴(subaltern)'은 말할 수 없을지 모르지만, '서발턴'으로 인해 문학은 더 말해야 할 것들을 짊진 채로 더 오래 세계와의 대화를 계속할 수 있다. 나는 감히 이것을 '아래로부터의 리얼리즘'이라 부르고 싶다.

식민주의의 문제는 그것이 우리 민족의 이익에 위배된다거나, 민족적 정체성을 말살했기 때문이라든가 하는 데만 있는 것이 아니다. '민족주의'에 대한 광범위한 거부감 때문에 피식민지의 '민족주의'가 깡그리 부정되어서도 안 되겠지만, 소위 민족적 한계 내에서만 식민주의를 비판하는 것이 위험하다는 것도 알려진 상식이다. 한 국가가 정치적·경제적으로 다른 국가를 지배하고 그것이 정당화되는 논리, 강자에 의해 약자가 지배되고 희생되어도 좋다거나 심지어 그것이 당연하다는 논리 자체가 식민주의가 우리 역사에 남긴 가장 잔혹한 폐해이다. 누구도 소외되거나 배제되지 않고, 누구나 자신의 행복을 스스로 결정하고 실행할 권리를 존중받는 세계야말로 식민주의 극복의 이상적 목표라 한다면, '타자성의 위치'에서 탈식민을 기획하는 일은 지금도 여전히 유효한 현실적 과제이다. 정치적·경제적 지배관계에 근거한 권력의 위계 속에서 '타자성의 정치'를 읽고, 온전히 재현될 수 없는 '타자성의 위치'에서 세계의 구조를 끊임없이 재구획하는 일. 이 책으로는 턱없이 부족하지만 과제의 확인이라는 의미 정도는 부여해 보고 싶다.

근 10년에 걸쳐 쓴 글들을 모아 놓고 보니 자연스럽게 '타자들'의 이야기, 혹은 '타자들'에 관한 이야기라는 흐름이 만들어졌다. 1부에는 '여성'이라는 타자성을 중심으로 식민주의의 지배뿐 아니라 그에 대한 저항들도 다시 읽어 보려는 시도들을 모았다. '여성'의 시점이라 했지만 엄밀히 말하면 '여성'이라는 타자에 더 초점을 맞추었다고 하는 편이 맞을 것 같다. 강경애, 지하련, 이선희, 최정희 등의 여성작가들과 이기영 한설야 등의 대표적 프로문학 작가들을 다룬 글들에서 '여성'이라는 타자성의 위치와 그에 입각하여 독해가능한 지배와 저항의 변증법을 밝혀 보고자 했다.

2부에서는 '디아스포라와 로컬리티'라는 주제로 '타자성'의 문제를 사유해 보고자 했다. '디아스포라'라는 용어가 그리 흡족하지는 않지만 '식민주의'와 '타자성'이라는 한정을 통한다면 그 의미는 비교적 분명해진다. 김사량과 김석범의 문학은 '제국'의 지배가 강제한 이산의 산물이며 그로부터 가능한 저항의 끈질긴 증거물이기도 하다. 백신애 문학을 지방성의 관점에서 해명한 논문은 타자의 위치가 만들어내는 복합적 리얼리티를 확인할 수 있게 한다.

3부에서는 일제 말기의 최종 시기에 산출된 작품들을 중심으로 식민주의의 다각적 지배와 그 균열이 의미하는 바를 밝혀 보고자 했다. 생산문학론과 재조 일본인 문학이란 식민주의 국책이 직접적으로 문학을 규정함으로써 형성 가능했던 문학이다. 표면적으로는 국책 이데올로기를 노골적으로 반영하고 있는 것 같지만 그 이면에는 발화되지 못하고 억압된 당대의 리얼리티가 있다. 작가들은 그것을 국책과 식민주의 옹호로 봉합했지만, 잔존한 리얼리티의 흔적을 통해 온전히 국민문학으로 통합될 수 없었던 식민주의 이데올로기의 균열을 점검할 수 있다.

빠르게 변화하는 연구의 경향을 생각하면 그간의 공부가 얼마나 굼뜨고 아둔했는지를 적지 않은 나이에 첫 연구서를 내면서 실감하게 된다. 아둔함은 내 탓이지만, 그럼에도 지금까지 그만두지 않고 계속 공부할 수 있었던 것은 여러 선생님들과 동학들로부터 얻은 용기와 자극 덕분이다. 학교 안팎을 오가느라 분주하기만 하고 제대로 감사의 뜻을 표하지 못했던 모교의 선생님들께 뒤늦은 인사를 올린다. 올해 칠순을 맞으시는 이주형 선생님께 이 책이 작은 흐뭇함이라도 되길 바라는 마음이다. 민족문학연구소의 연구원들과 나누었던 토론과 정보가 이 책의 밑바탕이 되었다. 특히 김재용 선생님과 박수연 선생님께 입은 학문적, 인간적 후의는 짧은 인사로 대신할 수 없다는 것을 알고 있다. 면식이 있거나 없거나, 공부하는 길에서 만난 여러 선후배 동학들과 함께

한 동료애가 지금도 나를 버티게 하는 힘이다. 인문학 위기의 시대에 연구자들의 든든한 후원이 되어 주시는 소명출판 박성모 사장님, 부족한 글을 한 권의 책으로 묶느라 수고하신 편집자 여러분들께도 감사드린다.

2015년 여름

저자 씀

## 차례

머리말 3

제1부
# 여성의 시점으로 읽는 식민주의

제1장 강경애 문학의 여성성 17
1. 강경애 문학의 여성성 논란 17
2. 계급서사와 여성서사의 균열 20
3. 지식인 작가의 자기반성, 하위주체에게 말걸기 28
4. 눈먼 그녀들의 리얼리티 35

제2장 프로문학의 자기반성과 여성의 타자화 40
1. 프로문학의 재검토와 여성이라는 타자 40
2. 계급서사와 여성주체 47
3. 이후의 프로문학－지속과 변형 58
4. 가능성으로서의 프로문학 70

제3장 근대적 가족제도와 일제 말기 여성담론 73
1. 식민지 여성의 다면적 주체성 73
2. 신여성은 모두 어디로 갔나 76
3. 근대적 핵가족과 국가주의, 반쪽의 여성성 82
4. 다시, 여성주체의 다면성 92

제4장 제국의 논리와 여성주체 96
이선희, 지하련의 소설을 중심으로
1. 식민주의와 여성주체 96
2. 군국주의적 여성성 구축의 과정과 이탈의 징후 101
3. 깨어진 근대 가정의 환상－이선희의 경우 108
4. 식민지 여성욕망과 남성욕망의 차이, 혹은 접점－지하련의 경우 115
5. 타자성의 정치와 탈식민의 가능성 120

## 제2부
# 식민주의의 경계지점 – 로컬리티와 디아스포라


제1장 서발턴의 서사와 식민주의의 구조 125

일제 말 김사량의 문학(1)

1. 제국의 작가, 탈식민의 상징 125
2. 언어, 재현, 리얼리즘 130
3. 제국의 권역이라는 시야, 혹은 한계 137
4. 서발턴 효과 144
5. 아직 오지 않은 해방을 위한 윤리 152

제2장 김사량의 『태백산맥』과 조선적 고유성의 의미 155

일제 말 김사량의 문학(2)

1. 귀국 이후의 김사량 문학 155
2. 화전민 모티브와 국책의 요구 159
3. 불안한 계몽서사와 유토피아의 불가능성 168
4. 잔존한 서발턴의 형상과 '조선적 고유성'의 의미변동 173

제3장 김석범 문학과 경계인의 정체성 180

초기 작품을 중심으로

1. 김석범 문학을 보는 관점 180
2. '역사적 경계인'의 정체성 –「까마귀의 죽음」 186
3. 일본어로 쓴 비일본문학의 자의식 –「허망한 꿈」 196
4. 국민국가의 경계와 재일조선인 문학 203

제4장 백신애 문학 연구 209

타자인식의 근거로서의 지방성과 자기탐구의 욕망

1. '다른' 현실의 복원을 위하여 209
2. 타자인식의 근거로서의 지방성 213
3. 타자성의 인식과 주체의 위치 221
4. 공백의 주체들을 응시하는 자기탐구의 시선 230
5. 백신애 문학의 지방성과 여성성 237

## 제3부
# 통합의 제국, 균열의 리얼리티

제1장 **일제 말기 생산소설 연구** 243

강요된 국책과 생활현장의 리얼리티

1. 생산문학—국책수행의 문학적 임무 243
2. 생산문학론의 양면성과 모순 249
3. 생산소설의 분열된 구조—생산과 생활의 충돌 258
4. 누설된 리얼리티—일제 말기 문학의 다면성 269

제2장 **일제 말기 일본의 국책문단과 외지의 문학** 272

오비 쥬조의 「등반(登攀)」을 중심으로

1. 조선진출 일본인 문학의 의미 272
2. 전세체제와 제국문학의 재편성 276
3. 식민지의 교화와 식민자의 국민되기—오비 쥬조의 「등반」 289
4. 통합하는 제국, 불가능의 국민문학 306

**참고문헌** 309

제1부

# 여성의 시점으로 읽는 식민주의

제1장 | 강경애 문학의 여성성
제2장 | 프로문학의 자기반성과 여성의 타자화
제3장 | 근대적 가족제도와 일제 말기 여성담론
제4장 | 제국의 논리와 여성주체
이선희, 지하련의 소설을 중심으로

# 1 강경애 문학의 여성성

## 1. 강경애 문학의 여성성 논란

강경애 문학은 식민지 시대의 문학을 여성주의적 입장에서 해석하는 데 있어서 많은 논란거리를 제공한다. 강경애는 빈궁과 간도체험을 바탕으로 식민지 시대의 민중현실에 대해서 당대의 어떤 여성작가들보다도 깊이 있는 인식과 전망을 보여준 작가였다. 또한 그의 텍스트는 민족, 계급, 성의 범주가 이중 삼중으로 중첩된 복합적인 현실의 면모를 보여준다. 대표작인 『인간문제』를 비롯한 그의 작품을 통해 우리는 당대의 하층계급의 삶이 어떻게 피식민국의 모순적 현실과 맞닿아 있는지를 고민하게 되고, 계급담론과 민족담론의 충돌 속에서 여전히 제자리를 찾지 못하는 여성의 삶을 만나게 된다. 강경애는 하층계급의 여성들을 서사의 중심에 놓음으로써 당대의 민중현실이 여성문제와 만나는 접점에 관해 주목하도록 하였으며 이는 예컨대, 결혼과 가정생활, 내면과 여성적 욕망의 문제에 집중한 당대의 여성작가들, 그리고 계급서사와 민족서사 속에서 여성의 문제를 부수적인 것으로 배제해 온 당대의 남성작가들과 구분되는 강경애만의 독특한 작품세계를 이룬다. 강경애를 통해 우리는 계급담론이나 민족담론과 구분되어 논할 수 없는 젠더의 문제를, 중층적 현실의 핵심적 요소로서의 여성성을 경험하게 되는 것이다. 강경애의 작품을 둘러싸고 벌어지는 여성성에 관한 논란은 바로 이 서사의 복합성, 중층성에서 비롯된다.

그간의 연구성과를 통해 살펴보건대 강경애 문학의 여성성에 관한 평가는 극단적으로 양분되어 있다고 해도 과언이 아니며, 이는 쉽게 합의할 수 없는 관점의 차이를 내장하고 있다. 강경애가 "노동하는 여성들의 집단적인 경험에 주목"함으로써 "여성문제를 통해 인간문제의 구체성"을 확보하고 있다는 평가[1]와 "강경애의 여성인식이 근본적으로 여성에 대한 보수적인 통념에서 크게 벗어나 있지 못하다"다는 평가[2]는 그 대표적인 예가 될 것이다. 전자가 여성문제를 계급, 민족 등의 당대 민중현실과의 관계 속에서 읽으려 한다면, 후자는 여성담론을 기존의 남성중심적 담론과의 차이 속에서 구축하려 하는 관점을 보여주고 있다고 할 것이다. 결론부터 말하자면 강경애의 작품은 위의 상반된 평가들에 나름대로의 근거를 부여하는 요소들을 모두 포함하고 있다. 강경애의

1 김양선, 『1930년대 소설과 근대성의 지형학』, 소명출판, 2003, 260쪽.
2 박혜경, 「강경애의 작품에 나타난 여성인식의 문제」, 『민족문학사연구』 23, 2003, 260쪽.

작품은 여성의식과 계급의식이 모순 없이 결합된 균질적인 텍스트가 아니며, 그러므로 당연히 모순과 충돌을 내장하고 있는 텍스트이다. 그의 작품 속에 드러난 여성의 삶은 구체적 체험을 기반으로 한 절실한 묘사와 통찰을 보여주고 있으며, 그럼에도 불구하고 작품 속의 하층계급 여성들이 계급의식을 가진 주체로 성장하는 과정은 다소간의 비약과 단절을 포함하고 있다. 강경애의 작품을 관념과 체험의 거리[3]로 읽거나 혹은 여성을 주인공으로 내세우고 있지만 결국은 남성들의 서사라고 해석[4]하는 것은 근본적으로 이 체험적 묘사의 절실성과 계급주의적 결말 사이의 비약과 단절에 근거를 둔 것이다. 그렇다면 강경애 문학의 여성성은 바로 이 비약과 단절을 통해 해석될 필요가 있다. 강경애 문학의 여성성을 당대에 대한 현실인식의 구체성 문제로 곧바로 연결하는 것은 이 비약과 단절의 문제를 간과한 태도이기 쉽다. 그렇다고 해서 이 비약과 단절을 왜곡된 여성의식이나 관념에 의한 현실의 재단으로 보는 것 역시 그리 온당한 해석태도는 아니다. 여성성의 문제는 당대 현실과 분리되어 따로 논의될 수 있는 것이 아니며, 이는 균열과 단절마저도 담론화된 현실의 한 징후임을 충분히 감안할 필요성을 제기한다.[5]

이 글에서는 강경애 문학의 비약과 단절을 그것대로 인정하면서 그 비약과 단절이 말하는 것, 텍스트의 불균등한 복합성이 의미하는 바를

3 김미현, 『여성문학을 넘어서』, 민음사, 2002 참조.

4 김경수, 「강경애 장편소설 재론」, 『주변에서 글쓰기 – 탄생 100주년 기념 문학제 논문집』, 민음사, 2006.

5 그런 의미에서 강경애 문학의 여성성을 만주이민의 이데올로기 속에서 해석한 김민정의 「강경애 문학에 나타난 지배담론의 영향과 여성적 정체성의 형성에 관한 연구」, 『어문학』 85, 2004를 주목할 만하다.

좀 더 구체적으로 추적해 보고자 한다. 강경애의 작품 속에서 때때로 드러나는 여성의식의 분열적이고 모순적인 양상이야말로 당대 여성들이 처해 있는 현실, 혹은 그것이 담론화되는 과정의 지난함을 증명하는 것이다. 아울러 덧붙일 점은 흔히 여성성의 문제가 남성 중심적 담론에 대비되는 차이의 담론으로 거론되곤 하지만, 여성적 정체성의 문제에 초점이 맞추어질 경우 그것은 자주 지나친 동일성으로 통합되곤 한다는 점이다. 물론 남성 중심적 담론 속에서 배제되고 소외된 여성성을 복원하고 구체화한다는 의미에서 여성적 정체성의 구축과 연대는 매우 중요하다. 그러나 그 여성들마저도 동일한 정체성으로 규정되지는 않는다. 남성 중심적 담론 속에서 확보된 차이만큼이나 여성들 내부에서 발생하는 차이도 무시하지 못할 거리를 가지고 있다. 그들은 모두 다른 여성들인 것이다. 이 여성적 정체성과 그 내부에서의 차이, 그사이의 애매하고도 고통스러운 연민과 소통. 강경애의 소설의 여성성은 여기에서 비롯된다.

## 2. 계급서사와 여성서사의 균열

『인간문제』로부터 이야기를 시작해 보자. 『인간문제』라는 제목은 이 작품의 성격을 여실히 드러내고 있는데, 첫째의 삶에서 드러나는 계급의 문제, 그리고 선비의 일생에서 드러나는 여성의 문제들은 단지 특정한 정체성을 지닌 한 집단의 문제가 아니라 바로 인간이 고민하고 실천해야 할 보편성을 띠고 있다는 것을 분명하게 표방하고 있기 때문이다. 이 글의 주제이기도 한 강경애 문학의 여성성을 집중적으로 논의하기 위해서 여주인공 선비에 논의의 초점을 맞추어 본다면, 정덕호에 의한 성적 착취, 그리고 공장에서의 가혹한 노동착취는 모두 인간이 인간답게 살아가기 위해서는 반드시 해결하고 고민해야 할 '인간문제'가 되는 것이다. 그러므로 『인간문제』가 "여성문제를 통해 인간문제의 구체성"을 확보하고 있다는 지적은 일단 모두가 동의할 수 있는 평가라고 할 만하다. 여기에서 문제가 되는 것은 과연 이 작품이 '여성문제'를 통해 '인간문제'를 어떤 방식으로 제기하고 있는가 하는 것이다. 작가자신이 "사회적으로 완전한 경제적 개변을 보지 못하고는 완전히 여성의 해방도 볼 수 없"[6]다고 밝히고 있는바, 작가는 선비로 대표되는 조선의 하층계급 여성들이 수난을 겪는 근본적인 원인이 계급문제에 있음을 적시하고, 계급해방을 통해 여성해방의 길을 제시하고자 하였음을 알 수 있다. 과연 『인간문제』는 덕호에 의해 성적 수난을 당했던 선비가 공장에 취직하여 노동자로서의 계급의식을 가지게 되는 방향으로 진행되고 있다. 선비는 공장에서 얻은 폐병으로 비극적 죽음을 맞이하지만 남아있는 첫째에 의해 선비의 죽음은 더욱 비통하고도 결연하게 의미화된다.

그러나 『인간문제』는 표면적으로 드러나는 서사 진행 이상의 것, 짐작할 수 있는 작가의 의도 이상의 것을 말하고 있다. 그리고 이 의미의

6 강경애, 「송년사」(『신가정』, 1932.12), 이상경 편, 『강경애 전집』, 소명출판, 1999, 746쪽. 이하 반복되는 원전 인용은 '글명, 책명, 인용쪽수'로 표기.

잉여야말로 『인간문제』의 여성성, 혹은 강경애 문학의 여성성을 논의하기 위해서 필수적으로 검토되어야 할 사항이다. 우선 표면적으로 보았을 때 『인간문제』는 하층계급의 구여성인 선비의 성장서사이다.[7] 그러나 선비의 이 성장은 주체적으로 이루어지지 않는다. 선비가 덕호에 의해 자행된 성적 착취와 억압으로부터 벗어나는 것은 선비 스스로의 의지나 노력에 의해서가 아니다. 그가 자신에게 가해진 부당한 억압에 맞서 싸우고 대결하는 과정에서 덕호와의 관계를 끊을 수 있었던 것이 아니라, 아이를 낳지 못하는 선비에게 덕호가 싫증을 내었기 때문에, 즉 덕호에 의해 버려졌기 때문에 선비는 덕호를 떠나 서울로 떠나올 수 있었던 것이다. 선비가 인천의 공장에서 여공이 되고 계급의식을 갖게 된 것 역시 자신의 의지와 각성을 통해서라고 하기는 힘들다. 아무 것도 모르는 선비는 무작정 간난이를 찾아왔고 이미 계급의식을 갖게 된 간난이가 이끄는 대로 선비는 여공이 되었던 것이다. 결국 선비는 공장에서 폐병으로 죽게 되었고 따라서 선비의 성장은 완성되지 못했거나 혹은 죽음을 통해서만 완성된다. 선비의 시체는 첫째가 더욱 뚜렷하게 자신이 나아갈 바를 확인하고 다짐하게 하는 매개일 뿐이다. 그러므로 선비는 계몽되는 대상이며 추모되는 대상일 뿐 한 번도 자신의 주체적 의지로 자신의 삶 속에서 자신의 삶의 방향을 찾지 못했다. 선비는 서사를 이끄는 중요한 축의 하나이지만 한 번도 실질적으로 서사의 주인

---

7 김민정은 「일제시대 여성문학에 나타난 구여성의 정체성에 관한 연구」(『여성문학연구』 14, 2005)에서 그간 한국의 여성문학이 신여성의 문제에만 집중해 온 것에 문제를 제기하면서 『인간문제』를 사적 영역에 갇혀 있던 여성이 공적 영역에 진출하면서 자신의 성적 정체성을 자각하게 된 작품으로 해석한 바 있다.

공이 되지 못했던 것이다. 선비의 삶은 유사 아버지에 의한 착취에서 유사 애인에 의한 구원으로 옮겨졌을 뿐이며, 여기에 선비 자신의 목소리는 없거나 서사의 이면으로 가라앉아 있다.

문제는 이 부재하는 선비의 목소리를 어떻게 해석할 것인가이다. 이것은 강경애가 "여전히 가부장적 세계관으로 현실을 인식하고 있다는 것"을, 그래서 "여성의 존재의 문제성을 통해 식민지 근대의 문제를 전달하는 데 있어서는 실패"[8]했다는 것을 의미하는가. 물론 특정 작가의 사회적 젠더가 작품 속의 젠더의식과 그대로 일치하는 것은 아니다. 소설 속에서 첫째나 신철의 서사가 선비의 서사보다 훨씬 일관성 있고 설득력 있게 그려졌다는 것은 작가의 사회적 젠더와는 별도로 소설 속의 젠더의식이 남성적인 것으로 귀착된 때문이라고 해석할 수도 있다. 그러나 또한 이것은 소설 속의 여성성이 기존의 남성서사와 쉽게 융합될 수 없다는 사실, 또는 이미 정착된 남성적 서사의 패턴이 지배담론으로 기능하고 있기 때문에 여성성의 서사는 그와 같은 비중으로 서사화될 수 없다는 사실을 지시하는 것일 수도 있다. 오히려 서사의 일관성을 근거로, 익숙한 남성서사의 구체성을 기준으로 여성서사를 평가하는 것이야말로 남성적 지배문법으로 서사를 읽는 관습을 반복하는 일일지도 모른다. 비약과 균열로 가득 찬, 쉽게 자신의 목소리를 얻지 못하는 이 불안한 여성서사의 의미망을 남성적 지배문법의 와중에서 찾아내는 일이야말로 진정한 여성성의 가치를 복원하기 위해 수고롭게 거쳐야 할 과정일지도 모른다. 그리고 『인간문제』, 혹은 강경애의 소설 전체에

---

8 김경수, 앞의 글, 앞의 책, 190쪽.

이처럼 뚜렷한 서사의 일관성을 얻기 힘든 여성성은 불안과 고통의 흔적으로 새겨져 있다.

선비의 삶은 덕호에 의해, 혹은 첫째에 의해 규정되며 그러므로 선비의 서사는 결과적으로 첫째의 서사에 귀속된다. 그러나 역설적으로 선비의 서사는 첫째의 서사에 온전히 합치되지 않음으로써 첫째의 목소리로 귀속되지 않는 잉여의 의미를 지니고 있다. 이를 검토하기 위해 우선 『인간문제』가 근본적으로 선비를 중심에 두고 첫째와 신철을 양편에 둔 삼각관계의 멜로드라마라는 사실에 주목해 보자. 노동계급인 첫째와 부르주아 계급인 신철의 사이에 선비가 존재하고, 선비가 신철에 대한 막연한 선망 대신 노동으로 성장하는 첫째를 선택하는 쪽으로 기운다는 것에서 알 수 있다시피, 이 삼각관계는 궁극적으로 역사의 주역은 신철과 같은 부르주아 계급이 아니라 첫째와 같은 노동계급에 있다는 것을 명징하게 밝히는 역할을 한다. 이는 일제강점기 노동문학의 대표작이라 할 수 있는 『고향』의 경호-갑숙-희준의 관계나 『황혼』의 경재-여순-준식의 관계에서도 드러나는 익숙한 패턴이다. 그런데 『인간문제』는 『고향』이나 『황혼』과는 달리 한 번도 구체적으로 관계를 맺거나 결합과 이별의 과정이 없는 특이한 방식의 삼각관계를 보여준다. "간절한 사랑의 아우라가 작품 전체에 깔려 있으면서도 정작 사랑은 아무런 전개도 보이지 않는 것이 이 소설의 특징"[9]인 것이다. 그리고 한 번의 결합도 이별도 없는 이 삼각관계의 멜로드라마를 통해 『인간문

9 김인환, 「폐허의 기록」, 『주변에서 글쓰기 – 탄생 100주년 기념 문학제 논문집』, 민음사, 2006, 23쪽.

제』는 계급문제로 쉽게 귀속될 수 없는 여성문제의 완강한 독자성을 드러낸다. 간절히 만나고 사랑하기를 바라지만 결코 온전한 합일의 기쁨을 누릴 수 없는 연인들의 안타까움이야말로 계급서사로 귀속될 수 없는 여성서사의 잉여이고 불안이며 고통의 아우라인 것이다. 그러므로 첫째의 서사와 선비의 서사는 선비의 죽음을 통해 합치되는 것처럼 보이지만 사실은 선비의 죽음에 의해서만 겨우 봉합되는 서사이다. 첫째가 노동하는 자에게 노동의 산물이 돌아가지 못하게 하는 제도와 법의 문제에 대해 고민하고 그것을 해결하는 것이야말로 진정한 인간문제라고 깨닫는 동안 선비의 삶은 이와는 다른 문제를 중심에 두고 진행된다. 용연동네에서 선비의 삶을 규정했던 문제는 노동의 문제라기보다는 덕호에 의해 진행되는 성적 억압과 착취의 문제였다. 공장으로 무대를 옮긴 이후에도 이는 달라지지 않는다. 끝없이 선비를 괴롭혔던 문제는 예쁜 외모 때문에 내내 공장의 감독들에게 시달렸던 선비의 성, 선비의 육체였던 것이다. 그러므로 선비의 서사는 계급문제로 봉합되는 것처럼 보이지만 사실은 그것에 결코 온전히 귀속될 수 없는 성적 착취와 억압의 문제로 일관된다. 이처럼 선비의 삶의 문제와 첫째의 삶의 문제가 쉽게 합치되지 않고 평행선을 달리는 한, 선비와 첫째는 결합될 수 없다.

신철의 경우 이는 더욱 뚜렷하다. 신철이 선비에게 호감을 가지는 이유는 선비의 예쁜 외모 이외에는 모두 막연한 것일 뿐이다. "그의 와이셔츠나 혹은 내의 같은 것을 빨아 다려 오는 것을 보면 어떻게 그리 정밀하고 얌전스럽게 해 오는지 몰랐다"[10]라든가, "선비가 자기가 좋아하는 타입의 미를 구비"[11]하였다는 생각은 말 그대로 막연한 인상에 불과한 것이지 옥점 대신 선비를 선택할 만한 절대적인 요인이 되는 것은 아니다. 뿐만 아니라 가사일에 대한 선비의 성실성 때문에 선비를 좋아하는 신철의 관점은 가부장적 원리 내의 여성성, 기존의 지배논리에 철저하게 귀속되는 여성성의 가치와 관련되어 있다. 이렇게 볼 때 신철이 선비에게 매혹되는 심리가 "남성 중심사회가 선호하는 여성적 자질들에 근거한 것"[12]임은 분명하다. 그러나 또한 신철은 그러한 이유 때문에 선비와 구체적인 관계를 형성하지 못한다. 신철이 예쁘고 성실하고 솜씨 좋은 선비를 좋아하는 한 그는 선비와 만나지 못한다. 왜냐하면 그것은 선비가 아니기 때문이다. 예쁜 외모와 순종적인 성격, 야무진 살림솜씨에 매혹되지만 투박한 손의 모양은 외면하는 것이 신철의 사랑이며 그 사랑의 관점은 사실상 선비를 능욕한 덕호의 관점과 동일하다. 삼각관계의 멜로드라마에서 신철의 역할이 첫째의 경우와 비교해서 훨씬 명확한 까닭은 신철은 이념적 배신을 통해 자신의 여성적 관점이 부정적인 것임을 스스로 증명하기 때문이다. 이념적 배신과 선비에 대한 왜곡된 시선은 동일한 결과를 낳는다. 신철은 계급서사에서도, 여성서사에서도 긍정적 인물로 부각되지 못하기 때문이다.

정리해 보자면 이렇다. 선비는 작품의 주인공이지만 한 번도 진정한 주체로 여성서사를 완성하지 못한다. 그는 수동적이고 무력하며 기존의 가부장적 여성가치가 요구하는 바를 따르다가 희생된다. 신철이 선

10 강경애, 『인간문제』(『동아일보』, 1934.8.1~12.22), 『강경애 전집』, 191쪽.
11 강경애, 『인간문제』, 『강경애 전집』, 286쪽.
12 박혜경, 앞의 글, 270쪽.

비를 바라보는 시선이 이를 단적으로 증명하며 결과적으로 신철은 선비의 실체와 만날 기회를 한 번도 얻지 못했다. 신철의 이념적 배신은 여기에 그 부정적 평가를 한층 더해 주는 역할을 한다. 신철의 부르주아적 한계는 선비를 보는 왜곡된 시선과 연결되어 있다는 점에서 훨씬 명확하게 계급서사와 여성서사와의 관련성을 보여주는 예라 하겠다. 그에 비해 첫째와 선비의 관계는 여성의 수난과 고통이 계급해방을 통해 해결될 수 있다고 말하는 것처럼 보인다. 하지만 사실상 첫째와 선비는 한 번도 연인으로서의 관계를 얻지 못했다는 점에 주목해야 할 것이다. 첫째와 선비가 끝내 결합하지 않는 서사는 작품이 표면적으로 드러내는 것과는 달리 계급해방과 여성해방이 동일선상에서 다루어질 수 없는 문제임을 암시한다. 결론적으로 말해서 『인간문제』는 갈등 없는 삼각관계로 이루어진, 어떤 사랑의 표상도 내세우지 못하는 멜로드라마이다. 성공과 실패를 떠나서 이 사랑의 서사가 본격적인 갈등도 결합도 겪지 못하는 까닭은 서사의 주인공들이 서로 다른 곳을 바라보고 있기 때문이다. 이 어긋난 시선, 쉽게 합치될 수 없는 계급서사와 여성서사의 틈새에서 고통 받다 사라진 선비가 아직 말하지 않은 것, 혹은 말하지 못한 것에 강경애 소설의 여성성이 존재하고 있는 것은 아닐까. 선비는 간난을 따르고 첫째에 기대면서 자신을 둘러싼 문제가 해결될 수 있을 것이라고 믿었으나 결국 자신의 문제를 스스로의 입으로 말하지 못했다. 그래서 선비는 말없는 추모와 애도의 대상이 되었지만 자신의 목소리를 갖지 못한 채 죽었다. 선비는 가부장적 사회 속에서 인정받을 수 있는 여성적 자질을 두루 갖추었지만 바로 그것 때문에 능욕당하고 수난의 삶을 겪는다. 그렇다면 『인간문제』는 가부장적 시선으로 여성인물을 바라보는 것이 아니라, 가부장적 시선 속에 놓인 여성의 수난에 대해서, 왜곡되지 않고서는 서사화 될 수 없는 여성성에 대해서 말하고 있는 것이 아닐까.

## 3. 지식인 작가의 자기반성, 하위주체에게 말걸기

여성서사의 관점에서 말한다면 그러므로 『인간문제』는 자신의 목소리를 갖지 못한 하층계급 여성의 삶을 드러내기 위한 지난한 노력의 소산이다. 계급서사만으로 해결되지 않는 여성성의 수많은 차이 때문에 소설에서 선비는 노동계급으로 성장하여 새로운 역사를 준비하는 역할을 담당하기 직전, 한 많은 생을 마감한다. 계급해방을 통해 선비의 성적 수난의 삶이 해결될 수 있다는 결론은 첫째를 통해 대신 말해질 뿐이다. 물론 선비는 "흙짐을 져서 갈라진 첫째의 등허리! 실을 켜기에 부르튼 자기의 손길! 수많은 그 등허리와 그 손길들이 모여서 덕호와 같은 수없는 인간과 싸우지 않으면 안 될 것이다"[13]라고 말하지만, 이러한 각성은 자신의 정체성이 지닌 수많은 모순 중 한 국면만을 말하고 있을 뿐이다. 노동계급으로서의 선비의 정체성은 위의 발언에서 선명히 드러나지만, 성적 주체로서의 정체성은 덕호를 노동계급의 적으로 동일시함으

---

13 강경애, 『인간문제』, 『강경애 전집』, 376쪽.

로써 은폐된다. 덕호와 첫째 사이에 형성되는 적대와 덕호와 선비 사이에 형성되는 적대는 무관하지는 않지만 또한 동일하지도 않다.

작품에서 선비의 성적 정체성은 끝없이 현실에 끌려 들어가는 선비의 수동성에서, 또는 가정 내에서의 여성 역할을 충실히 수행해 내는 선비의 가사노동에 대한 묘사에서 더 실감 있게 전달된다. 이것이야말로 선비가 가장 확실하게 가질 수 있었던 자신의 언어이기 때문인지도 모른다. 선비는 노동의 보람과 그 산물에 대한 애착을 달걀을 모으고 빨래를 하는 과정에서 느낀다. 선비가 노동계급으로서의 자신의 정체성을 말할 수 있다면 그것은 이러한 가사노동을 통해서 가장 확실하게 나타난다. 그것이 가부장적 가치 내에서 고정된 성역할에 매몰되어 있다고 할지라도 선비가 말할 수 있는 것은 그것을 통해서이다. 또한 엄밀히 말해 선비의 가사노동은 집안의 가부장을 위해 바쳐지는 성역할의 한계 내에 머물지 않는다. 물레를 잣고 목화솜을 뜯으면서, 빨래를 하고 달걀을 거두면서 선비가 느끼는 기쁨은 가정 내의 고정된 성역할로 교환되지 않는 순수한 노동의 기쁨이고 애착이다. 이후 선비는 여공으로서의 정체성을 갖게 되었지만 그 정체성을 말할 언어를 미처 갖지 못한 채 죽었다. 선비의 노동에 대한 초보적인 자각은 이미 각성된 첫째와 신철, 간난들의 언어에 흡수됨으로써 충분히 발화되지 못한다. 비록 이러한 선비의 모습이 비주체적이고 수동적이며 기존 이데올로기로부터 벗어나지 못하는 것처럼 보일지라도 그것이 바로 선비이며, 이는 또한 재현되지 못하는(재현될 수 없는) 식민지 구여성, 스스로 말할 수 없는 하위주체의 모습이기도 하다. 『인간문제』는 신철과 첫째의 계급서사로 대신 말해질 수밖에 없는 여성서사, 그럼에도 불구하고 계급서사에 온전히 귀속되지 않는 한없이 모호하고 어두운 구멍에 대해 말하고 있는 것이다. 스피박의 말처럼 하위주체는 "'식민자' '노동계급' 혹은 '여성'이라는 용어들이 함축하는 하나의 주도적인 이데올로기에 대해 '동질화'된 집단이나 계층이 아닌, 매끄럽게 단일화할 수 없는 주체 형성의 다층적 모순을 강조한다."[14]

『인간문제』는 결코 완결되지 않는 복합적 주체의 성장담을, 자신의 말을 갖지 못한 하위주체의 죽음을 통해 비극적으로 제시한다. 그리하여 『인간문제』는 계급해방의 전망으로 여성의 수난사를 포괄하려는 욕망과 그러한 방식으로 수렴되지 않는 복잡한 여성서사 사이에서 갈등한다. 이 갈등이 쉽게 봉합되지 않고 끝까지 의미의 잉여를 남기는 까닭은 식민지 지식인 여성작가로서 강경애가 쉽게 재현되지 않는 하층계급 여성들의 삶을 포기하지 않고 주시하기 때문이다. 소설 속에서 수동적이고 관습적인 여성형상과 노동하는 주체로 거듭난 여성형상이 자주 충돌하는 까닭은 지식인 여성작가의 말과 식민지 하층계급의, 하위주체들의 말(말해지지 않은)이 엇갈리기 때문이다. 강경애의 소설 속에서 지식인 여성의 형상이 아주 강력한 자기반성의 형식으로 제출되는 것도 이와 관련이 있을 것이다. 강경애는 1932년 발표된 「그 여자」에서도 사회적 저명인사인 지식인 여성이 민중들과 소통하지 못함으로써 생기는 해프닝을 풍자한 바 있거니와 자전적 소설이라 할 수 있는 「원고료 이백원」에서는 이를 더욱 분명히 드러낸다. 「원고료 이백원」에서 작가인 여성화자는 갑작스레 생긴 원고료 수입을 두고 옷을 해 입고 금니를 해 넣는

14 김영주, 「하위주체 여성의 몸」, 『여성의 몸』, 창작과비평사, 2005, 118쪽.

등 그 용도를 미리 계산하기에 바쁘다. 그러나 이러한 계획을 입 밖에 내었다가 가난한 동료들을 위해 그 돈을 써야 한다는 남편과 부부싸움을 하기에 이른다. 남편은 화자를 "머리를 지지고 볶고, 상판에 밀가루 칠을 하구, 금시계에 금강석 반지에 털외투를 입고, 입으로만 아! 무산자여 하고 부르짖는 그런 문인이 되고 싶단 말이지"[15]라고 비판한다. 화자는 결국 자신의 그릇된 욕망을 반성하고 남편에게 화해를 청한다. 여성주의적 입장에서 본다면 남편의 이 말이 "당시 사회에 널리 퍼져 있던 신여성에 대한 사회적 인식수준을 반영하고"[16] 있으며, 작가 역시 이를 답습하고 있다고 해석할 수 있다. 그리고 화자가 반성과 결론을 도출하는 과정이 남편의 폭력적인 문제제기를 그대로 따르고 있다는 점에서 지나치게 순종적이고 수동적이라고 해석할 수 있다.

그런데 여기에서 먼저 지적할 사항은 이 소설이 어떻든 화자가 자신의 일상에서 벌어진 사건을 자신의 언어로 정리하고 있다는 점이다. 이 소설은 화자가 후배 K에게 전하는 편지 형식으로 진행된다. 자신의 언어로 정리된 자신의 삶, 누군가에게 전달될 목적을 가진 나름대로의 완결된 형식이 바로 편지형식이다. 실제로 「원고료 이백원」에서 화자의 문제의식은 남편에 의해 자극받기는 하였으나 그것은 단지 남편의 지적에 의해서 일방적으로 주어진 것이 아니며, 화자 나름의 방식으로 논리적 설명과정을 얻게 된다. 어려서의 궁핍한 경험, 가난한 살림이 갑자기 생긴 수입에서 물질적인 보상을 받고자 하는 욕망을 만들어 내었

15 강경애, 「원고료 이백원」(『신가정』, 1935.2), 『강경애 전집』, 564쪽.
16 박혜경, 앞의 글, 259쪽.

다는 점, 그러나 그 욕망은 사실상 가난을 만들어내는 사회구조를 파악하고 그것을 바꾸는 것이 아니라 이미 만들어진 사회구조 자체에 흡수된 결과라는 점을 화자는 자신의 체험을 바탕으로 재구성하고 있는 것이다. 남편에 의해 지적되었다 하더라도 그것을 타당한 것으로 인정한다면, 그리고 자신의 욕망을 자신의 언어로 분석할 수 있다면 그것을 단순하게 수동적이라고 단정할 수는 없다. 오히려 강조되는 것은 부르주아 여성의 욕망이라는 것이 극도의 궁핍이라는 상황 속에 선다면 한낮 부질없는 관념의 유희가 될 수밖에 없다는 자기반성이며 그러한 여성주체는 예컨대 『인간문제』의 선비와 같은 여성주체와는 다른 곳에 있다는 사실이다. 지식인 여성작가로서 강경애의 자전적 목소리가 가혹한 자기반성으로 연결되는 것은 이 때문이다. 그리하여 선비와 같은 하위주체의 삶을 재현하려는 작가의 노력은 끊임없는 자기반성 속에서 하위주체 여성의 목소리를 들으려는 노력과, 거기에 수시로 개입하는 지식인 작가의 정체성이 갈등하는 속에서 서사화된다.

> 그렇다고 내가 이 여자들을 온정적으로 대하거나 낭만화해서는 안되며, 있는 그대로의 그들에게 향수를 품어서도 안 될 것이다. 강단 페미니스트는 그들로부터 배우는 법을, 그들에게 말거는 법을 배워야 하며, 정치적 성적 장면에 접근하는 그들의 방법이 우리의 우월한 이론이나 계몽된 동정심에 의해 교정될 리 없음을 숙고하는 법을 배워야 한다. (…중략…)
>
> 이 두 여자들과 나 사이의 거리는 아무리 세밀하게 정의한들 계급결정적인 것이 아닐까?[17]

기존의 성역할에 고정되지 않으려는 욕망, 자신의 눈으로 세계를 읽고 해석하고자 하는 열망, 그리고 그것과는 다른 차원에서 여전히 고통과 수난 속에 처해 있는 하층계급 여성들의 삶에 대한 연민. 강경애 문학의 여성성은 이 다른 여성정체성 사이의 갈등이며, 그럼에도 불구하고 포기하지 않는 총체적 재현의 욕망과 안타까움 속에 있다. 소설 속에 자주 흰 빨래나 바느질 같은 가사노동에 대한 찬미에 가까운 묘사가 나타나는 까닭은 기존의 여성성을 작가가 답습하고 있기 때문이 아니라, 그 세계 안에서 머무르고 있는 낯설고 안타까운 여성주체들을 재현하려는 소설가적 윤리의 소산이라고 보아야 할 것이다.[18] 수필 「고향의 창공」에서 나타나는 다음과 같은 대목은 어머니의 삶에 대한 반발과 연민, 그 삶을 깊이 이해하고 진심으로 안타까워 하지만 또한 거기에 머물 수는 없는 심리를 여실히 드러낸다.

> "바느질이나 하면 뭘해요!"
>
> 나는 톡 쏘는 듯이 이렇게 말하면 어머니는,
>
> "계집아이가 바느질해야지 뭘 한단 말이냐…… 어머니는 손에 피가 나도록 일만 하는데 넌 놀려고만 하니, 너도 이제 그만하면 셈 좀 들어라." (…중략…)
>
> "아이 어머니, 피가 나올래. 내 좀 해 응, 저리가, 어머니는"

17 가야트리 스피박, 태혜숙 역, 『다른 세상에서』, 여이연, 2003, 279쪽.

18 김양선은 강경애의 후기 소설을 분석하면서 "전망이 사라진 시기에 작가의 창작방향은 지식인 여성의 자기반성이라는 맥락에서 구여성에 대한 연민에 정향되어 있"다고 지적한 바 있다. 김양선, 「강경애 후기 소설과 체험의 윤리학」, 『여성문학연구』 11, 2004, 215쪽.

어머니는 쓸쓸히 웃으시면서,

"네까짓 것이 뭘하냐."

어느덧 모녀의 눈에는 눈물이 글썽글썽해진다.

"어서 들어가서 일이나 해라."

어머니는 목이 메어 이렇게 말씀하신다. 나는 부스스 일어났다.[19]

여기에서 저자는 자신에게 계집아이가 해야 할 일을 하기를 요구하는 어머니에 반발하면서도 그 노동에 시달리고 있는 어머니에 대해서 한없는 연민과 안타까움을 느끼게 된다. 쉽게 재현될 수 없으므로 기존의 서사틀로 쉽게 봉합할 수 없는 하위주체의 삶들, 말해질 수 없지만 부재하는 것은 아닌 그 무정형의 리얼리티는 강경애 소설 속에서 쉽게 봉합할 수 없는 균열을 남긴다. 어쩌면 그 균열의 틈새에서 작가가 본 것은 쉽게 완성될 수 없고 완성되어서도 안 되는 계급서사의 미래일지도 모른다. 작가의 후기 작품이 선부른 전망보다는 궁핍한 하층민의 삶을 처참하리만큼 생생하게 묘사하는 쪽으로 기울고 있는 것은 그 때문인지도 모른다. 명료하게 서사화될 수 없고, 때로는 기존의 이데올로기 속으로 자주 흡수되어 사라지는 그 하위주체들에게, 강경애는 힘겹게 말을 걸고 있었던 것은 아닐까.

19 강경애, 「고향의 창공」(『신가정』, 1935.5), 『강경애 전집』, 760쪽.

## 4. 눈먼 그녀들의 리얼리티

기존의 서사로는 수용할 수 없는 이 알 수 없는 하위주체는 강경애 소설 속에서 때로 여성의 모습으로, 때로 계급서사에 쉽게 포함되지 않는 극빈층의 모습으로 자주 출몰한다. 미리 짐작할 수 없고 언제나 예상한 것보다 더욱 낯선 모습으로 드러나기에 이들 하위주체들은 말 그대로 서사 속으로 돌연 출몰한다. 「산남(山男)」에서의 그 남자의 이미지 역시 그렇다. 화자는 어머니가 위독하다는 전보를 받고 황망하게 버스를 잡아탔으나 물난리 속에서 버스는 절벽에 걸쳐 멈춰서고 만다. 역시나 위독한 어머니 때문에 바를 몸에 걸치고 피투성이가 되어 버스를 끌었던 그 사나이는 그러나 차가 정상적인 궤도로 올라서자 그만 버림받는다. 소설은 그를 버려두고 가는 버스를 향해 돌팔매질을 하는 사나이의 모습으로 마무리된다. 위독한 어머니를 버스에 실어 병원으로 가려 했던 사나이의 소망이 갈 길 바쁜 승객들과 버스 기사에 의해 외면당한 것이다. 소설은 승객들의 이기심이나 피투성이가 되어 버스를 끌고도 버림받은 그 사나이에 대한 연민을 표면적으로 드러내고 있지만 또한 그것만으로 설명될 수 없는 낯설고 기괴한 이미지를 전달한다. 퍼붓는 폭우 속에서 절벽 위로 걸쳐진 버스, 허리에 바를 메고 버스를 끌고 있는 초라한 사나이에 관한 묘사는 필요 이상이라 여겨질 만큼 생생하고 잔인하다. "머리털은 공중을 향하여 무섭게 뻗치었고 다리엔 쥐가 수없이 일어나 불뚝이었으며 시커먼 다리털이 생물같이 꿈틀거리"는 모습, "바에 지질려 그의 적삼이 문드러졌고 그리로 선혈이 뭉클뭉클 흐르고 있"[20]는 모습은 이미 화자가 연민이나 동정을 품을 수 있는 경지를 벗어나 있는 듯하다. 그래서 소설은 그 지옥 같은 순간을 겪고도 자신들이 가야할 여로를 생각하는 승객들과, 아무 말 없이 버스를 끌고 피투성이가 된 몸으로 버스를 향해 돌을 던지는 사나이 사이에 존재하는 까마득한 거리를 드러낸다. 또한 위독한 어머니를 걱정하는 상황은 동일하지만 버스의 승객이 된 자와 그 버스를 끌어야만 어머니를 구할 수 있는 자 사이에 놓인 처지는 다를 수밖에 없다는 사실은 매우 충격적으로 서사에 각인된다. 동정과 연민, 그리고 자신에 대한 부끄러움을 품는 것만으로 설명될 수 없는 사나이와 화자 사이에 놓인 까마득한 거리 속에서 작가가 할 수 있는 일은 그 기괴하고도 낯선 사나이의 존재를 한층 더 선명하고도 적나라하게 묘사해 내는 일 뿐이다. 온몸이 피투성이가 될 정도로 절박하였던 사나이의 몸은 한갓 동정이나 연민, 자기반성으로는 소통할 수 없는 낯선 존재였던 것이다. 그리고 그 거리 때문에 소설 속 사나이의 모습은 더욱 낯설고 기괴하며 심지어 엽기적이기까지 하다.

후기 강경애 작품의 대표작이라 할 수 있는 「지하촌」에서도 처절한 가난에 처한 하층민들에 관한 묘사는 이루 말할 수 없을 만큼 참담하다. 그 가난의 실상을 구체적으로 묘사하면 묘사할수록 그 모습은 당대 현실의 재현이라는 평범한 어구로는 설명할 수 없을 정도로 끔찍해진다. 아이를 낳고도 곧바로 보리타작을 하러 나섰기에 밑이 빠진 칠성이 어머니나 토한 음식을 다시 주워 먹으며 파리떼에 뜯기고 있는 동생, 부스럼이 난 자리에 쥐 껍데기를 붙여서 구더기가 슬어 죽는 아기의 모

---

20 강경애, 「산남」(『신동아』, 1936.8), 『강경애 전집』, 646~647쪽.

습은 차마 동정을 표할 수도 없을 만큼 비참하다. 그 극도로 비참한 상황은 계급모순이나 가난을 극복하려는 투쟁에 관해 쉽사리 말할 수 없게 만든다. 이 소름끼치게 생생한 현실의 비참함은 계급서사의 전망으로 쉽게 포괄될 수 없는, 낯선 타자라 할 만하다. 칠성이나 칠성의 가족은 지식인 저자의 눈으로 파악한 현실과 전망에 쉽게 흡수될 수 없는 하위주체의 다른 모습들일 것이다. 그리고 여기에 또 한 층위의 하위주체가 등장한다. 그것은 바로 칠성이가 사모했던 큰년이이다. 소설은 칠성이 가족의 처참한 가난과 그 속에서도 계급모순을 분석하고 실패한 것이나마 전망의 방향을 찾으려 하는 작가의 의도 사이에서 갈등한다. 그래서 전반부의 칠성이의 삶에 대한 자연주의적 묘사와 칠성이 우연히 만난 불구자 거지의 언어는 그리 자연스럽게 결합되지 못한다. 그 거지의 말은 "애꿎은 하늘과 땅만 저주하던 캄캄한 속에 어떤 번쩍하는 불빛을 던져주는 것 같"[21]았지만 칠성이가 돌아갈 곳은 여전히 기아에 시달리는 가족들이 있는 끔찍한 가난이다. 그리고 그 거지를 만나고 돌아온 후 칠성이는 큰년이가 팔려갔음을 안다. 구걸을 하여 큰년이에게 줄 치맛감을 끊어 왔으나 칠성이는 큰년이에게 그것을 전해주지 못한다. 소설은 가난에 찌들려 자신의 삶을 저주하던 칠성이가 불구자 거지에 의해 그 가난의 원인을 알고 무언가 새로운 빛을 얻게 되었다는 점에서 약화된 성장서사의 모습을 띠고 있으나 그 성장의 서사에 큰년이는 합류하지 못한다. 칠성이는 자신이 모르던 새로운 세상을 알고 돌아왔으나 그것과 큰년이를 구원하는 것은 또 다른 문제이다. 그러므로 큰

---

21 강경애, 「지하촌」(『조선일보』, 1936.3.12~4.3), 『강경애 전집』, 629쪽.

년이는 칠성이에게 영원히 낯선 존재가 된다.

그 큰년이가 눈먼 불구의 몸이라는 것은 의미심장하다. 큰년이는 칠성이가 보는 세상을 함께 보지 못하며 과자를 구해 주고 치맛감을 끊어다 주는 칠성이의 마음에 응답하지 않는다. 처참한 가난과, 그 가난이 자신의 잘못이 아니라 세상의 잘못된 관계구조 탓임을 칠성이 어렴풋이 알게 되는 과정, 그리하여 이 지독하게 참담한 현실 이외의 곳으로 나아가려는 칠성의 서사는 돌연 사라진 큰년이 앞에서 힘을 잃는다. 칠성이 새로운 눈을 얻었다 하더라도 여전히 눈먼 존재인 큰년이와는 결합될 수 없다. 그가 과자를 구해 주고 치맛감을 끊어다 줄 대상으로 큰년이를 바라보는 한 그는 큰년이와의 사랑을 이룰 수 없다. 칠성이가 체험하고 깨닫는 삶의 원리가 큰년이의 것과 무관하지는 않겠지만 자신의 삶에 대해서 "내가 아니, 아버지가 알지"[22]라고 말할 수밖에 없는 큰년이의 삶이 칠성의 것과 동일할 수는 없다. 똑같은 가난이라 할지라도 자신에게 모든 것을 의지하는 어머니와 동생들이 있는 칠성이와 아버지의 의사에 따라 가족을 구하기 위해 팔려가야 하는 큰년이의 삶은 그만큼의 차이를 가지고 있는 것이다. 소설은 칠성이 앞에 펼쳐진 여전한 가난과, 칠성이 새로운 세상을 알고 돌아오는 동안 어디론가 팔려가 버린 큰년이가 남긴 커다란 구멍을 간직한다. 이 균열에 대해, 출구를 찾을 수 없을 정도로 위력적인 현실의 참상 앞에서 작가가 지식인적 전망을 잃은 결과라 말할 수도 있을 것이다. 또는 자신의 이상으로 현실을 봉합하려는 욕망 대신 현실 자체에 작가가 천착한 결과라 할 수도

22 강경애, 「지하촌」, 『강경애 전집』, 618쪽.

있을 것이다. 이러한 해석은 동전의 양면이다. 그러나 서사 속의 균열은 균열 그대로 해석할 필요가 있지 않을까. 처참한 빈궁의 현실과, 그럼에도 불구하고 그 현실을 헤쳐 나가려는 강력한 의지, 그러나 아직 말해지지 않은 것들이 지니는 진실을 끝까지 추적함으로써 아직 남아 있는 미지의 현실에 더욱 접근하려는 노력이 결합하여 만들어내는 새로운 문제제기로서 말이다.

그러므로 강경애 소설에서 리얼리즘을 말하기 위해서는 한 가지 항목이 더 추가되어야 할 것이다. 지금까지 강경애 소설은 식민지 민중의 궁핍과 고난을 여실하게 드러내면서, 그들을 통해 식민지 사회의 중첩된 모순을 핵심적으로 포착했다는 점에서 한국 리얼리즘 문학의 대표적 성과로 평가받아 왔다. 여성성에 초점을 맞추어 논의를 전개하면서 여기에 또 다른 성과를 덧붙일 수 있을 것 같다. 이는 계급주체만으로 설명되지 않는 현실의 다양한 주체성들을 통해 아직 재현되지 못한 현실에 다가가려 했던 노력, 계급서사로 자신의 말을 얻은 하층계급에 머무르지 않고 아직 말을 얻지 못한 그 밖의 다른 하위주체들을 외면하지 않았던, 그들의 삶에 끊임없이 말을 걸고 그 삶을 재현하려 했던 노력과 관련된 것이다. 물론 강경애 소설 속의 하위주체들, 특히 말을 잃은, 눈먼 존재인 하층계급 여성들은 여전히 뚜렷한 자신의 정체성을 주장하지 못한다. 그러나 계급서사로 흡수되지 않는 그들의 삶은 도무지 결합되지 않는 애정서사로, 혹은 서사의 과정에서 낯설게 출몰하는 이미지로 서사 속에 흔적을 남긴다. 가혹한 자기반성으로 그들의 몸을 얻고자 했던 식민지 여성작가 강경애의 문학은 이 흔적 속에서 새로운 의미를 부여받을 수 있을 것이다.

# 2 프로문학의 자기반성과 여성의 타자화

## 1. 프로문학의 재검토와 여성이라는 타자

월북문인들의 해금 이후 본격적으로 연구된 프로문학은 한국 근대문학의 중요한 연구주제였다. 서구적 의미에서의 근대문학이 겨우 태동하고 채 정착에 이르지 못한 시기에, 축적된 경험이나 전통의 기반 없이 사회주의 문학운동을 전개했고 단숨에 문단에서 주류적 위치를 차지한 프로문학의 족적은 식민지 근대문학의 특수성을 드러내는 것이기도 하기 때문이다. 프로문학에 대한 관심은 이처럼 카프를 기반으로 한 사회주의 문학운동의 특수성에서 비롯된 것이기도 하지만 또한 프로문학 연구에 연구자들의 정체성이 투사된 결과이기도 하다. "학적인 관심의 배후에는 주어진 현실을 올바르게 이해하고 인식과 실천의 종합을 통해 정의롭지 못한 현재를 지양하여 새로운 시대를 열고자 했던 열망이 잠재"[1]해 있었고, 이는 1930년대 카프문학에 대한 1980년대의 관심의 성격을 규정하는 것이기도 하다. 프로문학 혹은 카프문학에 대한 연구는 그래서 시대의 변화와 그 부침에 따라 연구의 경향도 부침을 겪는 양상을 보여 주었는데, 1990년대 중반 이후 카프문학에 대한 연구가 다소 침체되는 경향을 보인 것도 이와 상관이 있을 것이다. 즉 사회변혁의 열망과 그 실천에 대한 관심이 급증했던 시기와 프로문학에 대한 연구의 열도는 대체로 일치한다.

1925년 결성에서 1935년 해산까지 카프문학이 한국문학사에서 가시적 위치를 점유했던 시기는 생각보다 길지 않으며 두 차례의 검거사건과 그로 인한 활동의 위축을 생각한다면 실질적인 활동기간은 더 짧아진다. 이러한 짧은 활동기간에 겹쳐, 통상적 의미에서의 서구적 부르주아 문학의 시기를 생략한 채 사회주의 문학으로 급격히 비약하고자 했던 프로문학의 급진성은 한국문학에서 카프문학을 하나의 예외적인 사건으로 취급하는 근거가 되기도 하지만 문제는 그렇게 간단하지 않다. 카프문학의 경험은 해산 후의 기나긴 자기반성과 문학론의 정립과정에 지속적인 영향을 미치기 때문이다. 프로문학에 대한 연구 역시 카프문학에 대한 이러한 이해의 과정을 보여주고 있다고 할 수 있는데, 2002년에 『민족문학사연구』의 특집으로 기획된 '프로문학의 재검토'는 이를 대표하는 성과라 할 수 있다. 논자들은 모두 카프 시기의 문학뿐 아니라 카프 이후의 문학까지를 프로문학 연구의 대상으로 삼으면

1 차원현, 「문학과 이데올로기, 주체, 그리고 윤리학」, 『민족문학사연구』 21, 2002, 108쪽.

서 카프 이후의 문학이 보여주는 변화, 자기반성과 재정립의 과정을 중요한 주제로 다루고 있다. 초기의 프로문학 연구가 카프 시기의 문학론 자체에 대한 검토, 사회주의 문학이론과 리얼리즘 문학론을 이론적 근거로 하여 그 문학론의 전개 과정을 면밀히 재구성하는 데 초점이 맞추어져 있었다면 위의 기획이 대표하는 일련의 성과는 카프 이후의 프로문학이 보여준 외래 이론의 주체적 흡수와 재정립의 가치와 의미를 검토하는 데 주력한다. 카프 해산 이후에야 비로소 프로문학은 카프 시절의 급진성과 외래성을 비판하고 식민지 자본주의라는 당대의 현실에 비추어 그 현실의 구체성을 반영하며, 거기로부터 도출하는 주체적 문학론을 고민한다.[2] 그것은 이를테면 "조선이라는 사회가 놓여 있는 역사적 특수성, 그것의 지극히 모순적인 상황"[3]을 이론적으로 재구성하는 과정이었으며, 간략히 말하자면 '계급문학으로부터 민족문학으로'[4] 나아가는 도정이었다고 할 수 있다. 카프시절의 프로문학이 "1920년대부터 1930년대 전반까지 코민테른을 중심으로 세계적으로 고양된 프롤레타리아적 혁명의 물결을 배경"[5]으로 하고 있다는 것은 주지의 사실인데 그로 인하여 그 이론적 논의의 과정이 절대적인 외래성에 기반을 두고 있다는 것 역시 부인할 수 없는 사실[6]이다. 카프 해산 이후 시대적 압박이 강화되고 새롭게 대두된 현실에 부응하는 새로운 문학

2 최원식, 「프로문학과 프로문학 이후」, 위의 책.
3 이현식, 「한국 근대비평사를 바라보는 하나의 관점」, 위의 책, 102쪽.
4 신두원, 「계급문학, 민족문학, 세계문학」, 위의 책.
5 최원식, 앞의 글, 17쪽.
6 카프문학의 외래적 담론구성체와 그 담론의 성격에 대해서는 서경석, 「1930년대 문학비평에 나타난 탈근대성 연구」, 『한국학보』 84, 1997, 2장 참조.

론의 창출이 절실해졌을 때 카프의 작가들은 이 외래성을 구체적 현실의 맥락에서 다시금 반성하고 비판하면서 자신의 문학론을 정립해 나갈 수밖에 없었던 것이다. 어쩌면 카프가 한국 근대문학에서 중요한 문학적 사건이 되는 이유는 이 해산 이후의 자기반성의 시간에서 비롯되는 것인지도 모른다. "일찍이 이론적으로 파악되었던 세계관이 실천의 마당에서 산새와 같이 우리를 두고 떠나간 쓰라린 경험에 아직도 혈흔이 생생"[7]하며, "만일 우리들이 진리라고 믿던 어떤 철학적 세계관의 한두 개의 추상화된 공식이 아니라 그 일체를 완전히 소화하고 체득하였던들 금일과 같은 일탈은 결과하지 않았을 것"[8]이다. 이러한 자기반성은 이후 새로운 문학론 모색의 출발점이 된다. 카프 출신의 중요 작가들에게 카프의 경험은 이념의 절대화를 반성하고 계급모순의 구도로 간단히 정리되지 않는 식민지 근대의 다양한 문제를 고민하게 하는 원천이었다. 카프의 경험을 기반으로 그들은 이념과 지식보다 훨씬 다양하고 풍부한 현실의 조건을 성찰할 수 있었으며 또한 그들이 지향했던 사회주의적 이상은 비판과 반성의 자기중심점으로 작용했다.[9]

그러므로 프로문학의 재검토는 카프 시기의 문학활동이 이후의 문학에 지속적으로 영향을 미치고 있다는 전제하에, 프로문학을 근본적이고 반성적으로 다시 읽는 일에서부터 출발해야 한다. 이 과정에서 프로문학에 대한 연구는 카프 시기의 문학뿐 아니라 이후의 자기반성과

---

7 임화, 「주체의 재건과 문학의 세계」(『동아일보』, 1937.11.11~16), 신두원 편, 『임화 문학예술전집』 3, 소명출판, 2009, 50쪽.

8 김남천, 「창작방법의 신 국면」(『조선일보』, 1937.7.10~15), 정호웅·손정수 편, 『김남천 전집』 I, 박이정, 2000, 240쪽.

9 프로문학과 카프 해산 이후의 프로문학의 자기반성에 대해서는 최원식, 앞의 글 참조.

자기검토의 과정, 그로부터 재구축된 문학론의 의미를 해명하는 일까지 시야에 넣을 수 있어야 함은 물론이다. 30년대 후반 임화를 비롯한 카프 작가들의 문학론을 연구하고 그로부터 한국 근대문학의 독자적 이론체계를 탐구하는 작업은 위에서 거론한 연구들을 비롯하여 그간의 많은 연구들이 수행해 왔으며 그 성과도 적지 않다. 이 글은 이러한 연구성과에 기대는 한편으로 카프 시기와 그 이후의 문학들이 근거해 있던 '현실의 중층성' 문제를 문학작품을 통해 검토해 보고자 한다. 특히 카프 시대의 주요작품들에 대한 해석에서 이러한 문제를 도입하는 것은 연구의 새로운 방향을 모색하는 중요한 거점이 되어 줄 것이라고 생각한다. 프로문학 작품에 대한 해석은 카프 시기 문학론이 포함하고 있던 문제의식을 근거로 평가되는 경향이 강하다. 당대의 구체적 현실을 반영하고 이를 바탕으로 계급적 전망을 통한 현실의 변혁을 모색하는 문학론은 문학작품에 대한 가치평가의 기준으로 작용한다. 단적으로 말해서 당대의 작품들은 카프의 문학논의를 그 배경으로 하면서 계급적 전망에 기초한 총체성의 차원에서 검토되어 왔다고 볼 수 있다. 그러나 작가의 의도와는 별개로 문학작품은 예컨대 계급성의 문제로만 귀결될 수 없는 다양한 구체성을 포함하며 그 구체성의 계기들은 중층적으로 문학작품의 전체를 구성한다. 프로문학의 대표적 작품으로 거론되는 『고향』을 예로 들더라도 『고향』은 계급적 전망에 의거한 현실변혁의 의지, 즉 계급성의 차원 뿐 아니라 당대 식민지 농촌의 반봉건성 문제, 갑숙이나 기타 여성인물들로 대변되는 여성성의 문제들이 중층적으로 결합된 문학적 구성물이다. 계급갈등의 형상화와 목적의식적 결말로 단순화되지 않는 이 중층적 구성물로서의 문학을 적극적으로 해석했을 때 카프의 자기반성의 진정한 근거, 혹은 카프문학의 결여로부터 새로운 문학 연구의 방향을 확인할 수 있지 않을까.

프로문학의 주요작품을 '여성'의 문제를 중심으로 재구성해 보고자 하는 것은 이러한 이유 때문이다. 여성을 프로문학 재검토의 키워드로 삼고자 하는 이유는 여성이 문학에서 거론되어 온 가장 오래된 타자이며, 가장 빈번히 활용되고 전유되는 타자이기 때문이다.[10] "여성을 포함한 여러 사회적 타자들을 포괄하는 의미에서의 주관성이 고려될 때" 진정한 객관성, 보편성은 획득된다는 관점에서 본다면,[11] 계급, 젠더, 민족, 인종 등의 다양한 타자들의 차이와 맥락을 고려하는 문학독법은 중요하다. 이는 통상의 페미니즘 미학에서 자주 발견되는 바와 같이 여성이라는 타자의 차이만을 강조하고자 하는 것이 아니다. 오히려 이 차이를 통해 더욱 입체적이고 구체적인 총체성, 중층적 현실을 포괄하는 총체성의 문제를 사유하기 위함이다. 여기에서의 총체성이란 여러 타자성들의 관계로부터 빚어지는 총체성을 의미하며 그러므로 단지 문학작품에 가시적으로 반영된 것, 혹은 결말을 통해 통합된 의미망에만 한정되지 않는다. 여러 타자성들의 차이는 문학작품의 서사 속에 순조롭게 결합되거나 통합될 수 없는 이질성으로 인해 갈등하고 충돌하면서 때로 누락되거나 삭제되고 혹은 비약하는 형태로 나타나기도 한다. 이

10 민족과 근대국가를 상상하는 과정에서 여성성이 다양한 형태로 전유되어 왔음은 여러 연구에서 거론된 바 있다. 이러한 여성성의 전유양상을 검토함으로써 식민지라는 상황에서 민족을 구성하는 담론이 지닌 모순은 더욱 첨예하게 드러난다. 민족의 자기 구성과 여성의 관계에 대해서는 김양선, 「식민시대 민족의 자기 구성방식과 여성」, 『근대문학의 탈식민성과 젠더정치학』, 역락, 2009를 참조했다.

11 김복순, 「페미니즘 미학의 기본 개념과 방법」, 『여성문학연구』, 15, 2006, 190쪽.

러한 누락과 삭제, 비약 역시도 관계의 한 방식이라는 점에서 타자성의 차이를 포함하는 총체성이란 공백과 균열까지도 포함하는 총체성이다. 본론에서는 프로문학의 주요 성과라 할 수 있는 이기영의 『고향』[12]과 한설야의 『황혼』[13]의 서사에서 여성이라는 타자를 형상화하는 방식, 그리고 그것을 계급문학의 입장에서 전유하는 과정을 살펴봄으로써 프로문학의 타자 형상화 메커니즘을 살피고자 한다. 이러한 타자형상화의 메커니즘은 물론 프로문학의 주요 형상화 원리라 할 수 있는 계급성의 작동방식과도 연관되며 그런 의미에서 프로문학의 자기반성과 재검토는 타자성에 대한 인식과 연동된다고 볼 수 있다. 타자에 대한 입장과 형상화의 논리가 카프 이후의 문학에서 어떻게 작용하는가에 대한 문제도 본고의 주요한 관심인 바, 카프 이후의 문학, 특히 자기반성과 새로운 서사형식의 창출에 있어서의 여성의 형상화 방식도 간략히 점검하고자 한다.

12 『고향』의 여성인물 형상화는 대부분의 이기영 연구논문에서 논의된 바 있다. 여성문제를 주요 논제로 다룬 대표적인 성과로는 이미림, 「이기영의 '여성해방' 소설연구」, 『여성문학연구』 6, 2001; 이선옥, 『이기영 여성소설 연구』, 국학자료원, 2002; 김진석, 「프롤레타리아문학의 연애담론과 서사양식—이기영의 『고향』을 중심으로」, 『한국언어문학』 37, 2010 등을 들 수 있다. 여성인물, 혹은 연애담론을 중심으로 『고향』을 분석함으로써 여성인물의 형상화 및 그 특성을 조명함으로써 이기영 문학에서의 여성의 문제를 구체화했다. 이 글에서는 여성인물의 형상화 및 그 특징 뿐 아니라 서사 내에서의 관계에 초점을 맞춤으로써 '프로문학 재검토'의 의의를 좀 더 적극적으로 도출하고자 한다.

13 한설야 소설의 여성형상에 대해서는 이경재, 「한설야 소설에 나타난 여성표상 연구」, 『현대소설연구』 38, 2008에서 상세히 연구된 바 있다.

## 2. 계급서사와 여성주체

### 1) 이원화된 구조와 서사의 공백

『고향』과 『황혼』이 이원적 서사구조에 기반을 두고 있다는 지적은 그리 새삼스럽지 않다. 『고향』의 서사는 원터마을의 농민들을 다채로운 개별성으로 묘사하고 농촌사회의 구조를 형상화하는 전반부와 소작쟁의와 그 해결과정을 그린 후반부로 구분된다. 전반부의 서사가 동경유학을 마치고 돌아온 김희준을 중심으로 안승학의 마름집과 인순, 인동, 방개, 김선달 등 마을의 소작농민들의 면면을 구체적으로 묘사하고 그들의 개성을 바탕으로 원터마을을 식민지 농촌사회의 한 축도로 구성하고 있다면 후반부의 서사는 농촌 생산구조의 문제에서 배태된 소작쟁의를 이들 농민들이 어떻게 해결해 나가는가를 중심으로 그려낸다. 간략히 말하자면 이 전반부와 후반부의 서사는 원터마을 농민들이 계급적으로 각성하기 이전과 이후로 구분된다고 할 수 있다. 농민들의 개별적 개성이 어떤 과정을 거쳐 계급의식적 각성을 겪게 되고 이후 농민들이 자신들의 개성과 새로운 인식을 바탕으로 어떻게 소작쟁의를 이끌어가고 해결해 나가는가를 그려내는 것이 고향의 서사라고 본다면 『고향』의 서사를 전후반부로 구분하는 것은 해석의 편의 이상의 의미를 지니지 못한다. 문제는 소설 전반부에 묘사된 세계가 후반부의 서사를 이끌고 나가는 동력으로 충분히 작용하지 못함으로써 소설의 전후반부가 분리된다는 데 있다. 전반부는 '농촌점경', '마을 사람들', '그들의 부처' 등의 소제목을 통해서도 알 수 있듯이 원터마을의 인물들을 묘사하고 그들의 개성을 그려내는 데 주력한다. 두레를 통해 새로운 공동체의 일원으로 재구성된 이들은 그러나 소작쟁의의 과정에서 그들의 개성과 각성에 따르는 자연스러운 결과로서의 행동을 보여주지 못한다. 소설의 후반부에 주요 사건으로 등장하는 소작쟁의는 노동자로 변신한 갑숙에 의해 극적인 해결을 맞게 되며 그 해결은 갑숙의 가출, 경호의 출생의 비밀 등의 사건에 의해 가능한 것이기도 하다. 농민들의 개성을 묘사하고 그들의 생활상을 그려낸 전반부와 소작쟁의의 해결과정을 그린 후반부는 유기적으로 연결되지 못한 채 비약적인 결말을 얻게 됨으로써 이원화된다.[14]

『황혼』의 경우에 이러한 이원적 구조는 여순과 경재의 연애를 중심으로 한 전반부와 공장 노동자들의 삶을 중심으로 한 후반부의 분리로 드러난다. 소설의 전반부는 자본가인 안중서의 딸 현옥, 그리고 현옥의 약혼자인 소시민적 지식인 경재, 여고를 졸업한 지식인이지만 그들과 계급적 기반이 다른 여순의 삼각관계가 서사의 중심에 놓인다. 집안 형편이 좋아지자 이전의 순수한 이상을 잃고 "오독갭이 가티 가즌 치장을 다하고 제법 제로라고 호기 조케 뽐내"[15]는 현옥은 부르주아 여성의 오만과 속물성의 표상이며 이에 대비되는 여순은 가난하지만 자신의 곧

14 고향의 전반부가 "세태소설"에 가까운 특징을 보이는 반면 후반부는 "이데올로기적 경향성"을 드러낸다고 지적한 한 연구에서도 알 수 있는 바와 같이, 이러한 이원화는 그 서술의 특징에서도 전반부와 후반부의 차이를 드러낸다. 김진석, 「프로문학의 연애담론과 서사의 양상」, 『한국언어문학』 73, 2010 참조.

15 한설야, 『황혼』(영창서관, 1940), 『한국장편소설대계』 23, 태학사, 1988, 31쪽. 이하 반복되는 원전 인용은 '글명, 책명, 인용쪽수'로 표기.

은 의지를 잃지 않는 이상적 여성으로 그려진다. 이 연애서사는 자신의 계급적 기반과 사상적 이상 사이에서 고민하는 지식인 경재의 방황과 고민의 서사이며 또한 가난한 환경 속에서도 이상을 잃지 않고 스스로의 삶을 개척하려 노력하는 여순의 성장기이기도 하다. 그리고 연애서사의 다른 편에 준식을 중심으로 하는 공장의 세계가 있고 이 공장의 세계는 자신들의 노동을 억압하고 소외시키는 자본가에 대한 노동자들의 투쟁의 서사이며 자본가의 세계에 맞서는 노동자들의 자기 확인의 서사이기도 하다. 『황혼』의 이원적 서사구조는 『고향』에 비해 훨씬 더 뚜렷한데, 물론 경재와 여순의 연애를 둘러싼 사건이 진행되는 와중에 공장의 상황을 묘사하는 장이 잠깐씩 삽입되기는 하지만 경재와 여순의 결별을 계기로 서사는 본격적으로 공장으로 무대를 옮겨간다. 자본가 안중서와 그의 딸 현옥이 전반부 연애서사를 구성하는 주요 인물이며 안중서가 경영하는 공장이 후반부 서사의 주요무대인 점을 감안한다면 『황혼』의 전후반서사가 전혀 개연성이 없는 것은 아니다. 그러나 전반부의 서사가 경재와 여순을 중심으로 한 연애관계와 그에 얽힌 갈등들을 중심으로 다루고 있는 반면 후반부의 서사는 공장 노동자들의 생활을 묘사하는 한편으로 자본가와 노동자의 갈등을 주요 서사로 다루고 있다는 점에서 그 성격히 확연히 구분된다. 사실 『황혼』의 후반부는 그 자체로 하나의 소설을 만든다고 해도 무리가 없을 정도로 나름의 완결성을 갖추고 있다. 노동자들의 생활과 그들 각각의 다양한 성격, 노동합리화를 위한 자본가의 주도면밀한 계획과 그에 대응하는 노동자들의 조직화 과정, 그리고 부르주아 소시민의 몰락과 프롤레타리아 계급의 대두로 마무리되는 결말 등, 후반부의 서사는 전반부의 서사에서 독립되어 주제적 측면에서 소설의 핵심을 이룬다고 해도 과언이 아니다. 그리고 이러한 나름의 완결성을 갖춘 후반부의 서사에 경재-여순의 애정갈등이 중심을 이루는 전반부의 서사는 충분히 개입되지 못한다. 경재와 여순의 애정문제가 끝난 시점에서 후반부의 서사는 시작되며, 경재와의 결별 후 노동자로 변신하여 서사의 전후반부를 연결하는 여순이 후반부에서 급격히 존재감을 잃기 때문이다. "핵심주제인 계급모순을 다룸에 있어서는 식민지 당국의 주목과 일반 독자의 무관심이라는 현실 원칙을 피하기 위해서 애정 문제부터 먼저 다룬 것"[16]이라는 지적은 그래서 『황혼』의 진실에 대체로 부합한다.

전후반 서사의 분리, 이원화된 서사구조 자체를 당대 프로문학의 한계라고 단정할 수는 없다. 해석과 판단은 당시의 시대적 여건과 한국근대문학의 전개과정을 고려한 가운데서 내려져야 하기 때문이다. 우선 마르크스주의 사상과 그에 따른 소설적 형상화가 극도의 제약하에 있었던 당시의 문학창작의 조건을 생각하지 않을 수 없다. 소작쟁의나 노동쟁의 등 민감한 주제를 형상화하기 위해 연애, 당시의 생활에 대한 세태적 묘사, 기타 대중문학적 요소 등의 다양한 우회로가 필요했으며 이는 소설 속에서 유기적으로 결합하지 못한 채 분열된 방식으로 드러났다고 볼 수 있다. 요컨대 이 분리된 서사구조는 억압적 상황 속에서 사회운동의 방향을 그려내고자 했던 당시 프로문학의 조건 자체를 반영하는 것이기도 하다. 그리고 프로문학 내부에서 진행되었던 창작방법론에 대한 지난한 논의와 고민의 결과가 나타나는 과정이라 해석할

16 이선영, 「황혼의 소망과 리얼리즘」, 『한설야 문학의 재인식』, 소명출판, 2000, 30쪽.

수도 있다. 이념적 도식성의 한계를 돌파하고자 현실의 구체성을 반영하는 다양한 방법들이 고민되었으며 이원적 서사구조는 이념성 속으로 일상성과 현실성이 개입되기 시작했음을 알리는 프로문학의 또 다른 진화의 증거이기도 하다. 그러므로 『고향』은 식민지 근대의 농촌풍경을 풍부하게 관찰하고 형상화함으로서 전례 없는 구체성을 확보[17]했으며, 『황혼』은 도식성 문제를 해결하기 위해 연애를 서사에 도입하고 그를 통해 계급갈등의 세부를 섬세하게 형상화[18]한 프로문학의 성과물이기도 하다.

단순화해 말하자면 프로문학의 대표적 성과라 할 수 있는 『고향』과 『황혼』에는 현실의 세부적 묘사, 인간의 내면 심리에 대한 천착과 계급의식적 전망이라는 괴리 사이에 공백이 존재한다. 이러한 이원화된 서사구조 자체가 프로문학이 일상성과 이념성 사이의 관계를 고민하고 거기에서 총체적인 인간상을 그려내려는 진화의 과정임을 인정할 수 있지만 그렇다고 해서 이러한 서사구조 자체에 대한 탐구가 정지될 수는 없다. 그 공백 자체를 과정의 한계라고 일축해 버렸을 때, 그 공백사이에 함축된 과제, 그리고 그 공백으로부터 이끌어 낼 수 있는 프로문학의 미완의 가능성은 생략되어 버리기 때문이다. 그러므로 우선 그 공백이 어떤 방식으로 봉합되는가, 그리고 그 공백이 프로문학 진화의 한 과정이라고 보았을 때 그것은 어떤 방식으로 전승되고 극복되는가의 문제를 점검해 볼 필요가 있다.

---

17 하정일, 「프로문학과 식민주의」, 『한국근대문학연구』 5, 2002 참조.

18 김재용, 「내면세계의 탐구와 도식성 극복의 도정」, 『한설야 문학의 재인식』, 소명출판, 2000 참조.

### 2) 여성이라는 타자의 노출과 이념적 전유

『고향』과 『황혼』이 이원화된 서사구조를 기반으로 하고 있고 분리된 서사구조는 충분히 유기적으로 결합되지 못하고 있다고 했을 때, 그 서사의 공백에 여성이라는 타자가 존재하고 있다는 사실은 흥미롭다. 창백하고 신경질적인 여학생 갑숙은 공장 노동자 옥희로 변신함으로써 『고향』의 전후반 서사구조를 연결한다. 『황혼』의 여순은 계급적 차이에서 비롯된 경재와의 연애의 갈등을 청산하고 공장노동자로 변신함으로써 전후반의 분리된 공간을 연결하는 존재가 된다. 왜 『고향』과 『황혼』의 분리된 서사구조를 잇는 연결점은 희준이나 경재가 아니라 갑숙과 여순인가. 혹은 이들이 소설의 허약한 개연성을 잇는 존재가 됨으로써 소설이 얻을 수 있는 효과는 무엇인가.

결론부터 말하자면 이들 여성 인물들은 분리된 서사구조의 '사이'에 존재함으로써 계급적 주체성에 온전히 귀속되지 않는 타자성을 드러낸다. 이는 『고향』에서 갑숙이 서사에서 갑자기 사라졌다가 노동자가 되어 나타나는 과정을 통해서 단적으로 드러난다. 소설의 전반부에서 나타나는 갑숙의 중요한 고민은 경호와의 관계에서 정조를 잃었다는 데 있다. 여학교를 다니는 신여성임에도 불구하고 갑숙은 여성에게 씌워진 정조관념의 굴레로부터 자유롭지 못하다. 스스로의 몸에 지워진 여성성의 갈등은 이를테면 소설 후반부의 주요서사로 드러나는 계급투쟁의 문제와 전혀 관계없지는 않다 하더라도 적어도 다른 차원의 문제이다. 그리고 정조를 잃었다는 사실이 밝혀진 후 갑숙은 이에 분노한 아버지의 폭력에 시달린다. 딸을 자신의 재산을 불리는 데 이용하려고

한, 그리고 딸이 자신의 의도대로 움직여야 한다고 생각한 가부장의 폭력은 갑숙이 사라지게 하는 결정적인 계기가 된다. 물론 이러한 가부장의 폭력은 안승학의 재산에 대한 욕심과 연결되어 있지만, 가부장제하의 딸과 아내[19]의 삶은 계급성의 문제만으로는 풀 수 없는 또 다른 차원의 문제가 된다. 다시 처음의 질문으로 돌아가자면 갑숙이 이원적 서사구조의 공백을 봉합하고 연결하는 주체가 될 수 있었던 것은 프로문학을 주도해 왔던 계급적 주체성, 지식인적 주체성 이외의 잉여를 가지고 있었기 때문이다. 또한 갑숙이 서사를 연결하는 핵심적 고리로 작용함으로써 작가의 의도와는 무관하게 『고향』은 계급성으로만 설명되지 않는 현실의 다양한 이면, 그 타자성을 드러낼 수 있었다.

여순의 경우에도 마찬가지의 해석이 가능할 것이다. 여순이 경재와 결합하지 못하는 이유는 계급적 차이에만 있지 않다. 현옥은 여순이 가난한 하층민이라는 이유로 멸시하고 경재의 아버지는 집안의 운명이 현옥의 아버지에게 달려 있기 때문에 현옥과 경재를 반드시 결혼시켜야 했고 그래서 방해가 되는 여순에게 경재와의 이별을 강요한다. 계급적 차이가 그들의 사랑을 가로막는 전형적인 예가 된다고 할 수 있는데, 그러나 여순이 경재를 떠나기로 결심한 이유는 여기에만 있지 않다. 현옥의 아버지 중서는 경재가 자신의 딸을 멀리하고 여순에게 끌리고 있음에도 불구하고 여순을 육체적으로 겁탈하려는 욕망을 포기하지 않는다. 중서에게 여순은 "얇은 여름옷을 입어서 늘씬한 몸의 윤곽이

19 자신의 계획이 틀어진 것을 안 안승학은 갑숙뿐 아니라 갑숙의 어머니에게도 폭력을 휘두르고 그를 모욕한다. 자살을 시도할 만큼, 이 가부장적 폭력은 갑숙의 어머니 유순경에게 치명적인 것이었다.

눈부시게 분명"한 육체로 대상화되며 상상하는 것만으로도 "정복의 쾌감"[20]을 불러일으키는 성적 욕망의 대상이다. 중서에 의해 끊임없이 대상화되는 여순의 육체는 물론 여순이 가진 것 없는 가난한 계급의 여성이기 때문에 가중되는 측면이 있지만 그것만으로는 설명될 수 없는 여성적 주체성을 부각시킨다. 이러한 여순의 육체에 새겨진 여성적 정체성은 경재와의 관계에서도 드러나는데 예컨대 중서에게 겁탈당할 위기를 모면하고 흐트러진 몸으로 거리로 달려 나온 여순에게 경재는 다짜고짜 힐난을 퍼붓는다. 흐트러진 매무새만으로 여순이 중서에게 겁탈당했다고 생각하고 나아가 여순이 경재를 위해 자신의 몸을 버렸다고 단정하는 경재의 생각은 폭력적이라 할 만큼 일방적이다. 경재와 여순의 사랑을 가로막는 계급적 차이가 주변의 방해로 가시화되고 경재와 여순 둘 사이에서는 그것이 문제가 되지 않는다 하더라도, 그럼에도 불구하고 경재와 여순 사이에는 공유할 수 없는 차이가 존재하며, 이 성적 차이는 또 다른 권력을 동반한다.

갑숙과 여순은 희준과 경재-준식의 세계에 온전히 귀속될 수 없는 여성으로서의 타자성을 드러내며 그로 인해 이 여성들은 분열된 서사구조의 공백 속에 자리잡을 수밖에 없었다. 서사의 공백은 일상성과 이념성을 더욱 유기적이고 총체적으로 사고하기 위한 걸림돌이자 디딤돌이었던 셈인데 여기에는 여성이라는 타자성도 포함되어 있다. 그러므로 서사적 공백이야말로 현실의 중층성을 탐구하고 그것으로부터 계급성의 잉여를 성찰할 수 있게 하는 단서였다고 말할 수 있다. 갑숙과 여

20 한설야, 『황혼』, 『한국장편소설대계』 23, 130 · 131쪽.

순은 이 잉여와 차이를 드러냄으로써 프로문학의 이념성의 한계를 스스로 노출하고 있다고 할 수 있는데 그렇다면 『고향』과 『황혼』은 이 타자성을 노출함으로써 현실의 다면성을 탐구할 가능성을 마련했다고 할 수 있을까.

그렇게 단정하기는 이르다. 갑숙과 여순이 분리된 서사 사이의 공백에 존재함으로써 이 소설들은 여성적 주체성의 차이를 드러내고 있지만 또한 이 서사를 봉합함으로써 그 차이를 다시 감추고 있기 때문이다. 갑숙은 공장의 노동자로 변신하고 소작쟁의에서 영웅적으로 활약함으로써 이전의 자신의 문제로부터 이탈한다. 공장의 노동자가 됨으로써 가부장적 아버지의 폭력이나 여성의 육체에 결박된 정조관념이 해결되는 것이 아니지만 공장의 노동자가 되고 나서 갑숙은 그 문제를 더 이상 고민하지 않는다. 갑숙은 육체적 관계를 맺었던 경호가 부잣집 아들이 아니라 머슴의 아들이었다는 사실을 알게 된 후 경호와 결혼을 약속하게 되는데, 이는 결국 여성에게 강요된 정조의 틀을 벗어나지 못하는 결말이라 할 수 있다. 갑숙은 결국 여성으로서 자신이 맞닥뜨려야 했던 문제와 전혀 주체적으로 대결하지 못하며, 이 문제는 경호가 자산가의 아들이 아니라 머슴의 아들이었다는 사실에 의해 해결된다. 계급성의 문제가 여성성의 문제를 봉합해 버리는 것이다. 뿐만 아니라 갑숙은 경호와의 결혼이 결정된 이후에도 희준에 대한 사랑 때문에 번민하는데 이 역시 육체적 사랑을 동지적 사랑으로 승화시키는 희준에 의해 계몽됨으로써 해결된다. 소설에서 노출된 타자성은 계급성에 의해, 그리고 남성주인공의 시선에 의해 정리되고 봉합되는 것이다.

"육체적 결합을 초월하고 결합되는 사랑! 동지적 사랑이라 할까?－ 이런 사랑이야말로 육체적 결합을 전제로 하고 출발하는 련애라는 것보다는 더 크고 힘 있고 영구적인 사랑인줄로 나는 생각합니다. 련애도 물론 진실한 동지 간에 결합되는 것이래야 일평생 가는 것이 있기야 있지만……"

"그래요! 저도 선생님의 말슴이 그럴듯하게 생각되여요"

옥희도 무어라고 이런 경우에 말하지 않고 있을 수는 없다고 생각하자, 희준이의 주장에 공명하였다.

그렇다고 공명하고 싶지 않은 말에 옥희는 거짓 찬성하였을가? 아니다, 그는 이렇게 말해놓고 가슴에서 무거운 돌덩어리 한 개를 내려놓은 것처럼 기분이 제 스스로 명랑하여지는 것을 느끼였다.

그는 마음속의 무거운 짐을 희준이의 이 같은 설명으로 풀어 놓은 것이 사실일 것이다.[21]

『황혼』에서도 이러한 봉합의 과정은 예외 없이 드러난다. 여순은 안중서로부터 능욕당할 뻔하고 경재의 아버지로부터 모욕당한 후, 경재와 단호하게 결별한다. 이 지점에서 여순은 갑숙보다 훨씬 강한 여성주체라고 할 수 있는데 문제는 여순이 경재와 이별 후 공장에 들어가게 되면서 이전의 연애로부터 시작된 자신의 고민을 주체적으로 지속하지 못한다는 점에 있다. 애초에 여순이 경재와 결별하고 공장을 선택하는 것도 자신의 의지라기보다는 준식의 권유에 의해서이다. "물론 안락한 생활에 대한 동경도 있었지만 준식의 말도 있고 또 준식의 소개로 알게

21 이기영, 『고향』 하(한성도서, 1937), 『한국장편소설대계』 10, 태학사, 1988, 449쪽.

된 형철의 의견도 들은 배 있어 좋으나 궂으나 어쨌던 그들의 권고대로 해보기로"[22] 한 것이 여순이 공장을 택하는 이유이다. 그러므로 공장에서의 여순의 삶은 경재와의 연애로 고민했던 때의 여순의 삶과 쉽게 연결되지 않는다. 한설야는 그의 여주인공 여순이 "처음 제가 뜻한 길을 종신토록 자기의 길로" 하였고, "끝까지 싸웠다"[23]고 설명했지만, 여순은 끝까지 싸우지 않았다. 그의 싸움은 경재와 결별하고 공장을 선택했을 때까지만 지속되었다. 여순이 걸은 길에 대한 작가의 설명도 이 부분에서 중단된다. "그의 새 생활의 막이 열린"[24] 것이며 거기에서 여순은 자신의 언어를 가지지 못한다. 애정문제에서 비롯된 계급의 차이에 대한 인식과, 그리고 거기에서 드러난 여성적 차이의 문제가 공장으로 이동하는 것만으로 해결될 수 있는 문제인지에 대해서 작품은 더 묻지 않는다. 그래서 공장에서 여순은 자신의 생활로부터 자신의 문제를 사유하고 고민하는 주체가 될 수 없다. 소설의 전후반부는 여순이 노동자가 되면서 겨우 봉합되는데, 그 과정에서 여순이 제기했던 타자성은 그가 노동자가 되면서 사라진다.

식민지 근대의 복잡하고도 다단한 현실과 그것을 일순 정지시키는 이념적 결말, 혹은 식민지를 살아가는 주체들이 제기하는 다양한 타자성과 그것을 계급적 주체성으로 일원화시키는 봉합, 이 사이의 공백에서 프로문학은 다시 읽혀져야 하지 않을까. 그 공백에서 여전히 일원적으로 통합되지 않고 잉여와 차이를 드러내는 여성이라는 타자는 그래

22 한설야, 『황혼』, 『한국장편소설대계』 23, 458쪽.
23 한설야, 「황혼의 여순」, 『조광』, 1939.4.
24 한설야, 「황혼의 여순」, 『한국장편소설대계』 23, 150쪽.

서 중요하다. 서사에서 이미 제기되고 있는 타자성의 문제를 타자들의 시선을 통해 복원하고 탐구하는 일은 프로문학이 공백과 봉합을 통해 노출하는 하나의 과제였을지도 모른다.

## 3. 이후의 프로문학 – 지속과 변형

### 1) 프로문학의 자기반성과 타자성의 윤리

프로문학의 이념적 결말이 여성이라는 타자의 전유를 통해 도출되는 과정을 살펴보았다. 여성은 프로문학의 서사적 균열을 봉합하는 약한 고리였으며, 이는 프로문학의 자기반성의 과정에서도 여성이라는 타자에 대한 시선이 중요한 의미를 지님을 알 수 있게 한다. 이질성을 드러내는 타자를 다시 검토함으로써 프로문학의 계급 중심적 주체는 반성될 수 있을 것이며, 그것을 통해 불안하게 봉합된 서사의 균열은 새로운 방향을 찾을 수도 있을 것이기 때문이다.

카프 해산 후, 카프의 주요 이론가로 활동했던 임화, 김남천, 안함광 등이 모두 이기영의 『고향』 혹은 한설야의 『황혼』을 언급하는 비평을 발표하는 것은 그런 의미에서 주목할 만하다. 프로문학의 대표작이라 할 수 있는 『고향』과 『황혼』을 통해 이들은 과거의 프로문학의 문제점을 확인하고 이를 통해 문학적 갱신의 방향을 탐색해보고자 했을 것이다. 이 글의 주요 관심사인 여성의 문제에 관해서 이들의 평론은 모두 인물 형상화의 어색함을 지적하고 있다. 김남천의 "안갑숙의 묘사에 있어서는 그(작가—인용자)의 칼이 무디었고 날이 빠져서 드디어는 인조인간에 가까운 추상적인 이상화에 함락하고 말았다"[25]는 지적이나 안함광이 갑숙을 "관념의 화신"[26]이라 혹평하는 것, 혹은 임화가 "여주인공 '여순'이가 눈뜨는 과정도 명백히 드러나지 않았"[27]다고 지적하는 것이 이에 해당한다. 그러나 이들의 이러한 비판이 서사에서 제기되는 이질적 타자성으로서의 여성성의 문제를 적극적으로 인지한 결과인 것 같지는 않다. 김남천은 '지식인의 가면박탈'이라는 기준에서 갑숙의 형상화를 비판하고 있으며 안함광 역시 묘사되는 성격이 아닌 창조되는 성격이라는 기준에서 갑숙의 문제를 비평하고 있다. 임화는 이른바 '성격과 환경의 조화론'을 근거로 여순의 형상화를 비판한다. 즉 "인간들이 죽어가야 할 환경 가운데서 설야는 인간들을 살려가려고 애를 쓰는 것"[28]이 문제가 되는 것이다. 그리고 이들의 이러한 비판은 예컨대 갑숙의 경우 희준과, 여순의 경우 준식과 비교되고 있지만 희준과 갑숙을, 여순과 준식을 비평하는 기준은 동일하다. 이들의 비평에서 갑숙은 지식인 계급으로서의 갑숙이며 여순은 노동계급으로서의 여순이다. 그렇기 때문에 여성이라는 타자로서의 이들 인물의 특수성이나 혹은 남성적 시선으로 이들이 파악되기 때문에 생기는 문제는 적극적으로 논의될 수 없었다.

---

25 김남천, 「지식계급 전형의 창조와 『고향』 주인공에 대한 감상」, 『조선중앙일보』, 1935.7.5.

26 안함광, 「로만 논의의 제과제와 『고향』의 현대적 의의」, 『인문평론』, 1940.11.

27 임화, 「한설야 론」, 『동아일보』, 1938.2.24.

28 위의 글.

이미 1933년에 김남천이 「남편 그의 동지」를 통해 여성적 시선을 내세운 것은 그런 의미에서 흥미롭다. 「남편 그의 동지」는 감옥에 있는 주의자의 아내의 시선을 빌어 파벌싸움과 향락에 빠져 있는 주의자의 친구들을 묘사함으로써 감옥에 있는 남편과 감옥 밖에 있는 아내의 서로 다른 시선을 보여준다. 아내의 시선은 남편의 시선이 현실을 구성하는 일부분에 불과하다는 것, 오히려 남편은 현실에서 일어나는 일에 대해서 눈을 감고 있음을 드러내는데, 남편의 시선은 말 그대로 감옥 속의 시선이라 할 만하다. 이는 카프 해산 이후 김남천이 쓴 지식인 자기비판 소설의 전조라 할 수 있는데 「처를 때리고」, 「춤추는 남편」이 대표적이다. 알려진 바와 같이 김남천은 '고발문학론'에서 "모든 것을 끝까지 추급"하는, "고발의 정신"[29]을 통해 지식인 작가의 자기반성을 촉구하였다. 물론 지식인 작가의 자기반성은 1930년대 후반 김남천에게 국한된 테마는 아닌데, 예컨대 이기영이나 한설야의 소설에서도 유사한 경향을 발견할 수 있다. 그런데 김남천의 경우 여성의 시점을 적극적으로 서사에 도입함으로써 이러한 자기비판을 타자성의 문제로부터 사유했다는 점이 특징적이다. 「처를 때리고」에서는 사회주의자의 아내가 직접 서술자로 등장하는 시점의 교차를 통해 이념적 지식인의 허위의식을 신랄하게 비판한 바 있고, 「춤추는 남편」은 조혼한 사회주의자의 애인의 입장이 적극적으로 진술됨으로써, 뜻밖의 타자성과 맞닥뜨린 남편의 당혹감이 제시된다. 여성의 시점을 도입함으로써 사회주의 이념과 그 실천이 그렇게 순결하지도 절대적이지 않다는 점, 적어도 그것을 불만 속에서 감내하고 비판하

29 김남천, 「고발의 정신과 작가」, 『조선일보』, 1937.6.5.

는 타자들이 존재하고 있다는 점이 서사의 표면에 드러났다. 그런데 여기에서 여성의 시선은 지식인의 자기고발을 위한 방편이었으며 그래서 여성의 시선은 남성의 시선과 비교되기는 했지만 토론되지는 않았다. 「남편 그의 동지」에서 아내는 자신이 본 것을 믿지 않는 남편을 이해할 수 없고 남편이 노한 이유를 알 수 없다. 아내의 시선은 여전히 '노한 남편'의 시선 앞에 멈춰 서서 어쩔 줄 모르고 눈물을 흘린다. 아내라는 타자성의 시선은 여전히 남편의 시선에 의해 규정받고 있는 것이다.

그러므로 김남천의 이러한 타자의 시선을 통한 자기비판은 이념적 절대성 자체에 대한 비판이 아니라 왜곡된 태도에 대한 비판이었다는 점에 주목할 필요가 있다. 즉, 몰락한 사회주의의 문제는 이념적 주체로서의 태도를 정당히 가지지 못한, 왜곡된 태도에 있는 것이지 이념 자체의 문제는 아니라는 말이 된다. 이러한 태도와 이념의 분리를 통해 김남천은 사회주의자로서의 자기정체성을 어떤 방식으로든 유지할 수 있게 된다. 그러나 여기에서의 문제는 태도와 이념 자체를 분리함으로써 이념적 지식인의 일탈에 대한 비판은 가능했지만 이념적 주체의 해체와 재구성에까지는 이르지 못했다는 점이다. 여기에서 사회주의적 이념의 고수 자체가 문제가 되는 것은 아니다. 현실에 대한 비판적 시선이 일탈의 태도에 집중됨으로써 구체적 현실로부터 사회주의적 이념의 문제가 사유되고 점검되지 않았다는 점이 중요하다. 이는 일제 말기의 「경영」과 「맥」 등을 통한 지식인의 체제 협력에 대한 비판으로도 이어진다. 오시형의 전향에 대한 비판은 지식인의 자기비판의 연장선상에 있다. 그런데 이는 이념적 지식인의 허약성, 그리고 애인에 대한 배신의 문제와 겹쳐짐으로써, 윤리적 문제와 결합한다. 물론 여기에서의 윤리란 단지 신의나 의리와 같은 단순한 차원의 것이라기보다는 김남천이 정의한바, "상식적 도덕관을 극복하는 곳에 성립"되는, "과학적 탐구를 답대(踏臺)로 한 작가의 도도(道道)의 일신상 진리화"[30]인 '모랄'로서의 윤리라 할 것이다. 그리하여 제국의 사상에 대한 비판은 사상 자체를 문제 삼기보다는 윤리의 문제를 통해 우회적으로 제시된다. 전향자 오시형의 배신은 "방도, 직업도, 인제 나 자신을 위하여 가져야겠다!"[31]라고 말하는 최무경의 성장으로 연결되면서 또 다른 윤리를 창출한다. "마찬가지 갈려서 팡 가루가 되는 바엔 일찌기 갈려서 가루가 되기보담 흙에 묻히어 꽃을 피워 보자"[32]라는, 제국의 사상에 대한 윤리적 태도로서의 '보리의 사상'이다. 여기에서 '보리의 사상'을 말하는 최무경은 제국-남성-지식인 주체인 오시형의 타자로서의 의미를 지닌다. 여성이라는 타자의 시점을 자기반성의 서사에 도입함으로써, 소멸되지 않는 타자의 눈을 통한 최소한의 저항이 발화될 수 있었던 것이다.

### 2) 계급성의 자기보존과 탈식민성

여성의 타자화와 전유가 카프 해산 이후의 작품에서도 반복적으로 나타나고 그것이 문학해석에 중요한 영향을 미치는 경우로 한설야를 들 수 있다. 『황혼』 이후의 대부분의 소설에서도 이상적 여성인물을 통

30 김남천, 「일신상 진리와 모랄」, 『조선일보』, 1938.4.24.
31 김남천, 「경영」(『문장』, 1940.10), 『한국근대단편문학대계』 3, 태학사, 1988, 725쪽.
32 김남천, 「맥」(『춘추』, 1941.2), 『한국근대단편문학대계』 3, 787쪽.

해 그 여성이 선택한 사상의 세계는 고수된다. 이때 여성은 여전히 사상의 그림자이거나 사상의 현신인 남성의 대리물이다. 『청춘기』에서의 은희는 사상운동을 하는 철수의 현신으로서 의미가 있다. 은희가 고결하게 자신의 사랑과 양심을 지키려고 하면 할수록 배후에 존재하는 철수의 존재는 더욱 빛나게 된다. 은희는 철수의 그림자인 것이다. 이러한 여성인물의 형상은 『초향』에서 초향의 인물형상에서도 반복된다. 초향의 고결한 자존심과 자기 긍지는 상해에서 활동하는 오빠의 존재에 의해 지탱된다. 더 이상 국내에서 사상적 활동을 할 수 없는 오빠들의 대리인물로서 이 여성들은 더욱 이상화되고 고결해지는 것이다.[33]

그런 의미에서 여성이라는 타자에 대한 시선은 한설야 문학의 어떤 기반을 확인할 수 있는 근거가 되는데, 일제 말의 작품인 『대륙』에서 이는 더욱 분명해진다. 우선 『대륙』이 남녀 인물의 애정갈등을 묘사하는 방식이 동어반복이라고 할 만큼 『황혼』과 동일하다는 점을 지적할 수 있다. 남녀 인물의 애정갈등이라 함은 신분이 다른 두 남녀가 주위의 반대에 부딪쳐 갈등하게 되는 것을 말하는데, 『황혼』에서의 여순-경재의 관계는 『대륙』에서의 마려-오야마의 관계와 유사하다. 현옥의 아버지인 안중서는 여순을 성적으로 겁탈하려는 야심을 가지고 호시탐탐 기회를 노리며 경재의 아버지 김재당은 안중서의 재력을 얻기 위하여 여순에게 경재와의 사랑을 포기할 것을 종용한다. 여순은 이러한 주위의 반대와 음모에 부딪혀 경재와의 관계를 포기하려 하고 결국 사랑

33 이경재는 앞의 글에서 『청춘기』, 『초향』의 여성인물을 경직된 사제관계로서의 오빠-누이 관계로 해석한 바 있다. 이경재, 앞의 글, 250~253쪽 참조.

을 버리고 더 높은 것을 얻겠다는 결심으로 경재를 떠나려 한다. 이러한 인물 간의 관계와 그로 인해 발생하는 사건은 『대륙』에서 그대로 반복된다. 안중서가 고토 사장이라면 그의 조카인 유키코는 현옥에 해당하는 셈이다. 우선 이들의 사이에서 일어나는 사건과 그에 대한 묘사가 얼마나 유사한지 확인해 보자.

① "얼른 가요, 네."

두 사람은 잠간 침묵에 잠긴 채 걸어왔다.

"선생님두 술 잡수섯군요."

"……."

"술 잡숫지 마세요."

그래도 경재는 아무 말도 하지 안는다.

려순은 한걸음 뒤떠러저서 그늘진 편으로 걸어오며, 경재가 보지 안케, 머리도 쓰다듬어 올리고 옷도 바로잡아 입는다.[34]

①′ "무슨 일이야?"

"아무 일도 아니에요. 빨리 가요."

두 사람은 말없이 걷기 시작했다. 그녀는 오야마가 눈치채지 않도록 흐트러진 머리와 옷을 바로잡고 있었다. 오야마는 그걸 보고 있는 것이 아니었다. 그 태도에 뭔가가 있었다. 순간 그는 불순한 뭔가를 느끼며 반사적으로 그녀의 얼굴을 바라보았다.

34 한설야, 『황혼』, 『한국장편소설대계』 23, 237쪽.

"오야마 씨도 술을 드셨군요."

갑자기 그녀가 혼잣말처럼 그런 말을 내뱉었다.

"오야마 씨, 술 마시지 마세요."

그런 말도 했다. 오야마는 여전히 말이 없었다.[35]

② 그가 쓰던 글자가 다시 력력히 머리에 살아오는 순간 경재는 저윽히 반감을 늣기며 몸이 구더졌다.

'이현옥', '사장', '경재', '아버지', '내부내자(乃父乃子)' …… 이런 문구가 경재의 눈에 들어왓든 것이다.

려순이가 쓰고 지우던 문구를 경재는 다시 생각하였다. 허무지튼 철필자죽과 가늘게 씨여지던 글자가 머릿속에서 마치 활동사진의 어떤 장면가티 빠른 속도로 휙휙 날러지나간다.

(…중략…)(약자여! 너의 일흠은 여자다!)

그는 속으로 이러케 부르지젓다.[36]

②' 그렇지만 오야마는 이미 또렷이 보고 말았다. 종이의 절반에 지워진 선과 '유키코', '고토 유키코', '오야마 유키코'라는 글자 여러 개가 큰 자막처럼 그의 눈에 들어왔다. 그리고 그것이 그의 뇌리를 스쳐 지나갔다. 그는 그 뒤로 한 마디도 하지 않았다. 아무 말도 하고 싶지 않았다.

'약한 자여…….'

---

35 한설야, 『대륙』(『국민신보』, 1939.6.4~9.24), 김재용 · 김미란 · 노혜경 편역, 『식민주의와 비협력의 저항』, 역락, 2003, 85쪽.

36 한설야, 『황혼』, 『한국장편소설대계』 23, 325쪽.

'인간적인 너무나 인간적인…….'

세익스피어와 니체의 유명한 대사가 면도날처럼 날카롭게 머리를 스쳐 지나갔다.[37]

①과 ②는 『황혼』에서 인용한 것이고 ①′와 ②′는 『대륙』에서 인용한 것이다. 인용에서 알 수 있듯이 여순과 경재, 마려와 오야마 사이의 관계에서 빚어지는 애정갈등과 전개양상은 거의 유사하다. 여순(마려)은 중서(고토)에게 겁탈당할 뻔하였으나 겨우 그 자리를 빠져나와 거리에서 경재(오야마)와 마주친다. 여순(마려)은 중서(고토), 현옥(유키코), 경재(오야마)의 관계 때문에 고민하며 자신의 사랑을 포기하려 한다. 중서와 현옥이 부르주아 자본가 계급의 속물성과 천박함을 대표한다면, 여순은 지식인 계급의 여성으로서 가난한 환경에도 굴하지 않고 자신의 의지를 지켜나가는 인물이다. 동일한 서사 구도 속에서 고토와 유키코는 식민제국의 주체로, 마려는 식민지의 여성으로 변형된 것임을 알 수 있다. 『황혼』의 계급대조의 구도는 『대륙』에서 식민-피식민의 구도로 변형된다. 부르주아 계급의 도덕적 타락과 이기심의 자리에 식민제국을 놓음으로써 한설야는 사회주의를 버리지 않고서도 식민제국에 대한 반대의 태도를 분명히 할 수 있었으며 마려의 시선을 통해 식민 제국의 탐욕에도 불구하고 쉽게 정복되지 않으며, 정복될 수 없는 식민지의 형상을 제시했다.

한설야는 『대륙』에 『황혼』을 겹쳐 놓음으로써 계급-여성의 주체를 구축하고 여기에 차별받는 만주인으로서의 조마려의 형상을 그려냄으로써

37 한설야, 『대륙』, 『식민주의와 비협력의 저항』, 137쪽.

탈식민의 주체를 추가한다. 만주를 배경으로 식민-피식민의 관계가 복합적이고 중층적인 현실 위에 놓여 있음을 효과적으로 그려내고 있는 것이다. 이는 『황혼』에서는 존재하지 않는 서사, 오야마가 만주의 마적에게 납치당하는 사건에서도 드러난다. 제국에 반대하지만 여전히 제국적 주체인 오야마는 개척지의 마적이라는 낯선 타자에 의해 위협당하며 역시 피식민지인인 마려에 의해 구출된다. 제국적 주체가 온전히 통합할 수 없는 미지의 식민지는 곧 탈식민의 가능성으로 이어지는 단서가 될 수 있다.

그런데 문제는 그 다음이다. 『황혼』에서 여순은 경재의 세계와 결별하고 준식의 세계로 이동했다. 그러나 『대륙』에서 마려는 여전히 오야마(경재)의 세계에 머물면서 오야마와 결합한다. 마려에게는 이동할 준식의 세계가 없었던 것이다. 그렇다면 오야마가 고토의 세계와 결별하여 이루고자 하는 것이 무엇인지가 문제가 될 터인데 그 부분이 애매하다. 오야마 역시 고토의 세계를 떠나 이동할 세계를 갖고 있지 못하기 때문이며 그러므로 오야마가 말할 수 있는 것은 군부와 결탁한 재벌에 대한 비판뿐이다. 선행 연구에서 지적된 바와 같이 『대륙』은 동아협동체론을 사상적 근거로 삼고 있는 작품이다. 한설야는 제국의 폭력에 대응하는 동아시아 민중의 연대로서의 동아 협동체론에 한편으로는 공감하면서 그 연대가 제국의 주도에 의한 것이 아닌, 재벌과 군부의 힘을 배제한 곳에서야 비로소 실현될 수 있음을 『대륙』을 통해 말하고자 했다.[38] 동아협동체의 이상을 실현하는 주체로서 오야마와 히로시는, 재

38 동아협동체론과 『대륙』에 대해서는 김재용, 「일제 말 한국인의 만주인식」, 『일제 말기 문인들의 만주체험』, 역락, 2007; 윤대석, 「'만주'와 한국문학자」, 『식민지 국민문학론』, 역락, 2006 참조.

벌과 군부의 간섭 없는 민간의 국제적 연대와 새로운 대륙건설의 사업에 분주하지만, 이러한 이상은 재벌과 군부에 장악된 제국의 현실 앞에서 멈춰 선다. 『황혼』에서 경재는 자신의 가족들에 대해 비판적임에도 불구하고 결국은 그 한계 내에 머무를 수밖에 없는 계급적 위치를 표상했다. 계급이 식민의 문제로 변형된 『대륙』의 서사에서도 오야마가 제국의 지식인이라는 한계를 벗어날 가능성은 희박하다. 이는 동아협동을 이야기하면서도 여전히 제국의 위치를 버리지 않은 동아협동체론의 맹점과 상통하는 바가 있다. 오야마의 시선으로는 더 이상 탐구될 수 없는 이 문제는 타자로서의 마려의 존재에 의해 다시 해석될 수 있을 터인데 소설은 마려를 계몽적 남성의 시선에 응답하는 여성으로 타자화함으로써 이 문제를 봉합한다.

『대륙』의 서사는 고토의 세계와 결별한 오야마와 히로시가 대륙에서 자신의 꿈을 펼치겠다는 다짐과 결의로 마무리되지만 오야마와 히로시의 벅찬 결의에도 불구하고 그 내용은 추상적이다. 이는 타자화된 마려의 형상과도 연동된다.

오야마가 길게 말했다.

"그렇군요. 모두가 힘을 합하면 힘이 두 배, 세 배가 될 겁니다."

마려가 말을 하기 시작했다. 그녀는 마음속으로 유키코를 그리워하고 있었다.

"그래요. 오야마 군의 말대로 모두 대륙을 밝히는 등대가 되는 겁니다. 그리고 강하고 바르고 밝게 비추면 빛나는 만큼 그 빛에 의지해서 많은 중생들이 모여들겠죠. 확실히 그럴 겁니다."

하야시도 마려에게 그렇게 말했다.

"그것은 어려운 일임에 틀림없어요. 대체로 어떤 해결을 타인에게서 찾을 때 모든 것이 어렵게 됩니다. 그러나 그것을 전환시켜 자기 자신 속에서 찾을 때 그 어려움은 반정도 가벼워지게 됩니다. 그러니까 모든 출발점을 자기 자신에게서 찾아야만 한다고 생각합니다. 그런 각오로 다시 일어서겠습니다. 마려 씨도 찬성해 주시겠죠?"

"네. 찬성합니다."[39]

오야마와 하야시가 길게 자신의 결의를 말할 때, 마려의 말은 사라진다. 그녀는 오야마와 하야시의 말에 찬의를 표하는 역할을 하고 있을 따름이다. 추상적 결말의 불충분성은 조마려를 오야마의 여자로 타자화시킴으로써 봉합된다.[40] 조마려는 만주인의 긍지와 현실인식을 가진, 제국의 타자로서 서사를 이끌고 나가지만, 이는 만주인이라는 정체성과 여성이라는 정체성을 함께 가졌을 때까지의 이야기이다. 모든 갈등이 해결되고 조마려가 오야마의 여자가 되었을 때, 조마려는 오야마의 포부와 이상에 동참하는, 혹은 그 이상에 감화되는 계몽의 대상이 된다. 이 이상과 현실의 괴리를 따져 묻고 거기에서 동아협동체의 문제성을 탐구해야할 시점에서, 이상화된 여성인물은 이상적 결말로 흡수되고, 그리하여 더 이상의 반성과 비판은 중지된다. 여성에 대한 타자화는 다시 한 번 서사의 균열과 비약을 봉합하는 장치로 작용한다. 카프 해산 이

39 한설야, 『대륙』, 『식민주의와 비협력의 저항』, 167쪽.

40 『대륙』에서의 여성의 타자화와 그 의미에 대해서는 졸고, 「만주서사와 (탈)식민의 타자들」, 『어문학』 108, 2010 참조.

후, 제국의 논리가 더욱 강력하게 식민지의 문학을 압박하는 상황에서 여전히 유지되는 이전의 사상과 그것으로부터 비롯된 계급대립의 구도는 제국의 권력에 대한 비판적 입지점을 확보할 수 있게 한다. 그러나 한편 남성 중심적 시선에 의해 타자화된 여성이 서사의 균열을 봉합하는 논리로 활용됨으로써, 제국과 식민지의 관계를 탐구하는 방향은 충분히 검토될 수 없었다. 물론 여기에는 군국주의적 파시즘이 문학을 극단적으로 억압했던 시대적 상황이 고려되어야 한다. 그렇지만 타자의 시선을 통해 서사의 문제점을 재발견하고 그것을 통해 문학의 다른 방향을 상상하는 일은 가능성의 한 형식으로서 강조될 필요가 있다.

## 4. 가능성으로서의 프로문학

월북문인의 해금 이후를 본격적 출발점으로 잡더라도 프로문학의 연구는 벌써 한 세대 이상의 시간을 겪었고 그만큼 축적된 연구성과도 적지 않다. 초기의 프로문학 연구가 금지된 자료와 작품의 복원, 프로문학의 실체를 재구성하는 일에 집중되었다면 이후의 프로문학 연구는 연구의 대상에 연구자들의 정체성이 투사된, 사회주의 문학의 전통과 가능성을 탐구하는 일에 깊이 연관되어 있었다. 연구대상의 선택과 해석에 연구자의 관심과 입장이 반영되는 것은 당연한 일이며, 특히 프로문학의 경우 양자는 더욱 밀접하게 관련되어 있다. 그러므로 지금 프로문학을 다시 읽는 일은 진보적 문학의 새로운 활로와 가능성에 대한 탐구를 의미하는 것이기도 하다. 이 글 역시 이러한 문제의식에서 출발하였으며 그러므로 더욱 프로문학은 새로운 관점에서 다양한 방식으로 다시 읽혀져야 한다는 입장에 서고자 했다. 프로문학의 대표적 성과로 일컬어지는 『고향』과 『황혼』을 중심으로 프로소설의 서사와 여성이라는 타자성의 문제를 고민한 것 역시 프로문학을 근본적이고 반성적으로 재검토함으로써 진보적 문학의 활로를 모색해보고자 함이었다.

『고향』과 『황혼』은 프로문학의 대표적 성과로 손꼽히지만 또한 끊임없이 이념적이고 도식적이라는 비판으로부터 자유롭지 못했다. 이 글은 이러한 분열된 서사, 즉 식민지 현실의 총체적인 형상화와 비약적이고 도식적인 결말이라는 분열을 여성이라는 타자성을 기반으로 읽어 보고자 했다. 여성이라는 타자성은 프로문학의 작품들에서 자주 이러한 서사의 분열과 공백을 봉합하는 장치로 등장한다. 여성이라는 타자가 프로문학의 이원화된 서사를 봉합할 수 있었던 이유는 계급적 주체나 남성적 주체의 눈에는 포착되지 않는 현실의 이면, 잉여를 포함하고 있기 때문이며 그러므로 서사의 분열과 봉합은 한편으로는 '다른' 현실'들'의 가능성, 더욱 중층적으로 해석되어야 할 현실을 암시하고 있다고 볼 수 있다. 『고향』의 갑숙과 『황혼』의 여순 역시 이러한 이질적 타자의 위치를 통해 계급성의 문제로 일원화될 수 없는 현실의 이면을 드러낸다. 그러나 이처럼 서사의 균열 속에서 드러난 여성이라는 타자성은 곧 이념적으로 전유됨으로써 서사에서 사라지는데, 이러한 봉합을 통해 프로문학에서의 이념성이 대결하지 않으면 안 되는 현실의 여러 문제들은 생략되거나 축약된다. 이것이 프로문학의 도식성과 이념성의 세부인

바, 타자인식의 결여는 계급성의 서사에서도 결여를 낳는다. 그러므로 프로문학의 이념성과 도식성이라는 흔히 지적되는 한계는 이 봉합을 통해 다시 읽혀질 수 있을 것이다. 봉합에도 불구하고 소멸되지 않는 잉여와 차이는 프로문학이 함축하는 현실의 내용을 더욱 확장할 수 있는 가능성을 남기고 있다. 서사의 균열과 봉합, 그리고 이 과정에서 노출된 타자성은 카프 해산 이후의 작가들의 자기반성, 그리고 일제 말기의 제국 이데올로기의 대응에 대한 문제에도 그 흔적을 남기고 있다.

이 글의 문제의식은 프로문학을 비판하는 논의들이 흔히 반복하고 있듯이 이념적 도식성의 한계를 지적하는 것에 있지 않다. 타자에 대한 자각적 의식의 부재는 서사를 구성하는 방식에서 고스란히 드러난다는 점, 타자의 문제를 서사 속에서 적극적으로 고민하고 해석하지 않는 한, 이념이나 사상의 문제도 온전하게 탐구될 수 없다는 점을 지적하고자 했다. 계급모순의 해결이 없이는 여성해방도 이루어질 수 없다는 것은 사회주의적 여성해방론의 중요한 논리이다. 역으로 여성이라는 타자에 대한 진지한 관심과 고민 없이는 계급문제나 민족문제에 대한 고민도 풍부하게 구성될 수 없다.

여성이라는 타자를 중심으로 한 프로문학의 재검토는 수많은 타자들과의 관계로 이루어진 현실에 대한 새로운 발견과 탐색의 필요성을 제기한다. 여성이라는 약한 고리로 봉합된 서사가 노출하는 막다른 벽, 그것이 프로문학의 모색을 재검토하는 새로운 출구가 되어 줄 것이다. 이는 제국의 이데올로기에 대응하는 탈식민의 가능성을 모색하는 일과도 무관하지 않다.

# 3 근대적 가족제도와 일제 말기 여성담론

## 1. 식민지 여성의 다면적 주체성

강경애의 『인간문제』에는 식민주의와 여성의 문제를 탐구하는 데 있어서 매우 흥미로운 장면이 등장한다. 선비가 인천의 방직공장에 취직한 후 공장의 여공들이 단체로 원유회를 가는 장면이다. 외출과 개인적 활동이 규제되며 검약이 강조되는 생활에 대한 보상으로 한 달에 한 번 실시되는 원유회에는 신궁참배가 포함되어 있다. 여공들의 행렬을 보며 부두 노동자들은 "그들의 옷차림이 암만해도 여공들 같지는 않" 다고 생각하며, 그래서 "공부하는 학생들이 아니어?"라고 말한다. 통제된 생활, 엄격히 규율화된 공장생활을 하던 여공들은 공장 밖에서 다른 존재가 된다. 새 옷을 입고 새 구두를 신은 그들은 여학생들과 동등한 식민제국의 신민이 되는 것이다. 공장 내에서 여공들은 가혹한 노동착취와 노동통제의 대상인 하층여성이었지만 공장 밖의 신궁참배 행렬에서 그들은 식민제국의 동등한 신민으로 호명된다. 다르게 말한다면 식민제국의 동등한 신민으로의 호명은 그들의 공장 내에서의 물화된 노동을 보상하는 기제로 작용한다고 볼 수도 있다. 그리고 여기에 "사람 죽인다! 저게 모두 계집이구먼", "이 애 이 자식아, 하나 데리고 도망가라 하하……"라는 부두 노동자들의 수작이 섞여 든다. 식민제국의 동등한 신민으로서, 여학생들과 같은 주체성이 확보되었다고 생각되는 순간에도 이들은 여전히 남성들에 의해 희롱의 대상으로 '타자화'되는 것이다.

이상과 같은 장면은 문학작품 속에 등장하는 주체는 결코 단일한 주체 위치만을 가지지 않는다는 평범한 상식을 다시 구체적으로 인식하게 만든다. 선비를 비롯한 공장의 여공들은 노동자 주체이면서 민족적 주체이며 또한 젠더적 주체인 것이다. 그리고 이 다면적 주체위치들의 관계를 통해 한 주체의 다면적 주체성이 구성된다. 문학 연구가 이러한 다면적 주체성의 관계양상에 주의를 기울이면서 한 시대의 문학적 담론을 면밀히 분석해야 하는 것은 당연하다. 일제강점기의 여성성에 대한 연구 역시 예외가 될 수 없다. 대체로 여성성과 관련한 연구에서 주로 부각되는 것은 여성주체이기 쉽지만 이 여성주체는 결코 여성이라는 젠더적 성격만을 지닌 주체는 아니다. 그들의 계급적 위치, 민족적 위치, 젠더적 위치가 어떤 양상으로 결합하고 갈등하며 봉합되는가를 섬세히 분석할 때 문학담론의 중층적인 성격, 그것이 당대 사회에 적용됨으로써 발생되는 효과와 가치는 좀 더 선명하게 드러날 것이다.

이 글은 일제 말기 식민주의에 협력한 여성들의 담론이 지닌 다면적 주체성을 검토하기 위한 글이다. 그간 일제 말기 식민주의와 여성에 관한 연구는 식민주의와 여성성 문제가 절합되는 양상에 다양한 시각으로 접근함으로써 상당한 성과를 축적해 왔다. 일제 말기 여성들의 친일담론을 '평등에 대한 유혹'이라고 정리한 이선옥의 연구,[1] 최정희와 임순득의 문학을 비교하면서 페미니즘과 내셔널리즘의 관련양상을 밝힌 이상경의 연구,[2] 일제 말기 여성담론이 어떻게 여성성을 왜곡하면서 위계화하고 있는가를 밝힌 심진경의 연구[3] 등은 대표적인 성과에 해당한다.[4] 이들의 연구에 의해 친일문학과 여성의 문제는 비로소 하나의 체계 속에 자리 잡게 되었으며 이 글 역시 이들 연구의 성과가 있었기에 가능한 것이다. 그러나 위의 연구들은 대체로 여성성과 민족주의, 혹은 제국주의와의 관련 양상에 초점이 맞추어진 연구이며 또한 일제 말기 담론의 양상에 한정되어 있다는 점에서 연구의 폭이 더욱 확장되어야 할 필요성을 남겨 두고 있다. 이러한 문제의식에 따라 이 글에서는 한편으로는 여성적 주체, 제국주의하의 피식민 민족이라는 민족적 주체, 그리고 계급적 주체로서의 여성의 중첩된 주체성이 어떻게 결합되어 있는가를 검토하면서, 다른 한편으로는 이전의 여성담론과 일제 말기의 여성담론이 어떻게 관련을 맺고 있는가를 검토해 보고자 한다. 이 과정을 통해 식

---

1 이선옥, 「평등에 대한 유혹」, 『실천문학』, 2002 가을.
2 이상경, 「식민지에서의 여성과 민족의 문제」, 『실천문학』, 2003 가을.
3 심진경, 「여성작가, 애국부인 되다」, 『한국문학과 섹슈얼리티』, 소명출판, 2006.
4 이밖에 참고할 만한 연구로는 김양선, 「친일문학의 내적 논리와 여성(성)의 전유 양상」, 『실천문학』, 2002 가을; 이선옥, 「여성해방의 기대와 전쟁동원의 논리」, 김재용 외, 『친일문학의 내적 논리』, 역락, 2003; 김재용, 「최정희—모성과 국가주의의 결합」, 『협력과 저항』, 소명출판, 2004.

민지 치하 여성주체의 다중적 주체성이 문학적으로 어떻게 드러나는지가 제한적으로나마 밝혀질 수 있을 것이라고 생각한다.

## 2. 신여성은 모두 어디로 갔나

일제 말기의 여성동원 이데올로기를 접하면서 이전의 그 많던 신여성은 다 어디로 갔을까라는 질문을 하게 된다. 이런 질문을 하게 되는 이유는 일본의 식민주의가 내세웠던 여성동원의 이데올로기, '현모양처' 이데올로기가 여성의 입장에서 그리 만족스러운 여성 정체성을 보여주지 않는다고 생각하기 때문이다. 전선의 후방에서 남편과 아들이 전쟁에 전념할 수 있도록 물자를 절약하고 힘써 노동하며 전쟁을 돕는 일, 이른바 '총후부인'의 역할이나 아들을 영광스러운 전쟁에 바치는 데 조금도 망설임이 없는 '군국의 어머니' 역할은 집 안과 밖, 가정생활과 사회생활을 분리하고 여성을 가정에 귀속시키는 전형적인 남녀성별 구분의 이데올로기일 뿐 아니라 전쟁이라는 기정사실을 사회적 성원의 이름으로 사고할 자격 자체를 부여하지 않는 철저한 여성소외의 이데올로기이기도 하기 때문이다. 그러므로 가정 내에서 검약과 성실을 생활화하고 마을 단위로 구성된 애국반원으로 전쟁의 가치를 알리고 참여를 독려하는 여성들의 역할이란 전통적인 가부장제 내에서의 여성역할과 큰 차별성을 지니지 않는 것처럼 보인다.

그리고 1920년대 전통적 가부장제에 반기를 들고 여성의 주체성과 권리를 주장했던 여성들은 일제 말기에 이상과 같은 가부장적 전쟁참여 논리를 계몽하는 자리에 있었다. 그들은 당대의 여성들에게 전쟁의 중요성을 알리고 총후여성으로서의, 군국의 어머니로서의 역할을 충실히 수행해야 한다고 주장했다.

> 그러므로 오늘의 주부로서는 매일 요리에 대한 걱정, 행주 하나, 걸네 한쪽에 대하여 검약하는 것, 식탁에 마주 앉었을 때에 자녀들과의 대화에 이르기까지 평시에는 우리가 문제시도 하지 않든 사소한 점에도 진중한 태도를 갖지 않어서는 안됩니다.[5]

> 내지 부인이 출정하려는 내 자식 내 남편에게 집일은 염려 말고 천황폐하에게 목숨을 '바치시요' 하는 그 말이 진격 중의 그들에겐 둘도 없는 큰 위안이며 마음을 분기시키는 원천이올시다. '총후는 우리가 지킵니다' 하는 이 말이 우리들의 본정신일 것입니다.[6]

교육계의 인사였던 허하백과 김활란의 위와 같은 인식은 당시에 주요 지면에 자주 등장했던 여성담론의 스테레오타입이라 할 만하다. 이들은 조선사회에서 선진적 교육의 수혜를 받은 이른바 신여성들이었으며 그러므로 이들의 여성인식을 이전의 여성담론과 비교해 볼 필요가 있다.

5 허하백, 「총후여성의 힘」, 『조광』 76, 1942.2.
6 천성활란, 「여성의 무장」, 『조광』 76, 1942.2.

1920년대의 신여성들은 전근대적인 남녀불평등과 봉건적 인습에 반대하여 여성의 자유와 해방을 주장했고, 이는 "다음 세대를 짊어질 아이들을 교육할 당사자인 여성들을 개화시킬 필요"가 있었기 때문에 사회적 기대를 모으기도 하였다. "즉 '신여성'들이 신학문을 익히고 신사상을 받아들여 새로운 '현모양처'로 다시 태어나"[7]기를 당대의 지식인 남성들은 바라고 있었던 것이다. 이는 "근대적 실력양성을 위해 민족 운동에의 참여 및 여성 교육의 필요성을 인정"[8]하는 남성들의 의견과 합치되는 부분이 있다. 그러나 그것이 "국가가 요구하는 국민을 길러내고 내조하는" "현모양처론"이었기에 "자율적 인간으로서의 여성을 지향했던 일부 신여성들에게 민족주의적 현모양처론은 이미 그러한 생각의 표현과 행동의 자유를 억누르는 억압의 기제로 작용"[9]했다는 것도 분명하다. 신여성담론은 전근대적이고 봉건적인 사회의식이나 민족주의적 여성해방론이 지니는 보수적 성격과 충돌하면서 더욱 급진적인 여성해방론으로 나아갔던 것이다. 그리고 이러한 신여성들이 주장했던 여성의 자유로운 욕망표현과 이른바 자유 연애론과 같은 행태는 신여성을 불륜과 사치와 허영의 표상으로 치부하는 담론을 형성했고, 신여성들은 이러한 당대의 비난과 배제의 담론과 싸워나가기도 했다는 점은 이미 널리 알려진 바이기도 하다. 사실 "국가가 요구하는 국민을 길러내고 내조하는 현모양처"를 이상적인 여성상으로 삼았던 민족주의

7 이노우에 가즈에, 권희정 역, 「조선 '신여성'의 연애관과 결혼관의 변혁」, 문옥표 외, 『신여성』, 청년사, 2003, 185쪽.

8 송연옥, 「조선 '신여성'의 내셔널리즘과 젠더」, 위의 책, 108쪽.

9 이상경, 「나혜석의 여성해방론」, 『한국근대여성문학사론』, 소명출판 2002, 202쪽.

적 담론은 총후부인과 군국의 어머니를 이상적 여성상으로 삼았던 일제 말기의 국가주의 담론과 그 구조상으로 유사하다. '국가'가 달랐고 '독립'과 '전쟁동원'이라는 목적은 달랐지만 이 담론은 결국 여성을 보조적 위치로 규정하고 내조와 지원을 본분으로 삼게 한다는 점에서 여성의 주체성과 권리주장에 있어서는 적대적인 담론이 될 수밖에 없는 것이다.

그러므로 봉건적 가부장제, 근대계몽기의 여성담론, 일제 말기 국가주의는 모두 가부장적 성역할 규정이라는 점에서 공통점을 지닌다. 그러나 전근대적 가부장제, 민족주의적 여성담론에 대해서는 급진적인 개인의 자유와 해방을 주장했던 신여성들이 국가주의가 요구하는 가부장적 여성역할에 대해서는 동일한 논리를 유지하지 못했다. 이는 물론 일차적으로는 1930년대 후반 이후 전면적 전쟁체제에서 언론과 사상, 일상생활까지 통제되었던 시대적 강압 때문일 것이다. 그러나 시대의 변화나 사회적 강압만으로 이러한 변화를 충분히 설명할 수는 없다. 시대적 변화나 사회적 강압 속에서 개인의 주체성이 변화해 가는 과정은 또한 그 시대의 논리를 내면으로 받아들이고 스스로를 동화시키는 과정이 반드시 포함되기 때문이다. 그러므로 일제 말기에 강조된 '총후여성'이나 '현모양처'의 이데올로기를 당대의 신여성들이 자발적으로 받아들일 수 있었던 까닭을 좀 더 따져볼 필요가 있다.

1920년대 신여성들의 자기주장과 여성해방론은 일차적으로는 3・1운동 이후 일시적인 문화정책과 언론의 자유에 힘입은 바 크지만, 근본적으로는 구시대적 봉건잔재와의 싸움이 지니는 명분 때문에 더욱 위력적일 수 있었다. 여성에게 교육의 기회가 봉쇄되는 현실, 조혼과 가부장에 의한 일방적 결혼의 인습은 자유와 인권에 대한 당대 여성들의 열망을 한층 더 폭발적으로 터져 나오도록 하였을 것이다. 민족주의적 여성담론 역시 여성의 계몽과 교육이 필요하다는 점에는 동의했지만 봉건적 가부장제가 여성을 바라보는 시선과 근본적인 차별성을 갖지는 못했다. 그들은 딸과 애인의 교육에는 찬성했지만 어머니의 모성은 여전히 옛 자리를 지켜 주기를 바랐던 것이다.[10] 그러므로 신여성의 저항은 당시의 남성 중심적 담론에 대한 저항이면서 동시에 봉건적 가부장제에 대한 저항일 수 있었다. "식민지 시기에 많은 신여성이 정치적 입장이나 사상을 넘어서 반발하고 싸우고자 한 대상은 가부장제"였고 "따라서 가부장제에서의 해방을 약속하는 공간이었던 근대 가정은 신여성의 이상"[11]이었던 것이다. 문제는 그 이후이다. 조혼과 강제결혼의 인습에서 고통 받던 여성들, 그리고 이미 조혼한 아내가 있는 기혼자들과의 자유연애가 근대적 가정의 체계 속에 자리 잡게 된 이후의 여성에게 가부장제는 어떤 방식으로 사유될 수 있는가. 핵가족화된 근대 가정 내에서 여성은 남성과 동등한 가족의 일원으로 자리매김하게 되고 따라서 가사노동과 자식 양육은 그의 격상된 지위에 걸맞은 역할로 인식될 근거를 마련한다. 구시대의 모성은 강요된 희생과 헌신의 낡은 관습이겠지만 근대 가정 속에서 모성은 자신의 자유의지에 따른 역할이고 책임이 되는 것이다. "근대적 여성성은 그 태생부터 조선의 유교적 가

10 자유연애를 통해 어머니가 정해준 결혼을 파기하고 옛 애인과 새로운 생활을 시작했으나 결국은 남겨둔 자식을 위해 모성의 자리로 되돌아가는 나도향의 「어머니」 같은 작품이 이를 여실히 보여준다. 이정옥, 「모성신화, 여성의 또 다른 억압 기제」, 『여성문학연구』 3, 2000, 123~125쪽 참조.

11 송연옥, 앞의 글, 113쪽.

부장제가 일제하의 근대적 지식과 기이하게 결합하면서 만들어졌"[12]지만 문제는 이로 인해 그 근대적 가정의 안주인이 된 여성들이 자신들의 주체성을 주장하기가 점점 곤란해졌다는 점이다. 그들은 근대적 가정 내에서 타자화된 자신의 성정체성을 주장하기보다는 근대적 가정의 안주인으로서의 위치를 인정받는 것으로 남성 중심적 / 국가주의적 담론에 응답한다.

그리고 이들이 대부분 핵가족 중심의 근대가정을 유지할 수 있었거나 혹은 그에 대한 환상을 유지할 수 있었던 교육받은 지식인이었다는 점에도 주목할 필요가 있다. 남성작가들이 "여성에 대한 계몽적 언설을 만들어낼 때 계몽의 주체로 거듭나면서 식민지 남성에게 부여된 열등화된 이미지를 벗어날 수"[13]있었던 것과 유사하게, 이 지식인 여성들 역시 대중 앞에서 전시하의 여성의 생활을 계몽하고 교육하면서 스스로가 우월한 계몽자의 위치에 서게 된다. 식민지인으로, 여성으로 2중으로 타자화된 위치는 국가의 담론을 대중에게 전달하고 계몽하는 위치에 서게 됨으로써 국가담론의 대리자라는 우월한 위치로 역전되는 것이다. "여성대중을 향한 계몽의 필요성은 실제 여성지식인들에게 상당한 공적 권력과 담론적 주체가 되는 계기"를 마련했다. "국가의 성원으로 호명된 여성들이 남성과 동등하게 신민으로서의 자격과 공적영역으로 진출"[14]할 수 있게 되었다는 기대는 그들이 적극적으로 친일담론

---

12 김양선, 「식민지 담론과 여성 주체의 구성」, 『한국여성문학연구』 3, 2000, 265쪽.

13 이선옥, 「평등에 대한 유혹」, 『실천문학』, 2002 가을, 264쪽.

14 이선옥, 「여성해방의 기대와 전쟁 동원의 논리」, 『친일문학의 내적 논리』, 역락, 2003, 240쪽.

을 생산할 수 있도록 했다. 이들 여성지식인들의 친일담론을 통해 우리는 식민주의 담론에 민족적, 젠더적 위계화 이외에 계급적 위계화 역시 내장되어 있음을 알 수 있다. 그리고 '여성해방-근대적 가족구성-국가주의적 여성동원' 논리를 모순 없이 내면화할 수 있었던 여성은 당대에 극소수를 차지하는 지식인 여성에 국한되었다고 할 수 있다. 어쩌면 군국주의 이데올로기에 의해 절대화, 타자화된 여성은 근대적 핵가족 내에 모순 없이 안착할 수 있었던 부르주아 지식인 여성에게 한정된 것일지도 모른다. 이 중에서도 특히 모성 이데올로기는 중요한 의미를 차지한다. 식민지 여성의 민족적, 젠더적, 계급적 주체의 복합적이고 다층적인 관계국면을 가장 여실히 드러내 주고 있는 것이 바로 이 '모성'을 둘러싼 이데올로기화 과정이기 때문이다. 국가주의적 전쟁동원논리와 식민지배의 이데올로기가 여성을 호명하는 중요한 기제로 모성을 활용하였다는 점 이외에도 일제 말기의 '모성'을 둘러싼 균열과 모순을 눈여겨보아야 하는 이유도 여기에 있다.

## 3. 근대적 핵가족과 국가주의, 반쪽의 여성성

페미니즘 논의에서 모성은 늘 양가적인 의미로 거론된다. "헌신과 인내의 이름으로 말소"되는 어머니, "가부장제적 질서에 충실한 보수집단의 하나"[15]로 인식된다는 점에서 딸들에게 어머니는 부정되거나 단절되어야 하는 존재로 여겨지기도 한다. 또한 남성중심적 담론에서 꾸준히 어머니는 희생과 헌신의 화신으로 신비화됨으로써 개인의 자유와 정체성을 주장하고 평등과 인권존중을 지향하는 여성들을 인륜에 어긋난 일탈자로 치부하도록 하는 근거가 되었기 때문에 여성들은 이러한 모성담론에 적대적일 수밖에 없었다. 그러나 한편으로 모성은 여성의 고유한 체험으로 경쟁과 권위의 담론을 부정적으로 드러내면서 나눔과 돌봄, 연대와 친밀의 새로운 문화를 만들어낼 수 있는 대안으로 여겨지기도 한다. 그러나 이른바 "'페미니즘 가족 로망스'가 여전히 딸의 경험에 의존하고 있기 때문에 어머니의 지위를 불안정한 위치에 놓는다"[16]든가 "베풂과 살림의 모성적 경제가 여성을 다시 모성적 정체성에 묶어 놓을 가능성"[17]이 있다고 경계되고 있는 것과 같이 페미니즘적 입장에서 모성은 여전히 논란 속에 있다.

친일문학 연구에 있어서도 모성의 문제는 상당히 복합적인 맥락 속에 놓여 있다. 친일여성 중 문학 분야에서 가장 두드러진 활동을 편 최정희의 문학에서도 모성의 문제는 매우 복합적이고도 중층적인 의미망을 가지고 있어 주목된다. 이는 '총후부인'의 역할을 다룬 「장미의 집」과 '군국의 어머니' 역할을 강조하는 「야국-초(野菊-抄)」를 비교해 보아도 알 수 있다. 「장미의 집」의 경우, 문제는 비교적 선명하다. 「장미의 집」에 등장하는 성례는 애국반 활동에 열성적으로 참여하며 애국반장이 되지만 아내가 집안에 머물러 있기만 바라는 남편과 갈등을 일으킨

15 서강여성어문학회 편, 『한국문학과 모성성』, 태학사, 1998, 25쪽.
16 위의 책, 14쪽.
17 고갑희, 「여성주의적 주체 생산을 위한 이론」, 『여/성 이론』 제1호, 여이연, 1998, 46쪽.

다. 소설은 성례가 남편을 설득하면서 집 안에서의 아내 역할과 총후부인의 역할이 결코 다른 것이 아님을 확인해 가는 방향으로 진행되며, 이는 당시의 전시체제 하의 국가주의적 여성동원의 이데올로기에서 크게 벗어나지 않는 내용이다. 문제는 이러한 성례의 주장이 자기설득력을 가지게 되는 배경에 있다.

> 집의 구조를 이야기한다면 그들의 서재를 겸한 이 집 중에서 가장 넓은 응접실과 그들의 침실과 또 그 외에 별로 적지 않은 방이 둘이 있고 부엌이 있고, 건물에 비해서 방이 좀 넓었다. 그들이 세간을 나고저 이 집을 지을 때 영세의 어머님이 자기가 살 집이 아닌데도 집을 작게 짓고 쓸데없이 마당을 넓게 마련한다고 잔소리를 끔찍이 하든 것이었다.
>
> 성례와 영세는 이 마당에 라일낙과 목련과 수국과 장미와 또 그 밖에 여러 가지 화초를 많이 심어 놓았다. 화초는 계절을 맞춰 저들의 향기를 왼 뜰안에 풍길대로 풍기었다. 중에서도 장미는 제일 많어서 사방 울타리가 되어 있을 만 했다.[18]

소설의 제목이기도 한 '장미의 집'은 서재와 응접실과 침실을 가진, 정원에 꽃들이 피어나고 그 안에서 화목한 가족이 살고 있는 근대적 '스위트 홈'의 전형이다. 남편 영세는 은행에 다니고 아내 성례는 집안을 가꾸고 알뜰살뜰 살림을 하며 전혀 다툼도 없이 서로를 사랑하고 존중하는 근대적 핵가족의 이상을 표현한다. 이 근대적 핵가족 내에서의

---

18 최정희, 「장미의 집」, 『대동아』, 1942.7.

여성역할은 전쟁의 후방을 책임지는 총후부인으로서의 여성역할로 그대로 이어진다. 남편 영세의 불만은 이 여성역할의 한도를 어디로 정할 것인가의 영역과 관련된 것이지만, 실상 그 역할이라는 것은 집안 / 집 밖의 경계와 전쟁터 / 후방의 경계를 반복하는 동일한 것이기도 하다.

영세와 성례의 갈등이 해결되는 과정을 살펴보면 「장미의 집」에서 시국에 참여하는 여성 역할이 얼마나 한정적인 것인지 더욱 분명해진다. "멍하니 앉아서 하늘을 쳐다보는 여자의 자태가 끝없이 아름다워 뵈는 시대도 있었지만", "저 하늘을 어떻게 하면, 아무 일없이 곱게 지킬 수 있을까 하는 생각을 가지고 바라보는 여자 쪽이 훨씬 더 아름다워 보일 거"라는 성례의 말은 전시하 여성의 역할과 가치가 달라져야 함을 항변하는 최소한의 주장이라 할 수 있다. 그러나 그것마저도 영세에게는 받아들여지지 않는다. 영세와 성례의 갈등은 영세의 친구 남식이 등장하면서 봉합된다. 사치스럽고 허영심 많은 아내 때문에 고민에 빠진 남식은 성례에게 자신의 아내를 감화시켜 달라고 부탁한다. 애국반 반장으로서의 성례의 역할은 "이 동네의 철없는 여자들만이라도 구원"하는 데 있다. 남식의 고민과 부탁을 들은 영세는 그제야 아내의 애국반 활동을 승인한다. 영세의 심경이 변화한 까닭은 첫째, 아내의 애국반 활동이 충실한 내조자로서의 아내의 역할을 벗어나지 않는다는 점을 확인했기 때문이고, 둘째 아내로 인해 고민에 빠진 친구를 돕고 싶은 마음 때문이다. 영세를 설득한 논리는 충실한 내조자를 가져야만 행복한 가장이 될 수 있다는 가부장적 인식이다. 엄밀히 말하면 영세는 아내의 애국반 활동을 허용하는 것이 아니라 내조가 필요한 친구 남식을 돕고 있다고 할 수 있다.

1942년 7월 발표된 「장미의 집」은 1942년 4월 발표된 「2월 15일의 밤」을 개작한 것이다. 간략한 소품이었던 「2월 15일의 밤」은 개작을 거쳐 디테일이 보강되고 서사의 전개도 좀 더 정교해졌다. 주인공의 이름이나 세부묘사를 제외하고 두 작품의 차이는 아내의 애국반 활동을 허용하는 논리에서 드러난다. 「2월 15일의 밤」에서는 싱가폴 함락 뉴스를 계기로 남편과 아내의 갈등이 봉합된다. 싱가폴 함락은 영국으로 대표되는 서구세력을 아시아에서 축출한 상징적 사건이었다. 싱가폴 함락을 통해 일본 제국의 대동아 공영의 논리는 합당한 근거를 얻게 되며 이에 따라 아내의 전시체제 참여도 허용된다. 그런데 「장미의 집」에서 싱가폴 함락 뉴스 대신 성실하고 검소한 내조자로서의 아내 역할이 더 강조되며, 이러한 아내의 역할은 애국반 활동을 정당화하는 근거로 제시된다. 싱가폴 함락의 전과가 여성의 전시참여를 촉구하는 계기는 되었지만 내면화의 근거는 되지 못했으며, 결국 여성의 전시참여는 진화된 가부장제라 할 수 있는 근대적 가족제도 내에서만 한정적으로 인정된다.

그런데 성례에게는 아이가 없다. 그는 총후부인으로서의 성역할을 감당하는 것으로 가정 내의 주부역할에서 벗어나지 않고도 국가주의 이데올로기의 호명에 응답할 수 있었지만, 여기에 모성이 개입된다면 문제는 좀 더 복잡해진다. 현모양처 이데올로기에서 현모란 자식을 잘 길러 국가와 공동체가 필요로 하는 모범적인 성원이 되게 하는 역할을 지니지만, 그 모범적인 성원이 전쟁에 참여하는 병사여야 할 경우에 현모양처 이데올로기는 동요한다. 여기에는 모성에 포함된 또 다른 의미, 자식과의 유대나 생명에 대한 애착이 작용하기 때문이다. 모성의 차원에서 일제 말기 여성의 전시협력은 동요를 겪게 되며 이를 잘 보여 주는 것이 최정희의 「야국-초」이다.

「야국-초」는 근대적 가족제도와 일제 말기 여성담론이라는 이 글의 관심사와 관련하여 중요한 문제제기를 하고 있다. 우선 유부남으로부터 버림받은 여자와 그와의 사이에서 태어난 사생아라는 가족구성에서 문제제기의 첫 번째 항목은 드러난다. 현모양처 이데올로기의 제도적 기반이라 할 수 있는 근대적 가족구조가 갖추어지지 않은 곳에서 모성은 어떻게 사유되며, 또한 그것은 어떻게 국가주의와 결합할 수 있는가의 문제가 제기되기 때문이다. 이러한 설정은 근대적 가족제도와 국가주의적 시스템으로 연결되는 전쟁협력의 논리의 외부에 있는, 또 다른 여성성의 영역을 암시한다. 사랑으로 결합된 남녀관계가 가부장적 제도와 부딪쳐서 근대적 가족구성을 완수할 수 없을 때, 그럼에도 불구하고 모성이 성립될 수 있다면 그것은 생명을 낳아 기르는 모성의 또 다른 측면이 강조됨으로써이다. 모성이 포함하는 이중적 의미, 즉 가족 내에서의 자녀양육이라는 여성의 역할과 가족 밖으로 확대되는 생명존중과 인간존엄의 문제가 국가주의와 충돌하는 단서가 여기에서 마련된다. 그리고 여기에 「야국-초」가 제기하는 두 번째 문제지점의 중요성이 부각된다.

"어떤 방법인데요?"

저는 당신의 안색을 보고 눈치챘지만 이렇게 물었습니다.

"지우는 방법이지."

당신께선 진지하게 이렇게 말씀하셨습니다.

> "당신이라면 간단히 할 수 있는 일이지 않아."
>
> 법률에 위배되는 의술을 저는 배우지 않았습니다. 어찌 그리 두려운 일을 할 수 있겠습니까? 저는 당신의 얼굴을 똑바로 올려다볼 수가 없었습니다. 두려워서. 부드러웠던 당신의 입술에서 그렇게까지 끔찍한 말이 튀어나오리라고 누가 상상이라도 했을까요?[19]

'나'가 미혼모가 되고 아들 승일이 사생아가 된 까닭은 아이의 친부인 남자의 배신 때문이다. 아이를 지우라는 남자의 비정한 요구에 나는 남자와 결별하고 혼자서 승일을 낳아 키운다. 스스로 미혼모가 되기로 결단함으로써 '나'는 가족 내 양육자로서의 여성역할을 넘어서는 생명의 가치로서의 모성을 주장할 수 있게 되는 것이다. 이 지점에서 「야국-초」는 왜곡된 모성을 근간으로 삼고 있는 국가주의 이데올로기에 대한 저항과 공격의 가능성을 포함하게 된다. 그러나 결과적으로 이 가능성은 끝까지 주장되지 못하며, 그래서 제대로 발화되지 못한다.

> "엄마! 내가 전쟁에 나가서 싸우다 죽어도 엄만 이제 울지 않겠지?"
>
> 하라다 교관을 따라서 운동장으로 나올 때였습니다. 승일이가 이런 걸 제게 묻는 겁니다. 저는 승일이의 손을 힘차게 꽉 움켜쥐지 않을 수가 없습니다.
>
> "엄만, 이제 울지 않는단다."[20]

---

19 최정희, 「野菊-抄」(『국민문학』, 1942.11), 김병걸 · 김규동 편, 『친일문학 작품선집』 2, 실천문학사, 1986, 175쪽.

20 위의 글, 183쪽.

「야국-초」는 오래 전 임신한 자신을 버린 남자에게 보내는 '나'의 편지형식으로 되어 있다. 아들과 함께 지원병 훈련소를 방문하는 과정과 과거의 남자가 자신을 버렸던 일이 교차되면서 서술된다. 그러나 자신을 버린 남자에게 주장되는 생명의 윤리와 모성의 가치는 국가주의적 전쟁동원의 논리를 향해서는 주장되지 않는다. 지원병 훈련소의 일상을 보면서 아들이 전장에 보내고도 울지 않는 강인한 어머니가 되겠다고 다짐할 뿐이다. 물론 여기에서 국가주의 이데올로기가 '나'를 설득하는 보상기제는 있다. 용감한 병사를 기르는 훈련장의 규율과 교육, 그 훈육을 통해 양성되는 병사의 국민적 자부심이다. "가부장제의 희생물인 여성에게도 평등한 권리와 보호를 제공한다면 구습에 얽매인 조선을 버리고 과감히 일본을 택하겠다는 논리"를 읽을 수도 있겠지만, 이를 두고 "젠더의 측면에서 보이는 기대감으로 민족 문제를 뛰어넘는 것"[21]이라 해석할 수 있을까. 오히려 젠더의 측면과 민족의 문제가 결코 분리되어 사고될 수 없으며, 「야국-초」의 문제는 타자화된 젠더 위치에서 제기된 문제의식을 끝까지 밀어붙이지 못한 데에 있다고 해야 하지 않을까. 민족주의와 제국주의 모두에서 소외된 여성이 자학적으로 제국주의적 질서에 몸을 던지는 모습을 최정희의 「야국-초」에서 읽어내려고 하는 입장[22]도 재고의 여지가 있다. 제국주의가 국가를 가족의 개념으로 재구성하면서 여성성을 제한했다는 것은 앞에서도 언급한

21 이선옥, 「여성해방의 기대와 전쟁 동원의 논리」, 『친일문학의 내적 논리』, 소명출판, 2003, 258쪽.

22 최경희, 「친일문학의 또 다른 층위 – 젠더와 「야국-초」」, 박지향 외편, 『해방전후사의 재인식』, 책세상, 2006.

바 있다. 그렇다면 제국주의와 가부장제도는 국가주의 / 식민지의 남성의 문제로 분리될 수 없다. 제국주의는 이미 가부장제도를 내부에 포섭함으로써 여성동원의 이데올로기를 만들어 내었다.[23] 자신을 버린 비정한 남자에게 적용되었던 여성적 입장이 제국주의와 국가주의를 향해서는 왜 적용되지 않는가를 질문해야 하는 것이다. 그러기 위해서는 제국주의의 가부장적인 관계구조가 강요하는 모성 이데올로기가 여전히 여성을 타자화시키고 있으며 모성보호라기보다는 모성파괴의 방식으로 작용한다는 점이 지적되어야 할 것이다.

「야국-초」에서 젠더적 주체와 민족적 주체는 갈등을 빚고 있는 것처럼 보이지만 그 갈등은 일면적이다. 그 갈등이 근본적인 것이 되기 위해서는 예컨대 제국주의 이데올로기 자체 내에서 민족적 입장과 젠더적 입장의 관계성이 사유될 수 있어야 한다. 일본의 전쟁 동원 이데올로기는 식민지인들을 전쟁의 도구로 물화시키고 있기 때문에 문제일 뿐 아니라 그 과정에서 여성을 후방의 보조자로 위치시키고 모성을 빌미로 모성을 왜곡하고 있기 때문에도 문제가 된다. 그러므로 자신을 버린 식민지 남성에 대한 여성적 반발감을 이유로 국가주의 이데올로기에 협력하는 것은 논리적으로는 자연스럽지 않다. 그러나 「야국-초」는

23 실제로 「야국-초」에서 여성의 전시참여를 독려하는 논리는 「장미의 집」에서 아내의 역할에 부여된 논리와 다르지 않다. "어머니의 감화라는 건 위대하다고 생각하고 있습니다. 그러니까 제 관점에서 말씀드리면, 반도의 청년이 훌륭한 군인이 되려면 우선 무엇보다도 어머니들의 힘이 크다는 겁니다"(「야국-초」). "여자의 힘이란 위대합니다. (…중략…) 남잘 바보도 만들구, 영웅도 만듭니다. 하늘에라도 오를 용기를 주는 것도 여자요. 개굴창에라도 대가릴 트러박구 죽겠단 못난 생각을 가지는 사낼 만들어 내는 것도 여잡니다"(「장미의 집」). 여기에서 어머니의 힘이나 여자의 힘이란 남성의 수동적 보조자로서의 역할이며 이는 근대적 가족 제도 내에서 내조자와 양육자로서의 여성 역할에 한정된 여성성이다.

이러한 문제를 밀고 나가기보다는 '버림받은 여성'을 내세워 이를 봉합한다. 이 봉합을 가능하게 하는 것은 자신을 버린 남성에 대한 원한과 분노이며 궁극적으로는 전쟁을 수행하는 국가가 지닌 강력한 힘과 규율이다. 「야국-초」에서 지원병 훈련소의 규율과 질서가 매우 압도적인 감동의 요인으로 그려지고 있는 것, 이후의 작품인 「징용열차」(『半島の光』, 1945.2)에서 전쟁을 수행하는 병사들, 나아가 남성의 힘이 일방적으로 찬양되는 것은 그 때문이다. 그리고 그 과정에서 여성성과 식민주의를 관통하는 제한된 성역할의 문제, 여성의 다면적 주체성과 그 관계성의 문제를 더욱 심층적으로 사유할 수 있는 가능성은 차단된다. 식민지 남성을 적대자로 돌리는 대신 제국주의의 호명을 선택하는 논리는 상호 배타적인 이분법을 선택함으로써 그 둘 사이의 관계를 더욱 치밀하게 사고할 고리를 끊어 버리기 때문이다.

'스위트 홈'의 안주인이었던 성례가 국가주의적 여성동원 담론에 주저 없이 참여할 수 있었던 것과는 달리 「야국-초」의 '나'가 군국의 어머니가 되기 위해서는 상당한 모순과 동요를 겪어야 했다. 그리고 「야국-초」는 이 모순과 동요를 징후적으로 드러내고 있다는 점에서 문제적이다. 그러나 이 작품의 문제성은 제한적으로 인정되어야 할 것이다. 근대적 가족제도와 군국주의가 어떻게 그 모순을 공유하는지를 탐구함으로써 역으로 근대적 가족제도가 부여하는 여성상의 허구성을 확인할 가능성은 실현되지 못한다. 가장이 없는 결핍가정의 모성은 국가라는 더욱 강압적인 가부장에게로 귀속된다. 여전히 가족주의의 자장 내에 있는 순응적 여성성의 모습이다. 근대적 가족제도 속에서 순치된 여성성으로도 쉽게 수용할 수 없는 군국주의적 여성억압과 모성파괴가 지니는 가공할 폭력성은 남성적 힘의 찬미로 대체된다. 그러므로 젠더적, 계급적, 민족적 주체로서의 식민지 여성이 지닌 다면적 주체성이, 그 고통과 딜레마가 파시즘과 국가주의의 폭력 속에서 어떻게 사유되어야 하는가 하는 고민은 여전히 오늘의 여성문학에 숙제로 남겨져 있다.

## 4. 다시, 여성주체의 다면성

결론적으로 말해서 전시체제하의 국가주의 이데올로기가 호명한 여성상은 아내와 어머니라는 가부장적 세계 내에서의 분할된 성역할과 그리 다르지 않다. 근대적 핵가족제도하에서 격상된 아내와 어머니의 역할은 평등한 현대여성의 모습으로 현현하여 국가주의 이데올로기에 동의한다. 국가주의가 현모양처의 이데올로기로 관철되는 데는 근대적 가족체계를 통한 여성성의 순치과정이 중요한 역할을 했다고 볼 수 있다.

그러나 앞에서 언급했다시피 이러한 현모양처의 이데올로기는 근대적 핵가족 내에서의 평등에 대한 환상을 지닐 수 있었던 극소수의 여성[24]에 국한된 이야기였다. 일제 말기의 친일담론에서 여성 발화자들이

24 총력전 체제하에서 여성에게 요구된 역할이 민속에 따라 달랐다는 연구를 참고할 수 있다. 일본인의 경우 어머니, 주부·아내의 역할 비중이 높았던 데 반해 조선인 여성들에게는 노동력과 창부·군위안부의 역할이 요구되는 비중이 더 높았다. 가와 가오루, 김미란 역, 「총력전 아래의 조선 여성」, 『실천문학』, 2002 가을, 305~309쪽 참조.

주로 교육계와 종교계의 지식인 엘리트 여성층이었다는 점은 이와 관련이 있다. 그리고 이러한 담론주체들에 의해서 '여성해방-근대적 가족구성-국가주의적 여성동원'의 논리는 모순 없이 결합되어 전달될 수 있었다. 여기에서 모성은 "탈정치화된 가족주의의 테두리"[25] 내에서 현모양처의 성역할에 국한되어 논의되었다. 여성담론에서 모성은 다양한 의미로 분화될 수 있는 것이지만 친일담론에서 모성이 동요와 균열에도 불구하고 비교적 안정적인 모습을 보이는 것도 이와 연관이 있다.

지금까지 한국문학 연구에서 여성담론은 '여성성의 정치'와 관련하여 논의되는 예가 많았다. 여성정체성이 왜곡되고 배제되는 논리의 메커니즘을, 그 속에 포함되어 있는 남성 중심적 담론의 한계를 지적하기 위해서 대체로 여성에게 적대적이었던 담론상황을 전복적으로 다시 읽는 과정은 물론 필요하다. 남성 작가들의 작품 속에 드러난 여성에 관한 상투적이면서도 억압적인 이데올로기를 분석한다든가, 관습화된 여성담론과는 다르게 자신들의 주체성과 욕망을 드러내었던 여성주체들에 주목하는 연구들은 충분히 의미 있고 앞으로도 더욱 심화되어야 할 주제임은 분명하다. 그러나 한편으로 식민지 시기, 특히 일제 말기의 여성담론들이 대체로 지식인 여성의 입장에서 발화된 것이라는 점이 간과되어서도 안 될 것이다. 지나치게 여성적 입장에서만 당시의 여성들을 바라보는 것은 또 다른 방식으로 여성정체성을 고정할 우려가 있다. 그들은 여성이었지만 식민지 여성이었고 또한 부르주아 계급의 여성이었던 것이다.

---

25 이상경, 앞의 글, 203쪽.

여성성은 고정된 것이 아니라 시대적 상황 속에서 늘 다른 방식과 양상으로 재현된다. 일제 말기의 여성담론은 극소수의 부르주아 여성들만이 공적 담론에서의 발언기회를 얻을 수 있었던 시대의 산물이었다. 일례로 일제 말기에 지배적 담론이었던 현모양처의 이데올로기에 의해 모성은 가족제도 내에 한정되면서 순응적이고 고정적인 모습으로 재현되었다. 「야국-초」에서 드러나는 바와 같이 여성에게 요구된 모성의 역할은 가족 내에서는 자신을 버리지 않는 남성상에 의존하고 있고, 가족 밖에서는 자식을 국가의 요구에 맞게 양육하는 데 한정되어 있었다. 「야국-초」의 여성 주인공이 식민지 남성-제국주의 국가라는 양자택일의 논리 속에서 제 3의 가능성을 찾을 수 없었던 것, 거기에서 드러난 균열을 끝까지 사유할 수 없었던 것도 이 때문이다. 그러나 하층계급 여성들의 삶에서 모성은 가족 내의 성역할로 고정될 수 없었으며 그러므로 국가주의의 이데올로기에 고분고분하게 응답할 수 없을 정도로 분열된 모습으로 존재했다. 예컨대 강경애의 「마약」에서 우리는 자식에 대한 강렬한 애정을 지녔으나 그 자식을 양육하는 어머니의 위치를 얻을 수 없었던 하층 계급 여성의 고통을 본다. 「소금」에서 남편이 살아 있던 시절 가족 내의 현모양처가 되고자 했으나 도무지 그것이 가능하지 않았던 봉염 어머니, 남편과의 사이에서 낳은 아이, 중국인 지주에게 겁탈당하고 낳은 아이, 생계 때문에 젖어미로 들어가 자신이 양육한 아이들 사이에서 분열된 모성에 어쩔 줄 몰라했던 그 어머니의 모습도 기억한다. 그 모성'들'은 식민주의의 이데올로기가 호명한다고 하더라도 도무지 어떻게 응답할 수 있을지조차 짐작할 수 없는 정체성으로 구성되어 있다.

그러므로 일제 말기의 여성담론을 연구하는 데 있어서, 당시의 발화 주체들이 한정된 계급 내의 제한된 여성들이었다는 점을 잊지 않는 것은 중요하다. 근본적으로는 그러한 담론에 포함되지 않은, 다양한 주체성의 경우들을 발굴하고 복원함으로써 여성담론의 스펙트럼을 더욱 넓히는 일이 필요할 것이다. 그러나 또한 제시된 자료에 나타난 담론이 전부가 아니라는, 그들의 담론에는 젠더적, 민족적, 계급적 주체위치가 만들어 놓은 한정성이 작용하고 있다는 사실을 끊임없이 환기하는 연구태도도 필요하다. 부재하는 목소리는 다른 주체성들을 통해서도 발견되지만 제시된 주체성들의 한정성을 통해서도 발견될 수 있다. 보이지 않는다고 존재하지 않는 것은 아니다. 일제 말기 여성담론을 연구하면서 국가주의의 이데올로기의 호명에 호락호락 응답하지 않는 여성주체들을 쉽게 발견할 수 없는 것은 아쉬운 일이지만 거기에서 보이지 않는 목소리를 복원하는 일 역시 연구자들이 담당해야 할 과제이다.

# 4 제국의 논리와 여성주체

이선희, 지하련의 소설을 중심으로

## 1. 식민주의와 여성주체

소라가 이 구장네 집에 들어갔을 때 먼저 눈에 뜨이는 것은 흙으로 쌓은 툇마루 위에 손바닥만 한 흑판(黑板)을 걸고 거기에다 '황국신민의 서사(皇國臣民의 誓詞)'를 언문으로 삐뚤빼뚤 서투르게 써 붙인 것이다. 밤마다 마을 사람들이 모여서 외우는데 몇 달이 가도 제대로 아는 사람이 드물다 한다.[1]

소라는 남편의 외도 후 격렬한 부부싸움을 하고 친정집에 갔다가 마음을 달랠 겸 친정 근처의 어촌 마을로 간다. 머물기로 한 구장네 집에

1 이선희, 『처의 설계』(『매일신보』 11.17~12.30), 오태호 편, 『이선희 소설선집』, 현대문학사, 2009, 324쪽. 이하 반복되는 원전 인용은 '글명, 책명, 인용쪽수'로 표기.

서 발견한 것은 '황국신민의 서사'가 붙은 흑판이다. '황국신민의 서사'는 어촌 마을에까지 침투해 있으며, 구장 집에 걸린 흑판이 의미하듯 국민동원의 정책은 강압적이다. 그러나 그 강압의 강도에 비해 효과는 크지 않다. 마을사람들은 밤마다 모여 암송을 강요받지만 제대로 아는 사람은 드물다.

그런데 여기에서 '황국신민의 서사'는 소설 속 주요 서사인 소라와 남편, 그리고 순옥의 삼각관계와 직접적 관련이 없다. 소라와 남편의 애정갈등, 혹은 가정갈등에 '황국신민의 서사'가 개입할 여지는 별로 없어 보인다. '황국신민의 서사'는 작품의 맥락과 무관하며 서사와 결합되지 않고 배경으로 존재한다. 그러나 한편으로 소라가 남편과의 갈등으로 심란해진 마음을 달래려고 찾아간 어촌 마을, 갈등으로부터 이탈된 위로와 진정의 공간에서 '황국신민의 서사'는 발견된다. 이 어촌 마을은 소라가 남편의 외도에 상처받은 마음을 달래려 찾아간 위로의 공간이기도 하지만, 남편의 친구 초석과의 연애의 공간이기도 하다. 소라가 가정으로부터 이탈하려는 시점에서 황국신민의 서사는 비록 제대로 아는 사람은 없을지언정 강압의 표지로 건재하고 있다.

『처의 설계』에 등장한 '황국신민의 서사' 장면은 일제 말기, 제국의 논리와 여성주체를 논하는 데 있어서 중요한 시사점을 제공한다. 이미 군국주의적 사회지배가 전면화되었던 1940년에, 그것도 대표적 친일 매체인 『매일신보』에 연재되었음에도 불구하고 『처의 설계』는 시국적 담론을 소설의 전면에 노출시키지 않고 가정문제와 삼각관계의 연애문제를 주요 서사로 다룬다. 그래서 어촌 마을에서 만난 '황국신민의 서사'는 소설의 중심사건과 연결되지 않고 시국적 배경으로만 존재하고 있다. 그리고 그 시국적 배경으로서의 '황국신민의 서사'는 정책을 추인하거나 선전하기보다는 의심하는 방식으로 배치된다. 중심사건과 '황국신민의 서사' 사이의 거리, 여기에서 일제 말기 시국담론과 여성서사의 거리와 의미를 측정해 볼 수 있을까.

일제 말기 문학의 여성성에 대한 관심은 주로 여성주체를 '수동적으로 구성된' 것으로 파악하는 관점에 기반을 두고 있다. 식민주의의 이데올로기가 어떻게 여성성을 전유하면서 식민주의적 지배논리를 확장했는가를 점검하는 연구들[2]이 대표적이다. 이 연구들을 통해 제국의 여성성 전유의 논리가 어떻게 여성작가들을 설득했는가가 해명되면서 식민지배 담론이 단순한 강압이 아니라 동의와 설득의 담론으로 기능했음을 알 수 있다. 또한 '평등에의 기대'나 '여성의 국민적 역할론'에 부응한 여성작가들이 단지 담론에 포획되는 수동성에만 머무른 것은 아니라 할 수 있다. 그러나 이 시기 여성작가들의 작품에서 드러난 여성주체는 여전히 국가에 전유된 여성성을 전달하는 주체로만 한정된다. 당시 여성작가들의 작품이 처해 있었던 특수한 상황을 고려하면서 일제 말기 문학의 여성성에 관한 연구는 좀 더 확장될 필요가 있다.

당시 여성작가들이 처해 있었던 특수한 상황으로 가령 다음과 같은 조건을 들 수 있다. 당시의 문단이 식민체제의 압박으로 지극히 위축되

---

2 대표적인 연구로 김재용, 「최정희—모성과 국가주의의 결합」, 『협력과 저항』, 소명출판, 2004; 이상경, 「식민지에서의 여성과 민족의 문제」, 『실천문학』, 2003 봄; 김양선, 「일제 말기 여성작가들의 친일 담론 연구」, 『근대문학의 탈식민성과 젠더정치학』, 역락, 2009; 이선옥, 「여성해방의 기대와 전쟁 동원의 논리」, 『친일문학의 내적 논리』, 역락, 2003; 심진경, 「여성작가, 애국부인 되다」, 『한국문학과 섹슈얼리티』, 소명출판, 2006 등을 참조할 수 있다.

어 있었으므로 발표지면이나 허용되는 작품의 성격이 명백히 한정적이었다는 점. 이는 수적으로나 문단의 위계구조적 문제로나 소수자의 위치에 있었던 여성작가들에게는 더욱 강력한 한정으로 작용한다. 즉 이미 문명을 획득한 유명작가이거나 유명인사가 아니라면 발표지면을 얻기도 힘들었을 뿐 아니라 소수자의 존재였으므로 오히려 더 주목을 끌 수밖에 없었던 바, 시국에 적극 협력하는 문학이 아니라면 발표될 기회조차 없었으리라는 점을 짐작할 수 있다. 일제 말기 여성문학에 대한 연구가 한정적 시야 속에서 진행될 수밖에 없었던 또 다른 이유로는 젠더라는 범주와 민족이라는 범주 설정의 차이 문제를 들 수 있다. 당시의 식민지배 담론에 직접 관여하지 않는 작품의 경우 주로 가부장적 질서 내의 가족관계나 애정문제에 관심을 기울이고 있는바, 이는 식민주의에 협력하는 작품도 아니지만 그렇다고 해서 식민주의 담론에 대한 비판적 감각과 거리두기를 보여 준다고 판단하기도 힘들다. 즉 당시의 여성작가 작품들은 작품의 수도 남성작가들에 비해 현저히 적었거니와, 식민주의에 협력하거나 아니면 식민주의와 무관하거나의 판단 속에서 표류할 수밖에 없는 성격을 지니고 있었다.

그러나 식민주의가 젠더의 문제를 전유하면서 다양한 지배 담론을 만들어 온 측면이 강하다면 역으로 젠더의 문제를 중심축으로 문학작품이 식민주의와 관계 맺는 양상 역시 마찬가지로 다양한 방식으로 진행되었다고 보는 편이 타당하다. 『처의 설계』의 예에서 본 바와 같이 그것은 일방적으로 협력하거나 저항하는 것이 아닐 것이며 또한 젠더의 문제가 민족의 문제로 곧바로 전환되는 직선적인 방식도 아닐 것이다. 최정희를 비롯한 몇몇 작가에게 한정되었던 여성작가 연구는 그것이 주로 친일 협력의 문제에만 초점이 맞추어져 있다는 점에서 제한적이며 이는 여성작가들이 당대에 처한 상황을 고려하지 않은 채 진행되었다는 점에서 문제적이다. 이런 연구방식은 여성주체를 거대담론에 귀속되는 수동적 주체로 만들거나 아니면 사회적 상황에 무관한 사적 영역에 여성성을 가두어 둔다는 점에서, 남성중심적 문학 연구의 한 국면을 형성하기도 한다.

이 글은 일제 말기 가족문제를 다룬 여성작가들의 소설을 중심으로 식민주의와 여성주체의 문제를 좀 더 적극적으로 검토해 보고자 한다. 여기에서 적극적이란 말은 식민주의에 협력하고 그 담론에 동의한 수동적 주체가 아니라 나름의 방식으로 제국의 논리를 거스르거나 거기에서 이탈한 주체의 성격을 해명해 보겠다는 의미이다. 가족문제는 당대의 여성작가들의 소설에서 가장 자주 등장하는 범주이기 때문에도 중요하지만 여성성의 문제와 탈식민을 거론하기 위해서도 중요하다. 당시의 식민주의 담론에서 여성의 위치와 역할은 주로 가족의 비유 속에서 이루어진다는 점을 생각하면 가족은 여성주체와 탈식민의 관계를 논하기 위한 중요한 매개가 된다. 본문에서는 가족을 중심으로 한 제국의 논리가 어떻게 구축되었는지를 검토하고 이러한 제국의 여성상에 부합되지 않는 여성의 현실을 다룬 작가들의 작품을 분석하고자 한다. 이선희, 지하련[3]의 작품을 통해 당시의 군국주의적 여성담론과 차별화되는 이들 여성작가의 주체성을 확인할 수 있을 것이다.

3 소설 분야에 국한하여 말한다면 일제 말기 작품활동을 한 여성작가의 수 자체가 많지 않다. 대표적 친일작가인 최정희와 장덕조를 제외하면 이선희, 지하련, 임옥인, 임순득 정도를 거론할 수 있다. 해방 후 친일문제에서 자유로운 문인은 지하련, 이선희 정도였다는 지적(박지영, 「혁명가를 바라보는 여성작가의 시선」, 『반교어문연구』 30, 2011, 180쪽)에서도 알 수 있듯이 이선희와 지하련은 당시의 시국담론에서 비켜나 있었던 대표적 여성작가였다.

## 2. 군국주의적 여성성 구축의 과정과 이탈의 징후

알려져 있다시피 일제 말기 군국주의 담론이 여성성을 전유하는 방식은 가정의 비유를 통해 완성되었다. '군국의 어머니', '총후부인'이라는 상징어가 그 특징을 단적으로 드러내 준다. 이기적 가족애의 감상벽을 넘어서 자식을 군대에 보내고 예정된 죽음을 국가를 위한 영광으로 승화시키는 어머니. 여기에는 생명을 낳고 기르는 어머니로서의 모성애와 국가주의에 헌신하는 강인한 국민정신이라는 화해하기 힘든 가치가 불편하게 상충되고 있다. '총후 부인'은 후방의 전장에서 전쟁물자의 보충과 국민정신의 강화를 위해 가정의 생활을 관리하는 아내의 역할을 강조한다. 애정과 보호라는 사적 공간의 특성은 국민정신을 함양하고 국가주의적 전쟁동원의 후방기지의 역할을 하는 공적 의무의 최소단위로 치환된다. 군국주의적 가족담론은 가족을 사적 공간에서 공적 공간의 일부로 전환시키는 메커니즘을 거쳐서야만 완성될 수 있으며, 여기에서 여성은 그 전환의 결정적 매개 역할을 한다. 그럴 수밖에 없는 것이 가족담론 속의 남성은 가족을 부양하고 가정을 책임지는 역할을 통해 이미 공적인 공간에 귀속된 존재였으므로, 가족이라는 집단을 공적인 기관으로 변환시키기 위해서는 사적 영역의 담당자라 여겼던 여성의 역할변환이 필수적이었다. "하나의 국가가 일정하게 동질한 국민의 정체성을 형성하고자 할 때 여성, 가족, 혈통과 같은 범주들은 균질화된 국가성원으로서의 개인의 성격을 규정하고 이를 출산이나 혈연처럼 절대적인 것, 자연스러운 것으로 만들어내는 데 유용한 기제"[4]였던 것이다.

그러나 사적 공간을 공적 공간의 단위로 재편하고 그것을 군국주의적 국가정체성으로 균질화하는 것이 간단히 가능한 일은 아니었다. 이를 위해서 전통적 가족구조의 재편과 가정 내 여성 권리의 인정, 그리고 여성 계몽의 필요성 제고 등의 방법이 동원될 필요가 있었다. 일제 말기 황국신민화의 대표적 정책으로 간주되는 창씨개명은 전통적 가족구조를 재편하고 군국주의적 체계 내에 개별 가정을 편입시키는 중요한 장치였다. "'가정'과 부모에 대한 효를 중요시한 전근대의 가부장제를 해체하고 국가로 직결되는 부자나 부부 단위의 소가족, 즉 근대 가부장제로 재편하는 데에 창씨개명의 가장 중요한 목적이 있었다."[5] 전근대적 가부장제가 근대적 핵가족제도로 개편되면서 부자, 부부 단위의 가족은 국가주의의 정신적 요람으로서 그 중요성을 인정받는다. 이 근대적 핵가족제도 내에서 여성은 양육의 책임자로서, 가정의 관리자로서 그 역할과 권한을 일정부분 부여받을 수 있었다. 이 과정에서 근대적 가부장제에 저항하는 신여성의 주체성은 가정 내 안주인으로서의 위치에 안착하고, 그 안주인으로서의 권한과 역할 인정은 여성을 군국주의의 지지자로서 동원하는 핵심적 논리가 된다. 군국주의적 논리에 여성들이 동의하는 배경에는 '평등에의 기대'가 잠재되어 있음도 알 수 있다. "1940년 전후의 조선 사회는 기성의 가치에 저항하는 1920년대의 자유연애론이 그 생명력을 잃고 여자 또는 아내에서 어머니의 세대로 이행해 가고 있었다. 그 어머니는 가슴을 드러내놓고 있던 생물적

---

4 이선옥, 앞의 글, 241쪽.

5 송연옥, 「조선 '신여성'의 내셔널리즘과 젠더」, 문옥표 외, 『신여성』, 청년사, 2003, 115쪽.

상징의 어머니가 아니라 국가의 기대를 받는 현모로서의 어머니였다."[6]

최정희의 「장미의 집」에서 친일 협력의 공간적 배경으로 장미넝쿨이 우거진 스위트홈이 재현되는 것은 그래서 어색하지 않다. 그리고 이러한 근대적 핵가족의 안주인인 아내는 애국반을 통해 국가주의로 소환된다. 아내 성례는 애국반장이 되어 애국반 활동에 열성적으로 참여하며 남편은 이러한 아내의 바깥활동에 불만을 갖지만, 곧 사치와 허영에 빠진 이웃집 주부가 거론되면서 이러한 여성상의 교정과 계몽의 역할을 맡는 성례의 활동은 합리화된다. 애국반은 전시물자 생산과 국민정신교육의 핵심적 기관이었으며, 후방의 국민들을 가족과 마을단위로 편성하는 거점이 된다. 남성들에게 전쟁에 나가 싸우는 장병의 역할이 주어졌다면 후방을 지키고 전쟁을 지원하는 일은 여성들에게 맡겨진다. 애국반에 참여하면서 가정의 안주인들은 국민으로서의 책임과 의무를 함께 담당하는 주체가 된다. 수필로 먼저 창작되었던 정인택의 「청량리 계외」가 아내의 애국반 활동을 추가하여 소설로 개작되면서 『국민문학』 1호에 수록되고 친일협력의 모범사례가 되었던 사정[7]도 기억해 둘 만하다. "1890년대 말 일본이 채택한 '양처현모' 교육정책을 목표로 한 여고보의 교육과정"은 "부덕을 기르고 국민된 성격을 도야"[8]하는 것이었고 그것은 일제 말기 부부중심의 근대가족 내에서 군

6 위의 글, 102쪽.

7 「청량리 계외」의 개작과정과 그 의미에 대해서는 서승희, 「'전환'의 기록—정인택 소설의 변모양상과 그 의미」, 『현대소설연구』 41, 2009 참조. 이 글은 정인택 소설의 친일의 과정은 여성의 계몽자로서 남성을 주체화하는 과정이기도 했다고 설명하고 있다. 가족 내 여성 주체화가 어떻게 수동적 여성성으로 굴절되는지를 알 수 있게 하는 대목이다.

8 김수진, 「1930년대 경성의 여학생과 '직업부인'을 통해 본 신여성의 가시성과 주변

국주의적 여성성 함양의 기초가 되었다고 할 수 있다. 여고보를 졸업하고 스위트홈의 안주인이 된 젊은 주부들은 한편으로 가족 내 관리자로서의 중요성을 인정받고 한편으로 여성정신교육의 지도자가 됨으로써 자신의 정체성을 확인했다.

'군국의 어머니'와 '총후부인'은 가족 내 여성의 역할을 재규정하는 방식으로 군국주의적 여성상을 창출했다. 이를 위해서는 부부중심의 핵가족 형태로의 가족제도 개편, 가정 내 관리자로서의 여성역할의 부여, 그리고 후방의 유사군대조직으로서의 애국반 같은 활동기반이 필요했다. 여성들은 이러한 여성성 호명에 응답하면서 국민으로서의 위치를 부여받을 수 있었으며 이는 '여성해방의 기대'로 받아들여지기도 했다. 군국주의적 여성상은 여성의 해방이나 자유를 향한 열망을 근대적 가족의 권역 내에 안착시켰고, 여성들은 남녀평등이나 여성의 지위 향상이라는 환상 속에서 국가주의적 지배를 수용했다. 그러나 이는 군국주의적 여성상이 그다지 안정적인 담론으로 기능할 수 없는 조건이 되기도 한다. 안정적 근대 가족제도의 구축, 가정 내 남녀평등이나 여성존중의 실현, 여성대중을 향한 계몽적 지도자의 역할이 보장될 때 '군국의 어머니'나 '총후부인'은 적극적으로 수용될 수 있었을 것이기 때문이다. 그러므로 군국주의적 여성성에 자신을 동일시하거나 적어도 거기에 적극적으로 부응할 수 있는 여성들은 결혼에 성공하여 근대적 핵가족의 물질적 기반을 얻은 중산층 여성들에 한정되었다고 추정해 볼 수 있다.

---

성」, 공제욱 · 정근식 편, 『식민지의 일상—지배와 균열』, 문화과학사, 2006, 507쪽.

김사량의 「풀 속 깊숙이」는 강원도 산간마을에서 벌어진 색의장려 정책의 해프닝을 소재로 하고 있다. 김사량은 이 작품에서 색의장려정책의 모순을 지적하고 있는데, 백성들의 옷은 이미 원래의 색깔을 알 수 없을 정도로 낡고 헤져서 백의라 할 수 없고, 색의장려연설이 벌어진 식장에서 백의는 일본인 내무과장의 흰색 린넨 셔츠뿐이었다. 경제적, 시간적 이유로 백의를 배척하고 있지만 생업에 지친 가난한 촌민들에게 이러한 교육은 의미가 없다. 백의를 희게 유지하기 위해 매일 빨고 다듬는 일은 생활의 여유가 있는 중산층들에게나 해당하는 일일 뿐이다. 촌민들은 더 이상 경제성을 따질 수 없이 가난했으며 더 이상 아낄 시간도 없이 노동에 허덕이고 있었다. 더 이상 아낄 시간도, 비용도 없는 촌민들에게 과학성과 경제성을 빙자한 색의장려는 그대로 강압이고 폭력이었음을 「풀 속 깊숙이」는 짚어내고 있다. 국민정신의 함양과 노동효율을 위해 장려된 국민복이나 국민복의 여성판이라 할 수 있는 몸빼 장려도 마찬가지였다. 가난과 노동에 지친 하층민들에게 국민복은 아무리 염가로 제공된다 하더라도 살 수 없는 새옷이었으며 그들의 삶은 복식을 통해 노동효율을 도모할 상황에 있지 못했다. 국민복이든 몸빼든 그 국민적 균질화의 도구에 붙여진 사치근절이나 노동효율의 명분은 사치가 가능하고 효율을 따질 잉여 노동력이 있는 사람들에게나 유효한 것이었다. 그러므로 전시생활의 개선을 앞세운 사치근절, 근검절약의 구호는 사실상 그 구호를 선전하고 계몽하는 담당자들에게나 적용되어야 할 수칙이었으며, 나머지 사람들에게는 강압이나 수탈, 혹은 불가해한 공론처럼 여겨졌을 것이다. 마을에서 "국민복 입은 청년은 딱 두 사람"이었는데, "하나는 면서기 양반이요 또 하나는 이곳 사립학

원 선생님"[9]이었다. 간편복 몸빼는 중산층 여성들 사이에서 일종의 전시패션으로 유행했다.[10]

> 그런데 최근 가두에 나타나는 부녀자들의 '몸페'를 보면 사치에 흘르는 경향이 잇슬뿐더러 한 벌에 70원 이상이라는 고가로 '몸페'를 양복점에서 마처 입는가 하면 소위 최신형 '몸페'가 등장하는 비시국적인 현상을 나타내고 잇다.[11]

사치근절과 노동효율성 제고라는 국민개조의 계몽담론이 실제로 향하고 있는 곳은 중산층 여성이었으며 중산층 여성들은 그조차도 일종의 전시패션으로 둔갑시켰는데 이러한 현상이야말로 당시 전시담론의 허위성을 증명해 주는 예라 하겠다. 전시경제를 담당하는 가정의 관리자로서의 여성은 사실상 한정된 중산층 계급 여성들에게나 가능한 정체성이었고 이조차도 충실히 수행된 것은 아니었다고 볼 수 있다. 여성계몽을 외쳤던 중산층 여성 계몽자들은 실제로 자기 자신들을 위해 그 계몽담론을 주입하고 있었는지도 모른다.

가난한 집안에서 태어나 고학으로 공부를 마치고 『매일신보』 기자가 되었던 김원주는 「어머니의 수기」[12]에서 『매일신보』 기자생활에 대

---

9 이선희, 『처의 설계』, 『이선희 소설전집』, 326쪽.

10 국민복과 몸빼로 상징되는 의복통제의 국가주의와 그 실태에 대한 내용은 공제욱, 「의복통제와 '국민' 만들기」, 공제욱·정근식 편, 앞의 책, 165~187쪽 참조.

11 『매일신보』, 1943.7.23(위의 글에서 재인용).

12 김원주의 「나의 어머니」는 김정일과의 사이에 김정남을 낳은 성혜랑의 자서전 『등나무집』에 수록되어 있다. 김원주는 가난한 집안에서 태어나 고학으로 자신의 생활을 개척했으며 제사공장을 거쳐 『개벽』, 『매일신보』 기자로 근무했다. 1933년 양반가문

한 회의를 표했다고 한다. 가정란 기사를 맡은 여성기자의 고뇌를 보여주는 대목이면서, 당시 중산층 여성을 향한 여성담론의 허위성을 정확하게 짚고 있는 대목이기도 하다.

> 가정란을 맡은 나는 이것이 누구를 위한 것이며 조선사람들에게 무슨 유익을 줄 것인가 하는 생각이 들었다. 취급하는 문제란 문자 그대로 가정에 관한 기사—육아, 요리, 가사 정리, 아내는 남편에게, 남편은 가정에 대한 봉사 등이다.
>
> 애 기르는 법을, 요리 만드는 법을 신문에 난대로 이용하는 가정이 조선 가정에 몇 집이나 될 것인가. 한줌도 못되는 그런 가정들은 이런 기사 안 읽고도 그 이상의 방법과 수단으로 살 것이고 그 외의 다수의 가정들에서는 아기 기르는 법이 아니라 배 곯리지 않는 법, 헐벗지 않는 법이 절박한 문제이며 요리법이 아니라 굶지 않는 법이 절실한 것이 우리 사회의 현실이었다.[13]

일제 말기 군국주의적 여성상은 매우 강력하게 당시 대중들을 규정하고 있었던 것처럼 보이지만 실상 그 담론의 기반이 그리 견고했던 것 같지는 않다. 그 담론이 유효하게 받아들여질 수 있는 계층이란 한정적일 수밖에 없었기 때문이다. 군국주의적 여성담론은 이미 그 내부에 그

---

출신의 성유경과 결혼하여 성혜랑을 낳았다. 김원주의 생애와 신여성으로서의 그의 삶에 대한 내용은 이상경, 「신여성의 자화상」, 문옥표 외, 앞의 책을 참조했다.

13 김원주, 「어머니의 수기」(이상경, 위의 글, 231~232쪽에서 재인용)는 물론 김원주의 수기에 드러난 내용은 김원주가 『매일신보』 기자로 있던 1930년대 초반 무렵의 것이다. 일제 말기 여성들을 향한 기사가 구체적으로는 그 내용을 달리했지만 그 기저에 깔려 있는 전제와 담론 주체들의 태도는 유사했다고 생각한다.

로부터의 이탈 가능성을 포함하고 있었다고 할 수 있다. 국가로부터 규정된 여성성이 아니라 당대의 현실에 기반을 둔 여성적 주체성의 문제를 다루고자 할 때 가족 문제가 필수적으로 거론되어야 하는 것은 이 때문이다. 일제 말기 여성작가들은 국가주의적 여성성 담론 이면에서 요동치는 가족의 현실에 주목했다. 국가주의적 여성담론의 호명에 응답할 수 없거나 응답하지 않는 여성주체를 통해서이다. 이선희와 지하련의 소설을 통해 구체적 내용을 확인해 볼 수 있다.

## 3. 깨어진 근대 가정의 환상 – 이선희의 경우

이선희의 「탕자」는 결혼을 앞둔 젊은 여성의 하루 일상을 '탕자'라는 자극적 제목으로 규정하고 있다. 그는 왜 탕자인가. 외딴 섬 등대를 방문하고 등대지기의 고독한 일상에 매혹되기는 하였지만 구체적인 로맨스가 있었던 것도 아니다. 그가 스스로를 탕자로 느낀 것은 고독한 바다에 등대와 함께 하는 등대지기의 염세주의가 그만큼 매혹적이었기 때문이기도 하지만 그가 돌아가야 할 곳이 확고하고 안정적으로 이미 존재하기 때문이기도 했을 것이다.

"김이 만일 지금의 나를 본다면……"

그의 얼굴이 유황으로 그린 것처럼 내 맘눈에 환히 비친다. 나는 잠시 마음이 뜨끔했다. 그 단정하고 진실한 청년학자. 대학의 조교수—그는 아무 래도 흠 잡을 데 없는 내 약혼자다.

"김이 만일 이것을 안다면……"

나는 몹시 미안한 생각이 들었다. 내가 이렇게 잠을 못 자고 날치는 것을 본다면 그가 얼마나 괘씸해 할 것인가.[14]

그는 "아무 이해도 상관도 없는 슬픔"을 가지게 되었는데, 그것은 "김의 그 건전하고 진실한 생활과 태도"를 거죽으로 하고 그 안에 "등대의 염세주의자의 슬픔"[15]을 채우고 싶다는 욕망 때문이다. 그 욕망은 용납될 수 없는 것이기에 그는 서울로 돌아가는 길을 미루다가, 결국 험한 뱃길에 시달리는 힘든 길을 택해 녹초가 되어 서울에 도착한다. 육지에 닿아 흔들리는 선실에서 "끝이 뾰족하고 날이 시퍼런 식도"를 환상처럼 보는 것으로 소설은 끝난다. 건실하고 진실한, 모범적이고 반듯한 가정에 대한 불안감과 거기에 대비되는 낭만적 정신의 매혹이 두드러진다. 그가 스스로를 탕자라고 부르는 이유에는 모범적인 가정생활에 대한 불안감이 놓여 있었던 것이다.

그 모범적인 가정의 불안이 어디에서 비롯되는지를 엿볼 수 있는 작품이 『처의 설계』이다. 소설은 남편이 순옥이란 여자와 바람이 난 것을 불안해하는 소라의 심리와 방황으로 요약할 수 있지만 문제가 그렇게 간단하지 않다. 남편이 자산가인 여순옥이란 여자와 관계한다는 것을

14 이선희, 「탕자」(『문장』, 1940.1), 『이선희 소설선집』, 236쪽.
15 이선희, 「탕자」, 『이선희 소설선집』, 236쪽.

알고 그녀를 이용하여 찻집이나 내어볼까 하는 속셈으로 여자를 끌어들인 것이 바로 소라였던 것이다. 소라는 여순옥을 질투하지만 찻집을 얻을 욕심으로 그 여자를 떨쳐내지도 못한다. 소라가 찻집을 열 궁리를 하는 것은 현대식 생활양식에 대한 허영심 때문이기도 하지만 근본적으로 그들 가정의 경제가 이미 파탄나 있기 때문이다. 동경 유학시절에 만나 결혼한 청재와 소라는 한 때 누구 못지않게 사랑했으며 그 사랑을 절대적인 것으로 믿었다. 그러나 결혼 생활 5년 만에 그들의 사랑은 "모래로 쌓은 탑이던지 훌훌 밑으로 새어내리기를 시작하여 이제는 아주 평지와 같"[16]아졌다. 경제적인 무능으로 그들의 생활은 파탄났고 경제적 기반 없이는 그들의 부부관계도 유지될 수 없다. 개인의 자유로운 의사로 만나 사랑하고 결혼하는 근대적 사랑법에 따라 가족을 이룬 부부는 이제 사랑보다 중요한 것이 물질적 기반임을 안다. 남편은 가정을 이루기 위해 필요한 경제적 부담에서 도피하여 외도를 하고 아내는 남편의 애인이 자산가라는 이유 때문에 남편의 외도를 묵과할 수밖에 없다.

> 지금의 청재와 소라는 그 옛사람처럼 먹지 않고 모으기 위해 돈생각을 하는 것이 아니다. 진실로 먹되 밥만 먹지 말고 양식도 먹고 포도주도 마시고 되도록 잘 먹고 잘 향락하기 위해서 돈은 그렇게 필요한 것이다.
>
> 그러나 청재나 소라는 도저히 그들이 희망하는 문화생활을 할 수 있도록 돈을 벌 재주는 없다. 여기에 현대 가정의 필요 이상 고민이 있는 것이라고 그들은 생각했다.[17]

16 이선희, 『처의 설계』, 『이선희 소설선집』, 260쪽.

물론 소라의 불행은 근대적 소비주체로서의 허위적 정체성에서 비롯된 것[18]이고, 건실한 생활로 되돌아가는 개조를 통해 교정될 수 있을지도 모른다. 만약 소라가 교정된다면 소비주체로서의 욕망의 허망함을 깨닫고 대신 전시체제하 여성의 역할에 자신의 욕망을 투사하는 과정을 거쳐야 했을 것이다. 그러나 소설은 소비주체로서의 욕망을 반성하거나 교체하는 대신 욕망에도 불구하고 그러한 생활을 누릴 수 없는 조건 자체에 집중한다.

한 연구에 의하면 1930년대 중등학교를 졸업한 여성들이 결혼 이외에 현실적으로 택할 수 있는 진로는 그리 많지 않았다고 한다. 1931년의 통계에서 가사종사자가 60.4%로 졸업자 진로 중 가장 높은 비중을 차지했는데, 이는 1925년의 10%였던 것에 비하면 가히 급증했다고 할 만하다. 졸업자의 수는 20년대에 비해 배 이상이 늘었으나 그들이 택할 수 있는 취업의 진로는 더 좁아졌다.[19] 이러한 여성들의 취업난은 조선의 산업구조 때문이라기보다는 중등학력을 요구하는 여성 사무서비스직이 일본인 여성들에 의해 독점되었기 때문이다. 당시 매체들은 앞다투어 직업여성들의 생활을 다루면서 소비주체로서의 그들을 부각했다. 그러나 정작 그러한 소비생활을 즐길 여유가 있는 여성들은 많지 않았다. 그럼에도 불구하고 그들은 근대여성의 필수조건으로서의 근대적 문화생활을 욕망했다. "조선의 '직업부인'이나 결혼한 중간층 여성

---

17 이선희, 『처의 설계』, 『이선희 소설선집』, 262쪽.

18 식민지 여성 소비자의 재현이라는 관점에서 이선희의 작품을 해석한 연구로 하신애, 「식민지 여성 소비자와 1930년대 후반의 근대 인식」, 『한국현대문학연구』 37, 2012 참조.

19 1930년대 경성 여성들의 진로 및 일상에 대한 통계는 김수진, 앞의 글을 참조했다.

들의 경제력과 독립성은 높아질 수 없었다." "'직업부인'이 되지 못한 여성들은 자신의 출신 배경에 걸맞은 결혼상대를 골라 인테리층 남성과 결혼하기도 했지만 식민지 중산층의 삶은 팍팍했다. 그나마 식민지 후기가 되어갈수록 조선의 인테리층 남성도 '근대적' 직업을 구하기는 어려워 '룸펜 인테리층'이라는 말이 나올 정도였다."[20] 아달린을 먹지 않으면 잠을 자지 못하고 돈 많은 애인을 따라 생활로부터 도피했던 『처의 설계』의 남편 청재는 일제 말기 '룸펜 인테리층'의 전형이었다고 할 만하다. 이선희는 『처의 설계』에 앞서 발표한 장편 『여인명령』에서 여학생에서 백화점 직원으로, 카페 여급으로 전락하면서 몰락하는 근대여성 숙채를 그린 바 있거니와, 소라와 숙채는 모두 근대적 소비주체로 호명되었으나 현실적으로 그러한 물질적 기반을 가질 수 없었던 당대 여성들의 삶을 재현하는 존재라 할 수 있다.

여순옥과 도피여행을 떠났다가 경성으로 돌아온 청재가 소라와 격렬한 부부싸움을 벌이고 소라가 집을 나가면서 이 불안한 가정은 파탄 날 것처럼 보인다. 심지어 소라는 어촌마을까지 자신을 찾아온 초석과 새로운 연애를 시작할 조짐마저 보인다. 그러나 이 파탄난 가정은 여순옥의 돌연한 자살시도로 봉합된다. 청재가 자신이 이끄는 대로 따라는 오지만 정작 자신을 향한 열정을 보이지 않자 여순옥은 자살 시도를 했다가 살아난 후 할빈으로 떠나 버린다. 할빈이라는 지명이 풍기는 이국적 풍취는 일본의 대륙진출과 대동아공영의 바람을 배경으로 상징화될 수 있을 것이다.

---

20 위의 글, 520쪽.

“난 심심해서 못 살겠던데. 무슨 재미있는 일이 세상에 좀 없을까요?”

(…중략…)

소라는 여순옥이가 재미있는 일을 찾는 것이 재미있었다.

“재미있는 일이란 어떤 것일까요?”

소라가 물었다.

“재미있는 일이란 우리가 먹을 것을 다 장만해놓고 마음의 여유가 생겼을 적에 만들어내는 것인데 이것이 곧 문화겠지요. 요즘은 전의 문화가 없어지고 새로운 문화가 세워지려고 하니까 여순옥 씨의 그 ‘재미있는 것’도 새로운 것으로 변해야 하겠군요. 예를 들면 야단스럽던 파마넨트가 없어지고 새로운 숙발이란 머리털의 문화가 생기는 것처럼.”[21]

여순옥의 할빈행은 파마넨트가 숙발로 바뀌는 것과 같은 일종의 유행이다. 물질적 기반을 갖춘 중산층 이상의 여성들에게 전시체제는 유행처럼 소비되고, 물질적 기반이 없는 여성들의 욕망은 불가능한 소비를 향해 있다. 그러므로 전시체제의 매체들이 백화점과 카페를 순례하며 직업여성들의 세계를 조명하는 것은 여성 계몽을 위한 필수적인 수순이었다고 할 수 있다. 확산되는 소비생활의 행태를 강조함으로써 근절해야 할 사치와 허영이 일반화될 수 있었으며, 그렇게 일반화된 소비생활에 자신의 욕망을 투사한 여성들은 스스로 계몽의 대상이 되었다. 여순옥을 통해 찻집을 내려 했던 소라의 욕망 역시 이러한 구도를 따르고 있다.

21 이선희, 『처의 설계』, 『이선희 소설선집』, 271쪽.

그러나 여순옥이 할빈으로 떠나고 소라는 남편 청재와 함께 그들의 초라한 가정에 남는다. 소라는 이 지점에서 여순옥과 분리된다. 여순옥은 할빈을 유행을 즐기듯 소비할 수 있었지만 소라는 그럴 수 없다. 여순옥에게 투사했던 그녀의 욕망은 사실상 불가능한 욕망이었으므로, 남편과 함께 누리려 했던 근대가정의 환상 역시 깨어질 수밖에 없다. 여순옥의 자살 소동과 할빈행 이후 파탄직전의 청재와 소라의 가정이 봉합되는 것도 이 때문이다. 그러나 봉합 이후의 가정은 봉합 이전의 가정과 같지 않다. 봉합 이전의 가정은 여순옥을 매개로 소비주체로서의 삶을 지향하는 것이었다면, 봉합 이후의 가정은 그것이 불가능함이 이미 밝혀진, 파탄과 몰락만 남은 가정이다. 그들은 근대적 가정생활의 환상은 이미 깨어졌다는 것을 알고 있고, 그 환상의 파열을 온몸으로 증거하기 위해 그들의 초라한 가정에 남아 있는 것처럼 보인다.

> 이렇게 씽긋 웃고 난 다음엔 이 두 사람은 또 별 수없이 이 방안에서 밥을 먹고 잠을 자고 이야기하고 싸우며 살아갈 수밖에 없다.
>
> 특별히 비상천하는 재주도 없이 청재와 소라는 이 방속이 제일 비위에 알맞아 검은 머리 파뿌리가 될 때까지 동고동락할 것이다.[22]

사랑으로 결합하여 둘만의 보금자리를 꾸려내는 근대가정의 주체, 국가주의의 최소단위로서 가정을 꾸리고 자녀를 양육하는 근대가정의 안주인은 없다. 근절할 사치도 없고, 그 사치를 선망할 허영심마저도

22 이선희, 『처의 설계』, 『이선희 소설선집』, 346쪽.

허용하지 않는 생활 속에서 이들에게 남은 일은 파탄과 몰락을 근근이 견디는 일 뿐이다. "검은 머리가 파뿌리가 될 때까지" 파탄과 몰락에 머무르겠다는 결말에서 갱생과 교정의 의도는 개입될 수 없다. 소라와 청재가 꿈꾼 가정은 소비적 문화생활로 겨우 채워질 수밖에 없는 허약한 것이었으며, 그것마저 불가능한 곳에서 이 가정이 건실하고 안정적인 국가주의의 후방기관이 될 가능성은 없어 보인다. 국가주의의 여성담론은 전시체제의 후방을 책임질 가족기구의 안주인을 호명하였으나, 이선희가 그려낸 가족과 여성은 그 호명에 응답하기에는 턱없이 불안한 조건을 전면에 내세우고 있다.

## 4. 식민지 여성욕망과 남성욕망의 차이, 혹은 접점
—지하련의 경우

'군국의 어머니', '총후부인'으로 호명된 일제 말기 여성주체성은 전시체제에 여성이 참여할 수 있는 자리를 부여함으로써 '평등의 환상'을 불러일으킨다. 그것이 환상인 이유는 어머니와 부인의 위치를 부여받은 여성은 이미 '전사'인 아들과 남편의 보조자에 불과하기 때문이다. 동등한 참여라는 형식으로 평등을 가장하고 있지만, 이미 그 참여의 위치 자체가 위계화되어 있기에 여성은 평등하지 않다. 각각의 직분에 따라 전쟁에 참여하고 국민으로서의 지위를 얻는다는 '직역봉공'의 논리가 여성의 경우에도 적용되고 있었다고 볼 수 있다. 그렇다고 해서 전쟁에 참여하는 동등한 병사로서의 지위를 얻는 것이 평등이라 할 수도 없다. 문제는 '전쟁승리'라는 목적을 중심으로 모든 가치가 위계화되는 파시즘적 논리이며, 거기에서 평등이라는 가치는 이미 왜곡된 가치이다.

지하련의 소설은 가정 내의 남녀 관계에 관심을 집중하고 있고, 그래서 그의 소설이 당시의 군국주의적 여성성의 문제에 직접 연결되어 있다고 보기는 힘들다. 그러나 지하련의 여성주의적 문제의식[23]은 남성중심적 논리 자체를 근본적으로 비판하고 있으며 그래서 그의 문제의식을 당시 국가주의적 여성담론의 논리적 핵심과 연결시키는 일이 전혀 무리한 것만도 아니다.

남편의 외도를 아내의 시점에서 그려내고 있는 『산길』에서 아내 순재가 비판하는 것은 남편의 외도 자체가 아니다. 남편의 외도에서 신의와 사랑의 문제를 묻는 아내의 의견을 무시하고 외도 자체를 사소한 것으로 치부하는 남편의 태도가 더 문제가 된다.

"연히 보구 싶지 않우?"

별루 쑥스럽고 돌연한 무름이었다. 그러나 남편은 이미 객쩍은 수작이라는 것처럼 시무룩이 웃어 보일 뿐, 궂이 대답하려구도 않는다.

"어째서 그렇게 무사하냐 말에요."

---

23 지하련 소설의 여성성과 그 의미에 대해서는 김주리, 「신여성 자아의 모방욕망과 '다시 쓰기'의 서사전략」, 『비평문학』 30, 2008; 손유경, 「해방기 진보의 개념과 감각」, 『현대문학의 연구』 49, 2013; 박찬효, 「지하련의 작품에 나타난 신여성의 연애 양상과 여성성」, 『여성학 논집』 25, 2008; 서재원, 「지하련 소설의 전개양상」, 『국제어문』 44, 2008 등을 참조할 수 있다.

하고, 한번 더 채치려니, 이번에는 뭐가 몹시 피곤한 것처럼 얼굴을 찡긴 채,

"사랑하는 사람을 두고 또 한 여자를 사랑한다는 건 한갓 실수로 돌릴 수 밖에. 당신네들 신성한 연애파들이 보면, 변색을 하고 돌아설찐 모루나, 연애란 결코 그리 많이 있는 게 아니고, 또 있대도 그것에 분별 있는 사람들이 오래 머물 순 없는 일이거든. 본시 어른들이란 훨신 다른 것에 많은 시간이 분주해야 허니까."[24]

가정 내 부부관계를 사랑과 신의의 문제로 접근하는 아내에게 남편은 그것을 한낱 '연애파들의 신성한 놀음'으로 치부한다. 그리고 '다른 것에 많은 시간이 분주'해야 할 '어른들의 일'을 맞세운다. 자신을 사랑하는 여자의 마음을 한낱 연애파의 사소한 감정으로 치부하고 자신의 일은 그보다 더 어른스런 것이라고 말하는 남편을 아내는 '언어도단'으로, '너무도 이기적'이라고 생각한다. 여자들의 사랑을 사소한 것으로, 자신들의 일을 더 분주한 것으로 구분하는 논리는 전형적인 가부장적 사고방식이다. 이러한 가부장적 논리 내에서 남편은 외도를 예외적인 것으로 취급함으로써 가정 내 아내의 위치를 제한적으로 인정한다. 남편과 아내, 그리고 남편의 애인은 '어른스런 일'과 '연애파들의 놀음'으로, 다시 '사랑'과 '예외'로 위계화된다.

남편이 구사하는 가부장적 논리는 국가주의적 여성담론에도 그대로 적용된다. 전사인 남편과 내조자인 아내의 지위를 동등한 것으로 인정하지만 그것은 남편이 성취할 승리를 같은 목적으로 삼는 한계 안에서만

24 지하련, 「산길」(『춘추』, 1942.3), 서정자, 『지하련 전집』, 푸른사상, 2004, 109쪽.

그렇다. 「산길」에서 아내는 남편이 인정한 아내의 지위에 안도감을 느끼는 자신을 반성하며 남편이 설정한 위계에 굴하지 않고 자신의 사랑을 주장하는 연희를 아름답다고 생각한다. 남편이 위계화한 지위 속의 평등에 동의하지 않고 남편이든 아내든 남편의 애인이든 동등한 인간으로서 누리고 주장하는 사랑과 신의에 더 가치를 부여하고 있는 것이다.

물론 가정 내에서 만들어진 남녀 관계의 위계화를 당시 군국주의가 기반을 둔 가부장의식과 곧바로 동일시하는 것은 위험하다. 논리적 구조의 유사성을 근거로 그 구조를 채우는 구체성의 차이를 무시해서는 안 되기 때문이다. 지하련의 소설에서 이 차이는 남편과 오라버니들이 설정한 위계가 결국은 실패하는 과정을 통해서 구체적으로 드러난다.

"한때 불행한 일로 해서, 등을 상우고" 고향에서 나무와 짐승들을 기르는 「체향초」의 오라버니도 「산길」의 남편과 마찬가지로 남성중심적 논리 속에서 여동생을 인정한다. 오라버니는 "너희들 '적은 창조물'들이 알 수" 없는 "사나이의 세계"[25]를 거론하며 여동생을 평등한 대화의 상대로 대우하지 않는다. 그런데 남편의 '어른스런 일'이나, 오라버니의 '사나이의 세계'는 소설 속에서 구체적으로 구현될 수 없다. 그것은 적은 창조물을 무시하면서 어른다운 자신의 일에 골몰하는 남성들이 처한 곤경, 그들 역시 타자일 수밖에 없는 사정에서 연유한 것이다.

「체향초」의 오라버니와 그의 친구 태일의 관계는 사회주의자의 전력을 가진 당대 남성들이 처한 곤경을 단적으로 보여준다. 오라버니는 태일의 거리낌없는 태도, "저와 상관되는 일체의 것을 자긔 의지 아래

25 지하련, 「체향초」(『문장』, 1941.3), 『지하련 전집』, 137 · 143쪽.

두고 싶은 야심을 가졌으면서도, 그것을 위해 조금도 비열하지도 않고 아무 것과도 배타하지 않는, 이를테면 풍족한 성격"[26]을 인정하며 한편으로 그것을 선망하기도 한다. 이는 "비옥한 평야를 배경으로 아무렇게나 앉어 있는 거창한 청년" 태일의 자화상과 "지독히 안정을 잃은 초라한 남자"인 오라버니의 자화상을 통해 선명하게 대비된다. 세계를 바라보며 거창한 야심을 표하는 남성적 세계는 오라버니 역시 바라마지 않는 세계이지만, 오라버니는 그러한 세계 대신 '안정을 잃은 초라한' 세계를 택했고, 그래서 스스로를 자학하고 자조하는 태도를 벗어나지 못한다. '더 분주해야 할 어른스런 세계', '사나이의 세계'란, 세계를 향해 자신의 야심을 펴고 그 야심의 성취를 통해 주체의 위치를 얻고자 하는, 남성들이 욕망하는 삶이다. 그러나 태일이 향해간 최종지점이 '사관학교'인 것에서 알 수 있듯이 남성들이 욕망하는 세계는 궁극적으로 군국주의적 식민지배에 동의해야만 성취 가능한 세계이다. 태일의 세계를 욕망하면서도 그 세계를 택할 수 없는, 남성들 역시 제국주의적 식민지배의 시스템 아래에서 배제된 타자일 수밖에 없었던 것이다.

여성들이 가부장적 가족제도 내의 타자였다면, 남성들은 군국주의적 지배체제 내의 타자였다. 여성적 타자성의 눈으로 지하련 소설의 주인공들은 또 다른 타자가 된 남성들의 곤경을 읽는다. 그리고 이 곤경 앞에서 그녀들은 멈춰 선다. 좌절된 남성적 욕망과 무시된 여성적 욕망이, 그 타자성들이 동일시될 수는 없겠지만, 그러나 외면할 수 없는 공유지점은 된다. 해방 후 「도정」에서 주인공 석재가 '당의 인정'과 '소시

26 지하련, 「체향초」, 『지하련 전집』, 136쪽.

민성 반성의 개인적 과제'를 분리하면서 가까스로 해방정국의 딜레마를 봉합[27]했던 것도 아마도 이 때문일 것이다. 지하련의 소설은 남편과 아내, 오빠와 여동생의 가족 관계 내에 한정되어 있는 것처럼 보이지만 그 가족관계 내의 타자성을 탐구함으로써 군국주의적 여성성의 논리를 내파한다. 남성중심적으로 위계화된 관계 자체를 거부하는 방법을 통해, 그리고 그 위계화에 의해 왜곡된 가치에 응답하기를 거부하는 방법을 통해서이다. 비유컨대 가장된 평등으로 군국주의적 지배논리가 여성을 호명했을 때 지하련의 소설은 그것은 평등이 아니라고 답했다. 같은 논리로 '사나이의 세계'를 주장하는 남성들의 사고방식을 비판하고 경계했지만, '사나이의 세계'가 결국 좌절될 수밖에 없는 지점도 놓치지 않았다. 그것은 군국주의적 여성담론이 구축한 구도 내에 안착하지 않는 여성의 시선에 의해 가능한 것이었다.

## 5. 타자성의 정치와 탈식민의 가능성

이 글은 일제 말기 여성 주체를 새로운 관점으로 재구하는 것을 목표로 하였다. 기존의 일제 말기 여성 주체에 대한 담론은 제국의 논리에 수동적으로 수용되는 측면을 중심으로 논의되어 왔다. 제국의 논리가

27 「도정」에 나타난 진보성의 의미와 그 한계에 대해서는 손유경, 앞의 글 참조.

여성성을 전유하는 방식을 정밀하게 구성하고 이러한 논리가 어떻게 당대 여성들을 설득하였는지 확인하는 일은 당대 지배담론의 실체를 확인한다는 차원에서 매우 중요한 작업이다. 그러나 여기에는 지배담론으로 수용되지 않는 '다른 주체성'의 문제가 누락되어 있다. 지배담론을 해체하는 일은 거기에 저항하는 대항담론을 발굴하는 방식으로도 가능하지만, 지배담론 이외의 이질적 담론이 다수 존재하였음을 증명함으로써 지배담론의 절대적 우위성을 상대화시키는 방식으로도 가능하다. 이 글에서는 일제 말기 여성주체가 당대의 지배담론을 거스르는 다양한 문제의식을 가지고 있었다는 점을 강조함으로써 새로운 여성주체의 탈식민적 가능성을 검토해 보고자 했다.

이를 위해서 우선 제국의 논리가 구축했던 여성성의 내용이 당대 여성주체들의 광범한 동의를 획득할 만큼 설득적이지 않았다는 점을 지적했다. 군국의 어머니와 총후부인으로 대표되는 제국의 논리는 근대적 가족제도의 구축과 물질적 기반의 확보, 가정 내 여성의 평등과 여성적 욕망의 충족, 여성 계몽의 지도자적 위치 제공이라는 조건을 필요로 했다. 그러나 실제로 당대의 사회구조는 이러한 조건을 충족시킬 충분한 기반을 갖추고 있지 못했다. 근대적 가족제도는 경제적 불안과 가부장적 지배논리 때문에 깨어질 위기에 처해 있었고 여성 계몽의 담론은 당대 여성들의 실제 생활과 동떨어져 있었기 때문에 당대 여성들에게 충분히 흡수될 수 없었다. 이선희와 지하련의 작품을 통해 제국의 논리에 부합하지 않는 여성의 현실을 확인할 수 있었으며, 이를 통해 일제 말기 여성 주체의 문제가 의외로 다양한 관점으로 재구성될 수 있음을 제시하고자 하였다.

이선희는 소비주체로 호명되었으나 실질적으로 그러한 주체의 역할을 감당할 수 없는 현실적 기반 위에 있었던 지식인 여성들을 형상화하였다. 『처의 설계』의 소라는 기본적 생계 외에 소비적 문화생활을 욕망하였지만, 불안한 경제기반 때문에 이러한 욕망을 성취할 수 없었다. 파탄난 가족 경제로 몰락에 이른 소라 부부를 통해 군국주의의 최소 단위로서의 근대적 가족구조는 불가능한 환상이었음을 이선희의 작품을 통해 알 수 있다. 지하련은 지식인 부부의 가족관계 내에서도 여전히 잔존하는 가부장적 의식을 섬세하게 조망하면서 여성의 평등이 전시체제 내의 직분을 통해서가 아니라 감정의 위계를 극복하면서 성취되어야 함을 보여주었다. 또한 가정 내에서 가부장적 우위를 가진 남성들도 군국주의적 지배 체제 내에서는 또 하나의 타자로 머무를 수밖에 없음을 통찰하여 식민지의 여성욕망과 남성욕망이 그 결핍과 실패를 통해 겹쳐지고 있음을 드러내고 있다.

이선희와 지하련의 작품을 통해 우리는 일제 말기 제국의 논리가 강조했던 여성의 역할이 실질적으로 여성들을 통해 수행될 수 없었음을 확인할 수 있다. 또한 근대적 가족제도의 허약한 기반과 제국 내의 여러 타자들의 존재를 통해 일제 말기 식민지인 삶이 제국의 논리가 유도하는 동일성 내로 순탄하게 수용되지 않았음을 알 수 있다. 제국의 논리를 거스르는 탈식민의 방향성을 적극적 대항담론 뿐 아니라 제국적 동일성을 벗어나는 타자성의 정치를 통해서도 재구성할 수 있다. 일제 말기 여성 주체 문제는 그 타자성의 문제의식을 통해 다양한 탈식민의 가능성과 연결되어 있다.

제2부

# 식민주의의 경계지점

## 로컬리티와 디아스포라

제1장 | 서발턴의 서사와 식민주의의 구조
일제 말 김사량의 문학(1)
제2장 | 김사량의 『태백산맥』과 조선적 고유성의 의미
일제 말 김사량의 문학(2)
제3장 | 김석범 문학과 경계인의 정체성
초기 작품을 중심으로
제4장 | 백신애 문학 연구
타자인식의 근거로서의 지방성과 자기탐구의 욕망

# 1 서발턴의 서사와 식민주의의 구조

일제 말 김사량의 문학(1)

## 1. 제국의 작가, 탈식민의 상징

동경제대 출신으로 조선문단을 거치지 않고 일본문단에 데뷔, 아쿠타카와상 수상 후보에 오를 만큼 일본문단에서 활약, 그러나 일본 제국 패망이 얼마 남지 않은 시점에서 태항산 항일 유격대로 탈출, 해방 후 한국전쟁에 참전하여 종군 중 전사, 이후 남쪽의 문학사에서도 북쪽의 문학사에서도 정당하게 등재되지 못한 비운의 작가. 간략히 나열하는 것만으로도 김사량의 이력에는 지난한 불연속면이 있다. 이 불연속면은 김사량 문학 연구의 불연속면이기도 하다.

일본어로 작품을 썼다는 이유로 친일문학이라는 평가를 받기도 했지만 최근의 김사량 연구는 김사량 문학의 저항성에 대체로 동의하고 있다. 그러나 이 저항의 성격에 대해서는 여러 이견들이 있는데, 이는 크게 민족주의적 저항과 탈식민주의적 저항으로 나누어 볼 수 있을 것 같다. 김사량이 일본, 한국, 북한에서 모두 긍정적 의미에서의 '민족주의자'로 평가되었다는 지적[1]처럼, 김사량 문학과 민족주의의 연관은 깊다. 가령 "국내에 있을 때 그는 우회적 글쓰기 방식을 통하여 일본의 식민주의에 대해서 협력하지 않는 자세를 취"하였고, "이러한 글쓰기 방식마저 더 이상 통하지 않을 정도로 일본 당국의 요구와 간섭이 심하게 되자 결국 국내를 탈출하는 최후의 방법을 택"[2]했다고 했을 때, 그의 저항의식은 자주 민족의식으로 대체되어 읽힌다. 이러한 민족의식은 "그의 작품들이 일본 제국의 신민으로 되어가는 인물과 조선인의 정체성을 지키면서 살아가고자 하는 인물로 대조되어 구성된 것"[3]이라는 언급에서 '조선인의 정체성'이라는 단어로 다시 설명된다. 일제 말기 김사량이 처해 있었던 이중어 글쓰기의 환경 역시 민족주의와 연관되는 중요한 근거가 된다. 이른바 '국가 없는 민족의 상상적 공동체'로서의 '문학' 혹은 '조선어'가 문제시되기 때문이다. "조선어 말살정책을

1 김석희, 「김사량 평가사—'민족주의'의 레토릭과 김사량 평가」, 『일어일문학연구』, 57, 2006.

2 김재용, 「김사량—망명 혹은 우회적 글쓰기의 돌파구」, 『협력과 저항』, 소명출판, 2004, 243쪽.

3 김재용, 「일제 말 김사량 문학의 저항과 양극성」, 『김사량, 작품과 연구』 1, 역락, 2008, 427쪽. 물론 이 글에서 김재용은 '조선인의 정체성'이 협소한 민족주의로 이해되어서는 안 된다고 부기하고 있다. 김사량 문학의 무대가 조선 반도에 국한되지 않았다는 점에 주목한 것이다. 그러나 여기에서 국제적 연대라는 의미가 반드시 민족주의와 상반된 개념으로 사용되지는 않는다. 여기에서 국제주의란 각 민족의 민족주의가 연대를 통해 공통의 전선을 형성하는 것으로 이해될 수 있다. 김사량의 저항의식을 정당하게 평가하기 위해서라도, '조선인의 정체성'이 환기하는 민족주의적 함의는 좀 더 세심하게 분별될 필요가 있다.

문학의 처지에서 보면 국민국가 상실의 시작"이었으며 "한국 근대 문학이 그동안 '상상의 국민국가' 몫을 해 왔음을 이보다 더 분명히 증거한 경우는 없다"[4]는 단언이 이에 해당한다. 김사량에 있어서 이는 '언어의식'과 '이중어 글쓰기'의 분리라는 형태로 드러난다. 김사량은 그의 작품 대부분을 일본어로 창작했으나 "우리들은 조선어 감각으로서만 기쁜 것을 알고 슬픔을 느끼며, 화를 느껴왔"으며, "감각과 감정을 무시한 곳에"[5] 문학은 없다는 입장을 분명히 한다. 일제 말의 조선어 말살 정책이 민족 정체성을 위협하는 강력한 억압이었다는 것은 여러 논자들이 동의하는 바다. "국가가 사라진 마당에 남은 것은 오직 민족뿐이었고, 그 민족의 정체성을 유지할 수 있는 유일한 방법은 모국어의 보존"[6]이었기에 일본어 창작 문제는 단순한 표기문자의 선택에 그치는 일이 아니었다. 그리고 김사량의 언어의식은 "일본어는 제국주의자들의 지배어로서가 아니라 조선어와 다를 바 없는 대등한 위치에서의 다른 민족어였을 따름"[7]이라는 민족 정체성 지키기의 한 증거로서 제시된다.

---

4 김윤식, 『일제 말기 한국 작가의 일본어 글쓰기론』, 서울대 출판부, 2003, 73쪽.

5 김사량, 「조선문학풍월록」(일본어)(『文藝首都』, 1939.6), 『김사량, 작품과 연구』 2, 역락, 2009, 280쪽. 이하 반복되는 원전 인용은 '글명, 책명, 인용쪽수'로 표기.

6 노상래, 「김사량의 창작어관 연구」, 『어문학』 80, 2003, 193쪽.

7 위의 글, 208쪽. 김사량의 언어인식은 그가 일본어로 창작하였음에도 불구하고 제국어에 반대하는 민족정체성을 견지하고 있었음을 밝히는 근거로 자주 언급된다. 예컨대 황호덕은 「제국 일본과 번역(없는) 정치」(『대동문화연구』 63, 2008)에서 번역기관을 주창한 김사량의 평문을 들어 번역이라는 중개를 제안하는 김사량의 의식이 일본과 조선을 대등한 언어공동체로 설정함으로써 일본어의 지배적 위치를 부정하고 있음을 밝히고 있다. 덧붙여 말하자면 김윤식은 김사량의 언어의식과 이에 반하는 일본어 창작을 '국민문학'에 대한 의식과 '작가로서의 글쓰기 욕망'의 괴리로 보고 있으며 그의 연안행은 이러한 괴리의 귀결점이라고 해석하고 있다.

민족말살과 황민화 정책에 반대했던 김사량 문학의 저항의식은 자주 민족의식으로 환원된다. 김사량의 문학으로부터 민족적 정체성을 찾는 것 자체가 문제될 것은 없으며, 더욱이 "제3세계 민족 담론의 역사성, 즉 맥락의 차이가" "서구 민족주의와 다른 실천적 효과를 창출"[8] 한다는 점을 생각한다면 '민족'이라는 말에 지나치게 과민할 필요도 없다. 다만 중요한 것은 김사량 문학의 저항성이 '민족'이라는 말을 넘어서는 어떤 것을 함유하고 있다는 사실이다. '민족주의'로의 환원은 일제 말기 김사량 문학이 보여준 다양한 지평을 충분히 설명할 수 없기 때문에 문제가 된다.

이 문제는 김사량의 '이중어 글쓰기'에서 '혼종성'을 읽고자 하는 연구를 통해서도 온전히 해결되지는 않는 것 같다. 김사량의 작품에서 식민주의에 포섭되면서도 저항하는 양가성을 읽는 견해들[9] 속에서 김사량의 텍스트는 언제나 불안과 균열을 드러낸다. 이는 작품 속의 인물들이 드러내는 불안이기도 하지만, 또한 식민담론의 실패를 증언하는 장치이기도 하다. 이러한 독법이 "혼종적 저항"[10]의 가능성을 열어 놓는 것은 사실이지만, 그 저항의 '양가성'은 언제나 이중적 의미망 속에 놓여 있다는 점에서 저항 주체를 적극적으로 해명할 수 없다는 문제를 지닌다.[11] '혼종성' 속에는 언제나 식민주의의 모순과 균열이 잠재해 있

---

8 하정일, 『탈식민의 미학』, 소명출판, 2008, 29쪽.

9 탈식민주의적 입장에서 김사량의 문학을 연구한 성과로 권나영, 「제국, 민족, 그리고 소수자 작가—'식민지 사소설'과 식민지인 재현 난제」, 『한국문학연구』 37, 2009; 김주영, 「김사량의 '빛 속으로'를 통해 본 균열의 제국」, 『세계문학비교연구』 37, 2011; 이주미, 「김사량 소설에 나타난 탈식민주의적 양상」, 『현대소설연구』 19, 2003; 손혜숙, 「김사량 소설에 나타난 '탈식민성' 고찰」, 『어문론집』 33, 2005 등을 참조할 수 있다.

10 '혼종적 저항'에 대해서는 하정일, 앞의 책, 32~35쪽 참조.

지만 그 모순과 균열이 반드시 저항으로 연결되는 것은 아니다. 식민주의를 모방하면서도 불가능한 동일시에 의한 저항이 수행되기 위해서는 저항의 거점을 그 균열의 담론으로부터 찾아내는 저항의 주체가 필요하다. 담론의 균열을 읽는 엄밀한 시선은 저항의 주체를 가능하게 하는 거점을 찾는 일과 더불어 수행될 때 진정한 의미에서의 '탈식민적' 가치를 찾을 수 있다.

김사량 문학은 일제 말 조선어와 민족성 자체가 말살되는 상황 속에서, 그리고 일본문단의 중심부에서 산출되었다. 식민담론의 위협과 설득 속에서 그의 문학은 균열과 불안으로 흔들리기도 했다. 그러나 그의 문학이 '혼종적 저항'을 통해 식민주의를 내파할 수 있었다고 한다면, 흔들리는 양가성 속에 희미하게 존재하는 저항의 거점에 좀 더 주목할 필요가 있다. 그것은 혼종성이라는 양가적 모호함으로도, 민족주의라는 거친 일반성으로도 충분히 설명되지 않는다. 이 글에서는 그 저항의 거점이 '서발턴의 서사'에 있었다는 점[12]을 집중적으로 해명하고자 한

11 탈식민주의의 '혼종성'과 '양가성'은 호미 바바의 이론에 의지하는 경우가 많은데, 호미 바바의 모호성에 대해서는 여러 이론가들의 비판이 있었다. 그가 텍스트주의에 매몰됨으로써 현실적 지배관계를 탈각시켰다거나, 혹은 양가성과 혼종성이 텍스트의 행간에 언제나 잠재해 있는 것이므로 그 행간에 개입하는 저항은 피식민 주체가 아니라 사후의 텍스트 독해에 의해 이루어진다는 비판이 대표적이다. 이경원, 「탈식민주의론의 탈역사성」, 『실천문학』, 1998 여름 참조.

12 기존의 김사량 문학 연구에서 서발턴의 문제는 단편적이기는 하지만 자주 언급되었다. 하위주체와 이산의 문제를 언급한 김주영, 앞의 글, 김사량 문학이 제국의 경계에서 주변인의 공동체를 찾아냈다고 평가하는 이철호, 「동양, 제국, 식민주체의 신생」(『한국문학연구』 2003), 「빛 속에서」를 식민주의 비판을 '근대성'으로 봉합했다고 해석하는 과정에서 하위주체의 존재를 언급한 김혜연, 「「빛 속에」의 근대성 연구」(『배달말』 46, 2010), 김사량 문학의 근저에 '식민지 민중(subaltern)의 삶과 모어의 입장'이 놓여 있다고 본 윤대석의 「언어와 식민지－1940년을 전후한 언어상황과 한국문학자」(『식민지 국민문학론』, 역락, 2006) 등을 참조할 수 있다. 이 글에서는 이러한

다. 이를 위해 '모어와 국가어' 사이에서 그의 문학이 유동했다는 사실보다, '조선인의 감각과 감정에 일치하지 않는 일본어'로 그가 무엇을 쓰고자 했던가에 더 주목할 필요가 있다. 2절에서는 주로 언어의식이라는 관점에서 주목받았던 그의 평론을 '문학관과 리얼리즘'이라는 측면에서 재조명하고 3절과 4절에서는 '서발턴의 서사'가 그의 문학에서 어떻게 발현되고 확대, 변주되는지를 살펴보고자 한다. '서발턴'의 개념은 스피박에 의해 정립된 탈식민 주체를 위한 개념인데, 탈식민주의에 대한 여러 비판에서 알 수 있듯이 이 개념에도 근본적인 난점이 있다. 이에 대해서는 본문의 내용을 전개하는 과정에서 검토할 예정이다.

## 2. 언어, 재현, 리얼리즘

김사량이 일본문단에서 본격적으로 문학활동을 시작한 것은 알려져 있다시피 『문예수도』 1939년 10월호에 「빛 속으로」를 발표하면서부터이다. 그런데 김사량은 「빛 속으로」를 발표하기 이전에 이미 1939년

연구를 참조하면서 서발턴의 문제를 김사량 문학의 일관된 문제의식으로, 그의 저항을 가능하게 했던 중요한 거점으로 해석해 보고자 한다. 이 밖에 정백수의 「'말할 수 없는' 존재의 표상, 그리고 대변-김사량의 「토성랑」」(『한국근대문학연구』, 2000)은 서발턴의 문제를 연구의 중심에 놓았다는 점에서 특별한 주목을 요한다. 대변될 수 없는 서발턴들의 텍스트적 함의에 집중하고 있다는 점에서 이 글은 본고의 입장과는 다소 차이가 있다. 이에 대해서는 본문에서 따로 논하고자 한다.

6월 『문예수도』에 「조선문학풍월록」을 발표한 것을 비롯, 여러 편의 에세이와 평론을 발표한 바 있다. 특히 「조선문학풍월록」은 이후 발표된 몇 편의 평론의 원형이라 할 수 있는데, 이후의 평론들이 대부분 「조선문학풍월록」의 내용을 반복하고 있기 때문이다. 일본문단에서 소설가로 활약하기 이전에 이미 그의 언어의식이나 문학의식은 일정정도 정립되어 있었다고 해석할 수 있는 대목이다.

지금까지 김사량의 평론은 '이중어 글쓰기'와 관련된 언어의식을 알 수 있는 자료로 주목받아 왔다. 그는 "조선의 작가는 자신의 독자층을 위하여 훌륭한 자신의 언어로 써야"함을 강조하고 있으며, "조선의 문화나 생활, 인간을 보다 넓은 내지의 독자층에게 호소하려는 동기, 또한 겸손한 의미에서 더 나아가서는 조선문화를 동양과 세계에 널리 알리기 위해서 그 중개자가 되려는"[13] 데 일본어 창작의 의미가 있다는 견해를 밝히고 있다. 이를 통해 소수집단의 소통언어로서의 조선어의 특권성 주장[14]을 읽을 수도 있고, 내지어로 쓰라는 불가능한 요구 대신 번역기관의 확충을 고민하는 것이 현실적이라는 주장에서 번역을 사이에 둔 양 언어의 동등성 주장[15]을 읽어낼 수도 있다. 요컨대 김사량의 평문에서 우리는 주요 작품들을 일본어로 창작했고 일본문단에서 활발하게 활동했지만, 여전히 조선어의 특권성을 주장하며 지배언어로서의 국가어에 저항하는 김사량의 언어의식을 읽을 수 있다.

그런데 김사량의 평론에 조선문학에 대한 그의 견해가 적극적으로

---

13 김사량, 「조선문학풍월록」(『문예수도』, 1939.6), 『김사량, 작품과 연구』 2, 283쪽.
14 윤대석, 「언어와 식민지」, 『식민지 국민문학론』, 역락, 2006, 135쪽.
15 황호덕, 앞의 글.

피력되어 있다는 사실은 언어의식에 비해 그다지 주목받지 못했다. 아마도 '이중어 글쓰기'의 대표적 작가라는 상징성에 근거하여 그의 평론이 독해되었기 때문일 것이다. 그러나 평론에서 조선문학에 대한 그의 견해는 중요한 비중을 차지하고 있으며 이는 언어의식에 대한 부분과 마찬가지로 이후의 다른 평론에서도 반복되고 있는 내용이다. 조선문학에 대한 그의 견해에 주목해야 하는 이유는 그의 문학관을 좀 더 분명히 인지하기 위해서이기도 하지만 그의 언어인식과 문학관 사이에 가로놓여 있는 어떤 격차 때문이기도 하다.

「조선문학풍월록」과 유사한 내용이지만 '조선문학'에 관련된 내용을 좀 더 상세히 서술하고 있는 「조선문학측면관」(『조선일보』, 1939.10.4~6)을 통해 이를 확인해 보자. 우선 눈에 띄는 것은 그가 겸손한 보고자로 자처하고 있음에도 불구하고 조선문학에 대해 대단히 비판적이라는 점이다. '측면관'이라는 제목에서도 알 수 있다시피 김사량은 조선문학을 국외자의 입장에서 살피고 있는데, 그는 30년의 역사 속에서 조선문학이 새로운 걸작을 낼 시기가 되었다고 기대하면서도 그간의 전통과 현재의 문학현실에 대해서는 그다지 호의적이지 않다.

> 제1기의 문학자는 흔히 계몽적 정열문학을 만들고(지금은 기교로 생명을 잇고) 제2기의 문학자는 방화의 문학을 만들었고(지금은 붓을 던지고) 현재의 문학자는 자기변호의 문학을 일삼아 왔다.[16]

---

16 김사량, 「조선문학측면관」(『조선일보』, 1939.10.6), 『김사량, 작품과 연구』 2, 316쪽.

이러한 비판적 관점에는 김사량 자신이 조선문학의 전통하에 놓여 있지 않다는 의식이 전제되어 있다. 그는 조선문학의 전통이 내지문학의 전통과 상이함을 지적하며 조선에서의 가치판단과 일본에서의 가치판단이 상이할 수 있음에 주의한다. 이는 곧 그가 내지문학의 전통하에서 조선문학을 번역, 소개하는 입장에 놓여 있음을 의미한다. 이러한 입장에서 그는 조선문학의 현재를 '조선문단의 빈한함'으로 비판할 수 있게 되는 것이다. "여러 작가들의 잔약한 정신이 회고 취미나 예술 기미나 세태 정서에 침면하고 있음"[17]에 대한 불만은 조선문학의 현재에 대한 김사량의 불만이며, 이는 일본문학에 비해 조선문학이 아직 충분히 성숙되지 못했다는 판단에 근거한 것이기도 하다.

그는 "조선의 문화나 생활, 인간을 보다 넓은 내지의 독자층에게 호소"하는 것에서 일본어 창작의 의미를 찾았지만 이것이 조선문학의 번역에서 마찬가지의 비중으로 관철되지는 않는다. "하나의 작품으로 만인 앞에 나타날 때 우리는 자신들의 나체를 정시"할 수 있다는, 반성과 분발의 계기를 포함하게 되기 때문이다.

이 지점에서 '겸손한 중개자'의 일본어 창작 동기는 좀 더 적극적인 의욕으로 연결된다. 조선의 문화나 생활을 풍부하게 표현하는 조선문학이 존재한다면 중개자의 역할은 번역으로서도 충분하다. 굳이 불편한 언어를 통해 조선의 생활을 드러내고자 한다면 그것은 조선문학을 통해 그것이 불가능하기 때문이다. 김사량이 조선적 감각에 의거한 조선어 창작의 당위성을 주장하면서도 일본어 창작의 가능성을 포기하지

17 김사량, 「조선문학측면관」, 『김사량, 작품과 연구』 2, 317쪽.

않는 것은 조선문학이 결여하고 있는 것을 자신이 보충하거나 부가할 수 있다는 자신감 때문은 아니었을까. 새로운 리얼리즘을 강조하는 김사량의 주장에는 그 자신의 문학의 방향도 포함되어 있다고 보아야 할 것이다.

> 우리들은 이제부터 인간의 관찰에도 좀 더 냉철한 눈을 가져야 될 것이다. 그리고 자기에 대해서도 엄격해야 되리라고 생각한다. 한 때 '리얼리즘' 문제가 한창 논의되었을 때에도 이것을 자연주의나 사실주의와 혼동하는 무정견(無定見)을 폭로한 문학자도 불소(不少)하였다. 그 당시의 단계로 보아 왜 '리얼리즘'이 우리들의 앞에 새로운 분야를 제공할 추진력이 됨에 대하여 조금이라도 경의를 표하려고 하지 않았는가.[18]

"지금까지 제재나 내용을 확장하는 것으로 새로이 문학을 시작"해야 한다고 했을 때, 그리고 리얼리즘이 새로운 분야를 제공할 추진력이 되리라고 기대했을 때, 김사량은 조선문학이 아직 충분히 조선의 현실을 말하고 있지 못하고 있음을 지적하고 있는 것은 아닐까. 한편으로 리얼리즘의 확대를 주장하고 한편으로 극단화한 언어의 감각 수식을 경계할 때, 그가 겨냥하고 있는 것은 조선문학이 도달하지 못한 현실의 어

---

18 김사량, 「조선문학측면관」, 『김사량, 작품과 연구』 2, 316쪽. 「조선문학풍월록」에도 같은 내용이 반복되지만 표현은 조금 다르다. 참고삼아 「조선문학풍월록」의 내용을 옮겨 보면 다음과 같다. "한때 리얼리즘 문제가 활발하게 논의되었던 때, 상당한 수준의 문학자도 그것을 자연주의나 소박한 사실주의와 혼동해서, 게다가 득의만만한 얼굴을 내밀었는데, 어째서 이 리얼리즘이 우리들 눈앞에 꼭 써야만 하는 보다 넓은 분야를 부여하고 있음에 경의를 표하지 않는 것인가." 김사량, 「조선문학풍월록」, 『김사량, 작품과 연구』 2, 288쪽.

떤 지점이다. 그 지점이야말로 일본문단에서 활동하고 있는 김사량이 일본어 창작을 통해 도달해야 할 지점인데, 그렇다면 그것은 조선반도의 범위를 넘어서지만, 여전히 조선의 현실인 어떤 영역이 될 것이다. 그가 조선문단의 외부에서 조선문학을 비판하고 있지만 또한 조선문학을 제국의 권역 내에서 사고하고 있다고 한다면 지나친 비약일까.

유사한 내용이 반복되고 있기는 하지만 이후 발표된 「조선의 작가를 말한다」(『모던일본』, 1939.11)나 「조선문화통신」(『현지보고』, 1940.9)에서는 조선문학에 대한 신랄한 비판은 드러나지 않는다. 대신 강조점은 조선에서의 조선적인 것의 탐구열이나 조선문학의 언어문제로 이동한다. 조선과 일본이라는 발표기관을 의식한 것일 수도 있고, 조선문학에 대한 지나친 비판을 스스로 삼가게 된 결과라고 볼 수도 있다. 어쨌든 평론에 나타난 조선문학 비판을 통해 김사량의 문학적 지향을 좀더 구체적으로 알 수 있다. 일본어로 쓰든 조선어로 쓰든 그의 문학은 조선의 현실을 향해 있다. 그리고 그 현실은 지금까지의 조선문학의 한계를 넘어서는 곳에 있으며 그러므로 조선의 작가들은 제재나 내용의 확장에 노력을 기울여야 한다. 그가 "조선인이나 반도인이라는 말이 투명한 의미로 사용된다고 한다면 그것을 능가하는 것은 없다"고 말하면서 "요컨대 말에는 아무 죄도 없는 것이며", '조선인'이나 '반도인'이라는 말에서 오는 불편함은 "조선인들이 부끄럽게 살아가는 것에 기인"[19] 한다고 했을 때, 그의 문학은 말이 아니라 그 말이 지칭하는 현실을 향해 있다. 조선인의 현실을 일본어로 쓰는 일의 균열감각은 그의 글쓰기를 제

19 김사량, 「조선인과 반도인」(『신풍토』, 1941.5), 『김사량, 작품과 연구』 2, 192쪽.

한하지만, 그럼에도 불구하고 그가 무엇을 쓰고자 했는가에 좀 더 주의를 기울여야 하는 이유도 여기에 있다. 그가 조선문학을 제국의 권역에서 사고한다는 말은 정확히 이런 의미이다. 조선어와 일본어는 지방어(소수어) / 국어로 대칭되지만, 조선의 현실과 일본의 현실은 이처럼 정확한 대칭을 이루지 않는다. 그가 일본어를 통해 조선의 현실을 그리려는 의욕을 내보이는 것은 일본어로 쓸 수 있는 조선의 현실이 있기 때문이다. 그것은 정확히 반도의 경계를 넘어서서 제국의 지배구조 안에 자리한 조선인의 현실이다. 김사량이 독일문학을 비평하면서 "추방된 이민문학"에 관심을 표하는 것 역시 이와 연관되어 있다. 그는 "독일의 특수부락적 애국문학도 머지않은 장래에 그 문학 자체 속에서 양성되는 모순과 이미 대립되어 오는 추방된 이민문학에 의하여 새로운 단계로 양기될 것"[20]이라고 전망한다. '특수부락적 애국문학'이란 민족을 절대시하는 나치문학을 일컫는 것이며, 추방된 이민문학이 전망이 되는 까닭은 나치즘적 애국주의의 모순이 추방된 자들에 의해 폭로될 수 있기 때문이다. 김사량이 혼종과 균열의 일본어를 통해 쓰고자 했던 것이 무엇이었는가를 면밀히 추적하는 일은 그래서 더욱 중요하다.

---

20 김사량, 「독일의 애국문학」(『조광』, 1939.9), 『김사량, 작품과 연구』 2, 299쪽.

## 3. 제국의 권역이라는 시야, 혹은 한계

일본어로 조선의 현실을 쓴다는 것에는 이중의 한계가 자리 잡고 있다. 첫 번째의 한계는 김사량이 그의 언어의식을 표하는 자리에서 언급했다시피 작가가 느낀 감정을 모어가 아닌 일본어로 표현해야 한다는 사실에서 오는 한계이다. 조선의 사회나 환경에서 포착한 내용을 조선어가 아닌 내지어로 쓰려고 할 때, "일본적인 감각이나 감정으로 이행하여 휩쓸려 갈 것 같은 위험성"이 생기며 "이그조틱한 것에 현혹되기 쉽"[21]다고 김사량은 말하고 있다. 그리고 이 일본어 작품이 조선문단이 아니라 일본문단의 제도 속으로 수용될 때 한계는 가중된다. 조선문학이 번역되거나 혹은 참조되어야 할 식민지의 지방문학이었다면, 김사량이 쓴 일본어 작품은 직접 일본문단을 상대할 수밖에 없는, 식민지 본국의 독자들을 의식한 문학이었다는 점에서 더 직접적인 한계에 부닥치게 된다. 김사량은 조선의 현실을 말하면서도 그것이 일본문학에 수용될 수 있는 형태로 말해야 한다는 이중의 부담을 가질 수밖에 없었을 것이다.

「토성랑」의 개작은 일본문단에 진입하는 과정에서 겪게 되는 김사량의 고뇌를 분명히 보여준다. 김사량의 제일 소설집 『빛 속으로』의 발문에 의하면 「토성랑」은 사가고등학교 재학 시절에 쓴 것으로 동경제대 시절 동인지 『제방』에 처음 수록되었다. 그리고 이 작품은 그가 「빛 속

21 김사량, 「조선문화통신」(『현지보고』, 1940.9), 『김사량, 작품과 연구』 2, 339쪽.

으로」로 일본문단에 공식 등단한 이후 개작을 거쳐 『문예수도』에 발표[22]된다. 『제방』에 수록된 「토성랑」과 『문예수도』에 재수록된 「토성랑」의 사이에는 최소한 4년의 시간적 격차가 존재하며, 학생시절의 습작과 공식적인 문단발표작이라는 차이도 존재한다. 김사량의 언급처럼 초판 「토성랑」에는 "사회에 대한 내 격렬한 의욕이나 정열도 얼마쯤 활사"되어 있었지만 개정판에서 이러한 내용은 대폭 삭제되었다. 사회에 대한 격렬한 의욕이나 정열이란 식민지 빈민들의 극한 빈궁을 일본제국과 근대화 때문이라고 비판하는 의식을 말한다. 실제로 초판본에서는 토성랑 빈민들의 삶과 죽음이 일본의 도시계획과 일본인 소유의 공장건설에 좌우되고 있음이 분명히 드러나 있다. 그러나 개정판에서 이러한 내용이 대폭 삭제됨으로써 토성랑 빈민들의 삶은 운명적인 빈궁으로 형상화[23]된다. 이러한 개작의 과정은 작품 전체에 걸쳐 드러나지만 특히 작품의 결말을 통해 두 판본 사이의 차이는 선명하게 부각된다.

어디에서인가는 아리랑이 구슬프게 들려왔다.

---

22 「토성랑」의 두 판본의 존재는 『빛 속으로』의 서문을 통해 알려져 있었고 일본에서 발간된 『김사량 전집』 해제를 통해 대강의 차이를 짐작할 수 있었다. 초판과 개정판의 실제 차이를 확인할 수 있었던 것은 『김사량, 작품과 연구』 1에 두 작품이 함께 수록된 덕분이다. 내적, 외적 검열의 영향하에 작품의 변화가 상당했음을 알 수 있다. 차이에 대해서는 임전혜, 「해제」, 『김사량 전집』 1, 河出書房, 1973; 곽형덕, 「김사량 「토성랑」의 판본 비교 연구」, 『현대문학의 연구』 35, 2008 참조.

23 앞에서 언급한 정백수의 글은 개작된 작품을 저본으로 하고 있으며, '물의 폭력'을 현실의 폭력을 무화시키는 장치로 해석하고 있다. 근본적으로 이 글은 '대변될 수 없는 서발턴의 존재'를 예각화하고 있으며 그래서 작가의 의도보다는 텍스트의 무의식을 중시한다. 개작을 통해 수정되기는 했으나 초판본에서 작가의 사회비판 의지가 뚜렷이 나타나 있음을 감안한다면 이러한 해석은 설득력이 떨어진다. 서발턴의 관점이 담론적 '재현될 수 없음'에 치중될 때 드러나는 문제도 함께 지적할 수 있다.

그리고 가을이 찾아왔다. 9월 9일이 되자 제비들이 돌아왔다. 건조한 바람은 색이 바랜 포플러와 벚나무 잎을 강 속으로 불어서 떨어뜨리고는 휘이휘이 거리면서 소리를 높였다. 매일같이 쌀가마니를 쌓아올린 트럭이 줄지어서 돌다리 위를 먼지를 풀풀 날리면서 끊임없이 달리고 있었다. 흙둑 동쪽의 낮은 지대에는 몇 천 평도 넘는 땅위에 커다란 벽돌공장이 완공되었다. 높은 9월 하늘에 우뚝 솟은 붉은 굴뚝에는 하얀 글씨로 '다카기상회 연와제작소[高木商會煉瓦製作所]'라고 적혀 있었다.[24]

여자는 병길에게 몸을 기대고 얼굴을 묻었다. 그는 망연자실하여 원삼이 사라진 먼 곳을 언제까지고 언제까지고 응시했다. 콸콸거리며 기세 좋게 흐르는 탁류는 여전히 막막한 물살을 일으키고 있었다. 이따금씩 먼 곳에서 다시 쿵하고 토성 한 모퉁이가 무너지는 소리만이 한층 기분 나쁘게 들려왔다.

그로부터 얼마 지난 십육일 밤, 달이 떠올라 물살은 황금 달빛을 받고는 악마의 춤을 덩실거리며 펼쳐 보였다.[25]

「토성랑」의 개작과정은 그대로 김사량의 일본문단으로의 진입과정이라 할 수 있다. 「토성랑」을 통해 조선인의 현실을 그리고자 했으나 그 현실은 일본문단에 수용 가능한 형태로 변형되어야 했고, 그래서 구체적 비판의 표지를 삭제한 곳에서 조선의 현실은 운명적 빈궁의 모습

24 김사량, 「토성랑」(『제방』, 1936.10), 『김사량, 작품과 연구』 1, 54쪽.
25 김사량, 「토성랑」(『문예수도』, 1940.2), 『김사량, 작품과 연구』 1, 96쪽.

으로 일반화된다. 그렇다고 해서 「토성랑」 초판본의 문제의식이 사라지는 것은 아니다. 개작본의 텍스트 이면에는 김사량이 그리고자 했던 조선현실의 원형으로 초판본의 잔상이 남아 있기 때문이다. 토성랑의 빈민들, 제국주의에 의해 점점 파멸해가는 그들의 삶은 김사량의 '흔들리는 손'[26]이 기댈 수 있는 하나의 거점이 된다.

「빛 속으로」에 대해서도 마찬가지의 해석이 가능할 것이다. 「빛 속으로」는 김사량의 출세작으로 그는 이 작품을 통해 일본문단에서 한 명의 작가로 인정받았다. 이 소설은 내선 결혼에 내재한 권력관계와 그로 인한 정체성 혼란을 그리고 있으며, 이 혼란은 내선일체의 불가능성, 혹은 불완전성으로 연결된다. 그러나 한편으로 이러한 문제의식은 비판적이기보다는 내면적 성찰의 형식으로 그려지고 있다는 점에서 양가적이다. 내면의 불안을 극복하는 것은 개인의 과제이며, 이 불안은 내선일체를 향한 불가피한 진통의 한 요소로 해석될 수 있기 때문이다. 소설의 결말은 이러한 양가성을 더욱 증폭시킨다. 혼혈의 혈통, 조선어 이름의 호명 때문에 갈등과 불안을 겪던 '야마다 하루오'와 '남'은 '조선인'의 정체성을 긍정함으로써 새로운 희망을 얻는다. 이러한 희망적 결말은 갈등의 원인이 된 조선인 차별의 문제가 근본적으로 해결될 수 없다는 점에서 일종의 봉합이며, 그 봉합은 사실상 계속되는 현실의 문제를 은폐하는 기능을 할 수도 있다. 그들의 화해와 희망이 '마쓰자카

26 황호덕이 김사량의 일본어 글쓰기에서 번역의 (불)가능성을 언급하며 사용한 비유이다. 이 비유는 김사량이 대만작가 룽잉쭝에게 보낸 편지에 등장한다. 제국의 현실 속에서 식민지인이 국가어로 쓴다는 것 사이에 잠재한 불안과 가능성을 표상한다. 황호덕, 앞의 글, 1장 참조.

야 백화점'이라는 일본 근대 소비문화의 상징을 거쳐 이루어졌다는 점,[27] 춤을 추는 하루오의 환영은 그의 혈통과 신분의 표지를 둘러싼 관계를 배제함으로써 가능한 개인적 승화라는 점에서도 그러하다. 이러한 봉합과 승화의 결말에 이군이 자동차를 운전하며 합류하는 것은 의미심장하다. 이군은 어려운 환경 속에서도 운전수 조수로 일하며 성실하게 살아온 인물이다. 그는 남선생이 조선인임을 밝히지 않는 데 분노하며 야마다 하루오가 일본인의 자식이라는 이유로 외면하는 선량하지만 경직된 민족주의자이다. 그런 그가 드디어 정식 운전수가 되어 자동차를 운전하며 나타난 결말에서, 그는 "겨우 한사람 몫을 하게 되었다"며 기뻐한다. 그는 여전히 하루오를 외면하지만 정식 운전수가 되었다는 기쁨 때문에 둘 사이의 서먹함은 문제가 되지 않는다. 이군이 일본 사회의 시스템에 수용되면서 '한 사람 몫'을 하게 되자 이전의 갈등은 부분적이지만 해소된다. 이전의 그는 일본 사회에서 아직 인간으로 대접받지 못하는 소수자였으나, 직업을 통해 그 역할을 부여받은 후 일본제국의 당당한 일원이 된다. 민족적 갈등의 표지가 이 과정에서 사라지는 것은 사회의 시스템 속에 진입하는 것으로 그 갈등이 해결될 수 있다는 희망을 암시하는 것일 수 있다.

김사량은 「빛 속으로」를 두고 '일본인을 향해 쓴 것'이라고 스스로

---

27 김혜연은 그래서 「빛 속으로」가 이중언어의 갈등을 근대성으로 초극했다고 설명하면서 여기에서 근대성을 '민족을 초월한 보편적인 문명'으로 해석한다. 이러한 관점은 '마쓰자카야 순례'를 '도시유람의 일탈을 통한 일상성'으로 해석하는 김응교의 논의에서도 드러난다. 김혜연, 앞의 글; 김응교, 「김사량 「빛 속으로」의 이름 · 지기미 · 도시유람」, 『춘향이 살던 집에서, 구보씨 걷던 길까지-한국문학산책』, 창작과비평사, 2005 참조.

말한 바 있다. 이 양가성을 김사량도 의식하고 있었으며 그럼에도 불구하고 그는 일본문단에 받아들여질 수 있는 형태로 「빛 속으로」를 썼다. 전략적 선택과 우회적 글쓰기를 논할 수 있겠으나, 화해와 봉합의 결말에 드리워진 어두운 그림자를 언급하는 것이 더 효과적일 것 같다. 그 그림자란 빛이 쏟아지는 우에노 공원에 합류하지 못한, 화해와 봉합에 참여할 수 없는 조선인 여성 정순이다.

> "春雄は内地人テす…… 春雄はさう思つてゐます…… あの子は接の子ではありません……… それを…… 先生が邪魔するのは…… 接悪いと思います……"
>
> "私は半兵衛さんも南朝鮮で生まれたと聞いてゐるのですが……"
>
> "え…… さうです…… 母がわたしのやうに朝鮮人でした. …… だが今は…… 朝鮮といえば言葉だけでも…… あの人はオコリます……"
>
> "だけど春雄君は朝鮮人の私に非常になついて来ました. 実は昨夜あの子は私の部屋で泊つて行つたのです"
>
> "……"

> "하루오는 내지인입니다…… 하루오는 그렇게 생각하고 있어요…… 그 아이는 소인의 자식이 아닙니다…… 그것을…… 선생이 방해하는 것은…… 소인 나쁘다고 생각합니다……"
>
> "저는 한베에 씨도 남조선에서 태어났다고 들었습니다만……"
>
> "네…… 그렇습니다…… 어머니가 저처럼 조선인이었습니다. …… 하지만 지금은…… 조선이라 하면 단어만으로도…… 그 사람은 화를 냅니다……."

"그렇지만 하루오 군은 조선인인 나를 잘 따르고 있습니다. 실은 어젯밤 그 아이는 제 방에서 자고 갔습니다."[28]

말줄임표 투성이의 어눌한 일본어로 그녀는 겨우 말한다. 남선생의 유창한 일본어와 대비되면서 그녀는 자신을 비하하고 타자와의 대면을 회피하며 침묵과 신음으로 어둠 속에 머무른다. 이군은 같은 조선인의 처지에서 그녀를 동정하지만 하루오의 피에 섞인 절반의 피를 거부함으로써 그녀의 존재를 온전히 인정하지 않는다. 동족에 의해서도 그녀는 조선인이라는 표지 이상의 의미를 부여받지 못한다. 이군과 어머니는 그녀에게 조선으로 가라고 말하지만 이미 창녀의 신분으로 전락하여 일본인의 아내가 된 그녀에게 돌아갈 고향은 없다. 조선과 일본 어디에서도 스스로의 존재를 확인할 수 없는 그녀는 제국의 '추방된 이민자', 식민주의의 서발턴이라고 할 수 있다. 그리고 「빛 속으로」의 양가성은 그녀의 존재로 인해 해석의 문제가 아니라 현실적 지배관계의 문제로 긴장력을 갖는다. 구원되지도 계몽되지도 않는 서발턴은 식민주의의 현실을 아래로부터 재구축한다.

28 일본어 원문은 김사량, 「光の中に」, 『김사량 전집』 I, 河出書房, 1973, 29쪽. 번역은 원문의 느낌을 살리기 위해 가능한 직역했다.

## 4. 서발턴 효과

정순은 일본인 남편 한베에와 조선인 이군 사이에서 말할 수 없었다. 한베에는 그녀를 조선인이라고 멸시했으며, 이군은 그녀를 불행한 희생자로 인식하면서 그녀의 주체성을 부정했다. 남편의 폭력에 시달리면서도 남편으로부터 도망치지 못하는 것은 그녀가 돌아갈 곳이 없기 때문이다. "그 사람은 저를 자유로운 몸으로 만들어줬습니다. ……그리고 전, 조선여자입니다……"[29]라는 정순의 말에서 정순이 처한 곤경을 읽을 수 있다. 남편의 폭력과 창녀라는 밑바닥의 삶, 이외에 그녀의 선택지는 없었던 것이다. 물론 이러한 그녀의 비참한 삶은 피식민자이자 여성이며 하층 계급인 그녀가 중층적 억압 속에 내몰려 있기 때문에 발생한 결과이다. 그리고 민족과 계급, 젠더 각각의 관점에서만 읽을 때 그녀의 삶은 온전히 이해될 수 없는 잉여를 남긴다. 이군은 민족의 이름으로 그녀를 구원하려 하지만 한편으로 그러한 시각은 계급과 젠더의 이중 억압에 놓인 그녀의 삶을 은폐한다. 한베에의 폭력에는 민족, 계급, 젠더의 우월감이 복합적으로 투사되어 있기 때문이다. 게다가 한베에는 자신의 피에 조선인의 피가 섞여 있다는 열등감을 그녀를 통해 해소하려 하고 있다. 이러한 정순의 삶은 남선생에 의해서도 온전히 읽혀지지 않으므로 그녀는 여전히 어눌한 침묵과 상처 입은 신체로 자신의 존재를 증명할 뿐이다. 그러나 그녀

29 김사량, 「빛 속으로」(『문예수도』, 1939.6), 『김사량, 작품과 연구』 3, 역락, 2013, 40쪽.

를 둘러싼 이 불가지의 침묵이 소설의 결말을 온전한 화해로 봉합되지 못하게 한다.

스피박은 인도의 사티 풍습을 통해 서양 제국주의자들과 식민지 토착 엘리트들이 어떻게 인도 하층여성을 억압하는지 설명하면서 서발턴을 탈식민주의의 중요한 쟁점으로 만들었다. 야만적 풍습의 희생물이거나 숭고한 민족성의 발현이라는 담론 구조 속에서 그녀들의 삶은 재현되지 못한다.[30] "서발턴은 말할 수 없다"라는 스피박의 단정적 결론은 제3세계의 현실을 특권화시킨다거나, "엘리트와 하위주체의 괴리, 하위주체의 '불가지성'[31]"을 고착시키며 그래서 현실적 권력관계 속에서의 저항의 불가능성을 강조한다는 비판을 받아 온 것도 사실이다. 그러나 "서발턴은 말할 수 없다"라는 단언은 사실의 진술이라기보다는 서발턴과 서발턴의 재현을 둘러싼 담론구조를 끊임없이 다시 읽어야 한다는, '말할 수 있다'는 자신감이 이 지속적인 담론투쟁을 완결시킴으로써 모순을 봉합할 수 있음을 우려하는, 윤리적 주문이라 할 수 있다. 그러므로 만약 김사량의 문학을 통해 서발턴을 문제 삼을 수 있다면, 그것은 서발턴의 재현 여부가 아니라 서발턴을 텍스트에 기입함으로써 가능해진 식민주의 탐구의 연쇄효과에 관한 것이어야 한다.

---

30 스피박의 서발턴 이론과 인도 사티 풍습에 대한 설명은 가야트리 차크라보르티 스피박, 「서발턴은 말할 수 있는가?」, 로절린드 C. 모리스 편, 태혜숙 역, 『서발턴은 말할 수 있는가?』, 그린비, 2013 참조. 이 책에는 1988년에 발표된 초판본과 1999년에 발표된 수정본이 함께 수록되어 있다.

31 우석균, 「라틴 아메리카 하위주체 연구의 기원, 쟁점, 의의」, 『실천문학』, 2005 여름, 340쪽. 이 글은 인도 서발턴 그룹의 연구를 라틴아메리카 연구에 적용시킨 예를 점검하는 글이다. 서발턴 이론에 대한 직접적인 비판이라 하기는 어렵지만 오히려 다른 지역에 적용된 서발턴 연구의 가능성을 점검하고 있다는 점에서 한국의 식민주의 연구에 더 유용한 부분도 있다.

정순의 존재로 인해 「빛 속으로」의 결말이 화해와 희망으로 완결될 수 없다는 것은 앞에서 이미 언급했다. 이는 서발턴이 텍스트에 기입됨으로써 내러티브의 결론이 유보되고 있음을 의미한다. 서발턴의 일차적 효과이다. 하지만 「빛 속으로」에서 정순의 역할은 이러한 1차 효과에 그치지 않는다. 이군은 정순을 단순히 민족적 혈통으로만 이해했기 때문에 정순이 하루오와의 관계에서 모성을 억압하고 있다는 사실을 인지하지 못했다. 하루오의 어머니에 대한 왜곡된 애정, 그리고 정순의 자학은 식민주의가 모성의 파괴와 여성성의 억압을 초래하고 있음을 의미한다. 게다가 정순은 자신이 조선 여자이며 창녀였기 때문에 남편의 폭력에 저항하기보다는 거기에 의존한다. 스스로를 비하하는 정순의 태도는 일종의 마조히즘적 정신병리라고 할 수 있는데, 이는 식민주의가 어떻게 개인의 자아를 파괴하고 있는가를 보여주는 예라 할 수 있다. "식민주의라는 문제는 객관적인 역사적 조건뿐만 아니라 그 조건을 대하는 인간의 태도까지도 상관적으로 포함하는 것"[32]이라는 파농의 견해는 정순의 경우에도 유효하다. 파농은 열등감과 의존의식을 피식민지인의 신경증으로 분석했는데, 이는 식민주의가 사회적 지배관계뿐 아니라 개인들의 내면으로까지 침투하여 그들을 파괴하고 있음을 지적한 것이며, 그러므로 식민주의 극복은 이러한 내면의 신경증을 치유하는 일까지를 포함해야 한다. 또는 역으로 말하자면 피식민자의 신경증은 식민주의 극복을 통해서만 치유할 수 있다. 그러므로 "'그녀가 지금도 노예처럼 감사하는 마음에 의지하고 살아가고 있다니', 나는 잔인무

32 프란츠 파농, 이석호 역, 『검은 얼굴, 흰 가면』, 인간사랑, 1998, 109쪽.

도한 한베에를 떠올리고 비견할 수 없는 근심에 젖는"[33] 것만으로 남선생은 정순을 재현할 수 없다. 식민주의의 탐구가 더 진행되어야 함을 촉구하는 것, 혹은 '말할 수 없는 자'들을 재현하는 윤리가 단지 지식인의 양심이나 책임감이 아니라 식민주의 극복과 연결되어 있음을 알리는 표지, 「빛 속으로」에서 찾을 수 있는 서발턴 효과는 생각보다 훨씬 더 풍부하다.

「광명」의 여인들이 앓는 신경증 역시 서발턴 효과의 연쇄라 할 수 있는데, 식민주의의 탐구는 이제 피식민지인 뿐 아니라 식민자의 분열을 향해 나아간다. 조선인 남성과 결혼한 시미즈 부인은 일본 사회에서의 차별과 소외를 조선에서 온 식모 토요를 통해 발산한다. 그녀는 인간적 융합을 통한 이상적 내선일체를 꿈꾸었지만 현실에서 그것은 쉽게 이루어지지 않는다. 급기야 그녀는 남편이 토요를 탐하고 있다는 망상에 시달린다. 본토에서의 민족적 열등감이 자신보다 더 열등한 식민지 하층계급의 여성에게 투사되는 것은 흔한 예이다. 일본인인 시미즈 부인 뿐 아니라 조선인인 화자의 누님 역시 신경증을 앓고 있다.

> 특히 최근 누님은 방공연습 등이 시작되면 신경이 점차 날카로워지는 때가 많았다. 어째서인지 누님은 요즘 들어서 침착함을 잃고 자신이 임무를 다하지 못한 것 같다며 들썽들썽하며, 이명을 느끼고 눈앞에서 불꽃이 터지는 듯한 느낌마저 들었다. 게다가 혼자서 빈집을 지키고 있을 딸 생각에 더욱더 제정신이 아니었다.[34]

---

33 김사량, 「빛 속으로」, 『김사량, 작품과 연구』 3, 40쪽.

식민주의는 피식민자만 억압하는 것이 아니다. 차별과 소외의 구조는 식민자의 삶에도 침투한다. 그러므로 이것은 이미 개인의 문제가 아니다. 타자를 존중할 수 없는 삶은 분열되어 신경증을 낳는다. 내선결혼이 "'내선' 간의 차별을 해결해 주지 못할 뿐만 아니라 오히려 그러한 차별을 가정 내로 이식해와 그것을 확대 재생산한다는 것", 그러므로 "구조적인 불평등이 해결되지 않는 한 접촉은 오히려 더 큰 갈등을 양산"[35] 한다. 「광명」은 조선인 가족과 내선결혼 가족을 나란히 놓음으로써, 식민주의의 억압이 조선인 뿐 아니라 일본인들에게도 가해지고 있음을 드러내고 있다. 그리고 누님의 예를 통해 보듯이 그것은 언제나 식민주의의 정책을 충실히 따를 것을 강요하는 보이지 않는 손으로부터 비롯된 것이기도 하다. 파농의 말을 다시 한 번 떠올려 보자.

> 흑인만의 의무, 백인만의 부담이라는 것은 없다.
>
> 나는 어느 날 갑자기 뭔가 잘못 돌아가고 있는 세상에 던져진 것이다. 나를 자꾸만 전쟁터로 내모는 세상, 절멸이나 아니면 승리냐 라는 양자택일의 문제만이 남아 있는 세상에 말이다.[36]

「광명」의 결말은 「빛 속으로」보다 훨씬 노골적이다. 시미즈 부인과 누님은 나란히 서서 방공훈련에 참여한다. 서로 물통을 건네며 일사불란한 훈련을 하는 광경은 '장관'으로 묘사된다. 식민주의의 가해자이면

34 김사량, 「광명」(『문학계』, 1941.2), 『김사량, 작품과 연구』 3, 253쪽.
35 윤대석, 「식민자와 식민지인의 세 가지 만남」, 『우리말글』 57, 2013, 16쪽.
36 프란츠 파농, 앞의 책, 288쪽.

서 피해자로, 함께 신경증을 앓고 있는 식민자와 피식민자는 전쟁을 위한 방공훈련에 참여하면서 연대한다. 그러나 이 결말을 제국의 권역 아래에서 충실한 신민으로 화합하는 조선인과 일본인의 이미지로 읽는 것은 불가능하다. 신경증 환자들에게 새겨진 피해의 각인 때문이다. 더군다나 식민지 출신의 하층계급 여성 토요는 이 방공훈련에조차 참여하지 못한다. 자신의 말을 갖지 못하고 주변의 동정에 의해서만 그의 삶을 재현할 수 있었을 뿐인 토요는 정순과 마찬가지로 이 소설에서 서발턴 효과를 발휘한다. 조선인과 일본인을 가로지르는 식민주의의 구조를 읽게 하는 원동력으로. 인근의 공사장 인부와 결혼하여 또다시 다른 지방으로 떠나버림으로써.

> "그 사람들은 어쨌든 철새들이니까요" 하고 문군은 혼잣말처럼 중얼거렸다. 다시 어색한 침묵이 이어졌다.[37]

제국의 전쟁을 준비하는 일사불란한 훈련의 장면에서 토요는 부재함으로써 식민주의의 구조를 재현한다. 서발턴은 김사량 소설의 부재효과였다고 말할 수 있지 않을까. 그런 의미에서 서발턴은 말할 수 없지만, 또한 그들의 말을 한다.

「풀 속 깊숙이」에 재현된 화전민 역시 식민주의 탐구의 근거지로서 서발턴 효과를 발휘한다. 소설은 '색의(色衣) 장려정책'을 화제로 삼고 이를 중계하는 군수, 하수인인 코풀이 선생을 통해 식민주의 정책의 강

37 김사량, 「광명」, 『김사량, 작품과 연구』 3, 251쪽.

제성과 실패를 함께 문제 삼고 있지만,[38] 이러한 구도 한편에 식민주의의 사각지대에 놓인 화전민들이 존재한다. 여기에서 사각지대란 두 가지 의미에서이다. 첫 번째 의미는 이들이 식민주의 정책의 영향력이 미치지 않는 곳에 존재한다는 점이다. 마을의 촌민들은 군수의 색의 장려 연설을 들어야 하고 그들의 옷에 먹칠을 당하면서 식민주의 정책에 강제로 수용되지만, 마을을 떠나 산 속에 숨어 사는 화전민들은 이러한 시스템에 편입되지 못함으로써 그 영향권에서 벗어나 있다. 소설에서 의대생 인식은 구호와 계몽을 위해 화전민촌을 찾아 가지만 이들과 만나지 못한다. 인식이 그들을 쫓아내려 한다고 오해한 화전민들은 더 깊은 산속으로 숨어 버리기 때문이다. 계몽의 대상이 될 수 없는 자들은 정책의 대상도 될 수 없다. 이들이 사각지대에 놓인 또 다른 이유는 이들이 민족적 타자성의 경계지점에 놓여 있기 때문이다. 색의 장려의 지배정책의 눈으로 보면 이들은 계몽과 교화의 영향력 밖에 있는 식민지의 야만에 다름 아니다. 그러나 이러한 식민지배의 구조 속에서 이들은 정반대의 방향으로 민족의 상징이 되는데, 이들이 흰 옷 입은 민족의 정체성을 보유한 기층 민중의 소망으로 대상화되어 흰옷과 민족정기를 신봉하는 사이비 종교의 희생물이 되기 때문이다. 식민자의 눈에는 야만의 하등민족으로 타자화되고, 민족정기를 표방하는 사이비 종교에 의해서는 숭고한 민족성으로 타자화되는 이들이야말로 자신들의 말을 가질 수 없는 서발턴이다. 이해할 수도 정의할 수도 없는 이들 때문에

38 숙부의 연설과 식민주의 비판의 양가성에 대해서는 윤대석, 「식민지인의 두 가지 모방 양식」, 『식민지 국민문학론』, 역락, 2006 참조.

식민주의 정책의 모순과 구원을 빙자한 사이비 민족성은 함께 부정될 뿐만 아니라, 식민주의와 민족주의가 서로의 적대를 통해 공생하고 있는 구조가 더 분명해진다.

소설을 군수와 코풀이 선생 중심의 색의 장려 해프닝으로 읽으면 화전민들은 소설의 완결성을 파열시키는 예외적 존재가 된다. 그러나 소설을 해명되지 않는 화전민들을 중심으로 읽는다면 식민주의와 민족주의가 서로를 대립쌍으로 의지하는 모순의 구조가 드러난다. 식민주의의 구조라는 큰 틀에서 본다면, 군수와 코풀이 선생 역시 식민정책의 집행자가 아니라 피해자로 그 구조에 포함된다. 군수는 결국 군수직을 계속 유지하지 못하고 토지 브로커로 전락했고, 코풀이 선생은 행방이 묘연하다. 인식은 코풀이 선생이 화전민들 앞에서 어설프게 색의 장려를 계몽하다가 살해당한 것일지도 모른다고 상상한다. 불완전한 일본어로 식민자를 흉내내며 촌민들에 군림했던 군수도, 맹목적으로 식민주의의 복종했던 코풀이 선생도 결국 식민주의 구조 내에서 자신들의 삶을 살지 못했다. 식민정책의 사각지대에서 사이비종교의 희생자가 되었던 화전민들 역시 마찬가지였다.

서발턴 화전민들은 식민주의의 구조를 아래로부터 읽는 거점이 되며, 이는 개별적 희생이나 충성을 넘어서 집단적 몰락의 연쇄를 통찰하는 시야를 제공한다. 여기에서 아래로부터의 탈식민이 가능하다. 서발턴을 이해하고 그들의 말을 찾는 일은 식민주의의 구조를 해체하지 않고는 불가능하다. 파농은 "내 환자로 하여금 자신의 무의식을 정확하게 의식하도록 하고, 백인이 되고자 하는 망상을 기꺼이 포기하도록 종용하며, 사회구조 그 자체를 변화시키려는 노력을 지향하도록 도움을 주는 일"[39]이 정신분석의의 역할이라고 믿었다. 문학 역시 그러한 것이 아니었을까. 김사량이 일제의 패망을 앞두고 태항산으로 탈출한 진정한 이유가 여기에 있다고 나는 생각한다.

## 5. 아직 오지 않은 해방을 위한 윤리

이 글은 서발턴의 존재를 근거로 일제 말기 김사량 문학의 탈식민성 추구를 적극적으로 구명하고자 했다. 서발턴의 관점을 통해 김사량 문학해석의 지평은 더 넓어질 수 있을 터인데 그것은 다음과 같은 이유 때문이다.

첫째, 김사량 문학의 저항의식을 좀 더 구체적으로 분별할 수 있게 해 준다. 김사량은 식민정책의 모순을 드러냄으로써 식민주의에 저항했다. 내선일체, 창씨개명 등의 황국신민화정책에 대한 반대는 자주 그를 민족적 정체성을 강조하는 민족의식의 대표자로 오해하게 한다. 그러나 김사량의 저항의식은 조선 / 일본으로 단순화될 수 없는 식민주의 전체의 구조를 문제 삼고 있다. 「빛 속으로」의 예에서 알 수 있는 것처럼 이군과 남선생, 하루오, 정순은 조선인이라는 정체성으로 일원화될 수 없다. 식민주의적 차별은 조선과 일본 사회의 다양한 구성원들에게

39 프란츠 파농, 앞의 책, 126쪽.

내면화되었으며, 그 내면화는 다른 구성원에 대한 또 다른 억압으로 파생된다. 서발턴의 문제의식은 개별적으로 교정될 수 없는 식민주의의 폭력적 구조 전체에 대한 탐구의지를 촉발시킨다. 김사량 문학은 이에 대한 응답이었다고 설명할 수 있다.

둘째, 이중어 글쓰기라는 김사량 문학의 주요 특성을 담론적 실천을 넘어서는 구체적 현실 탐구로 전환시킬 수 있다. 이중어 글쓰기는 언어를 매개로 한 문학적 저항을 해명할 수 있다는 장점이 있지만, 이를 담론적 모방과 이탈의 메커니즘으로 한정시킬 수밖에 없다는 한계를 지닌다. 침묵하는 서발턴들의 존재는 식민주의 담론구조의 경계 혹은 바깥에 있으며, 이러한 바깥을 의식하는 작가에게 언어는 유용하지만 제한적인 무기였다. 부재효과로서의 서발턴은 명료하게 재현될 수 없으므로 다른 방식의 실천과 재현을 촉구하는, 식민주의 해체의 서사적 최종심급이라 볼 수 있다. 서발턴의 거처로부터 식민주의는 언제나 다시 탐구되며, 그리하여 서발턴은 화해의 결말을 지연시킴으로써 저항의 가능성을 연장한다.

셋째, 서발턴을 통해 김사량 문학의 현실주의적 가치를 제고할 수 있다. 김사량은 내지어로 써야 한다는 일본의 황민화정책에 대하여 조선의 감각을 표현하는 조선어의 특수성과 가치를 강조했다. 그가 말하는 조선의 현실과 조선의 감각이란 단지 반도와 내지라는 지역적 분할 속에 한정된 것이 아니었다. 제국의 권역 속에 포함될 수밖에 없는, 그러므로 거기에서 발생할 수밖에 없는 광역화된 억압과 차별이야말로 김사량이 말하고자 한 조선 현실이었다. '조선어로 써야 한다'라는 언어의식은 '제재의 확대와 심화'라는 리얼리즘의 주장과 함께 고려되어야 한다. 자신의 일본어 글쓰기를 작가는 '겸손한 중개자의 의도'라고 표현했지만, 이 겸양의 표현은 일본어로 쓸 수 있고, 또 써야만 하는 리얼리스트로서의 자부심에 근거한 것이었다.

서발턴의 문제의식은 해방 이후 김사량의 문학에도 이어진다. 1949년 발표된 「칠현금」에서 김사량은 해방된 조국의 희망을 부상으로 반신불수가 된 노동자의 손에 맡겼다. 노동자 윤남주는 혼자서는 돌아누울 수도 없는 몸으로 전력을 다하여 소설을 쓴다. 그러나 그는 좀처럼 자신이 처한 세계를 솔직하게 그려내지 못하고 관념적 희망과 자학적 절망 사이에서 머뭇거린다. 부서진 육체와 위축된 정신으로, 그럼에도 불구하고 자신의 삶으로부터 자신의 말을 찾는 일. 탈식민의 독립국가 건설이란, 인민을 위한 사회주의 국가 건설이란, 서발턴의 자기발화 과정에 다름 아니다. 그리고 해방된 국가의 작가는 그 서발턴의 말을 듣기 위해 혼신을 다해 그의 곁을 지킨다. 서발턴으로부터 시작된 식민주의 탐구는 여전히 서발턴으로부터 탈식민의 진정한 가치를 묻고 있는 것이다. 그런 의미에서 서발턴은 김사량 문학의 일관된 문제의식이었으며, 그것은 '아직 오지 않은 해방'을 심문하는 근원적 통점(痛點)이기도 했다.

# 2 김사량의 『태백산맥』과 조선적 고유성의 의미

일제 말 김사량의 문학(2)

## 1. 귀국 이후의 김사량 문학

김사량의 『태백산맥』은 1943년 2월부터 1943년 10월까지 『국민문학』에 연재되었다. 김사량은 1941년 12월 사상범예방구금령에 의해 가마쿠라 경찰서에 구금되었다가 1942년 2월 석방되었고 이후 조선으로 돌아온 후 『태백산맥』을 발표하기까지 거의 작품활동을 하지 않았다. 1942년 1월 『신조(新潮)』에 「십장꼽새」를, 『국민문학』에 「물오리섬」을 발표하였으나 이는 구금 이전에 창작된 것이고, 4월 두 번째 창작집 『고향』을 동경에서 발행했지만 이 역시 이전에 준비된 것이고 보면 『태백산맥』은 김사량의 문학 복귀작이자, 조선문학자로서의 새로운 출발작인 셈이다. 물론 이러한 '재출발'과 '복귀'의 환경이 그리 우호적이지는 않았다. 구금 이후 강제송환되다시피[1] 한 김사량이 처한 환경은 충분히 예상할 수 있다. 사상범예방구금령이라는 법령 자체가 시국에 반대하는 모든 사상을 잠재적 범죄요인으로 두는 법령이며 태평양전쟁에 임박하여 제국주의에의 강압적 동화를 요구하는 법이었다.[2] 석방되었다 하더라도 김사량은 언제나 전향 여부를 판단하는 당국의 감시와 제약으로부터 벗어날 수 없었으리라 추측할 수 있다. 『태백산맥』은 이러한 감시와 제약하에서 쓰여진 작품이며 당연히 작품의 해석은 이러한 제약을 충분히 고려한 가운데서 이루어져야 한다.

김사량의 다른 작품에 비해서 『태백산맥』 및 이후에 발표된 작품 『바다의 노래』에 대한 연구자료는 그리 많지 않다. 시국적 제약이 분명한 상황에서 '노예의 언어'[3]로 쓰여진 이 작품은 김사량 문학의 본령이

1 안우식, 심원섭 역, 『김사량 평전』, 문학과지성사, 2000, 165쪽. 다테노 노부유키[入野信之]와 오다기리 히데오[小田切秀雄]의 대담을 인용하며 안우식은 김사량의 귀국이 '강제송환 같은 느낌'이었다고 전하고 있다. 또한 구금과 석방의 과정에서 종군작가의 제안이 있었으나 김사량이 이를 거절했고, 집필 금지 혹은 시국협력의 제안을 김사량이 석방의 조건으로 받아들였을 것이라고 추측하고 있다. 사실 여부는 확실하지 않지만 어쨌든 김사량이 구금과 석방 이후 당국의 감시와 제약하에 있었을 것이라는 점은 분명하다.

2 조선사상범예방구금령은 1941년 2월 공포하여 3월부터 실시된 법령으로 조선에서 먼저 시행되었다. 이후 제국의회에서 치안유지법이 개정, 통과되어 일본, 대만 등지에서는 개정법률 시행하에서 사상범예방구금제도가 실시되었다. 법령을 해설한 당시의 자료에 따르면 "(구금에 의하여) 법령의 공포만으로도 그 농후한 위협작용으로 말미암아 전향을 촉진함에 지대한 효과가 있을 것"을 기대하고 있다. "반도민중의 사상은 만주사변을 계기로 급속도로 호전하여 대다수의 민중은 내선일체의 대도를 정진하고 있음은 이미 당국에서도 이를 시인하는 바이나 아직 민중 일부 중에는 공산주의, 민족주의, 민주주의 등 반황국사상을 청산치 못한 자가 존재해 있음을 당국이 우려"하고 있음이 제정의 이유라고 밝히고 있다(定村光鉉, 「조선 사상범예방구금령 해설」, 『조광』, 1941.4).

3 김사량의 「향수」를 논한 오다 마코토[小田実]의 표현에서 빌려왔다. 오다 마코토, 「어떤 부정하기 힘든 힘—김사량의 「향수」」, 김재용·곽형덕, 『김사량, 작품과 연구』 1, 역락, 2008.

아니라는 관점이 연구에 작용했기 때문이다. 일본어로 창작된, 그것도 장편이라는 점 역시 영향을 미쳤을 것이다. 대부분의 연구자료가 일본문학 연구자들에 의한 것이었다는 점에서도 이를 확인할 수 있다. 『태백산맥』은 대체로 역사적 소재에 가탁한 우회적 글쓰기[4]의 산물로, 강압적 감시와 제약에도 불구하고 작가의 민족주의적 사상을 포기하지 않은 증거물로 판단[5]된다. 그러나 이는 우회적 글쓰기조차 궁지에 몰린 상황에서 '쓸 수 있었던 것'의 최대한이자, '써야 할 것'의 최소한에 대한 판단이다. 당대의 현실과는 거리가 있는 합병 이전의 역사적 시기를 선택함으로써 시국에 대한 직접적 언급을 피할 수 있었고, 김옥균이라는 친일적 인물에 대한 신뢰와 봉건적 왕조에 대한 비판으로 당국의 요구를 어느 정도 충족시킬 수 있었을 것이다. 그러나 한편으로 현실을 환기시킬 수 있는 이야기는 최대한 회피됨으로써 역사적 배경은 추상화되었고, 주인공들을 중심으로 한 서사의 방향은 엉성하게 분열되어 있다. '민족정신의 보존, 옹호'는 작가가 말하지 않은 것, 혹은 덜 말한 것을 최대한 채우고 기워 얻어낸 결과물이기도 하다. 그렇다면 『태백산맥』에 대한 고평은 엄밀히 말하자면 다소 과장되어 있는 셈이다. 그리고 이러한 평가는 때로 이후에 발표된 『해군행』이나 『바다의 노

4 김재용, 『협력과 저항』, 소명출판, 2004, 241~261쪽.

5 일본어 창작여부를 친일문학의 조건으로 설정한 임종국도 『태백산맥』을 친일문학으로 판단하지는 않았다. "시국적 설교도 없"고 "일본정신의 선전"도 보이지 않는 이 작품은 일제 말기의 저항적 태도의 한 증거물로 파악 가능하다(임종국, 『친일문학론』, 평화출판사, 1966). 갑신정변, 동학농민전쟁에 대한 해석을 바탕으로 『태백산맥』을 '민족정신의 표상'으로 해석하고 있는 연구로는 안우식, 『김사령 평전』을 비롯하여 김학동, 「김사량의 『태백산맥』과 민족독립의 꿈」, 『일본학보』 68, 2006; 이자영, 「김사량의 『태백산맥』론—작가의 민족의식을 중심으로」, 『일본문화연구』 34, 2010; 추석민, 「金史良の『太白山脈』研究」, 『일어일문학』 9, 1998 참조.

래』가 보여준 협력의 내용을 '어쩔 수 없는 것'으로 해석하기 위한 사전작업으로 읽히기도 한다.

사실 『태백산맥』은 김사량의 이전 작품과 연결되는 맥락을 갖고 있으면서도 또한 이전의 것과는 완전히 이질적인 요소들도 포함하고 있는 복잡한 작품이다. 연결되는 맥락이란 우선 「토성랑」 이후 꾸준히 지속된 하층 빈민들에 대한 김사량의 관심, 특히 화전민 부락 주민들에 대한 관심사가 전면화 되어 있다는 점을 들 수 있다. 그런데 화전민을 비롯한 하층 빈민들에 대한 관심의 표출 양상이 이전의 것과는 판이하다. 김사량의 하층 빈민들에 대한 관심은 한국문학사에서 독특한 개성을 유지하고 있는데, 그것은 이 하층 계급들이 지식인적 계몽이 침투되지 못하는 절대적 타자, 서발턴의 형상을 띤다는 점에서 찾을 수 있다. 김사량은 식민지의 최하층 빈민들을 서발턴의 관점에서 바라봄으로써 식민주의의 구조를 아래로부터 재구성할 수 있었다.[6] 그런데 『태백산맥』에서 화전민에 대한 시선은 이와는 사뭇 다른 양상으로 나타난다. 윤천일이라는 영웅적 주인공은 화전민들을 계몽하고 그들의 길을 이끄는 지도자로 형상화되고 그에 따라 화전민들은 계몽의 대상으로 타자화된다. 서발턴의 문제의식은 윤천일과 그의 아들들이 뿜어내는 영웅적 면모에 가려 사라진 것처럼 보인다. 계몽적 주인공에 의해 유지되는 서사란 이중어 글쓰기의 곡예 속에서 인물들의 처지와 입장을 섬세하게 가늠했던 김사량 문학의 전반적 경향과도 어울리지 않는다.

---

6 이에 관해서는 이 책의 2부 1장 「서발턴의 서사와 식민주의의 구조—일제 말 김사량의 문학」 참조.

서발턴에 대한 관심이라는 연속성과 영웅적 인물에 의존하는 계몽 서사의 이질성은 『태백산맥』을 몹시 혼란스러운 텍스트로 만든다. 이러한 텍스트의 혼란이 충실히 해명된 이후에야 식민지 시대에 쓰인 거의 마지막 작품에 해당하는 『태백산맥』의 의미가 좀 더 명료해질 수 있을 것이다. 이 글에서는 『태백산맥』의 복잡하고 혼란스러운 맥락을 더욱 강화된 검열과 감시라는 차원, 조선의 독자를 직접 상대하게 된 김사량 문학의 상황변화라는 차원에서 해명해 보고자 한다. '화전민'에 대한 김사량의 일관된 관심과 그것이 변화의 맥락 속에 놓일 수밖에 없었던 사정, '조선적 고유성'이라는 키워드와 조선현실에 대한 김사량의 태도변화가 핵심적인 내용이 된다. 이를 통해 『태백산맥』이 보여주는 최소한의 저항이 가지는 의미를 더욱 분명히 할 수 있을 것이다.

## 2. 화전민 모티브와 국책의 요구

『태백산맥』의 주요 배경이 되는 화전민촌은 김사량의 오랜 관심사로 그의 다른 작품에서도 화전민촌은 작품의 주요 배경으로 등장한 바 있다. 가깝게는 1940년 7월 『문예』의 조선특집호에 수록된 일본어 작품 「풀 속 깊숙이」, 그리고 화전민촌 조사체험을 직접 다룬 산문 「화전지대를 가다」[7] 연작을 들 수 있으며, 도일 이전의 수필 「산사음」(『조선일보』, 1934.8.7~8.11), 「산곡의 수첩」(『동아일보』, 1935.4.21~28)에서도 김사량의 화전민촌에 대한 관심을 확인할 수 있다. 김사량의 첫작품인 「토성랑」에서부터 조선의 빈민계급에 대한 관심은 김사량 작품의 일관된 경향이었으며 그렇게 본다면 화전민촌은 김사량 문학 전반의 특징을 대표하는 소재라고 해도 좋을 것이다. 화전민촌이라는 배경이 시사하는 연속성 때문에 『태백산맥』은 자연스레 이전의 김사량 작품과 단절없이 이어져 있다고 이해되어 왔다.[8] 그러나 『태백산맥』과 이전의 작품들 사이에는 같은 화전민촌을 다루고 있다 하더라도 결정적인 단절의 지점이 있다. 1940년 8월의 화전민촌 시찰 체험이 그것이다. 이 시찰의 성격이 어떠한 것이었는지는 1941년 2월 28일 자 『매일신보』의 기사를 통해 확인할 수 있다.

> '조영(朝映)'에서는 그간 2, 3년 안의 현안이던 '화전민 영화화'의 안이 금번 사장 최남주 씨의 영화기업에의 적극진출을 계기로 활기를 띄고 진행하게 되었다. 조영에서는 작년 8월 김사량 씨와 당사 문예부원 김승구 씨를 강원도 화전지대에 파견하여 현지조사를 마치고 '씨나리오'를 구성중인데 이번 다시 면밀한 조사를 하기 위하여 지난 25일 김승구 씨를 삼수갑산지방에 파견하였다. (…중략…) 취재가 '화전민'이니만치 심산지대(深山地

---

7 「화전지대를 가다」는 『문예수도』에 1941년 3월에서 5월까지 3회에 걸쳐 연재되었다. 일본어 게재에 앞서 조선에서 「산가 세시간」이라는 제목으로 1940년 10월 『삼천리』에 연재된 바 있다. 「화전지대를 가다」는 「산가 세시간」을 보충하여 다시 일본어로 연재된 것이다.

8 대표적인 연구로 김학동의 연구를 들 수 있다. 김학동은 「풀 속 깊숙이」와 「산가 세시간」, 『태백산맥』을 연속선상에 놓고 읽는 독법을 보여주고 있으며, 그랬을 때 『태백산맥』은 오랜 취재의 끝에 민족적 독립의 지향이라는 방향을 얻은 것으로 이해된다. 김학동, 「김사량의 『태백산맥』과 민족독립의 꿈」, 『일본학보』 68, 2006 참조.

帶)에서 자기들의 낙토를 건설하기 위해 고투하는 밀림지대의 대자연을 배경으로 전개될 것으로 이는 진즉부터 본부보호지도정책(本府保護指導政策)에 힘을 얻어 농림국의 북선개척사업의 면모와 도회인으로는 상상하기 어려운 '화전민'들의 개척생활이 묘사될 것으로 '스케일'이 큰 작품이 됨으로써 기대가 크다.[9]

기사에 의하면 김사량은 1940년 8월 경 김승구와 함께 강원도 지역의 화전지대에 현지조사를 나갔는데 '화전민'을 소재로 한 영화제작을 위한 것이었다.[10] 그리고 이 영화는 농촌 산간지역의 '개척'이라는 국책과 명백하게 연관되어 있었다. '본부보호지도정책'의 협력을 얻고 농림국의 '개척사업'의 면모를 담아낼 것을 목표로 하고 있다는 점에서 이를 알 수 있다. 그리고 이러한 김사량의 현지조사와 직접적으로 연관을 맺고 있는 것은 1940년 10월 『삼천리』에 발표된 「산가 세시간」, 그리고 이를 일본어로 번역하고 개고한 「화전지대를 가다」(『문예수도』, 1941.3~5)이다. 이 산문에는 동행한 김승구의 이름이 직접 거론되어 있으며 강원도 산간지역을 찾아 떠난 것이 9월 초라고 밝혀져 있다. 그러므로 이 산문에 제시된 "원시적 범죄라는 면을 떠나 그들 화전민의 개척자적 면을 세밀히 조사해 보고자 하는 의도"[11]는 '개척'이라는 당시의 국책과

---

9 「조영 '화전민' 영화화」, 『매일신보』, 1941.2.28(현대어 수정 및 한글변환은 인용자).

10 안우식의 평전에 의하면 김사량은 1940년 4월 '조선영화'에 촉탁으로 입사한 적이 있다. '조선영화'와 '도호[東寶]'의 제휴로 「빛 속으로」의 영화화가 계획된 데 따른 것이었다고 한다. 화전민촌 현지조사는 잠시 '조선영화' 에 촉탁으로 몸담았던 인연과 관계된 것이 아닌가 한다. 한편 안우식은 작가연보에서 강원도 홍천 현지답사가 1940년 4월경이었다고 밝히고 있으나, 『매일신보』 기사 및 작품을 통해 본다면 현지답사는 1940년 8월, 혹은 9월경이었을 가능성이 크다. 안우식, 앞의 책, 135쪽.

명백히 관련되어 있다. 지금까지의 연구에서는 화전민을 모티브로 한 일련의 작품들이 김사량 개인의 체험과 관련한 것으로만 추정되었을 뿐, 실질적인 체험의 기록과 이후의 창작과의 연관은 명확히 밝혀지지 않았다. 『매일신보』 기사를 통해 「산가 세시간」과 이후의 작품에 관련된 취재의 성격을 명확히 할 수 있다. 김사량의 작품과 관련하여 엄밀히 선후관계를 따지자면 '조영'의 기획에 의한 화전민촌 취재 이후 김사량은 「산가 세시간」(조선어)과 「화전지대를 가다」(일본어)를 썼고, 『태백산맥』은 이 취재와 직접 연관을 맺고 있다. "화전민들의 생활이나 또는 그것을 포함해 여러 가지 문제에 대해서는, 이번 여행의 목적지인 당군 두촌면 가마 연봉 안의 산민을 실록 느낌이 나는 소설 형식으로 후일 풀어보겠다"[12]라고 했을 때 이 소설은 「풀 속 깊숙이」가 아니라 『태백산맥』이다. 「풀 속 깊숙이」는 1940년 7월 발표되었고 창작된 것이 더 전이라는 점을 감안하면 이 취재와 「풀 속 깊숙이」는 직접적 연관이 없다.[13] 물론 김사량의 화전민에 대한 관심은 이 취재 이전부터 지속된 것이었다. 그의 형이 홍천 지역 군수를 역임한 적이 있다는 인연 때문에 그

11 김사량, 「산가 세시간—심산 기행의 일절」(『삼천리』, 1940.3), 『김사량, 작품과 연구』 2, 역락, 2009, 202쪽. 이하 반복되는 원전 인용은 '글명, 책명, 인용쪽수'로 표기.

12 김사량, 「마을의 작부들—화전지대를 가다 3」(『문예수도』, 1941.5), 『김사량, 작품과 연구』 2, 232쪽.

13 기행문 및 소설 「풀 속 깊숙이」에서 반복되는 부분 및 개작의 과정과 그 해석에 대해서는 곽형덕, 「김사량 일본어 소설 생성과정 연구」, 『현대문학의 연구』 38, 2009 참조. 곽형덕은 「산가 세시간」과 「화전지대를 가다」에 드러난 취재를 바탕으로 「풀 속 깊숙이」가 창작되었을 것이라고 추정하고 있다. 「풀 속 깊숙이」가 앞의 산문들보다 먼저 발표되기는 하였지만 산문을 먼저 쓰고 묵혀두었다가 이후에 발표되었을 가능성이 높다고 본 것이다. 그러나 적어도 시간적 순서상으로 보자면 이는 맞지 않다. 곽형덕의 글에서 「풀 속 깊숙이」와의 유사성이 「산가 세시간」보다 「산곡의 수첩」에서 더 두드러지는 것도 이 때문일 것이다.

는 학창시절에도 자주 강원도 화전민 지역을 취재한 적이 있다. 그리고 이러한 경험은 「산사음(山寺吟)」(『조선일보』, 1934.8.7~8.11), 「산곡의 수첩(山谷의 手帖)」(『동아일보』, 1935.4.21~28)등을 통해서도 알 수 있다. 그렇지만 『태백산맥』에 나타난 화전민촌은 이전의 관심과 동일하게 다루어질 수 없다. 화전민에 대한 이전의 관심에 '개척'이라는 국책의 요구가 개입되었고 『태백산맥』이 그 영향으로부터 전적으로 무관하지 않[14]기 때문이다.

정리하자면 김사량은 그의 형이 홍천군 군수로 있었던 인연 덕에 자주 강원도 산간 마을을 접했고 「토성랑」의 빈민들이나 「풀 속 깊숙이」의 화전민에 대한 관심은 여기에서 비롯된 것이다. 산문 「산가 세시간」과 장편 『태백산맥』은 이러한 관심의 연장선상에 있으면서도 '조영'의 기획에 의한 취재 이후 창작된 것이라는 점에서 그 성격을 구분할 필요가 있다. 그런데 「산가 세시간」에는 취재의 의도나 앞으로의 집필 계획이 밝혀져 있지만 '개척'이라는 관점이 적극적으로 드러나 있지는 않다. 1940년 8월의 현지조사와 1943년의 『태백산맥』 사이에는 상당한 시차가 있으며 1940년에 취재한 내용이 『태백산맥』과 직접적으로 연관을 맺고 있었는지도 분명하지 않다. 다만 구금과 귀국 이후, 김사량이 발표한 첫작품이 『태백산맥』이었다면, 현지조사에 개입된 국책적 의도가 더 강한 압박으로 다가왔을 것이라는 추론은 가능하다. 사상범 예방구금령으로 구금되었다는 전력 때문에 더욱 당국의 주목을 받게

14 그런 의미에서 「풀 속 깊숙이」와 「산가 세시간」, 그리고 『태백산맥』을 연속선상에서 놓고 읽는 독법(김학동, 앞의 글)도 좀 더 엄밀하게 재고될 필요가 있다.

된 김사량이 다시 화전민부락을 소재로 삼았다면, 여기에는 어떤 식으로든 '개척'이라는 국책에 관련된 내용이 개입되거나 요구될 수밖에 없었을 것이다. 이러한 가설이 가능하다면 『태백산맥』에는 이전 작품들이 주목했던 화전민 모티브와의 연속성뿐만 아니라 조선 귀국 후 새롭게 요구된 사항들이 포함되어 있다고 보아야 할 것이다. 그리고 결과적으로 작품에 개입된 이러한 국책적 요구가 『태백산맥』을 매우 이질적이고 혼란스러운 텍스트로 만들었다고 가정할 수 있다. 이에 대한 상세한 내용은 다음 장에서 살피기로 하고, 여기서는 우선 『태백산맥』이전의 화전민 모티브가 어떤 관점으로 조명되었는지를 「풀 속 깊숙이」를 통해 간략히 점검해 보고자 한다. 이는 『태백산맥』의 이질성을 그의 전체 작품세계의 맥락에 의거하여 살피기 위해 필요한 과정이다.

「풀 속 깊숙이」에서 화전민 부락은 '재현될 수 없는' 서발턴의 형상으로 조선의 현실과 식민지 정책의 거리를 실감케 했다. 「풀 속 깊숙이」는 화전민 부락 조사를 위해 강원도에 도착한 의대생 인식이 목격한 색의 장려 정책의 해프닝과 화전민 부락에서의 경험으로 구성되어 있다. 색의 장려 사업을 중심으로 벌어지는 사건, 군수와 코풀이 선생의 맹목적인 정책 수행과정, 그리고 거기에서 이러지도 저러지도 못하고 시달리는 촌민들의 실태가 구체적으로 묘사되고 전달되는 반면, 인식의 원래 목적이라 할 수 있는 화전민 부락 조사와 탐방은 소설에서 제대로 재현되지 못한다.

> 갑자기 방안에서 아이들의 날카로운 울음소리가 들려와서, 인식은 흠칫 놀라 우뚝 선 채 꼼작도 하지 않았다. 보자니 과연 어두운 구석에 두 아이의

그림자가 벽에 딱 달라붙은 채로 겁에 질려서 울고 있었다.

"이런 꼬마들이 거기 있었구나." 묘하게 숨이 막히는 듯한 소리로 그는 입을 열었다. "난 무서운 사람이 아니란다. 아버지랑 어머니는 어디에 가셨니."

아이들은 나오기는커녕, 점점 더 불이라도 데인 듯이 마구 울어댔다. 부모는 멀리서 그가 오는 것을 보고, 분명 산림 감시원이라고 확신하고 아이들을 남겨둔 채로, 어딘가로 황망히 도망쳐 숨어버린 것에 틀림없었다.[15]

그러나 재현되지 못한 화전민들은 부재함으로써 텍스트에 흔적을 남긴다. 식민주의 인식과 비판의 과정에서 아직 결여된 것이 있음을 분명히 드러내는 방식으로 재현되지 못한 미지의 타자, 서발턴들은 조선의 현실을 표상하고 있는 것이다. 색의 장려의 해프닝에서 군수와 코풀이 선생, 그리고 마을의 촌민들은 어떤 식으로든 식민정책에 관여됨으로써 그 자장 내에 있다. 왜곡된 모방을 통해 식민정책의 중계자로 자처하려는 군수와 맹목적 수행자로서의 코풀이 선생 역시 그렇지만, 현실과 동떨어진 정책의 피해자가 된 촌민들 역시 그 정책의 작용권 내에 존재하는 것이다. '혼종적 모방의 양가성'[16]이 결국 식민주의 정책의 영향권 내에서 벌어지는 부분적 이탈이며 저항이라 한다면, 그것은 언제나 식민주의에 동의하면서 또한 그것으로부터 거리를 둔다. 그러나 이러한 색의 장려와 관련된 사건과 맞물려 전혀 재현되지 못하고 남은

15 김사량, 「풀 속 깊숙이」(『문예』 조선문학특집호, 1940.7), 『김사량 작품과 연구』 2, 90쪽.

16 윤대석은 김사량의 문학에서 식민지인이 식민지 본국의 담론을 모방하는 과정 속에서 그 담론은 왜곡되거나 더럽혀지며, 그래서 이 모방은 또한 혼종적 저항의 한 양상이 될 수 있다고 해석한 바 있다. 윤대석, 「식민지 국민문학론—1940년대 전반기 '국민문학'의 논리와 심리」, 『식민지 국민문학론』, 역락, 2006, 22~27쪽.

서발턴의 형상들은 이 지배의 권역 밖에 있다. 화전민촌은 그래서 재현되지 못함으로써 완전히 식민지 본국에 장악될 수 없는 식민지의 고유성을 드러낸다. 자신의 존재를 지움으로써, 이해되지 못하므로 온전히 지배될 수도 없는 식민지 현실의 심층을 드러내고 있는 것이다.[17]

「풀 속 깊숙이」의 이러한 서발턴 재현 전략은 당시 일본문단의 조선문학 수용방향과도 연관되어 있다. 「풀 속 깊숙이」가 발표된 『문예』의 1940년 7월호는 조선문학 특집으로 꾸려졌는데, 이는 당시 일본 문단에 불고 있었던 조선 붐, 혹은 외지 붐의 일환이었다. 중일전쟁 이후 전시체제로 돌입하게 되면서 식민지 본국 이외의 식민지 문인들이 일본문단에 소개되는 일이 잦았고 이는 곧 일본 제국의 권역 확대와 전시체제의 반영물이었다고 할 수 있다. 즉 '외지'의 문학을 소개함으로써, '내지'의 독자들에게 제국의 국경 확대를 실감하게 할 수 있었으며, 또한 전쟁수행의 정치적 기획하에 내지문인과 외지문인의 네트워크를 긴밀하게 만드는 것도 가능했다.[18] 이 특집에는 하야시 후사오, 임화, 백철의 평론과 함께 장혁주, 유진오, 이효석, 김사량의 소설이 수록되었다. 조선의 문학을 소개한다는 기획하에서 작가들은 어떤 식으로든 "식민지인이 식민지 본국인을 향해 자신의 문화를 설명하고, 스스로를 재현해야 하는 상황"[19]에 처하게 된 것이며 「풀 속 깊숙이」 역시 이러한

17 「풀 속 깊숙이」의 화전민 재현에서 드러난 서발턴의 의미와 그 효과에 대해서는 이 책 2부 1장 「서발턴의 서사와 식민주의의 구조－일제 말 김사량의 문학」 참조.

18 郭炯德, 「金史良日本語小說期研究」, 早稻田大學校大學院文學研究科 博士論文, 2014, 68~71쪽.

19 윤대석, 「식민지인의 두 가지 모방 양식－식민주의를 넘어서는 두 가지 방식」, 윤대석, 앞의 책, 90쪽.

맥락에서 읽을 수 있다. 그리고 여기에서 재현되지 못한 화전민들의 형상은 식민주의의 정책으로 설명할 수 없는, 혹은 일본문단에 일본어로 소개될 수 없는 조선의 현실을 은밀하게 함축하고 있었다고 볼 수 있다. 이는 같은 지면에서 임화가 힘주어 강조한 "(조선문학이–인용자) 고유한 자신만의 환경 속에 있다는 사실"[20]과도 연결된다.

「풀 속 깊숙이」와 『태백산맥』은 조선의 빈궁한 현실을 대표하는 '화전민' 모티브를 공유하고 있다는 측면에서 연속되는 지점이 있다. 그러나 「풀 속 깊숙이」와 『태백산맥』은 그사이에 구금 이후의 국책 강요라는 단절의 지점 역시 포함하고 있다. 이 단절의 측면을 어떻게 읽을 것인가. 각각의 작품들을 그 작품이 산출된 구체적 환경 내에서 읽는 독법을 통해 이 단절의 측면은 좀 더 정밀하게 독해될 수 있을 것이다. 「풀 속 깊숙이」는 '외지'의 문학을 '내지'의 문학 내로 포섭하면서 그 대가로 '외지'의 특수성을 인정하는 환경 내에서 산출되었다. '재현할 수 없는' '식민지의 현실'을 제시함으로써 온전히 설명될 수 없으므로 완전히 지배될 수도 없는 식민지를 표상하는 것은 이 환경 내에서 가능했다. 그렇다면 작가의 조선 귀환 이후, 국책의 반영이 더욱 강압적으로 요구되는 시점에서 '화전민 모티브'는 어떻게 조선 현실을 표상할 수 있었을까. 화전민 모티브와 관련하여 『태백산맥』을 읽는다면 이 지점이 가장 중요한 관심사가 되어야 할 것이다.

20 임화, 「조선문학의 환경」, 『문예』, 1940.7.

## 3. 불안한 계몽서사와 유토피아의 불가능성

『태백산맥』에 개입된 '개척'이라는 국책의 키워드는 한편으로는 개발되고 계몽되어야 할 오지의 야만을 전제로 하며 그래서 화전민촌의 조선 민중들은 계몽의 대상으로 타자화된다. 그리고 한편으로 개척이란 정착과 개발을 통해 정복가능한 영토를 확장하는 것으로 이어지며 이는 식민지 정복과 제국의 확장을 정당화하는 담론으로 기능한다. '개척'의 담론을 받아들이는 것은 단지 '개척' 자체의 의미망을 수용하는 것에 끝나지 않는다.'개척'이라는 키워드를 통해 제국의 논리 전체가 강요되며 식민주의에 반대하는 어떤 발화도 금지되기 때문이다. 「풀속 깊숙이」의 서사가 포섭과 인정의 양가적 환경 아래에서 '재현할 수 없음'을 통해 해석될 수 없는 식민지 현실의 고유성을 표상했다면, 『태백산맥』은 이보다 더 적극적으로 금지의 명령에 화답해야 했다. 만약 김사량이 식민지 현실의 고유성을 포기할 수 없었다면 그의 서사는 곳곳에서 금지의 명령과 길항할 수밖에 없었을 것이다. 그 길항의 결과물이 복잡하고 혼란스러운 『태백산맥』의 서사이다. 그러나 『태백산맥』이 산출된 당시의 상황을 구체적으로 고려하면서 읽는다면 『태백산맥』의 독해는 생각보다 어렵지 않다.

『태백산맥』은 주인공 윤천일이 참가했던 개화당의 활동과 김옥균을 둘러싼 구한말의 정치적 상황을 한 축으로 하고, 윤천일이 도피 끝에 정착한 화전민 마을의 낙토찾기를 또 한 축으로 하고 있다. 구한말이라는 배경은 당대 현실을 직접 언급하는 것을 회피함으로써 시국담론을 적극적으로 발화하지 않으려는 우회적 글쓰기의 한 방편으로 볼 수 있다.[21] 나아가 윤천일과 그의 아들들이 실패한 개혁의 대안으로 내세우는 김옥균이라는 인물은 『태백산맥』을 시국에 반대하지 않는다는 의사표시, 나아가 패망한 조선의 구원자로서의 일본을 인정하는 의미로 보이게 하는 측면도 있다. 조선조 말기의 부패와 타락은 조선이 패망할 수밖에 없는 내부적 요인이 되며 이를 개혁하고자 했던 김옥균이 일본 정부의 협력을 얻고자 했다는 점에서 한일 합병을 합리화할 수 있기 때문이다.[22] 실제로 『국민문학』 44년 3월호에는 신인 추천소설로 미나미가와 히로시[南川博]의 「金玉均の死」가 발표된 바 있는데 정변에 실패한 김옥균과 후쿠자와 유키치[福澤諭吉]의 우정을 주요 내용으로 삼고 있다. 일제 말기 김옥균의 사상은 대동아공영을 합리화하는 근거로 추앙받았으며, 김기진은 이에 동의하는 논설을 쓰기도 했다.[23] 당시 맥락에서 김옥균은 친일의 대표적 인사이며 일본의 대아시아주의를 선구적으로 주장했던 인물이었던 것이다. 그러므로 『태백산맥』이 정치적 개혁의 대표자로 김옥균을 내세운 것은 결코 당시의 시국과 무관하지 않다.

그러나 『태백산맥』은 김옥균을 현실개혁의 중요한 지도자로 내세우지만 일본과의 관련을 통한 친일적 인물로 그를 그려내지는 않는다. 갑신정변의 실패가 일본 공사의 배신 때문에 일어난 일이며, 도피한 김옥균을 일본은 끝까지 받아들이지 않았고, 결국 일본에서 체포됨으로써 사망한 것으로 설정한 데서 이는 분명해진다. 소설은 개혁적 인

21 김재용, 앞의 책, 261쪽.
22 김학동, 앞의 글, 189~190쪽.
23 김기진, 「아세아주의와 김옥균 선생」, 『조광』, 1941.11.

물로서의 김옥균과 친일인사로서의 김옥균을 의식적으로 분리하고 있는 것이다. 그리고 이러한 김옥균의 형상화는 김옥균을 친일인사로, 대동아공영을 합리화하는 방편으로 활용했던 당대의 맥락과는 명백하게 거리를 두고 있는 것이기도 했다. 오히려 윤천일이 개혁의 못이룬 꿈이 남아 있는 서울에 대한 지향을 버리지 못해 번민하고, 윤천일의 아들 월동이 결국 김옥균을 구해 개혁 정치의 꿈을 이루겠다고 떠나는 것에서 알 수 있다시피 김옥균은 조선의 자주적 개혁에 대한 열망을 형상화하고 있다. 이렇게 본다면 구한말을 배경으로 한 『태백산맥』의 설정을 좀 더 적극적으로 읽을 필요가 있다. 구한말을 배경으로 함으로써 일본의 지배하에 있는 현실은 통째로 삭제될 수 있었으며, 그래서 구한말의 시점에서 조선의 자주적 개혁과 새로운 국가건설이라는 꿈이 가상적으로나마 상상될 수 있었다. 소설의 결말에서 월동이 아버지의 만류에도 불구하고 서울로 떠나는 것에서 이 상상적 꿈은 여전히 포기되지 않고 있음을 알 수 있다. 이렇게 본다면 『태백산맥』이 '민족독립의 꿈'을 표상하고 있다는 해석은 일면적으로 타당하다.

그러나 이 '가상적인 꿈'은 가상적이므로 불가능한 꿈이다. 불가능한 꿈이므로 그 꿈의 가능성을 타진할 현실은 삭제된다. 갑신 개혁의 배경은 윤천일의 회상 속에 지극히 제한적으로만 형상화되며 서울로 향하는 월동의 행로 역시 분명하지 않다. 서술자에 의해 김옥균의 죽음은 이미 밝혀졌으나 월동이 이를 모르고 있다는 점에서 보면 월동의 미래는 오히려 지극히 비관적이다. 『태백산맥』은 과거를 배경으로 하고 당시의 시점에서 친일의 대표적 인사로 선전되고 있었던 김옥균을 내세움으로써 시국적 담론의 직접적 발화를 회피할 수 있었다. 그러나 표면적으로 내세운 김옥균과 김사량이 형상화하고자 한 김옥균은 다른 김옥균이었다. 『태백산맥』에서의 김옥균의 표상은 금지와 선택적 의미화 사이에서의 곡예를 표상하는 것이기도 했다. 때문에 『태맥산맥』의 서사는 숨길 수밖에 없는 것, 그러나 은밀히 말해야 하는 것들로 가득 찬 비밀스런 암호와 같은 것이었고, 그로 인해 서사의 개연성은 좀처럼 확보되기 힘들었다. 적극적 협력은 회피될 수 있었으나 그것을 대신할 저항의 언어는 존재하지 않았거나, 발화될 수 없었다. 불분명한 과거와 미래의 시간을 대신하여 서사의 내용을 담당할 현재의 시간이 계몽적 시선으로 채워지는 것은 이 때문이 아닌가 한다.

> 이들 화전민들은 평지에서의 모진 착취와 박해를 더 이상 견디지 못하고 지금과 같은 험준한 산악지대로 쫓겨 온 사람들이라고 생각했었다. 그런데 이번에는 자연의 복수와 굶주림에 허덕이고 있을 뿐만 아니라, 그들의 몽매함을 이용하려는 많은 사교의 잔인무도한 자들에게 또다시 뼛속까지 착취당하고 있는 것을 알게 되자, 마침내 그는 마음속에 굳은 결심을 하기에 이르렀던 것이다. 이 가련한 사람들을 구해내어 어딘가 안주의 땅으로 인도하지 않으면 안되겠다고.[24]

천일은 불을 놓아 원시적인 방법으로 농사를 짓고 농사가 불가능해지면 다시 거처를 옮기면서 살아가는 화전민들을 비참한 삶으로부터

24 김사량, 『태백산맥』(『국민문학』, 1943.3), 김학동 역, 『태백산맥』, notebook, 2006, 44쪽.

구해내야 한다고 생각하며 아들들에게 이들이 정착할 낙토를 찾아오라고 명한다. 그는 화전민들의 삶을 구원할 지도자이자 계몽자이며 화전민들은 천일의 아들들이 돌아올 날만 기다리면서 윤천일에 의지하는 가련하고 몽매한 존재로 타자화된다. 여기에서 가능한 것은 계몽의 시선 밖에 없다. 윤천일이 그들을 구원해야 한다는 사명에 불탈수록 그는 더욱 영웅적으로 형상화되고, 그의 영웅화에 비례하여 화전민들은 수동적이고 주변적인 존재에 머무르고 만다. 불가능한 꿈은 윤천일의 영웅적 의지에 의해서만 유지되며, 정작 그 꿈을 함께 꾸어야 할 화전민들의 주체성은 점점 희박해진다.

결론적으로 말하자면 『태백산맥』은 '가상적 꿈'의 텍스트이다. 이 '가상적 꿈'은 당시의 강요된 담론을 회피하거나 반대하면서 유지된다. 대동아 공영의 사상을 합리화하는 김옥균 대신 국가의 개혁을 선도하는 김옥균을 통해 개혁조차 불가능한, 이미 없는 국가의 존재는 지워질 수 있었다. '개척'의 담론이 지시하는 정복과 확장의 야망은 '쫓겨난 자'로서의 화전민들의 형상을 강조하면서 '이주'와 '정착'의 소망으로 전환되었다. 화전민촌 현지 시찰로부터 비롯된 제국의 정책에 협력하라는 요구는 이 반대의 시선을 통해 '불가능한 민족독립의 꿈'이라는 상상적 텍스트를 구축할 수 있었다. 그러나 이것으로 충분한가. 그 '불가능한 꿈'이 구체적으로 지시하는 내용을, 그리고 그것이 불가능할 수밖에 없는 이유를, 『태백산맥』으로부터 더 읽어낼 수는 없을까. 계몽적 시선에 의해 타자화됨으로써, 또다시 '재현될 수 없'었던 '서발턴'들로부터 그 단서를 얻을 수 있을 것이다.

## 4. 잔존한 서발턴의 형상과 '조선적 고유성'의 의미변동

「풀 속 깊숙이」에서 화전민들은 '재현될 수 없는' 서발턴으로서 식민주의가 온전히 지배할 수 없는 '조선의 현실'을 표상했다. 『태백산맥』에서의 화전민들 역시 '재현될 수 없는' 서발턴이었으나 여기에서의 '재현될 수 없음'은 「풀 속 깊숙이」와는 다르다. 「풀 속 깊숙이」의 서발턴이 식민주의의 지배를 지연시키는 효과를 발휘했다면, 『태백산맥』은 '낙토찾기'의 꿈을 지연시키고 있다는 의미에서이다. 식민주의의 지배 뿐 아니라 식민주의로부터의 이탈도 저지하고 있는 이 '서발턴'에 주목할 필요가 있다. 『태백산맥』의 서사가 '민족독립의 불가능한 꿈'을 표상한다고 했을 때, 재현될 수 없는 서발턴들은 이 불가능한 꿈을 더욱 불가능한 상태로 남게 만든다. 계몽적 시선이 감당해 낼 수 없는, 더 구체적이고 더 비참한 현실이 '가상적 욕망충족'을 저지하고 있는 셈이다. 대체로 재현될 수 없었으나, 징후적으로 드러나는 장면들은 있다. 그 징후적 장면들이 계몽적 시선에 가려져 말해지지 않은 진실들을 추적해 볼 수 있게 한다. 예컨대 『태백산맥』의 결말부에 제시된 두 개의 죽음이 바로 그 장면들이다.

"일동아, 그리고 여기 있는 사람들, 새겨듣기 바란다. 그대들은 정말로 축복받은 사람들이다. 자―, 저기 남쪽으로 무리지은 산들을 제치고 참으로 장려하게 솟은 봉우리를 보라. 가는 안개를 밑으로 드리우고 아침 햇살을 받으며 도도하게 솟아 있는 저 봉우리는 그 이름도 웅숭깊게 산신봉으로 받들라. 늘 신앙으로 받들어 제사지내면 여러분의 행복을 지켜 줄 것이다. (…중략…)

그리고 내 시신을 이곳에 묻으면, 산신이 내 영혼을 천상으로 인도할 것이다. 이 봉우리는 우리 모두의 못다 이룬 꿈을 상징하는 아리랑 고개라고 부르는 것이 좋겠다.

이렇게 말을 마친 천일은 정좌한 채로 숨을 거두었다.[25]

어머니는 이 세상의 마지막 석별의 정으로 신께서 허락해 주신 희미한 환각의 물결 속에서 일렁이고 있었다. 처음에는 종잡을 수 없이 많은 회상과 환영들이 꽤나 빠른 흐름으로 그녀의 주위를 휘돌았다. 그녀는 교도들과 함께 주문을 외우며 정전을 향해 들어 올린 손을 미친 듯이 비벼대면서 절을 하고 있었다. 그러나 그 주위를 아들인 봉수는 박쥐처럼 뛰어다니며 무슨 말인지 조롱하듯 큰 소리로 노래하고 있었다. 그러나 이번에는 밀랍처럼 하얀 얼굴을 한 연약한 딸 봉이가 무언가 하늘에 기도를 올리고 있는 모습이 보이면서 그 여리고 슬픈 목소리도 들려왔다. (…중략…)

고함치는 소리, 비웃음 소리, 비난하며 욕하는 소리가……. 그러는 사이에 일순간 그녀는 제정신을 차린 것 같았다. 대체 그것은 무슨 소리였을까. 이제는 봉수의 모습도, 봉이의 기도하는 소리도, 천녀와 남편의 환영도 모두 사라져버리고 어느새 그 소리들은 멀리 숲속에서 들려오는 이리떼들의 울부짖음과 으르렁거리는 소리가 되어 있었다.[26]

---

25 김사량, 『태백산맥』(『국민문학』, 1943.10), 『태백산맥』, 265~266쪽.
26 김사량, 『태백산맥』(『국민문학』, 1943.10), 『태백산맥』, 257쪽.

천일은 화전민들과 함께 도달한 낙토에서 땅의 이름을 짓고 공동체의 운명을 지시한 후 영웅적으로 죽었다. 그의 죽음은 계몽자의 죽음이며 그가 염원했던 낙토찾기의 완수를 의미하는 엄숙한 죽음이다. 천일의 죽음에는 시종일관 계몽의 시선이 깃들어 있고 이는 『태백산맥』의 서사 전체를 지배하는 시선이기도 하다. 하지만 뒤에 인용된 봉이 어머니의 죽음에는 놀라울 만치 계몽의 시선이 삭제되어 있다. 천일의 시점에서 그려진 화전민들이 언제나 천일과 그의 아들들을 경외하면서 그들의 지시에 따르는 타자로 형상화된 것과도 차별된다. 사교도의 아내였고 불구의 아들을 둔 봉이의 어머니는 소설의 처음부터 앓는 이로 등장했다. 남편은 사교에 빠져 딸까지 교주에게 바치려다 결국 비참한 최후를 맞았으며 그녀는 공동체의 염원인 낙토에 도착하기 직전에 숨을 거두었다. 죽음의 순간에 그는 낙토를 찾은 기쁨에 들뜨지도 않았고, 그렇다고 불행하고 몽매한 빈민으로 비참에 빠지지도 않았다. 환각 속에서 천녀의 노랫소리와 숲속의 이리떼의 소리를 함께 듣는 그녀의 죽음은 비천하지만, 그 죽음으로 인해 낙토찾기의 불가능성은 두드러진다. 천상의 복음과 지상의 황폐를 함께 듣는 그녀의 환각이야말로 계몽의 목소리에 가려졌던 조선의 진짜 현실이었던 것이다. 봉이 어머니의 죽음은 계몽으로 구원될 수 없는 서발턴들의 현실, 말해질 수 없는 현실의 비참을 그려냄으로써 비장하고 엄숙한 구원의 서사, 가상적 욕망 충족을 승인하지 않는다.

이 지점에서 김사량이 일본에서의 활동기간 동안 지속적으로 추구했던 '조선적 고유성'의 의미가 조선으로 활동무대로 옮겨오면서 어떻게 변동되는가를 짚고 넘어갈 필요가 있다. 김사량은 일본어 글쓰기의 존재방식을 집요하게 물으면서 조선어 글쓰기의 특수성과 필연성을 누차 주장한 바 있다. 일본 문단에서의 활동기간 동안 그의 고유성에 대한 천착은 두 가지 방향으로 나타났다. 하나는 화전민으로 대표되는 빈민들의 생활상, 즉 어떤 국책적 담론으로도 구원될 수 없었던 조선의 비참한 현실이었고, 또 하나는 조선의 풍속과 자연으로 구성된 풍토와 전통의 특수성이었다. 고유성이라는 화두는 다르지 않지만 이 둘 사이에는 분명한 차이가 있다. 전자가 식민주의의 지배와 그로 인한 조선 현실의 피폐, 그래서 결코 제국의 권역에 편입될 수 없는 고유성의 완강함을 의미한다면 이에 반해 후자는 제국문단의 권역 안에서 지방색으로 취급되면서 이국적인 것으로 신비화될 우려가 있었다. 「풀 속 깊숙이」가 전자의 대표적 예라면 「며느리」는 후자의 대표적 예라 할 수 있다. 그리고 「며느리」가 수록된 『신조(新潮)』 '지방문학 특집호'의 성격을 살펴봄으로써 이러한 전환의 맥락을 짐작해 볼 수 있다. 「풀 속 깊숙이」가 수록된 『문예』가 '조선문학 특집호'로 기획되었다면 「며느리」가 수록된 『신조』 1941년 10월호는 '지방문학 특집호'로 기획된다. 1940년 7월의 『문예』가 조선문학을 포용해야 할 '외지'의 한 특수성으로 취급했다면 『신조』는 조선문학을 규슈, 홋카이도 등의 '내지'의 지방, 그리고 대만, 만주의 식민지와 함께 지방문학의 한 부분으로 소개한다. '지방'의 구획은 조선을 좀 더 적극적으로 제국의 권역 내에 위치시키며, 이를 통해 조선문학의 특수성은 제국의 권역 안에서 지방색의 일부로만 그 고유성의 가치를 발휘한다. 「며느리」는 조선적인 것의 풍속, 인정과 화합의 세계를 그려내고 있으며, 이때 식민지배하의 조선의 현실이라는 구체성은 퇴색되고 풍속적 특이성은 전면화된다. 일본 '내지'의 독자 입장에서 본다면 「풀 속 깊숙이」는 식민지배의 폭력성을 환기하는 불편한 '고유성'으로 받아들여졌을 것이고, 「며느리」는 그러한 불편함이 희석된, 낯선 풍속의 신기함으로 받아들여졌을 가능성이 크다. 김사량 문학의 고유성은 제국문단의 문제틀에 편입되면서 나름의 방식으로 거기에서 이탈하는 긴장 관계 안에 있었다고 할 수 있다.[27]

일본 문단에서 김사량이 견지했던 고유성은 사실 일본 문단의 문제틀 안에서 그 효과를 발휘하는 것이었다. 1943년의 조선 문단이 일본 문단에서 완전히 거리를 두었다고 하기는 힘들겠지만, 적어도 끊임없이 '내지'의 독자와 동료작가들을 상대하며 조선인 작가의 '차이'와 '특수성'을 의식할 필요는 없었을 것이다. 『태백산맥』에 잔존한 서발턴의 형상은 그러므로 조선의 현실 안에서 다른 효과를 발휘한다. 검열과 강압을 우회하면서 유토피아의 꿈으로 비약하는 계몽서사를 저지하는 봉이 어머니의 죽음은 그 한 예이다. 그리고 또 하나의 '고유성', 즉 풍속적 전통은 좀 더 극적인 변화를 맞는다. 이는 계몽의 시선에 편입되지 않은 또 하나의 장면, 처녀들의 아리랑 장면에서 확인가능하다.

아리랑 고개는 돈이 드는 고개

27 『문예수도』의 독자들로 구성된 합평회에서 「빛 속으로」가 "최근 문예수도에서 발표된 작품 중 걸작"이라는 호평을 받은 반면, 「토성랑」과 「기자림」은 "지루해서 끝까지 못 읽었다", "인물과 사건은 이해가 되지만 장면과 광경은 전혀 이해가 안된다", "설명이 부족한 부분이 있어서 읽기가 극히 어렵다"는 평가를 받은 점은 시사적이다. 조선의 구체적 현실은 일본 독자들에게 받아들여지기 힘들었고, 결국 김사량은 이러한 독자들의 기대지평을 고려하는 글쓰기를 할 수밖에 없었을 것이다. 『문예수도』 독자 합평에 대한 자료는 2014년 6월 29일 KAIST에서 열린 김사량 탄생 100주년 기념 국제학술대회에 발표된 다카하시 아즈사[高橋梓], 「김사량의 일본어문학, 그 형성 장소로서의 비평공간」을 참고했다.

돈이 없는 사람은 넘을 수가 없어요
아리랑 아리랑 아라리요
달도 떨어지는데 빨리 넘어가자꾸나

"내가 살든 곳에 아리랑은 이런 엉뚱한 노래였는데……."

아직 소녀티를 벗지 못한 칠성녀는 근심스런 얼굴로 노래를 마치자 이런 말을 덧붙이고는 고개를 움츠렸다. (…중략…)

"성황님, 어째서 슬픔 일과 무서운 일들만이 이 고개를 넘어 우리 마을로 찾아들어 오는 것인가요. 우리 옆집 아주머니가 역병에 걸려 자리에 누운지두 벌써 한 달이 된다구요. 근처에 사는 금순이는 가엽게두 끝내 저세상으로 가구 말았구요. (…중략…) 성황님, 그 아저씨는 아무런 잘못두 저지르지 않았다구요. 온 집안이 뒤집어진 것처럼 모두 울고불고 난리가 났구만요. 빨리 돌아오게 해주세요. …… 그러구요, 성황님."

칠성녀의 목소리는 울먹였고 눈가에는 눈물이 맺히기 시작했다.[28]

『태백산맥』의 서사를 끌고 나갔던 낙토찾기의 기원은 소설의 결말에서 실현되는 것이 아니라 사실상 처녀들이 아리랑을 부르면서 자신들의 삶을 스스로 표현하고 감각하는 장면에서 실현된다. 그리고 일본 문단에서 이국적 풍속으로 그려졌던 조선적 고유성은 말과 노래가 곧 삶의 감각이 되는 자기재현의 가능성으로 전환된다. 빈곤하고 무지한, 쫓겨난 존재에서 자신들의 유희와 노래를 가진 존재로 전환되는 이 순

28 김사량, 『태백산맥』(『국민문학』, 1943.7), 『태백산맥』, 122~124쪽.

간이야말로 기존의 감각을 다르게 분할하고 배치하는 정치의 순간[29]이기도 하다.

봉이 어머니의 죽음과 처녀들의 유희 장면은 천일의 계몽적 시선이 침투하지 못하는 몇 안 되는 장면이기도 하다. 물론 이 전환의 순간, 다른 감각이 현현하는 순간은 전체서사에서 일시적이며 부분적인 것에 불과하다. 그래서 『태백산맥』의 고유성은 자기 충족적 삶이라는 버릴 수 없는 열망, 쉽게 해결될 수 없는 식민의 삶을 순간적으로 감각하게 하는 단서일 뿐이다. 감각의 재배치는 현실의 지배질서가 재배치되는 과정과 결코 무관하지 않으며, 그래서 『태백산맥』에서 발화된 고유성은 식민주의의 전체적 구조가 변화되는 것과 연관될 때라야 더 구체화될 수 있을 것이다. 그리고 이는 소설 속에서 명확히 구명되지 않은, 비관적이지만 가능성으로 남아 있는 월동의 세계에 연계되어 있다. 김사량이 추구해 온 조선적인 것의 고유성, 특수성은 강압적 지배질서로 온전히 정복할 수 없고, 계몽적 의지와 투지로 쉽게 극복될 수 없는 식민주의의 현실을 단속적이고 부분적이기는 하지만 환기하고 있다.

---

29 정치의 개념은 랑시에르에게서 빌려왔다. "정치는 우리가 보는 것과 그것에 대해 우리가 말할 수 있는 것에 관한 것, 누가 보는 데 있어서의 능력과 말하는 데 있어서의 자질을 가지고 있는지에 관한 것, 공간들의 속성들과 시간의 가능성들에 관한 것이다." 자크 랑시에르, 오윤성 역, 『감성의 분할』, b, 2008, 15쪽. 식민주의의 체계와 지식인의 계몽성 사이에서 말해질 수 없었던 조선처녀들의 삶은 그들의 노래와 유희를 통해 발화된다. 개척과 계몽의 시선으로는 보이지 않았던 그녀들의 삶이 스스로의 감각에 의해 구체화되는 장면은 감각의 새로운 분할과 배치라는 측면에서 랑시에르가 말한 '정치'의 의미에 접근한다.

# 3 김석범 문학과 경계인의 정체성

초기 작품을 중심으로

## 1. 김석범 문학을 보는 관점

김석범은 대표적인 재일 1세대 작가로 평가된다. 물론 김석범은 어머니가 일본으로 건너간 이후 1925년 오사카에서 태어났으므로 엄밀한 의미에서 재일 1세대라고 하기는 힘들다. 그가 재일 1세대의 대표적인 작가로 평가되는 이유는 물리적인 출생지와 출생연도보다는 그의 작품에서 드러나는 특성 때문이다. 제주 4·3에 대한 작가의 오랜 천착과 거기에서 드러나는 특유의 민족의식, 현재 모국어로 창작활동이 가능한 유일한 작가[1]라는 작가의 개성은 그를 재일 1세대의 첫머리에

1 유숙자, 『재일 한국인 문학연구』, 월인, 2000, 49쪽.

거론하게 하는 가장 중요한 이유이다. "일제시대의 체험과 해방 후의 조국과 '재일'의 상황을 제재로 해서 지배자의 언어인 일본어와의 긴장 관계로부터 생겨난 문체를 가지고 민족 냄새를 그 작풍에 농밀하게 표출시키고 있는 문학"[2]이라는 정의에 따른다면, 김석범은 전형적인 재일 1세대 작가라고 할 수 있을 것이다. 데뷔작이라 해도 좋을 「까마귀의 죽음」(1957)[3]에서부터 20년에 걸친 연재 끝에 1997년 완간된 『화산도』에 이르기까지, 작가는 그의 작가생활 전체를 제주 4·3의 문학적 형상화에 집중해 왔다고 해도 과언이 아니며 그 밖에 재일조선인의 삶 전반에 대해 문학적, 정치적 발언을 계속해 오면서 일본에서도, 한국에서도 재일문제를 대표하는 상징적 존재가 되고 있다.

그런데 이처럼 김석범이 그의 문학에 강하게 드러내는 민족적 정체성의 문제는 그의 문학을 해석하는 데 오히려 장애로 작용한 측면이 있다. 『화산도』가 완간된 지 2년 후에야 '제주도 4·3사건 진상규명 및 희생자 명예회복에 관한 특별법'이 국회를 통과했다는 데서 알 수 있듯이 한국사회에서 제주 4·3은 오랜 금기였고, 그래서 이 사건에 집요하게 천착한 김석범의 문학은 이 금기에 구속된 채 받아들여질 수밖에 없었다. 정치적 금기는 이중으로 문학적 해석을 구속한다. 1988년 『화산도』 1부의 한국어 번역판은 일시적으로 금서가 되었고, 제주 4·3의 문학적 형상화는 이데올로기적 금기로부터 자유로울 수 없었다. 한편

2 이소가이 지로, 「식민 제국과 재일 조선인 문학의 조망」, 김환기 편, 『재일 디아스포라 문학』, 새미, 2006, 116쪽.

3 발표는 「간수 박서방」이 먼저였으나 작가 스스로 "김석범의 본격적인 문학은 「까마귀의 죽음」으로부터 시작된다"라고 밝히고 있다.

으로 금기에 대한 역반응으로서 『화산도』에서 민중성을 읽고자 했던 한국의 독자들은 『화산도』가 제시하는 재일의 시선을 충분히 해독하지 못하였다. 『화산도』의 독특한 문학적 성취와 재일이라는 위치가 한국문학의 지평에서 받아들여지기에는 국가권력의 탄압과 그에 대한 저항이라는 대립구도가 너무 첨예했던 것이다.

『화산도』의 1부가 번역된 이후 십수 년이 지난 지금까지 2부가 번역되지 못하고 있는 상황은 김석범 문학 해석과 관련하여 또 다른 국면을 시사한다. 이는 '과거 국가권력의 과오'를 인정하는 대통령의 공식사과(2003)와 자본주의적 세계화의 물결이 중첩되면서 만들어진 결과이다. 대통령의 공식사과 이후 4·3을 통한 과거사 청산과 역사적 진실규명의 에너지는 급격히 기념사업의 방향으로 전환되었고, 식민주의와 분단을 경험한 우리 역사의 진실과 상처에 대한 고민은 충분히 진행되지 못한 채, 이 지점에서 멈춰서 버렸다. 자본주의적 세계화의 물결은 이러한 중단된 고민을 희석시키는 또 다른 계기가 되고 있다. 즉 재일 조선인 작가로서의 김석범이 가진 구체성이 전 지구적 자본주의의 세계화라는 일반성 속에 희석되어 버리는 것이다. 국가의 경계를 넘는 자본과 노동의 세계적 이동은 그것 자체로 국민국가의 한계를 넘어서는 차원의 해석과 고민을 필요로 하는 것이지만, 이러한 현상이 현실의 구체적 맥락을 생략한 채 일반화되어서는 곤란하다. "작가의 관심은 민족, 조국, 민중, 해방과 같은 문제에 집중되어 있"으며, "이런 관점은 (그를) 부인, 차별, 불우함, 가정에 대한 집착, 자기 확인, 화해 같은 전후 재일(조선인)의 삶의 영역에서 벗어날 수 없게 만들었다"[4]라고 비판한 다케다 세이지[竹田青嗣]의 견해는 이러한 세계화 시대의 재일문학을 보는 관점을 대표하고 있는 것이기도 하다. 김석범 문학에 대한 연구사를 정리한 정대성의 다음과 같은 요약은 김석범 문학이 가진 문제성을 간명하게 드러내고 있다.

> 한국에서는 민주화를 통해 냉전체제를 탈피하는 과정에서 4·3 재평가의 문제가 진지하게 제기되어 나왔고, 김석범 문학을 4·3문학으로서 읽으면서도 그것이 일본어로 일본문학의 관습에 맞게 쓰여진 것에 다소 거부반응을 일으켰다. 한편, 일본에서는 포스트콜로니얼이라는 시대적 분위기 속에서 마이너리티 문학의 중요성이 인식되면서도 전후 청산이라는 과제와는 멀리 떨어져져서 재일조선인들의 일본사회에의 동화 풍조를 인정하는 입장에서 김석범 문학을 1세적인 편향된 문학으로 규정하였다.[5]

그런 의미에서 김석범은 재일 1세대의 대표적 작가이면서 또한 재일 1세대를 넘어선다. 『화산도』가 완간된 1997년에는 유미리가 아쿠타카와상을 받으면서 한국사회에 재일문학의 존재를 다시 한 번 각인시켰다. 유미리는 "국가, 민족이라는 범주에 대해 의도적으로 규정적 태도를 거부해 왔"으며, "'민족적 정체성'에 어느 정도 거리를 두고 있다는 점"[6]에서 재일 3세대 작가, '신세대 작가'들과 문학적 특성을 공유한다.

---

4 나카무라 후쿠지, 『김석범 『화산도』 읽기』, 삼인, 2001, 13쪽에서 재인용. 나카무라 후쿠지[中村福治]는 이러한 다케다 세이지의 견해에 대해 "재일조선인의 존재방식이 바뀜에 따라 새로운 세대의 작가가 갖는 문제의식도 변화해야 한다는" 기준에 의거한 것임을 인정하지만, 김석범은 "'민족, 조국, 민중, 해방'이라는 '문제계열'에 머무르지 않고 인간을 종합적으로 파악하려는 시도를 하고 있다"라고 비판하고 있다.

5 정대성, 「김석범 문학을 읽는 여러 가지 시각」, 『일본학보』 66, 2006, 388쪽.

6 정은경, 『디아스포라 문학』, 이룸, 2007, 132쪽.

재일 3세대 문학이 "개인이라는 특수한 실존적 상황에서 맞닥뜨리는 개인적 문제를, 언어와 인간존재의 의미, 현대인의 고독 등 보편적 문제의식으로 제기"[7]하고 있다고 본다면, 김석범은 여전히 동시대의 현장에서 이 '실존적 상황'의 근원을 탐구하고 있는 작가라고 말할 수 있다. 그런 의미에서 김석범 문학은 '민족적 정체성'이나 '1세대 재일조선인 작가'의 한계를 넘어 연구될 필요가 있다. 김석범 문학을 통해 민족주의를 넘어서는 민족의식, 세계화를 넘어서는 세계문학의 가능성을 탐구하기 위해서이다.

'1세대 재일조선인 작가', '4·3의 작가', '투철한 민족의식의 재일작가'로 알려진 김석범의 문학으로부터 경계인의 정체성을 묻고자 하는 본고의 시각은 이러한 문제의식에서 촉발되었다. "한국과 일본 어디에도 자신의 정체성을 발견하기 어렵다는 인식"[8]이 3세대 재일문학에서 새롭게 등장하는 문제의식은 아니다. 김석범의 문학에서도 이러한 경계인[9]의 정체성은 첨예하게 드러난다. 다른 점이 있다면 김석범은

---

7 유숙자, 앞의 책, 158쪽.

8 위의 책, 156쪽.

9 여기에서 '경계인'이란 "근대적 국민국가의 경계에 선 존재"라는 의미로 사용한다. 그리고 이 경계는 지리적 경계와 국적의 경계 뿐 아니라 거기에서 비롯되는 문화적, 사회적 정체성의 의미도 포함한다. 이는 재외 한국인작가들을 한국의 민족적 정체성 내부로 귀속시키려는 의도, 국적의 문제를 초월하는 세계사적 보편성의 문제로 이를 치환하려는 의도 모두에 대한 비판적 의미를 담고 있다. 뒤에 다시 언급되겠지만 〈재일 '조선인'〉이라는 표지는 1945년 8월 종전 이후 일본과 한반도에서 각각 진행된 국민국가 구성 프로젝트에서 소외된, 배제된 존재들을 적극적으로 표상한다. 그런 의미에서 이들은 국민국가의 구분선이 노정하는 한계를 그 존재 자체로 비판하고 있다고도 할 수 있다. 최근 재외 한인 연구에서 '디아스포라'라는 개념이 자주 활용되고 있는데, "한민족의 혈통을 가진 사람들이 모국을 떠나 세계 여러 지역으로 이주하며 살아가는 한민족 분산"(윤인진, 『코리안 디아스포라』, 고려대 출판부, 2004, 8쪽)이라는 정의 하에서는 특히 '재일 조선인'이 산출된 역사적 기반의 문제가 일반화될 우려가 있다.

이러한 경계인의 정체성을 역사적 질곡과 구체적 현실의 장에서 해명하려 했다는 데 있을 것이다. 이것이 "'재일하는 자'임을 부정하면서 '재일하는 자' 이외에 그 무엇으로 되기도 거절한[10]" 김석범 문학의 정체성이라 할 수 있다.

본론에서는 그의 초기작[11]에 드러난 경계인의 정체성과 그 의미를 검토해 보려 한다. 역량의 부족으로 일본어로 쓰여진 방대한 양의 작품 전체를 검토하지 못했으므로 이 글은 출발부터 한계를 노정하고 있다. 그러나 초기작에 드러난 문제의식이 이후의 그의 문학이나 사상을 규정하는 핵심임을 생각한다면 초기작의 연구가 이후 김석범 문학 전체에 대한 해석에도 도움을 줄 수 있을 것이라고 생각한다. 특히 본고에서 대상으로 삼는 「까마귀의 죽음」과 「허망한 꿈」[12]은 '제주 4·3',

---

'디아스포라 문학'이라는 용어는 "전 지구적, 전 방위적, 전 계층적으로 확산되고 있는 이산과 이산을 둘러싼 다양한 문제들을 새롭게 조명"(정은경, 앞의 책, 14쪽)하려는 의도에서 비롯된 것이지만, 그 과정에서 개별적 세부의 역사적 구체성이 간과되어서는 안 될 것이다. 이 글에서는 이러한 역사적 구체성의 문제를 좀 더 적극적으로 고려하면서 김석범 문학의 가치를 점검하기 위해 '경계인'의 정체성 문제를 탐문해 보고자 한다. 그런 의미에서 여기에서의 '경계인'이란 '역사적 경계인'이라 할 수 있다.

10 정대성, 앞의 글, 388쪽.

11 김석범의 문학세계를 고려할 때 첫 작품집 『鴉の死』에 수록된 작품을 대상으로 하는 것이 적절하다. 김석범 문학 전체를 관통하는 중요한 제재인 제주 4·3에 대한 지향이 분명히 드러났으며 또한 첫 작품집이 발간된 1967년은 '재일본조선문학예술가동맹(文藝同)' 활동과 관련하여 김석범의 문학활동에서 중요한 전환이 있었던 시기였기 때문이기도 하다. 이 글에서는 1971년 첫 작품집의 재발간시에 수록된 「虛夢譚」도 함께 다루고자 하는데, 김석범 문학의 출발과 전환을 함께 살펴보기 위해서이다. 이 출발과 전환의 과정을 통해 김석범 문학이 비로소 구체화의 기반을 갖추게 되었다고 보기 때문이다.

12 일본어 원제는 각각 「鴉の死」, 「虛夢譚」이다. 「鴉の死」은 『문예수도』 1957년 12월호에 발표되었고, 「虛夢譚」은 『세계』 1969년 8월호에 발표되었다. 「鴉の死」은 1967년 작품집 『鴉の死』(新興書房)에 수록되었고 이후 이 작품집에 「虛夢譚」을 추가한 작품집이 같은 제목으로 講談社(1971)에서 출간되었다. 이 글에서는 한국어 번역본 『까마귀

'일본어로 쓰는 비일본문학'이라는 김석범 일생의 문제의식을 보여주는 출발점에 있는 작품이며, 뒤에 다시 언급하겠지만 김석범의 작가생활에서 중요한 전기가 된 개인적 체험을 반영하고 있다는 점에서도 김석범 문학 전체를 해명하기 위해 빼 놓을 수 없는 작품이다.

## 2. '역사적 경계인'의 정체성 –「까마귀의 죽음」

「까마귀의 죽음」은 김석범 소설의 원형으로 평가되는 작품이며 그의 문학 활동의 본격적인 출발을 알리는 작품이기도 하다. 「까마귀의 죽음」과 그보다 몇 개월 앞서 발표된 「간수박서방」 등 그의 첫 작품집인 『까마귀의 죽음』은 거의 대부분이 제주 4·3의 문제를 배경으로 하고 있으며 김석범의 소설가로서의 활동은 곧 제주 4·3에 대한 천착과 동일한 의미를 가진다고 할 수 있다. '김석범에게 제주란 무엇이었는가'를 묻기 위해서 「까마귀의 죽음」은 특히 중요하다. 「까마귀의 죽음」에 등장하는 인물들이나 사건은 이후 한글 『화산도』, 그리고 20여 년에 걸쳐 완성된 대작 『화산도』의 밑그림이 되고 있으며,[13] 작가가 실제

의 죽음』(김석희 역, 소나무, 1988)을 참고했으며 이 번역본은 1985년에 출간된 講談社문고판을 저본으로 한 것이다.

13 「까마귀의 죽음」과 한글 『화산도』, 그리고 일어 대하소설 『화산도』의 관계에 대해서는 김학동, 『재일조선인 문학과 민족』, 국학자료원, 2009, 202~213쪽; 나카무라 후쿠지, 『김석범 『화산도』 읽기』, 삼인, 2001, 33~56쪽 참조.

로 "「까마귀의 죽음」을 쓸 수 없었다면 나는 살아있었을지 알 수 없"[14] 다고 했을 만큼 「까마귀의 죽음」은 김석범의 문학에서 중요한 위치를 차지한다.

「까마귀의 죽음」은 김석범 문학의 출발점이자 곧 그의 제주에 대한 천착의 출발점이라는 점에서 중요한데, 그 중요성은 제주에 대한 인식이나 관점, 혹은 형상화의 문제보다도 김석범의 작가로서의 출발, 재일조선인으로서의 정체성의 확인과정을 보여 준다는 데 더 방점이 놓여야 할 것 같다. 그렇다면 「까마귀의 죽음」의 어떤 지점이 작가가 여러 지면에서 "당시의 나는 「까마귀의 죽음」으로 구원되었다 하지 않을 수 없다"라고 할 만큼의 의미를 가지는 것일까. 작가의 발언을 조금 더 인용해 보기로 하자.

> 「까마귀의 죽음」(1957년)을 쓴 것은 이른바 제주도 4・3사건의 충격이었다. 물론 그것은 외적 요인이며 동시에 나의 내면에 니힐리즘을 불러일으켰다. 그러한 내면적인 것은 아마 센티멘탈한 감상적인 것이었는지도 모르지만, 그럴수록 그것을 죽이지 않을 수 없었다. (…중략…) 제주도 사건 그 자체가 아닌 가공의 픽션에 의탁함으로써 나는 자신의 내적 위기를 보다 명확히 하며 자신을 넘을 보다 명확한 반응을 그 속에서 구하고 싶었던 것이다. 당시의 나는 「까마귀의 죽음」으로 구원되었다 하지 않을 수 없다.[15]

14 김석범・김시종 대담, 『왜 계속 써 왔는가, 왜 침묵해 왔는가』, 제주대 출판부, 2007, 79쪽.

15 김석범, 『鴉の死』, 講談社, 1971(오노 데이지로, 「제주 4・3항쟁과 역사인식의 전개상—김석범론」, 『재일 디아스포라 문학—김환기 편』, 새미 2006, 189쪽에서 재인용).

제주 4·3이 작가의 내면에 불러일으킨 것은 니힐리즘이며, 그것을 명확히 바라보면서 또한 그것을 넘어서기 위해 「까마귀의 죽음」을 썼다는 말로 요약할 수 있다. 그렇다면 제주 4·3이 그의 내면에 불러일으킨 니힐리즘이란 어떤 것이며, 그는 「까마귀의 죽음」을 통해 그것을 어떻게 극복했는가를 물어야 할 것이다. 그러기 위해서 우선 「까마귀의 죽음」의 주인공인 정기준의 내면에 초점을 맞추어 볼 필요가 있다. 정기준은 해방 후 고향 제주도에 돌아와 당시 제주도에 진주해 있던 미군 통역으로 근무하게 된다. 그러나 4·3이 일어나면서 미군은 조선 민중들에게 우호적인 원조자가 아니라 적대적인 학살자로 바뀌게 된다. 정기준은 친구인 장용석 등과 함께 조직에 들어가 입산하고자 하였으나 정용석의 권유로 미군 통역으로 남아 주요 정보를 제공하는 스파이로 살아가게 된다. 스파이로서의 그의 존재를 알고 있는 것은 친구 장용석뿐으로 그는 언제나 가면을 쓰고 자신을 위장하면서 살 수밖에 없다. 심지어 애인이었던 용석의 동생 양순에게마저 자신의 실체를 알릴 수 없었으며, 양순은 입산자의 누이라는 이유로 사형당할 때까지 정기준에 대한 원망을 거두지 못했다.

그는 스스로의 정체성을 숨기면서 저항자와 학살자의 어느 쪽에도 온전히 자신의 정체성을 의탁할 수 없는 고독에 시달린다. 이러한 정기준의 위치는 재일조선인이라는 작가의 위치와 겹쳐지며 작가가 말하는 니힐리즘이란 일차적으로 이러한 자신의 위치에서 생겨나는 것이라 할 수 있다. 해방은 되었지만 그는 여전히 일본에 살고 있는 조선인, 식민지배의 본국 편에 속해 있는 자라는 시선으로부터 자유로울 수 없었으며, 그래서 해방된 조국에서도 자신의 위치를 얻을 수 없는 고독감과 허무감을 느낄 수밖에 없었을 것이다.

개인사와 관련하여 한 가지 덧붙이자면, 정기준이라는 인물은 작가의 비밀조직 활동의 경험으로부터 모티브를 얻은 것이다. 작가는 스파이활동을 하는 비밀당원이라는 정기준의 신분이 센다이의 경험에서 나왔다고 직접 언급하고 있다. 그는 1951년 무렵, "'북'쪽 계통 지하 조직의 지시로 일본 공산당을 탈당하고 센다이로 가게 되었"고, 거기에서의 비밀조직 활동은 확실하지는 않지만, "겉으로는 그러한 조직과는 완전히 무관한 한국계 인물 등으로 위장해, 지하조직을 위해 활동하는 스파이 같은 일에 종사"하는 일이었을 것이라고 추측[16]된다. 김석범은 이러한 활동에 적응하지 못하고 얼마 후 조직에서 도망쳐 나오고 마는데, 조직으로부터 단절된 자가 느끼는 고독감과 불안감, 그리고 당과 혁명에 대한 환멸 등이 겹쳐지면서 그의 허무주의는 더욱 깊어졌을 것임을 짐작할 수 있다.

개인적 경험에 연원을 둔 정기준이라는 인물과 그의 내적 고민이 중심이 된 까닭에 「까마귀의 죽음」은 "작가와 화자 혹은 주인공 사이를 지나친 근거리에 둠으로써 역사적 현실로서 4·3사건을 비껴가는 '사소설'로 기울고 있"으며, 그래서 "비극적 인간의 실존"을 주제로 하는 작품이라고 평가[17]받기도 한다. 그러나 이러한 해석은 작가의 신변적 사실과 작품을 동일시함으로써 작품에 내재된 의미를 축소시키는 것으로 이어질 수 있다. 「까마귀의 죽음」에서 두드러지는 니힐리즘은 김석

---

16 센다이 활동의 상세한 내용 및 「까마귀의 죽음」과의 관계에 대해서는 나카무라 후쿠지, 앞의 책, 36~41쪽 참조.

17 노종상, 「4·3사건의 문학적 형상화와 '심적 거리'」, 『인문학연구』 79, 2010.

범 문학의 전체와의 연관, 그리고 당시의 역사적 상황 속에서 종합적으로 파악될 필요가 있다. 그의 니힐리즘은 단지 재일조선인의 위치, 혹은 그의 경험에 국한되는 것만으로 해석될 수는 없다. 해방이 되었으나 진정한 해방을 이루지 못하고 강대국에 의해 국가는 다시 남북으로 분열되는 사태에 이르렀다. 그에 반대하는 제주도민들의 봉기에 대해 정부는 잔혹한 학살로 대처했다. 일본에 협력했던 친일파들은 여전히 해방된 조국에서도 이전의 지위를 누리면서 과거를 반성하지 않고, 일본 대신 미국이 또 다른 지배자로서 약소국의 민중을 유린하는 사태 앞에서, 역사의 간지(奸智)란 허망한 것으로 느껴질 수박에 없다. 해방된 국가의 신생정부가 다시금 조국의 분단을 획책하고 그것에 반대하는 국민들을 학살하는 현실 앞에서, 그리고 거기에서 학살당한 피해자들의 참혹한 증언을 전해 들으면서 작가는 역사에 대한 심각한 회의와 무력감에 빠질 수밖에 없었을 것이다. 김석범이 말하는 니힐리즘이란 재일조선인이라는 자신의 위치, 그리고 제주 4·3의 전개과정을 통해 목격한 참혹한 비극에 대한 감정이 복합적으로 작용한 것이라 짐작할 수 있다. 그리고 이러한 니힐리즘은 조선과 일본 어느 곳에서 속할 수 없으면서 역사의 부당함을 온몸으로 체험해야 하는 그의 위치를 정면에서 받아들임으로써만 극복될 수 있는 것이었다. 그가 「까마귀의 죽음」으로부터 구원받았다고 하는 것은 이러한 의미에서일 것이다.

부당한 역사에 대해 문제를 제기하고 그것을 증언하며 그것과 싸우는 일이 쉬운 일은 아니다. 그러나 그러한 압도적인 역사의 비극 앞에서 '나'는 무엇이며 '문학'은 무엇인가를 되묻는 일, 자신의 정체성을 그 혼란과 참혹의 역사 속에서 찾는 일은 그보다 훨씬 더 어려운 일이다. 재일조선인으로서의 자신의 정체성, 그리고 일본 내의 공산당 및 여러 조직의 내부분쟁이나 교조성 등에 대한 환멸, 조국의 현실에 대한 참담한 실망 등이 겹쳐 만들어진 니힐리즘의 내면을 극복하기 위해 김석범은 제주 4·3의 역사를 정면으로 마주보는 방법을 택한다. 조직에서 멀어진 개인의 고독, 역사와 현실에 대한 환멸과 무력감 등에 시달리는 정기준을 학살의 현장에 데려다 놓는 소설의 구성은 이러한 정면대결의 한 방법론이라 할 수 있다.

> 제주도에서 온 밀항자들과 접하게 되었는데 그들을 만났을 때의 충격은 컸지. 그 충격은, 너의 니힐리즘이라는 것은 도대체 무엇이냐 라는 의문을 나에게 따져 물었지. 만약 니힐리스트가 학살 현장에 섰을 경우, 어떻게 할 것인가. 인간으로서 그때 취할 수 있는 입장이란 어떤 것인가. 탄압이 두려워 탄압 측에 붙을 것인가. 눈앞에서 어린아이나 사람이 살해되는 데도 잠자코 보고만 있을 것인가. 그걸 가장 생각하게 했지.[18]

김석범은 학살의 참혹함을 전해들은 후 자신의 니힐리즘과 정면으로 대면하게 되었다고 직접 말하고 있다. 「까마귀의 죽음」에서는 정기준이 이승만과 국방장관이 제주도에 온다는 소식을 접하고 경찰서 앞의 시체들을 대면하는 장면에 투영된다. 이승만과 국방장관이 제주도에 온다는 소식은 곧 미증유의 제주도 빨치산 섬멸작전이 시작된다는 것을 의미하며, 이 소식을 듣고 정기준은 지금까지의 니힐리즘, 내적

18 김석범·김시종 대담, 앞의 책, 169쪽.

고민과 결별한다. 경찰서 앞의 소녀의 시체를 노리는 까마귀를 권총으로 쏘아 죽이는 것은 그 신호탄이다. 이를테면 '까마귀의 죽음'은 '니힐리즘의 죽음'과도 같은 의미로 해석될 수 있을 것이다. 그런데 이 까마귀의 죽음의 장면은 다소 기묘하다. 까마귀를 죽인 후 기준은 소녀의 시체에 다시 총을 쏜 것이다.

> 기준은 한 걸음 앞으로 내디디며, 귀여운 소녀의 젖가슴에 조용히 세 발을 계속하여 쏘았다. 기준은 부장에게 겨누어진 탄환이 왜 소녀 위에서 불을 뿜었는지 알 수가 없었다. 다행이다! 본능적으로 그렇게 느꼈을 뿐이었다. 자기 가슴에 쏘아진 듯한 그 불행한 탄환은 소녀의 젖가슴 깊이 뚫고 들어가 피를 내뿜었다.[19]

다양한 해석이 가능할 것이다. 까마귀를 쏘아 죽인 돌발행동 때문에 의심을 받을 수도 있는 상황에서 그 돌발적인 격정을 은폐하기 위한 행동이라 볼 수도 있고, 옆에서 떠들고 있는 부장에 대한 적의를 다른 곳으로 돌리기 위한 또 다른 돌발행동이라 볼 수도 있다. '다행이다'라는 감정서술이 그것을 뒷받침한다. 그러나 중요하게 읽어야 할 부분은 그 탄환이 자기 가슴에 쏘아진 것과도 같다는 서술이다. 그것은 여지껏 자신의 위치 때문에 느꼈던 고독과 갈등에 결별을 고하는 의미이기도 할 것이다. 까마귀를 쏘고 다시 소녀의 시체에 총을 겨눌 수밖에 없는 처지라 할지라도 자신의 삶을 긍정하고 거기에서 역사와 대면하겠다는

---

19 김석범, 김석희 역, 『까마귀의 죽음』, 소나무, 1988, 137쪽.

새로운 출발의 의미이기도 할 것이다. 제주 4·3이라는 역사 앞에서, 여전히 분열된 존재로서 이중적 정체성 그대로 그것과 대면하겠다는 어떤 의미심장한 출발의 장면이 아닐까. 그랬을 때 "모든 것이 끝나고, 모든 것이 시작되었다. 그는 살지 않으면 안 된다고 생각했다. 그리고 이곳이야말로 내가 의무를 완수하고 내 생명을 묻기에 가장 어울리는 땅이라고 생각했다"[20]라는 전환이 비로소 김석범 문학의 출발점으로서의 의미를 가지게 된다. 아마도 정기준은 앞으로도 계속 자신을 감추고 살아야 할 것이며, 미군측도 입산자측도 아닌 존재로서 자신을 위장하며 살아야 할 것이다. 그리고 그로 인한 정체성의 고민과 갈등은 여전히 그를 괴롭힐 것이다. 그러나 그 고민이 학살과 참사의 장면 앞에서 그것과 대면하는 일을 방해하지는 않을 것이다. 그는 그러한 위치에 있는 자기 자신을 긍정하는, 그 속에서 스스로 살아가지 않으면 안 된다는 사실을 직시했고 그것을 위해 앞으로의 생을 살아갈 것이기 때문이다. "재일로서의 김석범이 왜 계속 4·3에 연연해 왔는가"라는 질문에 대해 "4·3에 연연해하기는 하지만……, 뭐라 할까, 내가 연연해하는 것은 어쨌든 어떻게 살아가는가 하는 것"[21]이라는 대답은 결코 비유가 아니다. 김석범에게 4·3은 분단된 조국의 모순된 현실을 압축하는 사건이기도 하지만, 또한 재일로서 자신이 어떻게 살아가야하는가를 탐구하고 그 방향을 찾는 키워드와도 같았던 것이기 때문이다.

「까마귀의 죽음」은 정기준에게 초점화되어 있지만, 시종일관 정기

20 위의 책, 138쪽.
21 김석범·김시종 대담, 앞의 책, 164쪽.

준을 둘러싼 부스럼영감과 이상근의 시선을 주변에 배치하고 있다. 7장으로 구성된 소설 중 부스럼영감과 이상근이 등장하지 않는 장은 양순의 사형현장을 그린 5장뿐이다. 부스럼영감은 김석범 소설의 중요한 맥이라 할 수 있는 바보형 민중의 대표적 인물로, 부조리한 세상에서 오히려 상식을 대변하는 지혜[22]를 발휘한다. 뿐만 아니라 정기준이 자신의 존재에 대해 심각한 회의와 자학에 빠져 있을 때 수시로 출몰하여 그의 이러한 고민을 방해한다. 이상근은 정기준의 동선을 따라 등장하면서 그의 내적 번민을 교란하는 역할을 맡는데, 급기야 정기준이 스파이일지도 모른다고 생각하기에 이른다. 이상근이 정기준의 정체를 눈치챘지만 이러한 사실은 서사를 다른 국면으로 전환시키지는 않는다. 이상근은 정기준의 정체를 알았지만 그것으로 정기준의 신변을 위협하거나 하지 않는다. 오히려 그는 그러한 사실 때문에 정기준이라는 인물에 대해 더 흥미를 가지게 된다. 이상근이 정기준의 행동에 주목하는 이유는 정기준의 모습으로부터 자기 자신을 발견하기 때문이다. 이상근은 "자기 얼굴 속에서" 정기준의 얼굴을 본다. 그것은 "행동의 세계로부터 자신을 내쫓고 관념을 씹으며 살고 있는"[23] 얼굴이다. 5장에서 정기준의 내적 고민이 극점으로 치달아 일종의 광기마저 드러내고 있음을 감안한다면, 부스럼영감과 이상근은 소설이 정기준의 내적 고민에만 한정되지 않게 하는 장치라 할 수 있다. 부스럼영감은 정기준의 내적 고민이 개인의 관념 속에서 극도의 분열을 일으키는 순간에도 거

---

22 김혜연, 「재일 1.5세대의 민족의식과 정체성 연구」, 고려인 강제 이주 70주년 기념 학술대회 발표문.

23 김석범, 「까마귀의 죽음」, 앞의 책, 1988, 126쪽.

리를 떠돌면서 그러한 존재론적 고민으로 대치될 수 없는 현실세계를 지시하며, 이상근은 "이 야만적인 원색(原色)의 사회에서 내 영혼이 괴로워서 발버둥치다가 둘로 쪼개져"[24] 있음을 자각하면서 정기준의 내적 고민을 외화시키는 역할을 한다. 정기준의 내적 고민에 부스럼영감과 이상근이 균형추로 작용함으로써 정기준의 니힐리즘은 사적인 차원으로 매몰되지 않는다. 부스럼영감이 김석범의 다른 소설에도 반복적으로 등장하며 이상근이 이방근으로 이름을 바꿔 『화산도』를 끌고 가는 인물로 등장하는 것을 생각한다면, 특히 이방근이 "『화산도』를 대장편 소설로 만들기 위해서 불가결한"[25] 존재였으며, "단순한 좌우의 대결이 아니라 단정세력에 대한 저항을 통해 통일국가를 건설함으로써 독립국가를 세우려고 하는 열망의 산물이 바로 4·3임을 이방근을 통해 작가는 강조"[26]하고 있음을 생각한다면, 「까마귀의 죽음」의 이러한 구도[27]는 의미심장하다. 작가자신을 투사하여 창조한 인물을 통해 작가의 내적 고민을 그려내면서도, 작가는 이러한 자신의 내적 고민을 현실 속에서 객관화하고 상대화하는 시선을 유지하고 있었던 것이다. 그런 의미에서 김석범 문학의 경계인이란 모호한 존재론적 경계인이 아니라 역사적 경계인이며 구체적 경계인이라 할 수 있으며, 이러한 정체성은 이미 그의 초기문학에서부터 단초로나마 준비되어 있었다. 「까마

24 위의 책, 102쪽.

25 나카무라 후쿠지, 앞의 책, 246쪽.

26 김재용, 「폭력과 권력, 그리고 민중」, 『제주 4·3 연구』, 역사비평사, 1999, 293쪽.

27 이러한 의미에서도 「까마귀의 죽음」은 그의 초기작 전체를 대표한다고 할 수 있다. 지식인 인물인 정기준뿐 아니라 부스럼 영감에게도 적지 않은 비중을 두고 있는 「까마귀의 죽음」을 통해 우리는 예컨대 「간수 박서방」이나 「관덕정」에 등장하는 민중형 인물들의 의미와 그의 작품 세계 전체에서의 위치를 짐작할 수 있다.

귀의 죽음」이 김석범 문학의 출발점이라고 말할 수 있다면, 이후 문학의 원형이라고 말할 수 있다면 그 진정한 이유는 여기에 있다.

## 3. 일본어로 쓴 비일본문학의 자의식–「허망한 꿈」

「허망한 꿈[虛夢譚]」은 1969년에 발표된 일본어 소설로 『까마귀의 죽음』(新興書房, 1967)이 처음 발간되었을 때는 수록되지 않았다가, 이후 고단샤(講談社, 1971)에서 재발간될 때 추가되었다. 「허망한 꿈」이 일본어로 창작되었다는 사실을 표나게 강조하는 이유는 「관덕정(觀德亭)」이후 약 7년간의 공백에 대해서 약간의 설명이 필요하기 때문이다. 「까마귀의 죽음」을 발표하고 몇 편의 단편을 연이어 발표하면서 문학 활동을 하는 한편, 생계를 위해 오사카에서 포장마차를 하며 살아가던 김석범은 1964년 '재일본조선문학예술가동맹[文藝同]'에서 활동하며 한글로 몇 편의 단편을 쓰고, 한글 장편 『화산도』를 『문학예술』(문예동 기관지)에 연재한다. 그가 1962년에 발표한 「관덕정」을 끝으로 일본어 창작을 일시 중단하고 한국어 작품을 쓰기 시작한 것은 문예동에서의 활동과 관련이 있다. 1959년 문예동의 결성, 1960년부터 시작된 공화국으로의 귀국운동의 전개 등과 함께 조총련 내부에서는 조선어를 통한 문학 활동이 권장되었고, 이러한 방침에 따라 김석범도 조선어 창작을 시작했던 것이다. 그런데 1965년부터 연재하기 시작한 한글 『화산도』는 1967년 8월 9회를 끝으로 중단된다. 연재를 중단하게 된 것은 조직과의 갈등 때문인 것으로 보인다. 물론 건강상의 이유도 있었지만 조총련 조직에서 요구하는 문예정책에 김석범이 그대로 따를 수 없었던 것이 중요한 이유로 작용했을 것이다.[28] 1967년 위암 수술을 받고 회복한 후 1968년에 김석범은 조총련 조직을 탈퇴하였고, 1969년 일본어 창작을 재개한 후 발표한 첫 작품이 바로 「허망한 꿈」이었다.

그러므로 「허망한 꿈」에서 일본어로 쓰는 일에 대한 고민이 깊어졌음은 물론이며 또한 모든 조직을 떠난 곳에서 '재일조선인으로서의 작가활동이란 어떤 것인가'의 문제가 작가 개인에게 절박한 문제로 다가왔음을 짐작할 수 있다. 이즈음에 「어느 재일조선인의 독백」(『아사히 저널』), 「언어와 자유—일본어로 쓴다는 것」(『인간으로서』) 등을 발표한 것도 같은 맥락에 있는 것이라고 할 수 있는데, 재일조선인으로서 자신의 정체성과 문학 활동의 의미가 다시 문제시되었고, 김석범은 작품 활동과 함께 이러한 문제에 대한 고민을 지속적으로 심화시켜 나갔다.

「허망한 꿈」은 이러한 배경 속에 발표된 작품으로 작가의 당시 모습이 상당부분 투영되어 있다. 위 수술을 받은 후 검사를 위해 병원으로 가는 길목에서 일어난 상념을 다루고 있다는 점에서도 그러하고, 일본에서 맞은 1945년 8·15의 기억과 그날 전차에서 만난 여자에 대한 기억 등도 다른 지면에서 회고되고 있는 그대로이다. 소설은 재일조선인이라는 자신의 위치에 대한 자각, 거기에서 동반되는 모순된 감정,

---

28 연재중단의 이유에 대해서는 宋惠媛, 「金石範の朝鮮語作品について」, 『金石範作品集』, 平凡社, 2005 참조.

조선어와 조선적인 것에 대한 감상 등을 포함하고 있으며, 꿈과 현실의 문제를 함께 아우르는 신변고백적인 성격을 띤다. 김석범의 문학에서 「허망한 꿈」은 이처럼 본격적으로 일본어로 소설을 쓰는 재일조선인 작가로서의 정체성을 섬세하게 보여주고 있다. 그리고 이는 당시 일본 내의 재일조선인 문학의 환경과 관련하여 이해하지 않으면 안 되는 부분이기도 하다.

「허망한 꿈」은 소설의 화자인 '나'의 지난밤 꿈 이야기로 시작한다. 뱃가죽 속에 수없이 많은 소라게가 자신의 창자를 파먹는 꿈이다. 소라게에게 파 먹혀 창자가 빈 채로 나는 조선을 향하여 날아간다. 내가 도착한 곳은 서울의 파고다 공원, 거기에서 나는 조선옷을 입고 대중토론에 참가하고 홍길동을 만나 자신의 창자를 찾아 달라고 외치기도 한다. "너는 창자를 어떻게 했느냐. 창자가 없는 자는 조선인이 아니다"라는 하늘의 소리를 들으며 나는 꿈에서 깨어난다. 소라게에게 뱃속을 파 먹힌다는 설정이 재일조선인으로서의 자신의 존재를 설명하는 것임은 바로 알 수 있다. 즉 그는 조선 옷을 입고 대중토론에 참가하기도 하지만 이미 창자를 빼앗긴 텅 빈 뱃속의 조선인인 것이다. 이처럼 꿈에서도 몸은 조국을 향해 날아가지만 결국 도달한 곳에서 창자가 없다는 것을 발견하고 마는 나는 재일조선인으로서 찢겨진 정체성을 그대로 드러내고 있다.

그리고 꿈은 현실로 이어진다. 오사카의 거리를 지나면서, 혹은 1945년 8월 15일 일본에서 맞았던 해방의 날을 기억하면서 내가 살고 있는 곳이 일본이며 나는 일본인이 아니라는 사실을 거듭 자각한다. 일상은 이질감의 불편과 피로로 다가오며, 한편으로는 서서히 그것에 동화되어 가는 자신에 대한 두려움으로 다가오기도 한다. 1945년 8월 15

일 우연히 빈 전차에 마주앉은 여자는 공허한 얼굴로 눈물을 흘린다. 그 여자를 바라보던 젊은 날의 나 역시 눈물을 흘린다. 서로 마주 보며 동시에 눈물을 흘리고 있지만 그 눈물은 서로 다른 눈물이다. 하지만 여자는 나의 눈물을 보고 그것이 자신의 눈물과 같은 것이리라 믿고는 그 눈물에 의지하는 심정이 되어 감정이 북받쳐 흐느낀다. 그 여자를 따라 눈물을 흘린 감정의 회로가 어떤 것인지를 의심하면서, 또 한편으로는 그 여자가 자신의 눈물을 당연히 오해하는 것을 보면서 어떤 이해도 구할 수 없는 식민주의 본국에 있는 자신의 처지를 절감하며 나는 폭발할 것 같은 격정에 사로잡힌다. 그것은 분노이기도 하고 우울이기도 하고 또한 기묘한 환희이기도 하다. 이러한 분열된 정체성에 대한 인식은 곧 창자를 파 먹힌 빈 뱃속으로 조국의 광장에 들어선 꿈속의 자신과 정확히 조응한다.

> 허망한 꿈이라고는 생각했지만, 아니 창자와 함께 심장까지 도려내간 듯한 그 꿈을 부정하고 싶었지만, 적어도 그 꿈이 조선말로 구성되어 있었다는 사실만은 허물어뜨리고 싶지 않았다. 나는, 눈 내리는 밤공기 속에서 혼자 얼굴을 붉히며 쓴웃음을 짓고 있는 나의 일그러진 얼굴을 어딘가의 거울 속에서 보았었다.[29]

꿈을 생각하며 불쾌하고 우울한 기분에 사로잡히지만 나는 그래도 그 꿈이 또렷한 조선어로 이루어져 있다는 사실에 안도한다. 그리고 소

29 김석범, 「허망한 꿈」, 앞의 책, 1988, 300쪽.

라게의 조선말이 생각나지 않는다는 사실을 깨닫고 갑자기 마음이 무거워진다. 집에 가서 소라게의 조선말부터 찾아보아야겠다는 이 조선어에 대한 집착은 이후의 작품 활동을 일본어로 지속해야 한다는 상황 속에 놓일 때, 그리고 그러한 상황의 출발점이기도 한 「허망한 꿈」의 맥락 속에서 더욱 의미심장하다. 일본어로 쓴 소설 속에서 조선어로 된 꿈을 꾸었다는 데 안도하고, 그렇지만 그 조선어의 꿈은 창자가 파 먹힌 텅 빈 것이라는 자각은 우울하지만 쉽게 감상에 젖지 않는 냉정함을 지녔다.

일본어로 쓰고 그것의 조선어적 내포를 추구할 수밖에 없다는 소설가로서의 언어인식은 곧 일본에 있으면서 조선인의 운명을 살아가야 한다는, 그것을 피하지 않고 정면으로 받아들이지 않으면 안 된다는 작가적 결의와도 통하는 것이다. 소설 속의 나는 일상의 모든 곳에서 자신이 일본에 있다는 것을 의식적으로 자각한다. "여긴 일본이다. 나는 일본에 있는 것을 느낀다."[30] 일본인과 일본어에 둘러싸여 "서로 밀치락달치락하며 몸을 맞대고 있던 살아 있는 인간과의 사이에 투명한 유리가 끼워진 것처럼 절연체의 상태에 놓인 나 자신을 깨닫는다."[31] 자신이 있는 곳이 일본이라는 것, 자신이 사용하는 언어가 일본어라는 것을 의식적으로 자각하면서 그것으로부터 자신을 단절시키려는 노력, 이중의 언어, 분열된 의식 속에서 살아가는 자신의 삶 자체를 긍정하는 태도는 이미 「까마귀의 죽음」에서도 확인한 바 있다. 그렇기 때문에 일

30 위의 글, 289쪽.
31 위의 글, 277쪽.

본어에도 조선어에도 온전히 동화될 수 없는 작가의 언어, 심정적으로 조선을 지향하지만 일본에서 분열과 단절을 느끼면서 살아갈 수밖에 없는 자신의 존재 위치는 이미 애써 망각하거나 외면하는 것이 아니라 적극적인 인정과 사유의 대상이 된다. 그리고 이는 그 단절의 경계 속에서 살아가는 것이야말로 자신의 임무라는 의식으로 이어진다. 그 이중의 분열된 위치 자체를 인정하고 그 속에서 경계를 살아가려는 태도만이 그를 허무주의로부터 구해줄 것이기 때문이다. 그리고 이러한 경계에 선 문학인의 민족의식, 언어의식이야말로 한국문학의 범주 내에서 쉽게 얻기 힘든 성찰을 제공한다.

「허망한 꿈」은 뱃속이 파 먹힌 나의 신체와 온전히 조선어로 이루어진 꿈이라는 절묘한 아이러니를 통해 지극히 구속적이지만, 또한 그것을 넘어서는 문학적 형상의 자유를 효과적으로 만들어낸다. 김석범은 이를 '일본문학'이 아니라 '일본어문학'이라는 말로 설명하고 있다. 조총련 산하 문학단체에서 순수조선어로 쓴 문학을 시도하다가 좌절하고, 다시 일본어로 문학하기의 입장으로 돌아섰을 때, '자신의 언어란, 문학이란 무엇인가'라는 궁극적인 질문의 끝에 도달한 결론이며, 「허망한 꿈」은 이러한 고민의 일단을 보여주기에 충분하다.

> 허구의 세계에서 말이 변질되어 말 그 자신이면서도 그렇지 않은 관계가 생긴다. 그러나 이때 말의 개별적(민족적 형식에 의한) 구속이 그 속에 내재하는 보편적 인자로 풀어지는 순간의 지속이 나타난다. 일본어에 의해 환기된 이미지의 세계는 이미 일본어가 아니더라도 만들 수 있는 이미지의 세계로 연결된다. 그곳에서 생성된 일종의 가역적인 공간은 일본어의 절대

> 적 지배에서 벗어날 수 있는 새로운 공간일 것이다. 분명히 상상력에 의해 부정되어 자기를 초월한 허구의 언어가, 스스로 열린 세계가 된 것이다.[32]

김석범은 일본어를 사용한 문학이 일본문학이라는 등식에 동의하지 않는다. 일본어를 사용하지만 상상력의 힘에 의해 보편적 형상을 창조함으로써 그것은 일본어를 초월하는 새로운 세계로 이어질 수 있다는 것이다. 그러므로 일본어문학을 종래의 국민문학적 틀, 일본문학=국민문학의 한계 속에 가두지 말고 종래의 일본문학을 포함한 일본어문학의 다른 지평까지도 포괄할 수 있을 때 세계문학은 가능할 것이라고 지적한다. 그것은 한국문학에 대해서도 마찬가지이다. 한국어로 쓰여진 문학을 한국문학에 포함하는 속문주의는 물론이고, 한국인이라는 국적에 의거해 다른 언어로 쓴 문학들을 한국문학에 포괄하려는 시도 역시 그것이 국민문학의 영역 넓히기의 차원이라면 그다지 바람직하지 않다. 종래의 한국문학, 즉 국문학의 범주 외에 한국어로 쓰여진, 혹은 다른 언어로 쓰여진 재외 한국인(조선인)의 문학들을 한국어의 한계를 넘는 새로운 보편성의 시각으로 포괄할 수 있을 때, 그리고 그 문학들을 통해 한반도의 남쪽이라는 국민국가의 한계를 넘어서는 시야를 얻을 수 있을 때 비로소 새로운 의미의 세계문학적 시각은 완성될 수 있을 것이다. 요컨대 재외 한국인(조선인)문학은 한국문학에 통합되는 것이 아니라 현재의 한국문학에 반성과 성찰을 촉발하는 하나의 열린 문이 되며, 「허망한 꿈」은 이러한 작가의 고투를 다양한 상징을 통해 효과적으로 드러낸다.

---

32 김석범, 「왜 일본語문학이냐」, 『창작과 비평』, 2007 겨울, 120쪽.

## 4. 국민국가의 경계와 재일조선인 문학

제주에서 4・3이 일어났던 같은 해에 일본에서는 '한신교육투쟁'이 일어났다. 전후 재일조선인들은 그들의 자녀들에게 조선어와 조선 역사를 교육시키기 위해 조선어 강습소와 민족학교를 설립했는데, 1948년 조선어학교 폐쇄령이 내려지자 이에 대한 대대적인 반대투쟁이 일어난 것이 한신교육투쟁이다. 한신교육투쟁이 일어나자 미군은 이것이 제주도 사건 및 남한단독선거에 영향을 미칠 것을 우려하여 '비상사태'를 선언하고 재일조선인들을 대대적으로 탄압했다.[33] 4・3의 진행과정에서 무장대의 활동이 일단 소강상태에 접어들 무렵인 1948년 10월에 대학살이 이루어졌던 것이 당시 남한 사회 전반, 특히 여순사건과 이어져 있다는 분석[34]을 참고한다면, 당시 남한 사회, 제주 4・3, 재일조선인 문제는 식민과 분단이라는 문제로 광범위하게 연결되어 있음을 알 수 있다.

사실 재일조선인은 존재 자체가 일본 식민주의의 산물이며 한반도 분단의 증거이기도 하다. 태평양전쟁이 종결된 8월 15일 이후 GHQ(연합군총사령부)는 재일조선인은 해방인민이므로 일본인에 포함되지 않는

---

33 윤건차, 『교착된 사상의 현대사』, 창작과비평사, 2009, 170쪽. "세계규모의 냉전이 심화되고 특히 그 대리구조를 이룬 남북조선의 대립이 심화되어가자 재일조선인에 대한 GHQ・일본정부의 압력은 날로 강화되어 1948년 한신지구에서 민족학교 봉쇄조치 강행과 1949년의 조련 강제해산으로 이어졌다. 이것은 조선반도 남부에서의 좌우대립 격화, 특히 1948년 4월 제주도에서의 반군정 봉기를 탄압한 4・3사건 등과 연동하는 사태의 추이였다."

34 김재용, 앞의 글, 301~302쪽.

다고 하면서도 일본 국민이었다는 이유로 적국민으로 대우하는 이중적 태도를 취했다. 재일조선인의 국적에 대해서는 한편으로 강화조약 체결까지 종전대로 일본 국적을 가지는 것으로 취급한다(1949년 4월 28일 최고재판사무총장이 참의원 법제국장에게 보낸 회답 '재일조선인의 청원권 및 국적')고 하면서도 1947년 공포, 시행되었던 '외국인 등록령'에서는 재일조선인을 외국인으로 간주[35]했다. 한신교육투쟁의 원인이 된 "조선어학교 폐쇄령" 역시 이러한 이중규정에 따른 차별의 결과였다고 할 수 있다. 김석범이 지적하고 있는 바와 같이 "전쟁 전 조선지배의 사상이 그대로 전후로 이어져온 것"을 증명하는 것이 바로 일본 내의 재일조선인의 존재이며, 이는 "(일본이) 재일 마이너리티에 대해 전쟁책임을 떠안은 패전국이 아니라 스스로 과거에 대한 도의적인 반성을 하지 않았음"[36]을 의미한다. 전후 일본은 국민국가의 재구성을 위해 지난날의 '제국신민'을 외국인으로 배제하였고, 식민지배하에서 일본으로 건너온 (대부분이 조선인인) 재일 외국인들의 존재를 그들의 국가로부터 소거시켰다. 일본국헌법기초과정에서 원래 초안에 포함되어 있었던 국민규정의 틀을 없애버림으로써, 국민문제를 원칙적으로 헌법에 기초하여 사고할 가능성을 배제하였던 것이다. 제국지배자의 공포는 조선인차별로 나타났으며, 그들의 삶이 증명하는 역사적 사실을 인정하지 않음으로써 일본은 전쟁 책임을 회피했다. 일본의 조선인 차별의 근본적 원인

---

35 강재언·김동훈, 하우봉·홍성덕 역, 『재일 한국·조선인－역사와 전망』, 소화, 2000, 171～177쪽.

36 김석범, 『前向と親日派』, 岩波書店, 1993(오노 데이지로, 「제주 4·3항쟁과 역사인식의 전개상－김석범론」, 『재일 디아스포라 문학－김환기 편』, 새미 2006, 262쪽에서 재인용).

은 국체 수호, 즉 천황제를 지키기 위한 것이었으며 일본은 헌법기초과정에서 주민과 국민을 분리하여 인간에게 주어진 기본적인 권리의 대상을 국민에만 한정하였다는 사실, 대다수의 일본 국민들이 이를 외면하고, 다른 외국인을 배제함으로써 확보된 국민으로서의 권리에 안주하고 있다는 서경식의 '국민주의 비판'[37]은 그래서 중요하다. 재일 조선인은 정부의 차별 뿐 아니라 일본국민, 나아가 국민국가의 대부분이 무의식 속에 간직한 이기심과 배타성을 증명하는 존재이며 일본에서 일본어로 재일조선인의 연원과 식민의 역사를 탐구하는 김석범의 문학은 그러므로 단순히 외국인 소수자의 문학으로 취급되어서는 안 된다. 김석범의 문학은, 제주 4·3에 대한 천착은 일본의 독자들에게 "아시아를 착취하여 비대해진 일본 제국주의 부산물, 흡혈귀의 통통한 후예에게 김석범 문학은 예리한 칼을 들이대고 있다"[38]는 자의식을 제공하고 있기 때문이다.

한반도의 분단, 그리고 일본의 북한과의 미수교, 북쪽 정부의 귀환운동이나 남쪽정부의 한국국적편입정책 등 일련의 과정 속에서 많은 재일조선인들은 '무국적' 상태가 되었다. 분단 이전인 1947년에 그들이 외국인 등록과정에서 선택한 '조선'이라는 국적은 "조선 출신이다. 민족으로서는 조선인이다"[39]라는 뜻이었다. '조선'이란 남북이 분단되고 일본이 북한과 수교하지 않음으로써 일종의 '기호'로만 남아 있는데,

---

37 이에 대해서는 서경식, 「일본 '국민주의'의 어제와 오늘」, 『고통과 기억의 연대는 가능한가?』, 철수와영희, 2008 참조.

38 오노 데이지로, 앞의 글, 188쪽.

39 서경식, 앞의 책, 32쪽.

이 기호가 지시하는 의미는 '분단의 현실'이다. 남북의 이질성이 점점 심화되고 있으며 그래서 통일이라는 구호가 점점 실효성을 잃어가고 있는 것처럼 느껴지는 것이 지금의 현실이지만, 그러한 현실이 과연 납득할 수 있는, 인정 가능한 현실인가라는 질문은 과거를 되돌아봄으로써, 분단의 근원을 다시 살펴봄으로써 비로소 성찰 가능한 것이 된다. 제주 4·3에 대한 특별법이 공포되고 진상규명과 명예회복의 길이 열렸지만, 그럼에도 불구하고 여전히 제주 4·3이 한국 근대사의 모순이며 비극으로 탐구되어야 하는 까닭은 여기에도 있다.[40] 김석범의 제주 4·3에 대한 오랜 천착은, 그리고 재일조선인의 정체성에 대한 끈질긴 고집은 이처럼 현실이 은폐하고 외면하는 역사적 진실, 혹은 다른 세계의 가능성을 다시 환기하기 위함이다.

> 남북의 현존하는 국적을 전제하고 '재일'은 어떻게 해야 하는가? 하나의 현실이 견고히 있을(또는 있는 것처럼 생각될) 때, 이를 부정하고 뛰어넘을 수 있는 힘은 상상력이요 현실과 대치하는 관념, 사상이며 이에 동반되는 정열이다. 이러한 상상력은 현실을 뒤엎고 변화시킨다. 적어도 '재일'의 무국적자는 분단의 적대자(anti)로서 분단을 초월하는 계기가 되면서 동시에 역사의 희생양이 될 수밖에 없다.[41]

재일조선인은 식민지 지배의 소산이며, 그 식민지 지배를 온전히 청

---

40 분단 현실에서 바라본 김석범의 『화산도』에 대한 연구는 김재용, 앞의 글 참조.

41 김석범, 「다시 '재일'에게 '국적'이란 무엇인가—준통일 국적의 제정을 바란다」, 『당대비평』 7, 1999 여름, 193쪽.

산하고 그것으로부터 해방된 새로운 국가의 의미를 명확히 하지 않는다면 그들의 존재는 영원히 분열된 '기호'로 떠돌 수밖에 없다. 이를테면 재일조선인의 위치는 분단된 현실의 상징이며 탈식민의 과정 없는 국민국가의 모순에 대한 살아있는 증거라 할 수 있다. 이미 오랜 시간이 지나면서 '재일조선인'의 정체성은 상당히 희박해지고 그래서 '재일조선인문학'도 그 고유의 정체성을 잃은 채 '재일문학'으로 변화되어가고 있다는 지적도 있다.[42] 김석범이 아마 자신들의 존재로서 한국사회의 모순을 증명해 줄 마지막 세대가 될 지도 모른다. '김석범을 어떻게 사유해야 할 것인가'라는 문제는 결국 김석범의 문학을 통해 한반도의 남쪽이라는 좁은 경계를 넘어서 우리의 일상과 현실을 바라보는 시야를 확보하는 것, 좀 더 근본적으로 우리의 사회를 탐구하는 문제와 연결되어 있다. 이는 국민국가의 경계가 은폐하고 외면한 '무국적자-소수자'들, 한국인이지만 또한 한국인이 아닌 이들의 존재에 대한 진심어린 성찰과 관계될 것이다. 이들이 역사의 잉여가 아니라 역사의 결과라는 사실을 분명히 인식할 필요가 있다. 김석범의 문학은 이러한 사실을 모호한 상징이나 수난의 이미지가 아닌 분열되고 왜곡된 현실 그 자체를 형상화하고 그것과 직면하는 노력을 통해 보여주고 있다. 그런 의미에서 김석범 문학이 보여주는 경계인의 정체성은 국민국가를 초월하는 정체성이 아니라 국민국가를 통찰하는 정체성이다. 부스럼 영감과 이상근 사이에 위치하는 정기준의 내적 고민, 텅 빈 창자로 발화하는 조

42 이소가이 지로, 「식민 제국과 재일 조선인 문학의 조망」, 『재일 디아스포라 문학』, 새미, 2006 참조.

선말의 꿈은 국민국가의 경계 안에서는 좀처럼 획득하기 힘든 독특한 문학적 성취를 보여준다. 역사성에 바탕한 경계인의 자의식은 한국문학과 일본문학을 동시에 타격하면서 국민국가의 한계를 넘어서는 새로운 문학의 비전을 암시하고 있는 것이다.

# 4 백신애 문학 연구

타자인식의 근거로서의 지방성과 자기탐구의 욕망

## 1. '다른' 현실의 복원을 위하여

백신애는 1929년 『조선일보』 신춘문예로 등단하여 1939년 요절할 때까지 20여 편의 소설을 남긴 바 있다. 친일 거상인 아버지와 사회주의자인 오빠, 여성 최초의 신춘문예 등단, 대구인근이 떠들썩했다고 하는 결혼과 이혼, 알려진 자료를 통해 본 백신애의 생애는 무척 드라마틱해 보이는데, 특히 사회주의자, 혹은 여성작가라는 매우 뚜렷한 표지를 통해 강렬한 인상을 남기고 있다. 그런데 그의 작품은 그의 생애가 남기고 있는 뚜렷한 구분과 표지만큼 선명하게 구분되지 않는다. 작품 수는 많지 않지만 그 속에 의외로 다양한 경향과 소재가 존재하고 그 작품들의 성격도 뚜렷한 구분선으로 나누어지지 않는다. 민족, 계급, 여성의 문제에 고루 관심을 보이고 있지만 그러한 문제설정이 서로 분열되고 교섭하면서 이질적이고 다양한 이야기를 낳는다. 백신애 문학에 대한 연구는 바로 이 다양성과 이질성의 기반으로부터 출발해야 한다.

이를테면 백신애 문학을 사회주의 사상의 수용의 맥락에서 해석하거나,[1] 혹은 새로운 사회주의 여성해방담론을 제시했다고 평가[2]할 때, 또는 타자의 언어였던 사회주의 사상에서 벗어나 여성성의 언어로 나아갔다고 해석[3]할 때, 이는 모두 백신애 문학의 중요한 특성을 지적하고 있지만 또한 한편으로 해석되지 않은 잉여를 남긴다. 백신애의 문학이 사회주의 사상이나 여성성의 문제로 온전히 귀결되지 않는 이질성을 포함하고 있기 때문이다. 백신애 문학 연구에서 '이중성', '양가성', '혼종성' 또는 '경계'와 '사이'라는 용어가 유독 자주 등장하는 이유도 여기에 있다. 그렇다고 해서 이러한 이질성과 다양성이 현실의 복합성을 그대로 보여준다[4]거나, 현실의 모순을 분열된 서사를 통해 그대로 체현한다[5]는 결론도 충분치는 않다. 이와 같은 결론은 백신애 문학이 함유하고 있는 다채로운 해석가능성을 열어 놓는다는 데 의미가 있지만 그 이질성의 현실적 근거를 소홀히 할 우려가 있다. 또한 모순적 현실의 분열성을 인식하고 거기에 대응하는 주체의 문제가 충분히 설명되지 못한다. 이는 '혼종성'이라는 용어에서 어느 정도 예견되는바, 현대의 포스트이론들,

1 김연숙, 「사회주의 사상의 수용과 여성작가의 정체성」, 『어문연구』 33-4, 2005.
2 박종홍, 「신여성의 '양가성'과 '집떠남'의 고찰」, 『한민족어문학』 48, 2006.
3 최혜실, 「백신애 문학에 나타난 이중적 타자성」, 『현대소설연구』 24, 2004.
4 김미현, 「'사이'에 집짓고 살기」, 『페미니즘과 소설비평』, 한길사, 1995.
5 김지영, 「백신애 소설 연구—경계인의 정체성과 모성강박을 중심으로」, 『현대소설연구』 38, 2008.

특히 호미 바바의 '혼종성' 개념이 구체적 현실의 변화에 무력한 담론 속의 메아리일 뿐이라는 비판을 참고할 수 있다.[6] 이와 관련하여 백신애 문학을 '광기의 글쓰기'나 '여성성의 언어'의 문제로 분석하는 관점[7]은 백신애 문학의 많은 부분을 설득력 있게 해명하고 있음에도 불구하고, 백신애 문학을 단지 글쓰기의 차원으로 추상화시키거나 백신애가 처해 있던 현실적 근거들을 분열의 언어에 고착시킬 수 있다. 이런 견지에서 볼 때 백신애 문학은 그 이질성과 다양성의 존재가치를 인정하되 그것을 현실의 맥락 속에서 읽어내는 독법을 필요로 한다.

이 글에서는 이러한 백신애 문학의 특성을 이해하기 위해 '지방성'의 문제와 거기에서 유발되는 주체의 인식 문제에 좀 더 관심을 기울여 보고자 한다. 여기에서 '지방성'이란 물론 일차적으로는 백신애가 그의 생애 대부분을 영천이라는 소읍에서 보냈으며 그의 작품 대부분이 그 경험을 기반으로 창작되었다는 사실과 관련이 있다. 그러나 '지방성'은 이러한 작가 경험의 특수성만을 강조하기 위한 것이 아니다. 이러한 체험의 특수성이 어떤 사유의 특성을 낳았으며 이것이 그의 문학적 특성과 어떻게 관련을 맺는가를 두루 살피기 위한 출발점일 뿐이다. '지방성'이란 그러므로 주변성과 타자성에 대한 작가의 인식문제, 그리고 자

---

6 로버트 J. C.영은 호미 바바의 '혼종성'을 분석하면서 '혼종성'의 효과가 식민지의 실제적 현실로부터 멀어져 정신분석적 도식에 머물게 된다고 비판한 바 있다. 백신애의 문학에서 이 이질성의 의미도 같은 방식으로 해석할 수 있지 않을까. 혼종성과 이질성의 효과를 강조하면 할수록 그것은 실질적인 관계의 현실성에서 멀어져, 정신분석적 도식이나 담론적 수사에 머물게 된다고 말이다. 로버트 영의 '혼종성' 비판은 로버트 J. C. 영, 김용규 역, 『백색신화』, 경성대 출판부, 2008, 357~389쪽 참조.

7 안숙원, 「백신애의 반미학과 페미니즘」, 『여성문학연구』 4, 2000; 우미영, 「여성의 광기와 무의식의 욕망」, 『여성문학연구』 4, 2000 참조.

신의 존재에 대한 고민을 풀어가는 방식 문제와 밀접한 연관을 지닌다. 그러므로 '지방성'이란 작가의 이력이나 지역적 특질로 환원되기보다는 주체와 현실을 사유하는 방법론이자 원칙이라는 차원에서 이해되어야 할 것이다.

'지방성'은 물론 '타자성'[8]이나 '주변성'의 문제와 연관되는 개념으로 계몽적 이성이나 남성 중심적 논리, 혹은 현실을 지배하는 계급구조의 위계를 비판적으로 조망하면서 '다른' 현실의 존재가치를 옹호한다. 백신애 문학의 주요항목이라 할 수 있는 '빈민계급에 대한 관심', '여성적 정체성에 대한 고민'은 모두 주변으로 배제된, 타자화된 존재들에 대한 관심이며 인식이다. 백신애 문학은 타자의 위치에서 바라본 '다른' 세계를 재현하려는 노력의 과정이라고 해도 과언이 아니다. '주변성'이나 '타자성'이라는 용어 대신 '지방성'이라는 관점을 선택한 이유는 '지방'이라는 장소적 구체성과 그로부터 생산된 담론의 현실성을 강조하기 위해서이다. 여성(젠더) / 빈민(계급)이라는 타자성 이외에 백신애 문학을 중요하게 구축하는 또 다른 요소가 있다면 그것은 지방성이라 할 수 있다. 그리고 이 지방성이야말로 중앙집권적 담론의 일반화

8 스피박에 의하면 '타자성'이란 '주체 · 효과가 생산해 내는 다양하고 이질적인 정체성들의 모순관계'를 의미한다. 이러한 타자성을 중심 / 주변의 이분법에 따라 중심을 공고히 하는 기존의 타자화 논리에 의해서가 아니라 주변 자체가 지니는 이질적인 정체성들의 모순관계로 해석한다면 '지방성'은 이러한 타자성의 개념에 좀 더 현실적인 근거를 제공해 줄 수 있을 것이라고 생각한다. 'Locality'란 '지역성'으로도 '지방성'으로도 해석가능 하지만 내부에 독자적인 차이의 구조를 가지고 있으면서도 이미 중심 / 주변의 관계에 의해 위계화된 담론하에 있다는 이중적 의미를 강조하기 위해 여기서는 '주변', '변방'의 의미를 포함하는 '지방성'이라는 용어를 사용한다. 스피박의 '타자성'에 대해서는 정혜욱, 「타자의 타자성에 대한 심문—가야트리 스피박」, 『새한영어영문학』 46-1, 2004 참조.

속에 사라졌던 '다른' 현실의 구체성을 담보해 내는 중요한 조건이다. 백신애가 봉건성과 근대성의 모순적 내면을 더욱 첨예하게 문제삼을 수 있었던 것은 지방성의 현실 속에 구체적으로 존재했던 타자들과 만날 수 있었기 때문이다. 그리고 이러한 특성은 백신애 문학이 단지 곤궁한 여성의 현실을 그려내는 데 그치지 않고 모순적 현실 속에서 주체를 발견하고 재정립하는 과정을 탐구하는 원동력이 되게 한다. 이를테면 백신애 문학에서 지방성은 타자성의 주체위치를 근원적으로 탐문하는 중요한 기초가 된다고 할 수 있다. 이 글은 백신애 문학이 어떻게 지방적 삶이 담지하고 있는 타자들의 모순적 내면을 관찰하면서 거기에서 새로운 주체의 성격을 탐문해 나가는가를 밝히는 것을 목표로 한다. '지방성'이라는 관점은 말하자면 '타자성'의 담론과 소통하면서 또한 그 담론의 현실적 근거를 확보하기 위한 것이다. 이를 통해 타자의 위치를 항변하는 것에 그치지 않는 자기모순의 탐구과정을 더욱 심도 있게 검토할 수 있을 것이다.

## 2. 타자인식의 근거로서의 지방성

백신애의 문학을 논하는 데 있어서 그가 오빠 백기호의 영향하에 사회주의 여성운동에 열성적으로 참여했다는 사실, 그리고 친일 거상인 아버지의 강력한 가부장적 억압하에서 평생 벗어나지 못했다는 사실이 자주 강조된다. 그의 빈궁문학이 사회주의적 의식의 발로라는 해석, 혹은 그의 여성의식이 오빠와 아버지의 절대적 영향하에서 남근 공포/선망의 이중성을 전형적으로 드러낸다는 해석은 백신애의 전기적 이력으로부터 결정적인 증거를 확인한다. 그러나 백신애의 문학은 이러한 그의 전기적 이력으로 쉽게 환원되지 않는 이질성과 복합성을 가지고 있다. 백신애 문학에서의 빈궁은 일반적인 계급서사의 패턴과는 그 양상을 달리하며, 여성성 역시 가부장제의 억압을 표나게 주장하거나 그것으로부터의 탈피를 선명하게 지향하지도 않는다. 이처럼 선명하게 드러나지 않는 주제의식은 한편으로는 백신애의 문학을 일종의 미숙성으로 판단하게 할 여지를 남기는데, 이 글은 백신애 문학의 이러한 특성이 많은 부분 그의 지방성에서 비롯된다는 전제에서 시작한다. 그러므로 더더욱 그의 문학적 특성을 그의 이력으로부터 일방적으로 추론하는 것은 온당치 않다. 중요한 것은 그의 전기적 이력들이 어떻게 그의 문학에 드러나고 있는지, 표면적 사실의 일치여부가 아니라 문학의 내적 구조를 통해 밝히는 일이다. 그런 의미에서 그의 전기적 이력들을 좀 더 세밀하게 재구해 볼 필요가 있다.

먼저 그의 사회주의 여성운동의 활동경험을 재구해 보자. 백신애는 1925년 '조선여성동우회', '경성여자청년동맹' 등에 가입하여 여성운동을 한 바 있고, 같은 해 '조선여성동우회' 영천지회를 조직한 바 있다. '조선여성동우회'는 파벌구분 없이 사회주의 계열 여성운동가들을 망라한 단체였고, '경성여자청년동맹'은 이 중 다수파였던 북풍회, 화요회계의 여성운동가들이 중심이 되어 만들어진 단체[9]였다. 이러한 여성운동단체 활동이 문제가 되어 1926년 보통학교 훈도직에서 강제사

임당하자 상경, 백신애는 여성운동단체에 적극적으로 관여하면서 1927년 '경성여자청년동맹'의 집회주도, 전국순회강연에 참가하는 등 활발한 활동을 벌인다. '경성여자청년동맹'의 집행위원으로 활동하던 이 무렵이 백신애가 사회주의 운동에 가장 열성적으로 참여했던 때로 짐작되며, 같은 해 시베리아 유랑[10] 이후 백신애는 고향에 머물면서 주로 지역운동에 주력했던 것으로 보인다.[11] 1928년 '근우회' 집행위원을 역임했다는 기록이 있는데[12] 이는 '근우회'가 1927년 창립 이후 지회 결성에 주력을 기울이고 지회가 속속 결성되면서 서울의 여성운동가들이 주요역할을 했던 초기와는 달리 지회출신을 중심으로 집행부가 꾸려진 정황과 관련이 있다.[13] 1929년 『조선일보』 신춘문예로 등단하고, 1930년과 1931년 두 차례 도일하고, 1932년 결혼하는 등의 전기적 사실을 통해 그의 여성단체에서의 활동경험을 추론해 볼 수 있다. '근우회'가 가장 활발한 활동을 벌였던 시기가 1928~1930년이며 특히 1929년 이후 '근우회'가 본부 중심의 중앙집권 조직체로 변화했던 것[14]을 생각

---

9 남화숙, 「1920년대 여성운동에서의 협동전선론과 근우회」, 『한국사론』 25, 1991, 207~208쪽.

10 「꺼레이」(『신여성』, 1934.1), 「나의 시베리아 방랑기」(『국민신보』, 1939.4.30)를 통해 그의 시베리아 경험을 알 수 있다. 그러나 그의 시베리아행의 목적이 무엇인지는 아직 구체적으로 밝혀진 바가 없다.

11 그의 데뷔작인 「나의 어머니」(『조선일보』, 1929.1.1)에 묘사되는 생활이 이 무렵의 생활인 것으로 보인다.

12 김연숙, 앞의 글, 350쪽.

13 남화숙, 앞의 글, 229~243쪽. 남화숙에 의하면 백신애가 관여했던 영천지회는 기독교계 여성단체와 청년동맹의 여성부가 협동하여 결성된 유형으로 분류되고 있다. 백신애는 사회주의 계열의 여성운동가로 지회결성에 참여했고 이러한 지회에서의 활동을 기반으로 근우회 집행위원이 되었던 것으로 보인다.

14 위의 글, 243~246쪽 참조.

한다면, 백신애는 1925~1927년 동안의 활동 이후에는 중앙집권적 조직생활을 하지 않았다고 볼 수 있으며, 그의 사회운동경험은 주로 지역에서의 활동에 관계된다. 「나의 어머니」에서 묘사된 바와 같이 지역에서의 사회운동은 지역사회의 이목을 고려할 수밖에 없고 조직도 충분히 체계화되지 않은 상황이어서 여성으로서 사회운동을 한다는 사실에 대한 여러 장애를 피부로 느낄 수밖에 없었을 것이다.

> 여러 가지로 완고한 시골에서 신여성들의 취하기 어려운 행동에 대한 고려를 하지 않을 수 없어서 다른 회원들과 같이 여러 번 토론도 하여 보았으나 내가 없으면 연극을 하지 못하게 되는 수밖에 없다는 다른 회원들의 간청도 있어서 나는 끝까지 주저하면서도 끝까지 일을 보는 수밖에 없었다.[15]

그가 활동하였던 '경성여자청년동맹'을 비롯한 사회주의 여성운동의 주요 원칙이 "무산여성까지 포함한 해방의 주창, 계급해방과 여성해방의 동일시, 타 운동과의 연대활동 중시, 주체로서의 여성노동자에 대한 관심"이었으나 이들의 주장이 "봉건잔재가 강인하게 자리 잡고 있는 농업사회인 식민지 한국의 현실에 비추어 재정립되는 과정을 결한 직수입상태의 이념"[16]이었다는 한계가 분명하였다고 본다면, 이러한 이념적 방향이 백신애가 활동했던 지역의 현실과는 동떨어진 것이 되기 쉬웠다. "트레머리가 4, 5인에 불과한 이 시골"[17]에서의 활동은 결

---

15 백신애, 「나의 어머니」(『조선일보』, 1929.1.1), 김윤식 편, 『꺼레이』, 조선일보사, 1987, 22쪽. 이하 반복되는 원전 인용은 '글명, 책명, 인용쪽수'로 표기.

16 남화숙, 앞의 글, 208쪽.

국 그 지역의 현실과 조건에 직접 맞부딪치면서 해결해 나갈 수밖에 없는 것이었다. 이러한 백신애의 활동기반과 활동과정은 그의 문학에서 지방성을 강하게 표출할 수밖에 없게 하는 요인이 된다. 뒤에 다시 논하겠지만 이는 빈민들의 극빈의 삶이 주요 대상이 되지만 계급의식이나 사회구조적 모순보다는 봉건적 유습의 문제가 작품에서 두드러지고 또 빈민들의 순박성이나 무지함이 주로 성격화되는 것과 관련이 있다. 이는 '조선여성동우회'를 비롯한 초기 사회주의 여성운동단체가 여성의 자각에 기초한 봉건적 인습타파를 목표로 했던 종래의 개량주의적 계몽활동을 지양하고 계급혁명으로의 발전단계로 무산여성운동의 독자성을 주장했던 일반적 흐름[18]에서는 벗어나 있는 것이다. "초기 여성 사회주의 지식인의 상당수가 비록 머리와 입으로는 여성의 해방을 외치고 있었지만 그들 역시 당시 사회적 조건으로부터 완전히 자유로웠다고 할 수 없"[19]었다고 한다면, 백신애의 문학은 이러한 당시 사회주의 여성운동의 한계 및 난관에 좀 더 실감 있게 접근하고 있었던 셈이다. 백신애 문학의 다양성과 이질성을 생산하는 중요한 기반은 바로 이 사상운동과 실제의 존재조건 사이의 격차에 있었다고 할 수 있다. 이념이나 운동강령과 거리를 지닐 수밖에 없는 주변성, 타자성의 문제에 백신애는 더 관심을 기울였던 것이고 이는 그가 기반을 둔 지방의 현실과 깊은 관련이 있다.

17 백신애, 「나의 어머니」, 『꺼레이』, 21쪽.

18 전상숙, 「'조선여성동우회'를 통해서 본 식민지 초기 사회주의 여성지식인의 여성해방론」, 『한국정치외교사논총』, 22-2, 2000, 36~45쪽 참조.

19 위의 글, 54쪽.

그의 문단활동과 관련해서도 이러한 지방성은 확인할 수 있다. 백신애는 1929년 등단 이후 두 차례의 도일과 결혼에 이르는 3~4년간 공백기를 가지게 되고 그의 결혼생활이 비교적 안정을 얻은 시기인 1934~1935년에 집중적으로 작품을 발표한다. 여성문인들이 활발한 활동을 펼쳐 나가고 문단에서도 여성작가에 대한 관심이 높아져 가고 있을 무렵이었지만 백신애는 주로 영천에 머물렀고 그의 고향에서 주요 작품들을 집필하였다. 그렇기 때문에 주요 미디어나 문학단체, 문인들과의 개인적인 교분 등을 통한 문학적 경험의 교유는 그의 문학활동에서 큰 비중을 차지하지 못하였다.

문단 내 위치를 통해 그의 작품세계에 드러나는 지방성의 문제를 확인할 수 있는 예로 1936년 3월 『삼천리』에 실린 '여류작가 좌담회'를 들 수 있다. 이 좌담회에는 박화성, 장덕조, 모윤숙, 최정희, 노천명, 백신애, 이선희 등 당대에 활동했던 대표적 여성작가들이 참여하였는데, 이들은 "① 최근 해내(海內), 해외 작품의 인상, ② 여류작가가 본 남성작가의 인상, ③ 여류문단의 진흥을 위한 대책, ④ 여류작가의 직업문제, ⑤ 사숙(私淑)하는 작가와 최근 심독(沈讀)하는 작품, ⑥ 집필할 때의 고심담" 등을 주제로 자신의 의견을 피력한다. 특기할 것은 백신애는 이 좌담에서 거의 발언을 하지 않고 있다는 점이다. 당시 편집으로 20쪽에 달하는 좌담 내용에서 백신애가 발언한 것은 단 5회뿐이다. 참여한 다른 여성작가들이 활발하게 자신의 의견을 주장하는 것과는 대조적이다. 거기다가 발언의 내용도 다른 작가들과 차이가 있는데 예컨대 여류문단의 진흥대책을 묻는 질문에서 "여자다운 작품을 써라, 여자로만 쓸 수 있는 작품을 써라 요따위 소리를 말어 주셨으면"(박화성), "여류작가라고 호기심으로 대하지 말어 달라"(모윤숙), "여성을 전체로 인격화하지 않기 때문에 없는 「까싑」을 제 마음대로 위조하여가지고 이러쿵 저러쿵 하는 것을 들으면 정말 남성에 복수하고 싶은 때가 많다"(노천명), "여자라면 약에 감초로 아니까요"(이선희), "여성에게는 우대하여 주는 듯하면서도 그 실은 기회도 주지 않고 무대도 빌려주지 않아요"(최정희)라고 불만을 토로하는 다른 여성작가들과 백신애의 대답은 사뭇 다르다.

> 이 문제에 대하여는 대외적으로 요망하는 것보다 위선 문학에 종사하는 분들 그 자체가 눈앞에 보이는 적은 영예에 눈이 어둡지 말고 침중히 꾸준히 연구하기에 전력을 다— 하여야 될 것입니다.[20]

남성 중심의 문단과 사회 전반에 대한 불만과 비판 대신 문제를 자기 탐구로 돌리고 있는 백신애의 대응은 원칙적인 대답이라 할 수 있다. 즉 다른 여성작가들의 대답이 문단 저널리즘의 문제틀 내에서 발화되고 있다면 백신애의 대답은 문학성이라는 전혀 다른 문제틀 내에서 발화되고 있는 것이다. 다르게 말하면 백신애의 관심사는 다른 여성작가들이 인식하는 타자성과는 다른 곳을 향하고 있다고 할 수 있다. 백신애 문학을 당대 문단 저널리즘의 환경 속에서 발화된 일반적인 의미의 '여성'이라는 타자로만 설명할 수 없는 이유가 여기에 있다. 흥미로운 것은 이 질문의 전체 내용이 "여류문단의 진흥을 위하여 신문잡지사와

20 「여류작가 좌담회」, 『삼천리』, 1936.3.

이전문과(梨專文科)와 남성사회에 보내고 싶은 말씀"이라는 것이다. '신문잡지사와 이전문과', '여류문단의 진흥'이라는 표제는 그 문제틀 내에 있을 때만, 그 관계의 형식을 경험했을 때만 정확하게 의미를 알 수 있는 언어들이며, 그 관계의 바깥에서 볼 때 그것은 추상적일 수밖에 없는 공허한 언어가 되기 쉽다. 문단과 교육시스템 전체에 대한 실감이 서울의 중앙문단에서 활동하고 있던 여성작가들과는 다를 수밖에 없었을 백신애가 이 좌담회에서 거의 발언하지 않거나, 발언을 한다고 하더라도 다른 여성작가들의 발언내용과 동떨어져 있었던 이유는 여기에 있을 것이다. 그러므로 백신애는 침묵으로써 당대 여성문단의 담론 환경 속에 구축된 자신의 위치를 말하고 있었던 것이다. 당연히 여기에서의 침묵은 침묵이 아니라 부재를 통해서 자신의 존재를 인식하는 깊은 공백의 항변으로 해석해야 한다.

백신애의 사회운동이나 여성문단에서의 활동을 재구해 보는 과정을 통해 그가 주변적 위치에 처함으로써 주류적 담론과는 다른 문제틀을 접할 수 있었다는 가정이 가능해진다. 그렇다면 그의 이러한 '다른' 문제틀은 어디서 어떤 방식으로 구체화될 수 있었을까. 장소로서의 '지방성', 사유방식으로서의 '지방성'은 그의 작품세계를 통해 좀 더 구체적으로 해명될 수 있을 것이다.

## 3. 타자성의 인식과 주체의 위치

백신애의 주요 작품들은 경산 안심(현재 대구 동구 괴전동)의 과수원이 딸린 집에서 결혼생활을 하는 중에 쓰여진 것이다. 그는 자신의 집에 대해 시골이라는 표현을 자주 쓰는데 작품활동을 하는 한편으로 과수원을 경영하면서 이웃 빈민들을 자주 접했던 듯하다. '땅부자는 이부자 돈부자는 백부자'라는 말이 영천에 떠돌았을 만큼[21] 부자였던 아버지 백내유의 외동딸로 태어난 백신애에게 이들 빈민들의 세계는 쉽게 이해할 수 없는 세계였을 것이고 그런 점에서 이 세계는 백신애에게 있어서 타자의 세계였다. 그의 수필 곳곳에서 이러한 이웃들과 어울리려는 그의 모습을 발견할 수 있는데 그는 한편으로 그들을 관찰하고 한편으로 그들을 이해하려 노력했던 것으로 보인다.

> 빨래터에 모이는 여인들과 거의 다― 얼굴이 익은 뒤부터는 의례히, 누구나 나에게 청치 않아도 좋은 자리를 비켜 주는 것이었으나, 나는 굳이 사양하고 경우 바르게 행동하였다. 나는 내가 하는 일언일동에 대하여 늘 그 여인들 얼굴에 나타나는 반응을 자세히 보아 두려 하는 까닭에 스스로 우스움을 참고 맘에 없는 대답도 간혹 해 보는 것이었다. 그러므로
> "댁은 언제 봐도 사람이 좋아 보이두마. 한 번도 성낸 얼굴을 못 봤구마" 하고 여인들은 내 웃음 참는 얼굴을 사람이 좋아서 …… 라고 들어 주는 것

21 김윤식, 「백신애의 소녀시절」, 『영천문학』 창간호, 1993, 111쪽.

이 또한 우스웠다.[22]

여인들이 좋은 자리를 비켜 주어도 "굳이 사양하고 경우 바르게 행동"하는 것, 그들의 "반응을 자세히 보아 두려 하는 까닭에 스스로 우스움을 참고 맘에 없는 대답도 간혹 해 보는 것", 수필에 나타난 백신애의 태도는 이웃의 여인들을 관찰하는 타자의 시선 속에 있으며 이는 그들의 삶에 정서적으로 공감한다거나 그들과 자신을 동일시한다거나 하는 것과는 거리가 있다. 이웃의 빈민들에 대한 백신애의 태도는 철저히 관찰적인 외부인의 위치에 있는 것이며 이들은 백신애에게 '다른' 세계에 처한 타자적 존재이다. 빈궁을 다룬 백신애의 작품에서 서술자는 빈민들에게 공감하고 연민하는 대신, 관찰하고 묘사한다. 이 관찰과 묘사는 타자들을 일단 타자로 인정하고 그들이 존재하고 있는 현실을 있는 그대로 받아들이는 태도를 필요로 한다. 타자를 타자로 인정하는 것, 거기에서 타자들의 존재에 대한 새로운 인식과 발견이 가능해진다.

도회인들은 깍정이기는 하나 경우가 바르고 양성적(陽性的)이어서 촌사람들처럼 "나는 촌사람이라 어리석습니다"라고 이마에 써 붙이고 속으로 수박씨 까는 엉큼한 수작은 하지 않는다. 그러므로 처음은 이 촌민들이 염증이 나게 싫고 심지어 증오까지 느낄 때가 있었다. 그러나 다시 생각한 요지음은 그들을 이해하려고 해 본다. 이들이 순박성을 잃어버린 것은 너무나 남들에게 속어만 살았고 업수임만 받아온 까닭이니 이 약바르고 매운

22 백신애, 「금계랍」, 『여성』, 1937.6.

세상에서 지금 그들에게 순박함을 바래는 것은 아름다운 이름을 붙인 나의 이기심이다.

이들도 남을 조금 속여도 먹고 업수이도 여겨보아야 할 것이다.[23]

백신애가 대하는 촌민들은 그의 기대를 자주 배반하는 의외성으로 다가온다. 순박하고 어리석다고 생각했던 촌민들은 오히려 그런 고정관념을 이용하여 자신들의 이익을 취하고 과학적 상식에 의거하여 자신들을 계몽하려는 자들의 행동을 우습게 여김으로써 자신들의 무지와 불결함을 고집한다. 이러한 의외성은 관찰자의 고정적 의식을 침해하므로 염증과 증오를 불러온다. 하지만 그들이 자신과는 다른 타자라는 사실을 인정한다면 이 염증과 증오는 타자를 바라보는 자기중심적 시선을 반성하게 하는 새로운 발견으로 전환될 수 있다. 백신애의 빈궁문학이 공감이나 연민이라기보다 관찰이거나 거리두기라 한다면 이는 한편으로는 자신의 타자인식에 대한 반성으로 이어지고, 그리고 한편으로는 의외의 타자들이 지닌 생생한 현장감과 구체성의 포착으로 연결된다. 이는 사회주의적 이념이나 계급의식으로 판단되지 않는 그들 삶의 구체성을 타자의 것 그대로 인정하고 이해하는 백신애 문학의 특성이기도 하다. 백신애 문학의 한 특성을 이루는 '지방성'이란 이처럼 농민들이 대부분인, 봉건적 유습에서 자유롭자 못하며 이념적 조직체나 계몽도 충분히 이루어지지 않은 지역생활을 기반으로 하며, 그러므로 타자의 삶을 그것대로 인정하고 그 고유의 개성을 포착하는 방향으로

---

23 백신애, 「촌민들」, 『여성』, 1937.9.

나타난다. 구심적으로 수렴되지 않는, 타자들의 다양하고 복잡한 개성들을 그것대로 인정함으로써 백신애의 빈궁문학은 단순히 사회의식이나 계급의식으로 설명할 수 없는 중층성의 효과를 발휘하는 것이다.

이러한 다양하고 복잡한 개성들은 그것 자체로 식민지 시기 빈궁한 현실을 보여주는 가치 있는 보고서가 된다. 그러나 거기에 그쳐서는 '자연주의적 관찰과 나열'이라는 흔히 말하는 백신애 문학의 한계를 지적하는 것 이상을 말하기 힘들다. 복잡하고 다양한 개성은 어떤 이유에 의해서 어떤 방식으로 결합되고 중첩되는지, 그리하여 그 중층성이란 어떤 중층성인지를 좀 더 세밀히 밝히지 않으면 안 되는 이유가 여기에 있다. 물론 여성주의적 문제의식으로 이 문제를 바라보는 것도 백신애 문학의 중층성을 해석하는 데 많은 도움이 된다. 단지 빈곤과 계급의 문제로만 해석할 수 없는 어린 신부들의 이야기(「복선이」, 「소독부」), 빈궁과 모성의 역설적인 관계를 통해 빈민들의 삶의 실상을 생생하게 재현하는 「적빈」 등의 작품은 계급문제와 여성문제를 함께 투사했을 때 더 풍부한 해석이 가능하다. 이들 여성들의 수난은 이를테면 ""봉건유제타파"와 "계급혁명"의 이중적 과제를 짊지고 있는 조선 여성의 특수한 처지"[24]를 그대로 보여준다.

그러나 백신애가 접했던 '촌민들'이라는 타자는 도시적 합리성에 의거한 계몽을 한사코 거부하는 완고한 독자성을 지닌다는 사실에 좀 더

24 전상숙, 앞의 글, 47~51쪽 참조. 전상숙에 의하면 당시 사회주의 여성운동은 조선여성 인구의 4%를 차지할 뿐인 노동여성의 문제에만 치우쳐져 있어서 대다수를 차지하는 농촌 여성들의 삶에 대한 관심은 극히 미미하였다. 이렇게 본다면 백신애 문학은 농촌 여성들이 처한 현실에 밀착하여 그들의 삶을 재현해 낸다는 점에서 당시 사회주의 여성운동과 차이를 지니며 이는 그의 지방성에 의거할 때 좀 더 충실한 해석이 가능하다.

주목할 필요가 있다. 익숙하게 인식되어 오던 고정관념에서 벗어난, 촌민들의 이중성과 타자성은 어디에서 오는가. 이들은 봉건유습, 혹은 전근대적 비합리성에 대한 도시인들의 고정관념에 쉽게 동의하지 않는다. 이른바 '봉건유제'의 관습은 남성보다는 여성을 통해, 도시보다는 주변의 지역에서 더욱 그 균열과 모순을 드러내는 까닭이다. 백신애 문학이 지방성의 관점에서 접근할 때 더욱 풍부하게 해석될 수 있는 까닭은 앞에서 언급한 바와 같이 백신애가 지역의 주변에서 살아가는 빈민들의 삶을 타자성으로 인식하고 그들의 현실을 거리두기를 통해 관찰하고 있기 때문이기도 하다. 그곳에는 아직도 강력한 위력을 발휘하는 봉건성의 이데올로기가 있으며, 거기에서 쉽게 벗어날 수 없는 주체들의 심리적 친연성이 있다. 백신애가 관찰한 '촌민들'의 삶은 근대적 현실원리들과 여전히 완고한 봉건적 관습 사이에 벌어지는 격전의 현장이다. 그렇게 볼 때 백신애의 문학은 단순히 빈궁의 현장을 포착한 자연주의적 관찰의 결과물이 아니다. 대표작으로 거론되는 「적빈」의 경우도 빈궁과 모성의 문제 뿐 아니라 지방의 주변성으로 인해 더욱 증폭되는 전근대적 관습과 근대성의 충돌과정이라는 점에 주의를 기울여야 한다. 주인공 '매촌댁'이 '매촌댁 늙은이'라는 어울리지 않는 조합의 호칭으로 불리는 까닭은 그가 '은진 송씨'로 '송우암 선생'의 후예라는 가문의 내력을 갖고 있기 때문이다. 물론 그가 심지어 '매촌네 늙은이'로 불리면서 "더럽고 불쌍하고 알미운 거러지보다 더 가난한 늙은이"가 된 이후에 그 가문의 내력이란 별 의미가 없다. "돈 없고 가난하면 지금 세상은 이런 것"[25]이라는 것만을 뼈저리게 느낄 뿐이다. 봉건적 가문의식은 혹독한 가난이라는 현실원리의 위력에 밀려 사라지고 있으니 근대성의 가혹하고 적나라한 급습과정을 「적빈」은 보여주고 있는 것이다. 가문주의에 기반을 둔 신분제도는 경제적 능력의 소유여부에 따라 신분이 결정되는 새로운 신분제도로 급속히 재편된다. "돼지는 삼백예순날 빼지 않고 술만 찾아다니고 벙어리는 또 경치게 위장이 좋은 모양인지 밤낮 배만 고프다고 끙끙대"는 아들 며느리의 형상, 아들은 "몸에 입은 옷이라고는 자칫하면 숨겨야 할 물건까지 벌름 내다보일 지경"이고, 이웃의 호의에도 "무표정한 얼빠진 듯한 얼굴로 체머리만 바쁘게 쩔래쩔래 흔들며 연방 콧물을 잡아 뜯듯이 닦"을 뿐인 노파는 "밥 한 그릇에 온 정신이 녹도록 고맙게 생각하는 늙은이라 이렇게 과분한 적선에는 도리어 고마움을 몰랐다."[26] 이러한 매촌네 사람들의 형상은 극심한 가난 때문에 염치도 인정도 잃어버린 적나라한 가난의 그로테스크한 모습이라 할 만하다. 얻어온 양식을 두 아들에게 배분하고 며느리의 출산 바라지를 하는 매촌댁의 일사불란한 하루저녁의 일과는 한편으로는 가족사를 빈틈없이 돌보는 모성의 능력[27]을 보여주는 것이기도 하지만 한편으로는 생존을 위해 기계적으로 움직이는 본능만 남은 세계, 인간의 존엄이나 위신 같은 가치들이 극빈의 생활 속으로 사라져 버린 세계를 관찰한 결과이기도 하다. 「적빈」에서 서두에 제시된 '매촌댁'의 가문의 내력은 이러한 냉혹한 근대성의 세계에 대비되는 봉건적 가치에 대한 딜레마를 제시하기에 의미 있다. 가문에 의해 신분이 결정되는

25 백신애, 「적빈」(『개벽』, 1934.11), 『꺼레이』, 130쪽.
26 백신애, 「적빈」, 『꺼레이』, 132~136쪽.
27 안숙원, 앞의 글, 329쪽, 안숙원은 이 글에서 「적빈」의 모성을 모성의 능력과 비천함을 함께 드러내는 모순성으로 설명했다.

세계가 비록 비합리적인 봉건성의 세계라 하더라도 무작정 부정할 수는 없다. 경제적 자산의 소유로 인간성이 결정되는 근대성의 세계, 그리하여 어느새 인간의 존엄성 자체가 흔적 없이 사라져버린 가혹한 세계에 비한다면 그것이 그리 부정적인 것만은 아니기 때문이다. 그리하여 '봉건유제타파'에는 미련이 남고 '계급혁명'의 길은 요원하다. 전근대적 삶의 기억은 아직 여전하고 근대성의 급습을 감당할 준비는 되어 있지 않은, 근대의 변두리, 주변적 삶의 현장성에 비한다면 '이중혁명'의 구호는 생각만큼 구체적이지 않다. 빈궁을 다룬 백신애의 문학이 그의 사회운동에 대한 선입견과는 달리 계급서사로 쉽게 진행되지 않는 이유는 여기에서 찾을 수 있지 않을까.

「어느 전원의 풍경」 역시 이러한 전근대적 가치의 세계와 근대적 합리성의 세계가 충돌하는 현장의 딜레마에 관한 이야기이다. 아들의 이혼과 보증제도에 저당 잡힌 재산은 모두 근대적 합리성의 양면을 불안하게 숨기고 있다. 아들의 개인적 자유를 위해 이혼을 성립시키자면 며느리를 속여야 하고 그것은 전근대적 인정의 윤리를 외면해야 가능한 일이다. 보증제도로부터 재산을 지키기 위해서는 절친한 벗에게 자신의 모든 재산을 양도한다는 증서에 서약해야 하지만 친구에 대한 인정과 신뢰를 가지지 않는다면 그것은 불가능하다. 그러므로 아들의 이혼과 재산 지키기는 모두 서류상으로 가능한 일이지만 함께 성취하기 힘든 모순적 관계에 있다. 서류의 작성과 법원의 허가에 의해 개인의 애정과 사유재산은 모두 지킬 수 있는 것처럼 보이지만 그것은 불가능하다. 며느리에 대한 냉혹한 외면은 곧바로 친구의 배신도 당연한 것으로 인정해야 한다는 논리로 이어지고 그것은 전 재산을 걸어야 할 만큼 위험한 일이다. 근대적 제도의 편리성과 그것에 기꺼이 따를 수 없는 전근대적 윤리와 인정의 세계,[28] 이 근대성의 불안이 '봉건유습의 타파'라는 명쾌한 지상명제를 좀처럼 받아들일 수 없게 한다. 근대성의 당위에 쉽게 설득당하지 않는 봉건적 가치의 위력, 그것은 또한 근대성의 냉혹함을 되비추는 역설의 거울이다.

여기에서 백신애 문학은 '각성된 주체'라는 당연한 수순으로 진행되는 것이 아니라 '말하지 못하는 주체들' 자체에 관심을 기울인다. 전근대적 가치에 머물러 있지도 발 빠르게 근대적 가치를 받아들이지도 못하는 이 가련한 주체들은 봉건성과 근대성의 충돌 속에서 자신의 목소리를 잃어버린다. '왜소한 주체'를 어떻게 극복할 것인가가 아니라 주체는 무엇 때문에 이렇게 왜소해졌으며 주체가 어느 정도의 곤경에 처해 있는가를 탐구하는 방식, 여기에 백신애 문학의 특이성이 있다. 그들을 계몽하는 것이 아니라 그들의 그럴 수밖에 없는 이유들에 귀를 기울이는 방식에 의해 이것은 가능해진다. 그것은 쉽사리 각성될 수 없는 주체들의 환경을 관찰하고 고민한, 주변적 정체성의 현장에서 생산된다. '매촌댁'은 생존을 위협하는 극심한 가난의 나날들을 살아가면서 어느새 본능만 남은 주체로 변해버렸다. 「학사」는 지식인의 허위와 위선을 풍자한 작품이라기보다는 위선이든 허위이든 오래 유지할 수 없는, 어느새 비굴하고 속물적 인간으로 돌변해버리는 주체의 왜소함, 나약함에 대한 실감이다.[29]

28 윤리와 인정의 세계가 반드시 전근대적인 정서라고 단정할 수는 없다. 그러나 적어도 이 작품에서 이러한 가치들은 근대적 법률과 제도의 문제와 갈등을 일으키는, 상대적 위치에서 그 상징적 의미를 확보하고 있다.

여성적 주체의 탐색과정 역시 이와 같은 맥락 속에서 검토되어야 한다. 봉건적 가치에 대한 미련과 근대성의 매혹, 이 사이에서 여성적 주체성은 길을 잃는다. 그것은 자유연애를 통해서도 가부장제로의 귀환으로도 해결되지 않는다. 가부장제의 억압에 구속되어 가난을 모면하기 위해 팔려오듯 결혼한 어린 색시의 이야기. 「소독부(小毒婦)」에 여성적 주체는 있는가. 어린 나이에 팔려온 색시는 덕분에 밥은 먹지만 남편의 성적 욕망에 시달려야 한다. 남편에게 부양을 의탁하는 대신 성을 제공해야 하는 색시는 가부장제에 희생된 여성의 전형이다. 애정에 기반을 둔 남녀관계 역시 그녀에게 구원이 되지 못한다. 그녀를 사랑한 갑술이는 독을 먹여 남편 최서방을 죽이지만 그 벌은 색시가 함께 받는다. 결혼한 이상 어쩔 수 없다고 그녀는 갑술이를 받아들이지 않았는데도 말이다. 그녀에게 돌아온 것은 애인과 공모하여 남편을 죽인 '소독부'라는 호명이다.

근대적 자유연애와 봉건적 결혼제도의 충돌 사이에서 어린 색시의 목소리는 없다. 어쩌면 문제는 가부장제나 자유연애에 있는 것이 아닐지도 모른다. 제도가 아니라 그것을 말하고 경험하는 주체, 자신의 욕망을 자각하는 주체, 그것을 말할 수 있는 입이 어떻게 가능한 것인가가 진짜 문제일지도 모른다. 어린 색시는 가난하고, 자신의 의지와 무관하게 팔려온, 게다가 자신의 욕망을 스스로 알 수도 없는 연소자라는

---

29 「학사」에는 이병환의 지식인적 허위의식과 이후의 몰락을 딱하게 바라보는 사촌누이의 시선이 존재한다. 과수원을 일구어 함께 노동을 해보자고 이병환에게 제안하는 이 사촌누이는 은행원에게 시집가서 따뜻한 문화생활을 하는 주부로 그려지며 이는 백신애의 이력과 거의 일치한다. 여기에서 사촌누이는 순식간에 비굴한 속물로 변해가는 이병환을 관찰하는 시선을 소설에 부여한다.

몇 겹의 타자성 속으로 사라져버린 공백의 주체이다. 가부장제와 낭만적 사랑과 빈궁이라는 관계들에 의해 그녀의 위치는 결정되지만 또한 그 관계들 때문에 그녀의 입은 열리지 않는다. 남편의 학대, 애인의 욕망에 의해서만 표상되므로 그녀는 공백의 주체이다. "아직 열다섯밖에 되지 않은 소녀인 색시로서는 견디어 내고 판단해 내기에 너무나 무겁고 어려운 사랑의 갈등이었다."[30] 가부장제의 폭력을 말하기 전에, 개인의 자각과 선택에 의한 관계의 성립을 말하기 전에, 자신의 욕망이 무엇인지를 알 수 있는 주체의 탐색이 먼저 필요한 것이 아닌가. 백신애의 문학은 이 지점을 향해 나아간다. 그리고 여기에 "대외적으로 요망하는 것보다 위선 문학에 종사하는 분들 그 자체가 눈앞에 보이는 적은 영예에 눈이 어둡지 말고 침중히 꾸준히 연구하기에 전력을 다― 하여야 될 것"이라는 발언의 참의미가 있는 것은 아닐까.

## 4. 공백의 주체들을 응시하는 자기탐구의 시선

이런 맥락에서 볼 때 백신애의 길지 않은 작품 활동기간 중 비교적 후기에 집필된 자전적 소설들의 의미가 비교적 분명해진다. 이른바 전향의 이후, 여전히 그 위력을 인정할 수밖에 없는 일상의 논리들 속에

30 백신애, 「소독부(小毒婦)」(『조광』, 1938.7), 『꺼레이』, 120쪽.

서 사상의 의미를 구해 보고자 한 「혼명(混冥)에서」의 다음과 같은 구절은 특히 인상적이다.

> 모든 음향과 움직임이 없는 터럭 끝만치라도 외계(外界)의 구애가 없는 그러한 묵적(默寂)한 가운데다 내 자신을 앉힌 후, 고요히 침착하게 냉정하게, 진실한 나라는 것을 집어내어 과거와 현재, 미래에 있어서의 나라는 것을 똑바로 바라보며 차곡차곡 검토(檢討)해 보며, 나라는 인간이 어떠한 것이며 어떻게 살아가야 되는 것인가를 알아내려고 생각해 왔던 것입니다.[31]

왜소한 주체이든 무지한 주체이든 그 주체의 성격은 개인의 능력만이 아니라 주변의 환경과 그 관계에 의해서도 결정된다. 그런 의미에서 '외계의 구애가 없는', '묵적의 한 가운데'에서 진행되는 자기 성찰의 시간이란 생각만큼 효과적이지 않다. 실제로 「혼명에서」의 주인공은 자신의 주체성을 찾으려는 절실한 노력에도 불구하고 어머니로 대표되는 일상의 세계와 S로 대표되는 사상의 세계 사이에서 끝까지 긴장을 유지하지 못했다. S의 죽음 이후 그럼에도 불구하고 그의 뜻을 따르겠다는 의지는 별로 설득력을 갖지 못하며, 어머니의 세계와 화해하는 과정도 구체성을 확보하지 못한 채 비약해 버리고 말기 때문이다. 그러나 이 고요한 자기 탐구의 시간을 "거짓과 갈등과 괴로움에 고달파진 나는 세상의 시끄러움 속에서 혼명(混冥)해져 '나'까지 잊어버리고 내가 남[他]인지, 남이 나인지도 모르고 살아왔던"[32] 것에 대한 반성과 성찰의

31 백신애, 「혼명(混冥)에서」(『조광』, 1938.5), 『꺼레이』, 255쪽.

시간이라고 파악한다면 조금 이야기는 달라진다. 이 자기 탐구의 시간은 외부적 관계에 자신의 정체성을 맡겨 버린, 스스로의 정체성이 어떤 관계 속에서 결정되는지를 알지 못한 주체에 대한 고민이기도 하기 때문이다.

이런 관점은 「광인수기」에서 드러나는 분열과 광기를 해석하는 데 있어서도 흥미로운 근거를 제공한다. 「광인수기」의 화자는 남편의 외도를 알고 나서 분에 못 이겨 외도현장에 달려갔다가 남편에 의해 정신병원에 감금된다. 그녀의 이 광기는 단지 남편의 외도사실을 알고 난 후의 충격 때문에 발생한 것은 아니다. 그녀는 남편의 외도사실을 안 이후 그것을 감수하는 착한 아내의 삶을 거부했기 때문에, 남편의 외도 현장에 등장하여 가부장제의 상징질서를 위반하는 행동을 했기 때문에 정신병원에 감금되고 격리된다. 그러므로 그녀의 광기는 제도적 격리와 감금에 의해 명명됨으로써 발생한다. 순종적이고 착한 아내의 이름을 거부하는 순간 그녀는 미친 여자가 되며 미친 여자로 명명된 그 여자의 목소리는 아무도 들어 주지 않는다.

위반자를 격리하고 처벌하는 상징질서의 폭력은 물론 그녀의 광기를 이루는 표면적인 원인이다. 그러나 여기에서 화자가 정신병원을 탈출한 이후 하늘에 대고 쏟아내는 넋두리가 서사의 주요내용을 이룬다는 사실에 좀더 주목해 볼 필요가 있다. 이 넋두리의 과정은 남편에 의해 정신병원에 격리되기까지의 그녀의 삶을 회고하고 재구하는 과정이며 그런 의미에서 비록 미친 여자의 발설이라는 형태를 띠고 있다 하더

32 백신애, 「혼명(混冥)에서」, 『꺼레이』, 256쪽.

라도 이는 자기성찰의 내용을 갖게 된다. 그러므로 「광인수기」는 위반자를 처벌하는 가부장제의 폭력과 거기에 희생된 여성주체들에 대한 이야기이기도 하지만 또한 가부장제와 관련된 '주체의 자기 발견의 과정'이기도 하다. 그녀는 시집살이의 수모를 겪으면서도 지켜 온 가정을 남편이 배신했다는 사실에 분노하지만 그 과정에서 회고된 그녀의 삶은 가부장제에 순응한 삶이었다. 그녀는 주부로서 가부장제가 요구하는 삶을 살았고 가부장제의 모순이 전모를 드러낸 후에도 여전히 그 한계 내에 머무르고자 했다. 남편이 주의자의 삶을 그만두고 가정의 편안함을 유지해 주기를 바랐고 외도사실을 안 이후에도 가장으로서의 남편의 의미를 찾고자 했다("아비 없는 자식은 불량자가 되기 쉽다지요……. 아이고 이 일을 어찌하노……").[33] 가부장제의 위선에 의해 상처받고 버림받는 존재가 되어서야 거기에 기대 살아가고 있었던 자신의 모순이 발견된다. 그녀를 처벌하고 감금했던 상징질서의 폭력에 자신 역시 공모하고 있었던 셈이다. 그리하여 가부장제의 모순하에서 그녀가 다른 주체가 될 수 있는 가능성이란 없음이 회고와 독백을 통해 누설된다. 결혼 첫날밤에 남편은 화자에게 자신을 사랑하냐고 물었다. 그때 화자는 사랑이 무엇인지 알 수 없었으며 결혼이라는 제도하에서 사랑에 대한 물음이 부질없다고 생각했다. "결혼한 이제는 할 수 없는데, 나는 당신을 사랑하지 않고서 되는 일인가."[34] 결혼이라는 제도에 기댐으로써 그 안

33 백신애, 「광인수기」(『조선일보』, 1938.6.25~7.7), 『꺼레이』, 247쪽.
34 백신애, 「광인수기」, 『꺼레이』, 233쪽. 여기에 「소독부」의 색시의 말(자기가 아무리 갑술이를 좋아한다고 하나 이미 최서방의 아내가 되었으니 이제는 할 수 없는 일이 아닌가 하는 생각만 할 뿐이다)이 겹쳐진다.

에서 자신의 주체성을 묻지 않았다는 사실. 그리하여 가부장제 안에서도 밖에서도 여전히 자신은 타자로서의 주체일 뿐이라는 사실이 밝혀진다. 이 말할 수 없는 주체의 자기모순이 폭발하는 곳에 광기의 근원이 있는 것인지도 모른다.

"가부장제와 신문명의 모순과 불일치"[35] 사이에서 분열된 주체들이 사상에 기대어 그 곤경을 넘어서려 한다는 점 또한 지적되어야 할 것이다. "마음이 바르고 굳세고, 어디까지나 정의를 사랑하던 사람"[36]이었던 남편이 아내를 배신하게 된 것은, 제도의 모순을 말하면서 그것을 성찰하거나 극복하려 하기보다는 제도에 편승하여 자신의 욕망을 합리화하게 된 것은 '주의자'를 그만두면서부터이다. 사상의 표지가 사라진 곳에 일상의 치부들이 적나라하게 그 모습을 드러낸다. 사상은 부재하면서부터 그 효과를 드러내는, 일종의 부재원인으로 일상의 윤리에 관여한다. 현실의 지배관계와 지배적 이데올로기에 기대고 적응하는 주체들이 자신의 모순을 자각하고 새로운 정체성을 탐색하기 위해 여전히 사상이라는 준거는 필요하다. 그러나 앞 장에서 살펴본 바와 같이 견고한 현실의 이데올로기는 사상의 준거를, 거기에서 비롯되는 계몽과 각성의 서사원리를 쉽게 수용하지 못하게 한다. "그때 우리가 표방하던 주장이 이제 와서 어떠한 것임을 말할 필요는 없는 것"이지만 "다만 그때의 그 열렬하던 용기와 의기만을 다시" 가진다면 "괴로움이 사라져 버릴 것"[37] 이라는 다짐은 이러한 괴리와 곤경 속에서 찾아낸 불

35 김지영, 앞의 글, 61쪽.
36 백신애, 「광인수기」, 『꺼레이』, 241쪽.
37 백신애, 「혼명에서」, 『꺼레이』, 265쪽.

안한 해법이라고 할 수 있다. 「혼명에서」의 화자를 괴롭히는 것은 이혼한 자신에게 강요되는 가부장적 가치이며 그것을 감싸고 있는 어머니의 지극한 사랑이다. 어머니의 사랑이 봉건적 모성 이데올로기라는 것을 알고 있지만 그 사랑이 주는 위로와 포용력을 쉽게 떨칠 수 없다.

봉건적 모성 이데올로기와 새로운 주체로의 탄생욕구 사이에 가로놓인 갈등, 그것은 지방성의 관찰에서 발견했던 봉건성의 위력과 근대성의 냉혹함이 변주되어 나타난 것이기도 하다. 서울, 혹은 동경에 있는 S와 '나'가 연결되는 것은 여행 중의 우연이거나 편지를 통해서이다. 서울, 혹은 동경이라는 중앙의 표지, 그리고 내가 머물고 있는 어머니의 세계 사이의 거리가 확연하다. 사상성이 중앙의 표지로 한 축에 놓인다면 가족 이데올로기의 일상성은 지방성의 표지로 다른 한 축에 놓이고 이 둘은 쉽게 융합되지 않는다. 「혼명에서」의 화자는 남성으로부터의 '타자'와 주변의 장소로서의 '타자'를 동시에 경험하는 이중적 타자의 위치에 있는 것이다. 사상성과 일상성의 이 지난한 긴장과 괴리는 견고한 지방성의 구체적 근거들로부터 비롯된 것이며 결국 사상은 "열렬하던 용기와 의기"로 추상화됨으로써 쉽게 일상 속으로 스며들지 못한다. 사상의 힘으로 자신의 주체성을 회복하려는 노력은 생각만큼 쉽지 않다. S의 충고는 열렬하지만 그것으로 생활을 납득시키는 길은 요원하고 결국 S의 죽음으로 그 납득의 구체성은 사라진다.

백신애의 유고작인 「아름다운 노을」 역시 추상화되거나 타자화되어 버린 자기정체성을 탐구하려는 한 방식으로 이해할 수 있다. 「혼명에서」가 사상성을 통해 자기정체성의 탐구를 계속하려 했다면 「아름다운 노을」은 예술을 통한 자기탐구의 욕망을 통해 같은 과제를 풀고자 한다. 「아름다운 노을」은 표면적으로는 아들 뻘 소년에게 애정을 느끼는 미망인의 고민과 번뇌를 주요 골격으로 하고 있으며 그리하여 사회적 금기를 넘어서는 여성의 욕망에 대한 고뇌를 담고 있는 것처럼 보인다. 그런데 여기에서 주의할 점은 이 작품에서 소년과의 사랑을 가로막는 제도적 금기는 모두 차단되어 있다는 사실이다. 주인공 순희는 남편이 이미 죽은 미망인이며 아들도 남편의 집안에 양자로 주었기 때문에 제도적 의미에서 본다면 양육의 의무로부터 벗어나 있다. 소년의 형과 혼인 말이 오가는 사이이기는 하지만 결혼이 성사된 것도 아니다. 근친상간의 금기도 모성을 배반하는 여성의 욕망도 적어도 형식적으로는 성립되지 않는다. 이러한 장치는 한편으로는 제도적 금기에 대한 두려움을 의미하고 한편으로는 더욱 심층적인 자아탐구에의 의욕이기도 하다. 즉 제도적 금기를 의도적으로 지운 곳에서 여성의 욕망은 스스로의 정체성을 어떻게 확보하는가에 대한 질문이 되는 것이다. 이는 제도적 금기에 의해 타자화되지 않은 욕망은 어떻게 가능한가에 대한 질문이라고 바꾸어 말할 수도 있는데 작품 속에서는 예술을 통한 자기표현의 욕망으로 그 구체적 모습을 드러낸다.

소년에 대한 사랑은 예술을 통한 자기표현의 욕망과 겹쳐진다. 화자는 소년에게서 이상적인 미의 형상을 발견했기 때문에 이러한 소년을 화폭에 담고 싶어 했고 그 과정에서 소년을 사랑하게 된다. 이는 사상을 통해 자신의 일상을 이겨내고자 하는 자기주체성에 대한 욕망이 S에 대한 사랑과 겹쳐졌던 「혼명에서」와 유사한 구조하에 있다. 그러나 제도의 금기를 지운 곳에서 자신의 정체성을 찾고자 했던 자기탐구의 도정은 역설적이게도 소년을 위해 자신을 희생하겠다는 모성적 사랑의 다짐으로 귀결된다. 광기의 끝에서 화자가 가정으로 돌아가는 것으로 귀결되는 「광인수기」, 사상을 통해 자기정체성을 확보하고자 했던 노력이 S의 죽음으로 중단되는 「혼명에서」와 함께 「아름다운 노을」 역시 모성 이데올로기로 회귀함으로써 제도적 한계 속에 놓인 주체성을 증명한다. 그리고 백신애의 문학은 여기에서 중단되고 말았지만, 지방성의 조건으로 인해 더욱 구체적으로 견고할 수밖에 없었던 현실과 거기에서 타자화된 주체 사이의 괴리를 외면하지 않고 실체를 향해 나아가는 방향 위에 놓여 있다.

## 5. 백신애 문학의 지방성과 여성성

백신애의 문학은 빈민들의 빈궁과 불행에 대한 자연주의적 묘사 / 여성적 정체성과 자아인식이라는 두 차원에서 주로 연구되어 왔다. 이 두 차원은 백신애의 전기적 사실과도 직접 연결되는 경향이 있는데 사회주의자였던 오빠의 영향과 자신의 사회주의 여성운동, 결혼과 이혼, 요절로 이어지는 그의 생애가 주로 거론된다. 지방 거상이었던 아버지가 상징하는 가부장적 억압에 대한 체험도 빼놓을 수 없을 것이다. 이 글은 그러나 백신애의 문학에서 나타나는 이러한 요소가 당시의 사회주의 문학이나 여성문학과는 다소 차별적인 모습을 보인다는 데에 주목했다. 즉 그는 빈민들의 빈궁과 불행을 다루면서도 계급적 주체를 따로 강조하지 않았고 가부장적 질서하의 여성적 주체의 고통에 관심을 기울였지만 서사는 여성적 주체의 자기각성이나 사회적 주체로서의 자기주장을 뚜렷이 드러내지 않는다. 그러므로 백신애 문학은 사회주의 / 여성성의 문제를 포괄하지만 또한 그 문제틀에 완전히 귀속되지 않는다는 특징을 가진다. 그렇다면 백신애 문학 연구는 사회주의 / 여성성의 문제틀뿐 아니라 그것으로 온전히 설명되지 않는 잉여의 의미들을 설명해 낼 수 있어야 하며 그 잉여들이 비롯되는 지점을 해명할 수 있어야 한다. 이를 위해 이 글에서는 지방성의 문제를 중심으로 백신애 문학 전체를 아우르는 내적논리를 구성해 보고자 했다. 지방성은 일차적으로 백신애가 지방에 근거지를 두고 사회주의 활동과 여성문단에서의 활동을 경험했다는 사실에서 비롯된다. 그의 지방성은 사회주의 주류담론이나 여성문단의 주류담론과는 거리를 둔 독특한 세계인식의 방법론으로 나타났으며, 이를 통해 사회주의적 인식과 여성의 정체성 인식은 상호침투하며 복합적으로 구성된다. 백신애는 지방의 빈민들을 관찰하고 묘사하면서 봉건적 이데올로기와 근대성의 이데올로기가 격전을 벌이는 현장에서 그들이 그 이데올로기의 모순을 경험했음을 작품을 통해 그려내었다. 그리고 이 모순들 속에서 사라져버린 타자들의 주체성을 탐구하는 방향으로 나아갔으며, 이는 자신의 여성적 정체성에 대한 자기탐구로 이어진다. 백신애 문학에서 지방성은 근대성의 갈등과 공포 / 여성적 정체성의 모호함을 규정하는 복합적 모순의 근거 / 근대적 주체의 지난한 자기탐구와 혼란의 문제의식을 첨예하게 자각할 수 있게 하는 인식의 출발점이었다.

그의 자기탐구는 개성의 자각에서 비롯된 근대적 주체 탐구의 방식과 궤를 같이한다.[38] 이는 어쩌면 개성의 발견과 여성주체의 독립성을 주장했던 근대 초기 여성문학의 테두리 속에 있는 것일지도 모른다. 한국 근대 여성문학이 이러한 단계를 거쳐 그 개성의 사회적 관계성을 질문하는 것으로 이어졌다면[39] 백신애의 문학에는 이러한 요소들이 응축되어 혼재한다. 개인성의 자각과 사회적 관계의 문제가 혼재되어 있는 백신애 문학의 혼종성은 그녀의 지방성에서 비롯되는 것이기도 한데, 이는 지체의 표지라고 볼 수도 있다. 그러나 어쩌면 이와 같은 백신애의 문학은 개인 주체의 발견이나 탐색의 과정이 여전히 충분하지 않음을 일깨우는, 그리하여 사회적 관계 속에서 개인 주체에 대한 고민이 더욱 깊고 신중하게 더 진행되어야 한다는 사실을 아주 오래 말하고 있는 것은 아닐까. 백신애에게 '지방성'이란 더 탐구되어야 할 현실의 발견과 같은 의미였으며, 이 지점으로부터 지난한 자기탐구의 욕망이 추동된다. 여기에 한국 근대 여성문학에서 백신애 문학이 차지하는 독특성과 그 의미가 있다.

38 우미영은 백신애 문학에서 근대적 주체로서의 자기정체성 탐구를 보인다고 지적하며 이를 김동인 등의 근대 초기 문학과의 관련선상에서 비교한 바 있다. 우미영, 앞의 글 참조.

39 이상경, 「1930년대 신여성과 여성작가의 계보연구」, 『여성문학연구』 12, 2004, 249~254쪽 참조.

# 제3부

# 통합의 제국, 균열의 리얼리티

제1장 | 일제 말기 생산소설 연구
강요된 국책과 생활현장의 리얼리티
제2장 | 일제 말기 일본의 국책문단과 외지의 문학
오비 쥬조의 「등반(登攀)」을 중심으로

# 1 일제 말기 생산소설 연구

강요된 국책과 생활현장의 리얼리티

## 1. 생산문학–국책수행의 문학적 임무

한국문학사에서 '생산소설'은 상당히 한정적인 개념이다. 일제 말기, 국책의 문학적 수용이라는 주제 아래 적극적으로 논의되고 창작되었다는 점 때문이다. 즉 '생산소설'은 "주로 신체제기 생산력 증대를 통한 '총후봉공' 이데올로기의 선전과 선동을 주된 목적"[1]으로 한 문학으로서, 중일전쟁 이후 전시 물자동원과 증산운동, 그리고 전쟁수행의 국민적 이데올로기를 문학적으로 수용하기 위해 의도적으로 발의되고 조장된 문학론이자 문학양식이라 할 수 있다. 1939년 『인문평론』에 실린

1 근대문학 100년 연구총서 편찬위원회 편, 『연표로 읽는 문학사』, 소명출판, 2008, 41쪽, 용어설명.

「모던문예사전」의 '생산문학' 항목은 최재서가 집필했는데 여기서도 생산문학은 "사변 이후 일본문단에 진출한 신흥문학의 일종"[2]으로 정의되어 그 등장시기가 분명히 한정되어 있다. 즉 생산문학은 일제 말기라는 특수한 상황하에서 제출되고 논의된 문학양식으로서 당연히 당대 상황과의 밀접한 관련성 속에서 그 내용이 결정된다.

이 글에서 '생산소설'에 관심을 가지는 이유는 '생산소설'이 가지는 이와 같은 시대적 한정성 때문이다. 중일전쟁 이후 일본은 일본 본토뿐 아니라 식민지의 전 영역을 전시체제로 재편했고, 전쟁이 장기화되자 조선 내의 생활 전 영역을 전쟁수행이라는 일원적 목적하에 통제하고 조정했다. 이른바 총력전 체제로 돌입하게 되는 것인데, 1938년 3월의 국가총동원법 시행과 1940년 1월의 전폭 개정, 1940년 7월의 기본국책요강, 1940년 10월의 국민총력운동, 1940년 12월의 경제신체제 확립요강 등의 법령 발표와 시행을 통해 알 수 있듯이 사회 전반에 걸친 통제와 증산의 요구는 점점 더 강화되어 갔다. 농촌, 광산, 공장 등에서의 증산과 물자통제는 전쟁수행을 위한 중요한 국책의 하나였으며 이른바 국책문학은 이러한 국책을 적극적으로 수용하고 선전하는 문학을 의미했다. 총력전, 국가총동원 등의 용어에서도 알 수 있는 바와 같이 국가의 모든 부분에서 전쟁 수행과 참여가 강요되는 상황에서

2 「모던문예사전」, 『인문평론』, 1939.10, 114쪽. 참고로 생산문학의 특징에 대한 서술을 조금 더 인용하자면 다음과 같다. "사회생산 면과 그 안에 살고 있는 사람들의 생활을 그리자는 것이 의도인데 그 테마로서는 생산기구 그 자체, 직접 생산에 종사하는 사람들의 생활, 생산과 사회의 관계, 생산과 개인의 관련성, 그리고 인간의 일절의 생활과 생산과의 연계성 등이 추구된다. 따라서 취재범위는 농촌, 어장, 광산, 공장, 이민지 등으로 펼쳐져 있고 그 안에 포함되는 모든 산업적 현장이 그 시야에 들게 되니 참으로 광범하다. 그리고 그 방법에 있어서 기록적, 보고적이고 그 정신에 있어서 국책적이다."

문학 역시 예외가 될 수 없었다. 생산문학은 이러한 일제 말기의 문학적 상황을 가장 노골적으로 보여주고 있으며 그런 점에서 일제 말기 문학을 연구하는 데 있어서 중요한 자료가 된다고 할 수 있다.

그런데 생산문학의 이러한 시대적 중요성에 비해 생산소설에 관한 연구성과는 그리 많지 않다.[3] 물론 생산문학이 넓은 의미에서 국책문학의 일부로 수용될 수 있고, 최재서가 정의한 바와 같이 당시의 생산현장은 '농촌, 어장, 광산, 공장' 뿐 아니라 '이민지'까지 포함한다고 할 때, 만주 개척 소설로까지 생산문학의 범주를 확장한다면 이에 관한 연구성과는 적지 않다. 그러나 만주에 대한 당시 국내의 관심은 이른바 '생산현장과 생활'에 대한 관심이라고 압축해 버릴 수 없는 복잡한 상황에 기반을 두고 있으며 따라서 국내의 생산현장에 대한 관심과 그 소설적 형상화의 문제는 만주 개척의 문제와는 별도로 다루어질 필요가 있다. 생산문학 논의의 대부분이 만주 개척 소설에 집중되고 국내의 생산현장을 다룬 소설들이 상대적으로 소홀히 다루어진 것은 생산문학이 근본적으로 국책문학의 성격을 띠고 있기 때문이다. 국책의 일방적 전달과 선전을 목적으로 창작된 문학이라는 성격 때문에 작품이해는 단순화되고 그래서 당시 국책의 나열과 그것의 문학적 받아쓰기 이상의 의미를 지니지 못한다고 이해되는 것이다. 그러나 식민체제는 일방적이고 강압적인 것이었지만 피식민자를 전제로 하는 것이기 때문에 한편으로는 나약한 것이었다는 전제[4]에 동의한다면, 생산소설이 지니는

3 일제 말기의 생산소설을 집중적으로 다룬 연구로는 조진기, 「일제 말기 생산소설 연구」, 『우리말글』 42, 2008 참조. 일제 말기 농민소설을 당시의 시국과 관련하여 다룬 연구로는 조남철, 「귀농과 이농의 역설적 의미」, 『현대문학의 연구』 1, 1998 참조.

양가성에 대해 좀 더 관심을 기울일 필요가 있다. 생산소설에 전제되는 국책은 일방적이고 강압적인 것이었지만 이를 소설로 형상화하기 위해서는 당대의 현실, 리얼리티를 포함할 수밖에 없었다. 예컨대 당시의 농촌정책은 농산물 증산과 노동력 동원이라는 상충된 정책을 강행함으로써 농민들의 부담을 가중시켰고, 이러한 통제와 동원은 저항과 협력의 양면성을 끊임없이 노출했다.[5] 증산의 독려는 배급과 공출로 인한 원료부족, 생산의욕 저하, 자발성 부족 등의 문제와 부딪칠 수밖에 없는 것이었다. 당시의 국책이 가장 적극적으로, 그리고 노골적으로 강요되었던 생산소설을 통해 이러한 당시 민중들의 생활현실과 국책과의 괴리 내지는 모순을 점검하는 것은 생산소설 연구에 또 다른 의미를 부여해 줄 수 있을 것이라고 생각한다.

이와 같은 관점에서 생산소설을 검토하고자 할 때, 한 가지 더 주목할 점은 당대 매체의 문제이다. 알려져 있다시피 일제는 조선인의 사상과 정보를 통제하기 위해 언론기관 통제계획을 1939년에서 1941년에 걸쳐 시행했고 그 결과로 당시의 주요 신문, 잡지들이 정리, 통합되었다. 1940년 『조선일보』, 『동아일보』가 폐간되고 그 영업권은 『매일신보』로 통합되었으며 문학 쪽에서는 1941년 『문장』, 『인문평론』이 폐간되고 1941년 11월 『국민문학』이 창간됨으로써 당시의 문학잡지는 『국민문학』으로 통합되었다. 조선총독부가 허가한 유일한 문학잡지였던 『국민문학』은 직접적으로 당국의 지배와 통제하에 있는 잡지였고

4 하정일, 「한국 근대문학 연구와 탈식민」, 『탈식민의 미학』, 소명출판, 2008 참조.
5 당시의 농촌정책과 이에 대한 농민들의 반응에 대해서는 김영희, 『일제시대 농촌통제정책 연구』, 경인문화사, 2003, 1부 3장, 4장 참조.

그만큼 당시의 지배정책을 그대로 수용하고 전달하는 역할을 담당할 수밖에 없었다. 이러한 『국민문학』의 성격은 그 지면에 수록된 작품들의 성격도 일정부분 규정한다고 할 수 있으며 그러므로 일제 말기 문학의 다양성을 검토하는 데에는 한계를 가질 수밖에 없다. 뿐만 아니라 1942년 5, 6월 합본호부터 전면 일본어판으로 발행됨으로써 『국민문학』에 수록될 수 있는 작품은 더욱 제한될 수밖에 없었다. 일본어에 능숙하지 못한 작가들은 작품을 실을 수 없었다는 점에서 제한적이었고, 또한 일본어로 창작이 가능한 작가들은 대체로 국책에 적극 협력하는 인물들일 가능성이 컸다는 점에서도 제한적이다. 즉 일본어 사용이라는 여건 때문에 수록작품의 성격과 작가는 극히 제한될 수밖에 없었다는 점을 기억할 필요가 있다.[6] 이런 점을 고려할 때 지금까지 일제 말기 문학의 연구가 『국민문학』에 집중되어 온 것은 재고의 여지가 있다. 『국민문학』에 비해 한국어 소설이 다수 수록되어 있는 종합지 『조광』, 『춘추』 등에 좀 더 관심을 기울일 필요가 있는 것은 이 때문이다. 당시의 언어정책은 표면적으로는 국어사용이 강제되고 조선어 사용은 금지되었지만 당시의 국어보급률이 매우 낮은 수준이었고 국책의 전달과 선전을 위해서도 조선어 사용이 전면적으로 금지될 수는 없는 형편이었다.[7] 종합지 『춘추』, 『조광』 등이 폐간 때까지 조선어를 주요 언어로

6 예컨대 다수의 일본어 작품을 창작했고 일본으로 유학하여 가토 다케오[加藤武雄] 문하에서 4년간 사숙한 경력을 가지고 있었던 이무영조차도 일본어 창작의 어려움을 토로하고 있을 정도로 일본어로 소설을 창작한다는 것이 당대의 대부분의 작가들에게 상당한 부담과 제약으로 작용했다. 「국어문제회담」, 『국민문학』, 1943.1 참조.

7 당시의 언론정책과 조선어 사용의 문제에 관해서는 최유리, 「일제 말기 언론정책의 성격」, 『이화사학연구』 20・21(합집), 1993 참조.

사용할 수 있었던 것은 이러한 사정 때문이었다. 이 글에서는 이 중에서도 특히 『춘추』 소재 소설[8]에 주목하고자 하는데, 이는 대중적 성격을 표방했던 『조광』에 비해서 『춘추』가 상대적으로 문학작품 수록의 비중이 높고, 1941년에 창간된 『춘추』에는 당대 문단에서 아직 주요위치를 점하지 못했던 신인들의 작품이 다수 수록되어 있기 때문이다.[9] 『춘추』 소재 한국어 소설을 통해 당대 생산소설에 표출된 당대 조선인들의 생활상을 보다 풍부하게 파악할 수 있고 특히 당시 국책과 문학과의 관계가 가진 다면적이고 복합적인 성격을 확인할 수 있을 것이라고 생각한다.

여기에서는 당대의 생산소설 논의를 간략하게 살피고 이를 근거로 생산소설의 양상과 구조를 점검하고자 한다. 시국적 요구가 그 성립의 전제조건이었다는 점은 생산소설의 태생적인 한계일 수밖에 없지만, 한편으로는 일제 말기 소설이 이러한 한계 상황 바깥에서 창작될 수 없었다는 점도 분명한 사실이다. 시대적 한계와 그럼에도 불구하고 드러나는 현실과 문학의 길항관계를 함께 읽지 못한다면 일제 말기라는 시

8 1940년대 『춘추』 소재 소설에 대한 전반적 연구로는 장성규, 「1940년대 한국어 소설 연구」, 『국제어문』 47, 2009를 참조.

9 『춘추』는 『조선일보』, 『동아일보』가 폐간된 후 『동아일보』 기자였던 양재하가 중심이 되어 1941년 2월 창간하였고 1944년 10월 통권 39호로 종간되었다(최덕교 편, 『한국잡지백년』 3, 412쪽). 이 시기 『춘추』에 수록된 소설의 편수는 53편이고 작가는 38명이다. 같은 시기 『조광』에 수록된 소설 편수가 26편, 작가가 23명인 것을 생각하면 『춘추』에 상대적으로 다양한 작가들의 소설이 다수 수록되어 있음을 알 수 있다. 더구나 이 결과는 『조광』의 경우 당대 발간된 모든 잡지를 확인한 것인 반면 『춘추』는 발간되었다고 알려진 통권 39호 중 29호 정도를 확인한 것이다. 이를 감안한다면 『춘추』 소재 소설의 다양성과 풍부함은 더욱 중요한 의미를 지닌다. 미발굴 『춘추』 자료는 원광대학교 김재용 교수의 후의 덕분에 접할 수 있었다. 자료를 제공해 주신 김재용 교수께 감사드린다.

대적 상황과 그에 대한 문학적 대응을 지나치게 단순화할 우려가 있다. 『춘추』 소재 소설을 비롯한 당대의 소설 전반으로 시야를 넓히려는 시도[10]는, 특정 작가, 특정 매체 중심의 시각에서 벗어나 일제 말기 문학의 다양성과 편차를 좀 더 폭넓게 확인하기 위해서이다. 이는 이 글의 생산소설에 대한 관심이 국책의 일방적 수용이나 복사의 양상이 아니라, 당대 현실의 리얼리티가 어떻게 당시의 정책과 길항하면서 당대 사회의 모순과 균열을 드러내는가에 있음을 의미한다.

## 2. 생산문학론의 양면성과 모순

생산문학이라는 용어가 사용된 것은 앞에서 언급한 바와 같이 『인문평론』 1939년 10월호의 「모던문예사전」이 처음인 듯하다. 여기에서 최재서는 생산문학이 소재 면에서 "농촌, 어장, 광산, 공장, 이민지 등"

10 본문에서 다루는 소설은 『춘추』 소재 소설로 이북명의 「빙원」(『춘추』, 1942.7), 이무영의 「귀소」(『춘추』, 1943.1), 석인해의 「귀거래」(『춘추』, 1943.6), 최인욱의 「생활 속으로」(『춘추』, 1943.11) 4편이며 당시 생산소설의 전형적인 예로서 이무영의 「문서방」(『국민문학』, 1942.3)을 함께 다루었다. 『춘추』 소재 소설 중 생산소설의 범주에 넣어 함께 다룰 수 있는 소설로는 이밖에 광산을 다룬 최인욱의 「멧돼지와 목탄」(1942.12), 현훈의 「채석장」(1944.2) 등이 있고 좀 더 범위를 넓히면 계용묵의 「불로초」(1942.6), 김영석의 「상인」(1942.3), 이동규의 「들에 서서」(1943.10) 등도 포함될 수 있다. 국책과 리얼리티와의 모순이라는 측면에서 대표적인 경우를 보여주는 위의 4편을 주요 대상으로 삼았지만 차후 다른 작품과 기타 다른 지면에 수록된 작품들도 함께 다루어서 생산소설의 전모를 검토할 필요가 있다고 생각한다.

의 생산현장을 다루고 방법에 있어 "기록적, 보고적"이며, 그 정신에 있어 "국책적"이라고 설명한 바 있다. 그렇지만 그 세부적 내용에는 아직 명확한 해답이 없다고 하여 구체적 설명을 하고 있지는 않다. "사변이후 일본문학이 나타난 신흥문학의 일종"이며 일본의 잡지 『신조(新潮)』 5월호에 마미야 모스케[間宮茂輔]가 짧은 글을 발표한 것이 주목되었다고 언급[11]하며 이 개념이 일본문단에서 먼저 제출된 개념임을 알리고 있다. 『문장』 1941년 1월호의 신춘좌담회에서도 생산문학에 관한 짧은 언급이 있는데 여기서 이원조는 '생산문학'의 개념을 설명하면서 "최재서 씨가 먼저 쓴 것 같은데 추측컨대 지금까지는 대체 소비 면을 취재 혹은 묘사하여 왔으나", "활발하고 건전하고 건설적인 방면을 탐구"하자는 내용으로 정리하고 있다. 또한 국내에서의 사용은 "『인문평론』에서 작품 모집할 때에 국책에 순응할 생산 면을 그 취재에 요구"한 것이 처음이라는 언급이 나온다.[12] 이는 『인문평론』 창간 1주년 기념 현상모집의 공고를 말하는 것으로, 『인문평론』은 장편소설 부문과 평론부문으로 나누어서 작품을 공모하고 있으며 장편소설은 다시 전기소설과 생산소설로 나뉜다. 생산소설에 대한 설명으로 "농촌이나 광산이나 어장이나를 물론하고 씩씩한 생활장면을 될 수 있는 대로 보고적으로 그리되 그 생산장면에 나타나 있는 국책이 있으면 될 수 있는 대로 그 면을 고려할 일"[13]이라고 부기되어 있는 것이 조선에서의 '생산소설'이라는 용어의 최초사용이며 정의라 해도 좋을 것이다.

11 「모던 문예사전」, 『인문평론』, 1939.10.
12 「신춘좌담회 – 문학의 제문제」, 『문장』, 1941.1.
13 「본지 창간 1주년 기념 현상모집」, 『인문평론』, 1940.2, 69쪽.

이상의 용어 사용의 과정에서 알 수 있는 것은 '생산소설'은 조선문단에서 자생적으로 발안된 개념이 아니라 일본문단에서 먼저 제출된 것을 조선에 옮겨온 것이며 이는 어디까지나 시국적 요구에 의한 것이라는 점이다. 즉 '생산소설'의 개념 자체가 당시의 조선에서는 생소한 것이며 소재적인 차원에서 '농촌, 어장, 광산, 공장' 등의 생산현장을 다룬다는 것 이외에는 구체적인 내용이나 경향을 가늠하기 어려운 것이었다. 생산소설은 국책을 문학에 담으라는 요구에 부응하기 위해 창작되었으나 그 구체적 내용은 작가들의 해석 여부에 따라 다양하게 변용될 가능성이 컸다. 그래서 생산소설은 시국적 필요성과 그것이 포함할 내용이 미리 정해져 있었음에도 불구하고 논의의 방식이나 작품의 창작경향이 상당히 추상적인 것이 될 수밖에 없었다.

최재서는 『인문평론』 1940년 4월호의 권두언에서 '국책과 문학'에 대해 논하고 있는데 여기서도 '국책'이 추상적인 것이 되기 쉬우므로 문학적으로 다루기 어려운 면이 있음을 먼저 지적하고 있다.

> 국책은 국가에 있어서 전체적인 원리이기 때문에 그것은 각 정책이나 대책에 분기되어 실제적으로 나타난다. 그러기 때문에 우리는 구체적인 정책이나 대책을 통하지 않고서는 전체적인 국책을 파악할 수 없지만 그와 동시에 개개의 정책이나 대책에만 국척(跼蹐)하여서도 그 전체적 국책을 정확하게 인식할 수는 없다. 이것이 실로 곤란한 점이다. (…중략…)
>
> 앞서도 말한 바와 같이 국책은 개개의 정책이나 대책에 매몰되어 있는 전체적인 원리이기 때문에 불가시적이다. 그것은 돌멩이나 막대기처럼 굴러다니는 것은 아니고 또 법전의 조문처럼 명기되어 있는 것도 아니다. 그것은

다만 국가의사의 발현으로서 그 대강이 제시되어 있을 따름이다. 따라서 문학인은 그것을 그 자신의 연구와 판단으로써 이해하여야 할 것이다.[14]

문학자가 국책을 문학에 담아내야 하는 요구는 분명하지만 그것을 어떻게 해 낼 수 있을 것인가에 대한 대책은 막연하다. "국민이 국책을 명령으로서만 받어드린다면 그곳에 협력이라는 것은 있을 수 없"으며 "문예인에게 국책에의 협력이 요구된다면 그것은 즉 문학은 이해와 모의(慕意)에서 우러나오는 자발적 행위에서만 창조된다는 것을 의미한다." 그래서 "문학인은 그것을 그 자신의 연구와 판단으로써 이해하여야 할 것이다."[15] 최재서의 글에서 분명한 것은 국책을 적극적으로 담아내는 문학이 필요하다는 것, 그리고 그것을 위해 문학인들은 한층 더 노력해야만 한다는 것, 그 노력이란 단순한 소재적 취사가 아니라 적극적이고 자발적인 이해와 협력을 통한 창조의 과정이라는 일반론이다. 그렇기 때문에 국책이란 비가시적인 것이고 정책이나 강령에 의해서만 드러나기 때문에 이를 문학적으로 형상화한다는 것은 무척 어려운 일이라는 점, 그래서 국책문학이 단순한 선전이나 정책전달자가 아닌, 진정한 의미에서의 문학적 가치를 가지기가 쉽지 않다는 난점이 오히려 더 부각된다. 최재서가 '모던문예사전'에서 생산소설의 최대의 문제는 "어떻게 단순한 기록적, 보고적 문학에서 창조적 문학으로 나가느냐 하는 것"[16]이라고 덧붙인 것도 이와 관련이 있을 것이다.

---

14 「국책과 문학」, 『인문평론』, 1940.4. 권두인 「국책과 문학」에는 필자가 명시되어 있지 않으나 당시 『인문평론』 발간 정황으로 볼 때 최재서가 썼다고 추정되고 있다.
15 위의 글.

국책에의 협력이라는 당위적 요구, 그리고 그것의 구체적 형상화가 가지는 문제점, 이 사이에 생산소설의 다양한 해석의 가능성이 포함되어 있다. 국책을 문학적 주제로 그려내야 한다는 점은 강요된 것이지만 이것을 하나의 작품 속에 총체적으로 구현해 내기 위해서는 이 당위를 떠받치는 리얼리티가 확보되지 않으면 안 된다. 그렇지 않을 때 문학은 단순한 선전물이 될 수밖에 없으며 이는 국책에의 협력이 지상선인 시국이라 할지라도 선뜻 동의하기는 쉽지 않은 문제가 될 것이다. 그러므로 문제는 이러한 시국적 요구와 당대의 리얼리티를 어떻게 유기적으로 파악하고 이해할 수 있느냐가 될 터인데 이는 생각보다 쉽지 않은 문제였다. 생산소설이 정치적 이유로 권장되고 발의되었지만 실질적인 문학적 성과가 그리 풍부하지 않았다는 점, 그리고 그 속에 숱한 모순과 균열을 포함할 수밖에 없었던 것도 이러한 사정에서 연유하는 것이다.

임화의 「생산소설론」이 같은 표제를 걸고 있음에도 전혀 다른 문제제기를 할 수 있었던 것도 어쩌면 노골적인 시국적 요구가 가지는 논리적 공백에서 기인하는 것인지도 모른다. 임화의 「생산소설론」은 인문평론 1940년 4월호에 발표된 것으로 공교롭게도 최재서가 권두언에서 '국책과 문학'을 논의하는 지점에 나란히 놓여 있다. 그러나 임화의 '생산소설론'은 제목에서 드러나는 것과는 달리 '국책'의 문학적 수용과는 관계가 없다. 임화는 '생산소설론'을 시정소설에서 상실한 세계관을 찾는 계기, 현실을 지배할 능력을 얻는 계기로서 논의하고 있다.

16 「모던문예사전」, 『인문평론』, 1939.10.

생산소설 가운데 기대할 것은 작가들이 시정을 지배할 능력을 얻게 함과 동시에 그것으로 일반 작가들의 정신능력의 부활과 제재에 대한 지배력의 재생의 계기를 삼자는 데 있지 않은가 한다.[17]

시정이 주로 소비하는 세계라면 작가들이 시정에 침닉해 있을 때는 사회의 전체를 이해할 수 없으며 그래서 단지 시정을 편력하고 시정에 정복될 뿐 전체 사회를 그려낼 입장과 세계관을 확보할 수 없다는 것이다. 생산의 세계에 눈을 돌림으로써 소비와 생산으로 이루어진 사회의 전체상을 파악할 수 있으며 이로 인해 소설은 현실에 대한 관심을 되찾을 수 있을 것이라는 것이 임화의 입장이다. 생산문학으로부터 리얼리즘의 회복을 도모하는 임화의 전략은 생산문학에서 리얼리티의 문제에 주목함으로써 국책문학으로서의 생산문학과는 전혀 다른 리얼리즘론을 펼치고 있는 것이며, 이는 당시의 식민주의에 대한 비동일화이면서 또한 그것을 공략하는 내적 저항의 담론이었다고 평가될 수 있다.[18]

임화가 생산문학론을 논하면서도 이것을 국책문학과는 전혀 다른 각도에서 논했다는 것은 국책을 언급하는 부분에서도 확인할 수 있다.

국가란 것에 생각이 도달할 제, 우리가 생산의 결과란 것을 생각했을 때 불가피적으로 경제를 생각한 것처럼, 정치를 생각케 될 것이다. 국책이라

17 임화, 「생산소설론」, 『인문평론』, 1940.4.

18 임화의 생산문학론과 식민주의에 대한 내적 저항의 담론으로서의 성격에 대해서는 하정일, 「일제 말기 임화의 생산문학론과 근대극복론」, 『탈식민의 미학』, 소명출판, 2008 참조.

든가, 전쟁이라든가, 혹은 그타의 제반 정치적 사실 내지는 정치적 기구라는 것을 따로이 깨닫게 될 수도 있다.

또한 더 나아가 현대의 세계란 것을 생각할 제 우리는 역사란 것에 한번 생각이 발전할지도 모른다. 즉 현대와 다른 여러 가지 세계가 각 시대를 형성하고 있었다는 사실 등등.

그러나 이것은 벌써 생산소설의 영역이 아니다.[19]

생산문학의 국책으로서의 성격을 언급하고 다시 그것의 세계적 조류와의 관계를 언급하고 난 후 임화는 '이것은 벌써 생산소설의 영역이 아니다'라고 부정한다. 이 부정은 바로 앞의 문단 뿐 아니라 그 앞의 문단까지도 포괄하는 부정이다. 이는 '생산소설론'이라고 했을 때 당연히 연상하게 되는 국책과의 연관을 우회적으로 부정하기 위한 수사적 전략이라고 볼 수 있다. 그리고 이처럼 생산문학에서 연상되는 국책과의 관련을 우회적으로 부정한 자리를 대신하는 논리는 현실의 '전체'이며 '근원', 그리고 '사회적 관계'이다. "근원에 있어서 보아진 현실은 단순히 막연한 현실이 아니라 구체적인 사회로서 나타난다."[20] 임화가 세계관의 상실이며 현실의 일부분에의 매몰이라고 비판하였던 시정소설이나 통속소설을 극복할 수 있는 세계 전체에 대한 시야의 확보, 그리고 사회적 관계를 통해 현실의 근원을 인식하는 과정이야말로 생산소설이 "새로운 현실과 새로운 인간의 발견으로 문학은 제 새로운 정신"을 얻

19 임화, 앞의 글.
20 위의 글.

는 근거가 된다. 특히 다음과 같은 구절은 생산소설의 구체적 내용을 살피는 데 있어서 많은 시사점을 주는 부분이다.

> 거기서(생산현장에서—인용자) 작가는 비로소 시정세계에는 나타나지 않는 여러 가지 문제에 봉착할 것이다. 먼저 점유 혹은 소유의 문제, 만들어지는 물건이 어디로 가는가? 어째서 그것은 그리로 가는가? 또는 그리로 가면 그 물건은 그 물건을 만든 사람과 어떠한 관계를 맺는가? 즉 생산의 결과에 대한 통찰이다. 생산과 그 결과를 연결하는 일련의 과정이 그실은 사회적인 체제를 이루고 있는 것으로, 우리는 그것이 지방과 국가와 최고로는 현대의 세계라는 큰 자리를 형성하고 있음을 알게 될지도 모른다.[21]

당시의 시국적 상황에서 생산이란 곧 공출이며 전쟁을 위한 물자의 동원을 의미한다. 생산현장에서의 노동의 결과를 그 노동자가 소유하지 못하는 것은 물론이고 그것이 이동하는 방향은 곧 식민주의와 파시즘의 정치현실로 이어진다. 국책문학이란 그 생산물의 이동과 쓰임과 결과를 묻지 않고 전쟁동원과 총후봉공의 정책에 무조건적으로 순응했을 때만 긍정할 수 있는 문학이라고 본다면 생산의 결과와 그 관계를 통찰해야 한다는 논의는 국책에의 순응이라는 요구 사항에 합치될 수 없는 것이었다.

임화는 '생산문학론'이 국책의 요구에 의해서 수립된 개념이라는 사실을 의도적으로 외면하였고, 이는 새로운 리얼리즘론을 펼치기 위한

21 위의 글.

전략적 선택이었다. 그러나 한편으로 '국책의 요구'를 외면한 채 펼치는 리얼리즘론이 실효성을 가질 수 있는 근거도 함께 희박해진다. 그래서 임화의 '생산소설론'이 "국책문학으로서의 생산문학에 대한 급진적인 내재적 비판이자 다른 한편으로는 리얼리즘의 회복을 목표로 한 문학적 기획"[22]이라고 평가하기 위해서는 좀 더 보충적인 논의가 필요하다. 국책에의 순응이라는 요구가 강압적인 상황에서 그것을 비껴나는 리얼리즘의 실천이 어떻게 가능할 것인지에 대해서 임화는 구체적인 언급을 하고 있지 않고 있으며, 그러므로 임화의 이런 논의가 당대의 문학에 어떤 영향을 미치고 있는지를 확인하기가 힘들기 때문이다. 그러나 분명한 것은 '생산문학'이라는 개념이 '국책의 수용'이라는 요구와 '새로운 리얼리티의 탐색'이라는 요구를 동시에 불러일으키고 있다는 점이며, 이는 적어도 당시의 상황에서는 서로 모순되는 개념이었다는 점이다.

최재서의 생산문학론이 국책의 수용과 선전이라는 시국협력의 목적의식을 강조하는 것이라면 임화의 생산문학론은 생산현장을 그리는 과정에서 확보해야 할 리얼리티를 강조하는 것이라고 할 수 있다. 다소 도식적으로 정리하자면 생산소설은 국책수용의 목적의식과 생산현장의 리얼리티를 요건으로 성립된다고 할 수 있다. 생산소설이 국책의 일방적 받아쓰기라고만 정리될 수 없는 까닭은 국책에의 협력이라는 목적의식이 당대 현실의 리얼리티와 순조롭게 결합할 수 없었기 때문이

22 하정일, 「일제 말기 임화의 생산문학론과 근대극복론」, 『탈식민의 미학』, 소명출판, 2008, 371쪽.

다. 그러므로 일제 말기 생산소설에서 정치적 목적의식과 당대 현실의 리얼리티가 어떻게 분열을 일으키며 어떻게 봉합되는지, 그 구조를 면밀히 검토할 필요가 있다.

## 3. 생산소설의 분열된 구조-생산과 생활의 충돌

### 1) 현실외면의 노예적 인간상과 폐쇄적 시공간

'공장, 어장, 농촌, 광산' 등의 생산현장, 그리고 증산과 물자공출에의 적극적 참여라는 생산문학의 특징은 일제 말기 여러 소설들에서 두루 발견된다. 그러나 생산소설은 근본적으로 노동의 문제나 생산의 문제를 국책에의 순응이라는 강압적 주제로 귀결시키고 있기 때문에 소설 형상화에 있어서 상당히 불균질적이고 모순된 형태를 띠는 경우가 많다. 국책문학으로서의 생산소설이라는 본래의 의의를 만족시키고 있는 경우 생산현장의 실상이라든가 국책을 자발적으로 내면화시키는 모습이 풍부히 나타나지 않는 것도 이러한 문제와 관계가 있다.

예컨대 생산소설의 대표적 작가로 일컬어지는 이무영의 소설에서 농촌에서의 노동은 신비화되어 있으며 국책에 대해서도 그것의 기반이나 논리를 따지지 않은 채 무조건적인 순응의 태도를 보여준다. 『국민문학』 1942년 3월호에 수록된 「문서방」을 대표적인 경우로 거론할 수 있을 것이다. 「문서방」에서 주인공 문서방은 첫 번째 아내를 병으로 잃고 재혼한 아내마저 병으로 잃는 불운을 겪으면서 가난으로부터 벗어나지 못하는 농민이다. 그런데 그는 이러한 자신의 불행도 모두 하늘의 뜻으로 돌리면서 자신의 운명에 순응한다. 그는 아내의 삼우제를 지내고 온 저녁에도 공출을 위해 할당된 가마니 짜기에 전력을 다한다. 그가 짜고 있는 가마니는 식량공출이 늘어나면서 가마니의 수요가 급증하자 강제공출로 할당된 것이었고 결국 이는 전쟁물자로 충당되기 위한 것이다. 그러나 문서방은 이러한 가마니의 필요나 강제할당의 의미 같은 것에는 아무런 의문을 품지 않고 나라의 뜻은 곧 하늘의 뜻과 같다는 신념하에 자신에게 주어진 노동을 묵묵히 감당한다.

이러한 노예적 농민상과 노동에 대한 낭만적 절대화는 이 시기 이무영의 소설을 관통하는 공통점이라고 할 수 있는데 이는 또한 자신의 현실에 순응하고 모든 것을 나라의 뜻으로 돌리는 노예적 농민을 통해서만 당시의 국책은 긍정될 수 있다는 점을 의미하는 것이기도 하다. 「문서방」이 문서방의 일상사와 문서방의 집이라는 한정된 공간 속에서 매우 폐쇄적으로 구성되는 것도 이와 연관이 있다. '국책'은 생산의 결과와 사회적 관계에 완전히 눈을 감고 그것에 의문을 품지 않는 곳에서만 수용 가능한 것이었다는 의미이기도 하다. 이는 작가 이무영이 "일제의 농업정책에 관련된 책이나 선전자료 등을 통해 농촌문제에 대한 지식과 해결 방안을 일방통행식으로 받아들인"[23] 결과이기도 한데, 그의 생산소설은 농촌의 실제 현실과는 무관한 것이었다.

---

23 이주형, 『이무영』, 건국대 출판부, 2001, 76쪽.

이무영은 당시의 다른 소설을 통해서도 이러한 노예적 농민상과 국책에의 순응이라는 주제를 일관되게 보여주는데 『춘추』 1943년 1월호에 실린 「귀소(歸巢)」 역시 이러한 유형의 소설에 해당한다. 「귀소」의 '김첨지' 역시 '문서방'과 유사한 인물로 농민은 오로지 농사에만 전력을 기울일 뿐 다른 것에 눈을 돌려서도 안 되며 자신의 운명에 순응하며 살아야 된다고 생각하는 인물이다. 그런데 「귀소」에는 김첨지의 아들이 등장하면서 「문서방」과는 조금 다른 양상을 보여준다. 중일전쟁 이후 토지투기 붐이 일자 김첨지의 아들은 우연히 근방의 토지를 중개하고 농사꾼으로서는 만져볼 수 없는 거금을 벌게 된다. 이것이 계기가 되어 아들은 집을 나가게 되는데 김첨지는 이것이 농사꾼의 분수를 벗어나는 일이라며 아들과 연을 끊다시피 한다. 집을 나갔던 아들이 돌아왔지만 이미 그는 농사꾼의 길을 벗어났으므로 집안으로 들일 수 없다 하여 내쫓아 버리는 것이다. 김첨지의 아들이 집을 나간 것은 물론 토지 브로커로 벌어들인 돈이 원인이 되기는 했으나 결국 근본적인 원인은 가난에 있다. 가뭄과 수해의 연속으로 흉년이 계속되자 고된 노동에도 불구하고 그들은 끼니를 걱정해야 하는 처지에 이르고 만 것이었다. 이러한 농촌의 가난과 토지 브로커 일로 벌어들인 거금은 당시의 농촌과 외부현실의 관계의 일면을 보여주는 대비이기도 하다. 고된 노동에도 소작료와 각종 경비를 제외하고 나면 농민들은 언제나 가난에 허덕일 수밖에 없는 삶을 살아야 했으니 아들의 가출은 가난하고 피폐한 농촌현실이 빚어낸 이농의 과정을 보여주는 것이다.

그렇지만 소설은 아들의 세계를 애써 서사구조 속으로 끌어들이지 않는다. 김첨지에게 주로 초점화된 서술은 아들의 세계를 완강하게 부정하면서 아들의 세계를 이해하지도 반영하지도 않는다. 아들이 '허파에 바람이 들었'다는 김첨지의 입장만 반복적으로 강조되면서 아들이 집을 나간 후 무엇을 하며 살아가는지는 풍문을 통해서도 전해지지 않는다. 김첨지는 집을 찾아온 아들을 문 안으로 들이지 않음으로써 외부 세계로부터 스스로를 고립시키며, 그럼으로써 노예적 농민상을 계속 고집한다.

결국 아들의 세계가 보여주는 당대의 농민현실, 노예처럼 노동하여도 자신의 생활을 꾸릴 수 없는 가난은 김첨지의 고집으로 은폐된다. 그리고 이러한 현실 순응의 노예적 농민상은 국책에 무조건 순응하는 문서방의 세계로 이어진다고 할 수 있다. 「귀소」는 「문서방」에서처럼 국책을 노골적으로 언급하거나 국책에의 순응을 주장하고 있지는 않지만 이무영의 생산소설이 근거하고 있는 내면의 논리를 보여준다. 운명에 복종하며 자신이 처한 현실의 문제를 살피지 않는 농민상이 그것이다. 그런 의미에서 이무영 소설의 주인공은 "일제가 옳다 그르다 판단하는 주체가 아니라, 그저 그에 순응하고 그것에 의해 동원되는 객체일 뿐이다."[24] 이러한 폐쇄적이고 고집스러운 인물상은 현실의 리얼리티를 최대한 수용하지 않는 곳에서 비로소 성립 가능한 것이기도 하다. 그래서 「문서방」과 마찬가지로 소설은 김첨지의 일방적 주장에 의해 진행되며 김첨지와 그의 집 주변을 제외한 시공간은 전혀 소설 속으로 개입되지 못하는 방식으로 구축된다. 김첨지의 세계와 아들의 세계가 부딪침으로써 김첨지가 주장했던 농민의 세계, 운명에 복종하며 자신

24 윤대석, 「1940년대 '국민문학' 연구」, 서울대 박사논문, 2006, 107쪽.

이 처한 현실의 문제를 살피지 않는 태도는 극히 왜소한 부분으로 축소될 수밖에 없다. 「귀소」는 자신이 처한 현실의 근원을 묻지 않고 모순을 문제 삼지 않으며 외부세계로부터 자신을 완전히 단절시킨 곳에서야 가능한 현실에의 순응을 역설적으로 보여주고 있다고 할 수 있는데 이는 '국책'을 수용하는 생산소설이 처해 있는 허약한 위치를 드러내는 것이라 할 수 있다.

### 2) 통제경제의 모순과 자기희생의 논리

생산소설은 그 창작의 동인이 국책수용의 당위에서 비롯되었고 그래서 대부분의 소설은 표면적으로 성실한 노동과 국책에의 적극적 협력을 강조한다. 이는 대체로 주인공이나 화자의 목소리를 통해 직접적으로 주장되며 그래서 창작의도의 측면에서는 명백히 친일협력의 의도를 지닌다고 할 수 있다. 그러나 이러한 국책수용의 당위가 당대의 리얼리티와 만났을 때 이 당위적 목소리는 설득력을 잃게 되는 경우가 많다. 생산소설의 허약한 구조와 당대 리얼리티의 우발적 노출을 확인하게 되는 것은 이러한 장면에서이다. 이북명의 「빙원」은 『춘추』 1942년 7월호에 발표된 작품인데, 주인공 최호는 수력발전사무소 소속의 기술자로 장진의 S저수지의 언제(堰堤) 일수문(溢水門) 개조공사를 위해 파견되어 왔다. 그는 병약해서 약을 달고 살지만 이 공사의 중요성을 인식하고 단신으로 출장을 와서 공사준비에 분주하다. 그가 맡은 공사는 "기술자로서의 최호가 일생을 두고 잊을래야 잊을 수 없는 감격의 건설

공사"이며 최호는 "일심정력으로 국가를 위한 건설에 참가"[25]할 것을 거듭 다짐한다. "건설을 위하여서는 명예도 소용없고 지위도 집어치자. 필요하다면 생명까지라도 바치자"라고 최호가 결의를 다지게 되는 과정에는 S저수지 마을에서 만난 만수노인이 자리하고 있다. 묵묵히 그의 거처를 돌보고 공사 준비를 돕는 만수노인을 보고 최호는 생활의 현장에서 자신의 자리를 지키는 사람들에 대한 엄숙한 경의를 느낀다.

> 생활에 대한 강열한 욕구라던가 부자유하고 부족한 생활을 어데까지던지 꾸준히 극복하고 해결지어 나갈 수 있는 인간들이 있다면 그것은 만수노인과 같은 그런 종류의 인간들이 아닐까? 최호는 이렇게 엄숙하게 생각해 본다.[26]

그러나 최호에게 생활현장의 의미를 엄숙하게 깨닫게 한 만수노인의 삶은 사실상 최호가 '위대한 국가의 건설'이라 생각했던 저수지 공사에 의해 가혹한 시련을 겪을 수밖에 없었던 삶이었다. 원래 이 산간지역의 화전민이었던 만수노인은 저수지공사로 인해 집과 땅을 잃었다. 집에 대한 보상을 받고 이사를 했으나 '화전엄금, 벌목금지'의 조처 때문에 생계를 꾸릴 수 없게 된 만수노인의 일가는 결국 저수지를 만드는 공사장에서 인부로 일하게 된다. 하나 있던 아들 윤식은 공사장 인부로 일하면서 술과 여자에 빠져 토지보상금을 들고 사라졌고 이듬해

25 이북명, 「빙원(氷原)」, 『춘추』, 1942.7.
26 위의 글.

아내마저 잃은 노인은 하나 남은 딸을 데리고 지금껏 외로운 삶을 살아오고 있었던 것이다. 공사에 대한 자신의 사명에 감격하고 생산현장을 찬미하는 최호의 시선 이면에는 만수노인의 기박한 삶이 자리 잡고 있었던 것이다. 이는 곧 국책이라는 당위로는 포괄할 수 없는 현실의 구체적 실상이기도 하다. 만수노인에 대해 느꼈던 엄숙한 경의는 그의 사연을 듣고 난 이후에는 "위대한 건설 뒤에는 희생도 많을 것이며 비극도 있을 것"이라는 논리로 변화한다. 이는 생산현장의 현실이 개입한 결과이기도 한데 이로 인해 증산과 전쟁물자 동원이라는 국책과 그것에 순응하고 협력하는 노동의 가치는 일방적으로 주장될 수 없게 된다. "태연자약하게 휘몰아치는 눈보라 속을 뚫고 앞으로 앞으로 힘차게 걸어 나아"가는 최호의 비장한 결의로 인해 「빙원」은 전쟁을 위한 전력보강의 공사의 당위와 거기에 참여한 인물들의 '전기보국'을 주장하는 국책소설이지만, 그 이면에는 스스로의 삶을 '기박한' 신세라 말하며 "천근같이 무거운 한숨"을 내뿜으며 "저고리 고름에다 눈물을 찍는" 만수노인의 삶이 있다. 순순히 설득되고 통합될 수 없는 이 국책과 현실의 괴리는 또한 강요와 강압만으로는 설득력을 얻을 수 없는 식민담론의 허약성과 연결되는 것이기도 하다.

일제 말기의 생산소설에서는 이처럼 국책수용의 당위성을 역설하는 담론과 그 국책으로 인하여 삶의 기반을 잃고 몰락해 가는 인물들의 삶이 병존한다. 그로 인해 노동의 신성함과 건강함을 찬미하고 그러한 노동을 통해 전쟁수행과 총후보국의 역할을 감당해야 한다는 국책이 강압적이고 강제적으로 당대의 대부분의 민중들의 삶을 파괴하고 있음을 증명하는 역설이 종종 발생한다. 『춘추』 1943년 11월호에 발표된 최인욱의 「생활 속으로」는 통제경제 때문에 몰락의 길을 겪을 수밖에 없었던 중소상공인의 생활상을 그려내고 있다. 물론 이 소설 역시 가난과 무기력한 삶에서 벗어나 노동하는 사람으로 새로 태어나겠다는 주인공 성수의 새로운 출발을 통해 근면한 노동의 삶을 권장하고 있다. 그러나 성수가 아내의 재봉질에 하루하루를 연명하며 빚에 시달리는 이유는 다름 아닌 당시의 통제경제 때문이라는 점을 전제할 필요가 있다. 성수는 원래 고향에서 조그만 잡화상을 하다가 돈이 조금 모이자 도회지로 나가 고무신 장사를 하던 상인이었다. 그러나 통제경제의 와중에서 고무신의 배급을 받을 수 없어서 장사를 그만둘 수밖에 없었고 그래서 실직상태로 하루하루를 무기력하게 빚에 쫓기면서 살아갈 수밖에 없게 되었다.

> 비록 장사치로 나선지 십여 년이 되기야 하였지만 촌구석에서 그럭저럭 장사라고 하든 것과는 판연히 달라 생소한 도회지에서 더욱이 경험이 없는 고무신 장사를 시작하자 시대는 급도로 변해서 공정가격이니 고무화 배급조합이니 하는 통에 판매실적은 없고 게다가 자본마저 떨어저 한동안 엄벙덤벙하다 보니 돈은 어데론지 자꾸 소모되어 버리고 장사는 장사대로 되지 않었다.
>
> 무엇보다도 고무신의 판매실적이 없기 때문에 배급을 얻지 못하니 '시이레사끼[仕入先]'가 두절되어 물건이라곤 도모지 구해볼 수가 없었다. (…중략…)
>
> 성수는 하는 수없이 다른 장사를 시작할 양으로 기회만 노리는 동안 수중에 몇 푼 남어 있든 돈까지 죄다 날려버리고 시기는 갈수록 그에게는 불리

하여 기업허가령이란 것이 실시되고 드디어 기업정비령이 발포되는 통에 장사도 인제는 함부로 벌리지 못하게 되어 버렸다.[27]

성수가 경험한 '급도로 변화한 시대'란 1938년 공포된 '국가총동원법', '수출입품 등 임시조치법'등으로 시작된 일련의 물자통제의 시기를 말한다. 중일전쟁 이후 전시체제로 돌입하여 전쟁을 위해 조선에서 인적, 물적 자원을 동원하고 이를 위해 물자의 소비와 생산 전체를 국가의 통제하에 두었는데 이를 위한 법령이 바로 '국가 총동원법'이다. "물자수급을 위하여 공급 면에서는 생확계획 및 수입력 증대를 위한 수출계획을 수립하고, 수요 면에서는 원자재 소비제한, 대체품 장려, 폐품회수 및 배급통제를 실시한다"[28]는 방침하에 배급통제를 실시하였는데 이는 수출입물품이나 군수품 뿐 아니라 일반생활재에도 영향을 미치는 것이었다. 배급은 "생산업자 및 배급업자를 망라한 물자수급협의회"를 두어 "실적기준에 따라 물자를 군수, 준군수, 민수별로 할당"[29]하는 것이었으므로 규모가 작은 성수의 고무신 가게가 제대로 배급을 받을 수 없었음은 물론이고 이로 인해 성수는 생업을 잃을 수밖에 없었다.

이렇게 생업을 잃고 직업을 구할 수 없어 실의에 빠져 있던 성수가 채석장 인부들을 보고 "사람이란 목숨이 붙어있는 동안 일하고 살아야 하는 게다. 일하는 사람에게는 근심도 걱정도 다 붙지를 못하는 모양"이라고 깨닫는 장면은 그래서 아이러니하다. 결국 "일하는 사람을

---

27 최인욱, 「생활 속으로」, 『춘추』, 1943.11.
28 김인호, 『식민지 조선경제의 종말』, 신서원, 2000, 338쪽.
29 위의 책, 341쪽.

우대"하는 시대란 하층 노동자로서 살아갈 수밖에 없는 당시 민중들을 생활에 대한 불만 없이 끝없는 노동의 세계로 밀어 넣기 위한 포장이며 이데올로기였던 셈이다. 그러므로 성수가 "아는 이도 없는 낯선 곳으로 가서 힘껏 노동을 하여 보려는"결심으로 마무리되는 결말은 한편으로는 전쟁수행을 위한 희생과 헌신이 가진 것 없는 하층계급의 인간들에게만 강요되는 현실을 역설적으로 드러낸다. 국책이란 결국 다른 삶의 가능성이 남아 있지 않은 사람들이 현실의 부당함과 모순을 거부할 힘도 없을 때 비로소 순응가능한 모순적 슬로건이었다. 성수가 걸어 들어가는 '생활'은 국책에 부응하는 것이었으나 그것은 또한 국책에 의해 자신의 '생활'이 파괴된 이후에야 선택될 수 있는 것이었다.

이러한 전시경제의 모순은 『춘추』 1943년 6월호에 발표된 석인해의 「귀거래」를 통해서도 읽을 수 있다. 화자인 '나'는 친구 문군의 권유로 K광산의 개발에 참여한다. 광산경기란 부침이 심한 것이며 자칫하다가는 있는 자본도 털어먹고 만다는 우려가 많았지만 "채굴과 도광에 재래의 수공업적 규모를 버리고 이를테면 과학적인 기계설비에 갖은 애를 쓴" 끝에 광산은 자리가 잡혀 갔다. 그러나 기계설비를 위해 빚을 끌어쓴 것이 화근이 되어 결국 광산은 실패하고 말았다. 소설은 이때 실패를 본 '나'가 그때의 광산을 잊지 못하여 다시 광산을 찾아 들어오는 것으로 시작하는데 광산은 5년 전에 자신들이 떠나던 때와는 엄청나게 변화했다. 규모가 커진 것은 물론이고 과학적이고 체계적인 기계설비를 통해 광산은 몇 년 전과는 전혀 다른 모습의 광산이 되어 있었다. "모든 것이 과학의 힘"이라고 경탄하며 이러한 광산의 변모와 성공을 거울삼아 새로운 사업을 시작하려는 '나'는 시련을 이기고 더욱 노력하여 발전하고 번창하는 산업현장을 만들겠다고 다짐하지만 사실 이러한 다짐은 공허하다. '나'와 문군이 들어오기 전에 K광산에 들어왔던 강노인은 원시적 채굴 방법과 방탕한 생활로 몰락했고, 그 다음에 들어온 '나'와 문군이 과학적 기계설비를 갖추고 광산을 개발하려 했으나 결국 자본의 부족으로 광산을 넘길 수밖에 없었다. 현재의 광산의 성공은 더욱 대규모의 자본과 설비의 힘에 의한 것이었다. 광산은 자본과 규모의 힘에 의해서만 운영 가능한 것이었고 광산의 성공 아래에는 자본과 권력의 부족에 의해 몰락해 갈 수 밖에 없었던 사람들의 운명이 층층이 쌓여 있다. 결국 당시 전쟁수행을 위한 군수산업과 증산계획은 소수의 독점자본과 대기업에 그 이익이 독점되는 과정으로 나아갈 수밖에 없었고 그 과정에서 중소상공인 및 수공업적 자영업자들은 몰락할 수밖에 없었다. 전시체제는 "모든 의무를 인민에게 짊어지우고 모든 권리는 소수의 특권적 지배자의 손아귀에 독점하면서 조선민중을 통제하던 억압기제"[30]로 통하는 것이었기 때문이다. 「귀거래」는 문군에게 자신의 새로운 다짐을 전하는 '나'의 편지로 마무리된다. "강노인이며 형이 비록 실패는 했을망정 그 희생과 불멸의 업적은 이 산과 함께 영원한 번영 속에 빛날 것"이며 "그 희생 우에 건설된 K금광은 괄목상대하게 발전이 된 것이오니 국가사회로 보아 어찌 축복할 일이 아니리까"라는 말은 결국 전시체제의 현실을 개인의 희생과 헌신으로 이겨내고 국가의 발전을 이루겠다는 멸사봉공의 정신으로 통한다. 그리고 이러한 정신

30 김영희, 『일제시대 농촌통제정책 연구』, 경인문화사, 2003, 356쪽.

에 의해 '나'는 "강노인이 문형이 그리고 내 자신이 이루지 못한 그 꿈을 이번만은 성공으로 바꾸어 보리라는 희망"을 다시금 품을 수 있게 된다. 결국 국책을 수용하는 생산소설이란 전시체제에 의해 몰락하고 파괴된 생활을 희생으로 돌리고 국가의 미래를 위해 헌신하는 정신에 의해서만 긍정될 수 있는 것이기도 했다.

## 4. 누설된 리얼리티 – 일제 말기 문학의 다면성

일제 말기 생산소설은 전시체제하의 강력한 통제와 동원의 시국 속에서 문학 역시도 국책에 부응하라는 요구에 의해 창안된 양식이다. 국책이라는 강요된 주제가 전제된 생산소설은 당시의 논의에 비해 풍부한 성과를 남겼다고 보기는 힘들다. 그러나 일제 말기의 문학상황을 점검하는 데 중요한 항목이며 또한 당대의 시국적 요구와 그에 대한 문학적 대응 내지 효과의 양상을 살펴보는 데도 유효한 연구주제가 될 수 있다.

이 글에서는 『국민문학』에 편중된 일제 말기 문학 연구가 한계를 가질 수밖에 없다는 판단하에 일제 말기 발행된 『춘추』 소재 소설을 중심으로 당시의 생산소설을 검토하고자 하였다. 1942년 5월호부터 일본어 전용으로 발간된 『국민문학』은 일본어에 능숙하지 않은 작가들의 작품까지 포용하는 데는 한계가 있었고 또한 총독부가 허가한 유일한 문학잡지라는 측면에서 당시의 시국에 더 협력적일 수밖에 없었기 때문이다. 이에 비해 『춘추』는 1941년 2월부터 1944년까지의 발간시기가 일제 말기에 집중되어 있고 비교적 다양한 작가들의 작품을 수록하고 있다는 점에서 당시 문학의 다양한 면면을 살피는 데 유용한 자료가 된다.

일제 말기의 생산소설은 결론적으로 말하자면 생산현장을 소재로 삼되, 물자증산, 총후봉공의 정신 등의 국책을 적극적으로 수용해야 한다는 모순적 주제 속에서 분열되는 양상을 보여주었다. 이 주제가 모순적인 이유는 증산과 절약, 물자공출, 노동력 징발 등의 정책이 당시 노동자 농민들의 삶을 더욱 피폐하게 만들었고 생산현장의 생활을 그려내는 과정에서 이러한 노동자 농민들의 수난과 몰락은 어떤 형태로든 작품 속에 반영될 수밖에 없었기 때문이다. 생산소설의 슬로건 아래 창작된 당시의 작품들은 대부분 표면적으로는 당시의 국책에 동의하고 적극적으로 새로운 국가건설에 참여한다는 결의를 담고 있지만 이는 소설 속에서 드러나는 당시 삶의 실상과는 괴리되는 경우가 많았다. 일제 말기 생산소설은 식민주의의 허약하고 모순적인 논리구조의 한 측면을 보여주는 예라고 할 수 있다.

물론 일제 말기의 생산소설이 임화가 예견한 것처럼 '사회적 관계를 통해 현실의 근원을 인식'하고 '새로운 세계와·새로운 인간을 발견'하는 것으로 나아갔다고 보기는 힘들다. 또한 당대의 작가들이 국책과 생산현장의 모순을 통해 당대의 현실을 비판하고 국책에 저항했다고 단정할 근거도 희박하다. 일차적으로는 당대의 문학이 정치적 강요로부터 자유로울 수 없는 상황 속에 놓여 있었기 때문이고, 그에 대한 작가들의 대응을 확인할 수 있을 정도로 충분한 자료를 확인하기 힘든 때문이기도 하다. 그럼에도 불구하고 강요된 국책과 생산현장의 리얼리티가 분열되는 생산소설의 구조를 문제 삼는 까닭은 그 모순을 통해 일제 말기 문학의 다양성과 가능성을 확인하기 위함이다. 일제 말기, 특히 언론이 통폐합되고 문학발표의 장이 극단적으로 제한된 1941년의 상황은 전쟁수행의 이데올로기가 일방적으로 강요되고 그것에의 순응과 저항 이외에는 선택의 여지가 없는 시기기도 했다. 그러나 그 과정에서도 정책적 강요와 현실의 리얼리티가 길항하는 과정을 보여준 당대의 문학작품들은 일제 말기 문학의 또 다른 저변을 이룬다고 할 수 있다. 이 글은 그간 일제 말기 문학 연구가 주요 작가들의 행보에 집중되었던 패턴에서 벗어나 다양한 작가들이 저마다의 방식으로 유출하고 있는 리얼리티에 대해 좀 더 섬세한 관심이 필요하다는 문제의식에서 출발한 것이다. 충분한 논의는 되지 못했지만 일제 말기 문학의 다양성을 다시 읽는 계기로 삼을 수는 있을 것이다.

# 2 일제 말기 일본의 국책문단과 외지의 문학

오비 쥬조의 「등반(登攀)」을 중심으로

## 1. 조선진출 일본인 문학의 의미

1944년 9월, 조선을 거쳐 만주국의 신경에서 활동하고 있던 일본인 작가 오비 쥬조[小尾十三]의 「등반(登攀)」이 제19회 아쿠타카와상[芥川賞] 수상자로 결정되었다. 「등반」은 오비 쥬조가 조선의 원산상업고등학교에서 교사로 재직하던 시절의 이야기를 소재로 삼은 것으로 『국민문학』 1944년 2월호에 발표되었다. 아쿠타카와상이 신인을 대상으로 한 문학상이기는 했지만, 「등반」은 오비 쥬조의 등단작이었고, 발표지면이 식민지였던 조선의 『국민문학』이라는 점을 생각하면 수상은 파격적인 일이었다. 그리고 이 파격은 중일전쟁 이후 대륙진출에 열을 올리고 있었던 일본의 제국주의적 세력 확장과 그로 인한 문단의 재편 때문에 가능한 일이었다. 오비 쥬조의 「등반」은 일본인 교사가 조선인 제자를 황국신민화시키는 교육의 과정을 내용으로 삼고 있는바, 일본의 식민지 경영정책과 그것을 승인하는 문학적 필요 때문에 채택된 작품이라고 해도 과언이 아니다. 또한 오비 쥬조의 「등반」은 당시의 조선 문단의 특수한 상황에 의해 세상에 나올 수 있었던 작품이라는 점에서도 주목을 요한다. 1942년 『국민문학』으로 조선의 문학매체가 통합되고 국어(일본어)의 전면사용체제로 전환되면서 일본어로 소설을 쓸 수 있는 작가들이 대거 필요하게 되었고, 그에 따라 조선에 체재하고 있던 일본어 작가들의 작품이 대거 등장하게 된 상황과 맞물려 있기 때문이다. 일본인에 의해, 일본어로 창작되었으며 조선의 상황을 담아내고 있는 작품이라는 점에서 조선문단에서도 오비 쥬조의 작품은 환영할 만한 것이었다. 그래서 오비 쥬조가 「등반」을 써 놓고도 발표할 매체를 찾지 못해 곤란을 겪고 있을 때, 당시 『국민문학』을 주재하고 있었던 최재서는 "어떻게든 국민문학에 싣고 싶다고 하면서 총독부의 검열과 싸우"[1] 기도 했던 것이다.

오비 쥬조의 작품은 그 작품의 해석 문제는 별도로 하더라도 이처럼 전시체제의 국가시스템과 문단과의 연동이라는 측면에서 주목할 만한 작품이다. 일제 말기, 특히 태평양 전쟁 이후에 한국문단에 일본인 작가들이 대거 등장했음에도 불구하고 이에 대한 연구는 아직 충분하지 못한 실정이다. 오비 쥬조는 포함되어 있지 않지만 윤대석의 「식민자

1 小尾十三, 「芥川賞の憶い出」, 『ひとりっ子の父』, 東京 : 第三文明社, 1981, 182쪽(이하 일본어 문헌의 번역은 인용자).

의 문학」[2]은 일본인 문학자가 등장한 당시의 상황과 일본인 작가들의 식민지적 무의식을 분석함으로써 이 분야 연구의 필요성을 환기시킨 바 있다. 박광현의 연구[3]는 조선에 내지인 문단이 형성되게 된 과정과 그 의미를 분석함으로써 '조선 내'의 '내지인 문학'의 존재근거와 그 의식구조를 살핀 바 있으며, 그밖에 전시체제하에서의 일본문단의 변화와 조선문단의 관계에 대한 연구로는 서은주의 연구[4]와 나카네 다카유키[中根隆行]의 연구[5]를 참고할 수 있다. 오비 쥬조에 관해서는 신승모가 「죽음의 설정(死の設定)」, 「등반」을 다룬 연구[6]를 발표한 바 있다. 신승모는 두 편을 분석함으로써 오비 쥬조의 작품이 일본인 교사가 조선인 학생을 계도한다는 설정하에 식민자의 우월의식을 드러내고 있으며 그러나 식민자의 자아상은 결국 피식민지인에 의해 되비추어지면서 형성된다는 점을 밝히고 있다. 특히 「등반」에 대해서는 전후의 개작을 문제삼으면서 '황민화'의 맥락을 사상시킨 '휴머니즘'을 지적하고 있다.

이상의 연구를 참고하면서 본 연구는 오비 쥬조의 「등반」을 중심으로 전시체제하의 문단 시스템의 문제, 거기에서 발생하는 식민 / 피식민의 문학장과 작가의식의 문제를 분석하고자 한다. 여기에서 전시체제하의 문단 시스템이란 일본문단과 조선문단을 모두 포함하는 것이

2 윤대석, 「식민자의 문학」, 『식민지 국민문학론』, 역락, 2006.

3 박광현, 「조선문인협회와 '내지인 반도작가'」, 『현대소설연구』 43, 2010.

4 서은주, 「일본문학의 언표화와 식민지 문학의 내면」, 『상허학보』 22, 2008.

5 나카네 다카유키[中根隆行], 「1930년대에 있어서 일본문학계의 동요와 식민지 문학의 장르적 생성」, 『일본문화연구』 4, 2001.

6 신승모, 「식민지 조선의 일본인 교사가 산출한 문학」, 『한국문학연구』 38, 2010; 신승모, 「'외지문학'에 나타난 신(信)과 불신(不信) – 야기 요시노리의 「류꽝후」과 오비 쥬조의 「등반」을 중심으로」, 『일본학연구』 27, 2009.

다. 일제 말기 황민화와 내선일체의 이데올로기가 조선반도를 강력하게 장악하면서 조선의 문인들은 그 속에서 조선문학의 독자성, 혹은 주체성을 어떻게 지킬 것인가를 다양한 방식으로 모색했다. 지방문학의 특수성을 인정하되 그 속에서의 조선문학의 가치를 더욱 내세우고자 했던 최재서나 김종한의 논의, 일본어로 치환될 수 없는 조선어의 가치를 지키고자 했던 임화, 조선적인 것, 향토적인 것의 독자성을 내세우면서 조선문학의 고유성을 지키고자했던 이태준 등은 이러한 다양한 담론의 예가 될 것이다. 이는 조선문단 내에서 일본인 작가들의 존재를 인정하면서도 그 문학에 대해서는 그다지 큰 의미를 두지 않았던 이중적 태도와도 연관이 된다. 한편 일본문단에서는 식민지의 확장과 더불어 외지의 문학을 '국민문학' 속에 포용할 필요성을 인정하면서도 내지문학과 외지문학을 구분하고자 했고 그러한 수용과 차별의 이중성은 '외지진출'의 일본인 작가에 대한 주목으로 드러난다. 1941년 이후 '아쿠타카와상'의 운용은 그 단적인 예이다.

이 글에서는 일제 말기 조선에서 활동한 일본인 작가의 작품을 당시의 문단상황 속에서 검토하고자 한다. 일제 말기라는 시기가 전시체제 속에서 식민주의 국가 시스템이 강력하게 작동한 시기인 만큼 식민주의 국가 시스템과 문학과의 관계는 중요한 연구대상이 된다. 또한 전쟁 수행을 위한 제국의 식민지 통합정책이 강력히 추동된 시기이므로 식민지 내부 뿐 아니라 일본문단과의 관계 속에서 한국문학을 보는 시각도 필요하다. 식민지의 내지인 / 제국의 식민지인이라는 복합적 주체성은 이러한 국가 시스템과 양국문단과의 관계 속에서 식민지 문학을 읽는 데 유용한 관점을 제공해 줄 것이다. 이는 식민지의 바깥에서 식민지를 읽으려는 시도이며 국가의 경계를 넘어 탈식민의 의미를 파악하고자 하는 시도이다. 이들의 문학을 식민지 / 제국의 경계와 지평 속에서 검토한다면 한국문학의 식민과 탈식민에 대한 연구는 더욱 폭넓은 시야를 확보할 수 있을 것이다. 이들의 문학은 식민자의 시선으로 식민지를 바라보며 또한 그 문학은 식민주의 본국과 식민지의 문학적 담론 체계 내에서 각각의 방식으로 논의되고 의미화된다. 일제 말기 조선에서 활동했던 일본인 작가의 작품을 거점으로 삼아 당시의 식민주의적 정책을 바탕으로 한 양국의 문단상황, 문학담론의 교차와 생성의 지점을 살펴보는 것이 이 글의 목적이다. 통합의 이데올로기와 그 내부에서 발생하는 모순과 차이에 주목함으로써, 식민 / 탈식민의 경계와 지평을 가늠하는 새로운 시야와 관점을 얻을 수 있을 것이라고 생각한다.

## 2. 전시체제와 제국문학의 재편성

### 1) 일본문단의 외지문학 붐

일본문학에서 이른바 조선문학 붐이 일기 시작한 것은 1939년을 전후해서이다. 중일전쟁이 장기화되면서 1938년 12월 고노에 2차성명이 발표되고 정국은 '일면전쟁과 일면건설'의 슬로건에서도 알 수 있는 바, 전쟁에 지배와 정복의 의미뿐 아니라 통합과 협력의 이미지를 새겨

넣기 시작했다. 전쟁이 아니라 제휴·협력이라는 전환이 두드러지는 바, 이 과정에서 '동아협동체론'을 비롯한 "다민족이 자주·협동하는 광역권을 형성하려는 담론"[7]이 등장한다. 성격의 차이는 있지만 '동아연맹론', '대아시아주의', '경제블록론' 등이 이러한 담론에 해당하는데, 제민족의 협력을 통한 새로운 동아시아 건설이라는 구상에서 식민지의 통합을 위한 다양한 국가장치들이 동원된다. 이러한 정국의 변화 속에서 조선의 위치도 변화하게 되었으며 조선 붐은 이러한 변화의 한 반영으로 해석할 수 있다.

1937년 2월 『문학안내』의 '한국현대조선작가특집', 1939년 1월 『문학계』에 실린 '조선문학의 장래' 좌담회, 1940년 7월 『문예』의 '조선특집' 및 같은 해 3월부터 연재된 '조선문학통신', 그리고 1939년 11월 『모던 일본』 조선판의 발행 및 '조선예술상' 제정, 1941년 5월의 『주간 아사히[週刊朝日]』의 '반도작가신인집 편성' 등은 이 시기의 조선 붐을 증명하는 대표적 예라 할 수 있다.[8] 실제로 일본문학 매체에서 조선을 제재로 한 소설, 평론, 수필 및 각종 정보자료의 게재도 급증했는데, 한 자료에 의하면 1938년 이전 매년 조선관련 작품 및 자료의 수가 5편 안팎이었던 것에 비해 1938년 12편, 1939년 22편, 1940년 14편, 1941년 25편, 1942년 18편, 1943년 17편, 1944년 18편 등으로 눈에 띄게 증가한 것을 확인할 수 있다.[9]

7 米谷匡史, 「尾崎秀実の「東亜協同体」批判」, 石井知章・小林英夫・米谷匡史 編, 『1930年代のアジア社會論』, 社会評論社(東京), 2010, 27쪽.

8 일제 말기 일본문단의 조선 붐에 대해서는 任展慧, 「朝鮮側からみた日本文壇の'朝鮮ブーム'」, 『海峡』 12, 1985 참조.

9 高崎隆治, 『文学の中の朝鮮人像』, 青弓社, 1982, 122~134쪽 참조.

이러한 현상은 엄밀히 말하면 조선 붐이라기보다는 식민지 문학 붐, 혹은 외지 문학 붐이라고 칭하는 편이 더 사실에 부합한다. 중일전쟁 이후 중국문학에 관한 정보 및 작품은 꾸준히 각종 문예매체에 게재되었으며 조선문학 특집, 조선문학 통신 등은 거의 예외 없이 만주문학 특집 및 정보와 함께 수록되었기 때문이다. 이는 앞에서 언급한 바와 같이 중일전쟁 이후 태평양 전쟁 전후에 이르기까지 이른바 '동아신질서'나 '대동아 공영'을 구축하기 위한 담론적 수행의 결과라고 할 수 있으며 제국의 확장과 통합에 관련된 것이다. 조선문학에 국한하여 말하자면 이러한 전개는 일차적으로 "일본 제국주의의 식민지 정책—'내선일체'화—이라는 공통의 지반에서 나온 것"이며, "조선어 말살 계획의 일 프로그램"[10]이었다고 말할 수 있다. 그러나 그것이 설사 식민지 정책의 일환이었다 하더라도 일방적으로 정책적 필요에 의해, 계획적으로 수행되었다고만 말할 수 없다. 정책적 필요 뿐 아니라 그것을 문학적 담론으로 만들기 위한 내적 논리, 당대의 독자들의 요구, 그리고 문학매체의 상업적 필요 등도 중요한 요인으로 담론의 구축과정에 개입하기 때문이다. 외지문학의 수용, 그리고 그것이 지방문학[11]이라는 이름으로 전환되는 과정은 이러한 복합적인 요인들이 상호작용 하는

10 任展慧, 「朝鮮側からみた日本文壇の'朝鮮ブーム'」, 『海峡』 12, 1985, 11쪽.

11 『新潮』 1941년 11월호는 '지방파 소설'을 특집으로 편성하고 있다. 여기에는 만주, 대만뿐 아니라 츄부[中部], 큐슈[九州], 홋카이도[北海道]의 작가들도 편성되어 있으며 조선편에는 김사량의 소설을 수록하고 있다. 식민지는 큐슈나 홋카이도와 함께 제국문학의 지방으로 취급된다. 이 시기를 전후하여 '지방문학', '지방파'라는 용어가 유독 자주 눈에 띄는데 이는 외지문학이 지방문학으로 전환되면서 제국의 통합이 더욱 강조되는 방향을 보여준다고 할 수 있다. 「외지문학」에서 「지방문학」으로의 변용을 김사량 문학과 관련해 논의한 것으로 郭炯德, 「'大東亞戰爭'前後の金史良文學」, 『早稲田大学院文学研究科紀要』 54, 2008을 참조했다.

가운데 수행된다.

만주사변과 중일전쟁, 대륙진출과 남방진출에 따른 대동아 공영의 이데올로기, 그리고 태평양전쟁에 이르기까지의 전쟁과 진출의 분위기 속에 정복지로서의 이국은 당대 사회의 중요 이슈가 되었음은 말할 것도 없고, 일반 독자들에게도 가장 흥미로운 대상이 되었을 것이다. 한편으로 국내 문학의 한정된 내용을 넘어서는 새로운 소재의 독서물에 대한 문학매체의 수요도 존재했다. 실재로 1930년대 이후 조선문학, 조선문화는 단순하게는 일종의 이국적 취미로서, 그리고 보다 구체적으로는 일본어를 아는 조선인 독자를 겨냥한 상업적 기획물로서 당시 일본의 필요에 부합하는 것[12]이었다. 1930년대 말에서 1940년대 초에 이르는 일본문학에서의 조선 붐은 일본의 문단이 명실상부한 제국의 문학이라는 패러다임 속에서 구성되고 있었으며 이는 제국의 식민정책과 연동하는 것이었음을 알 수 있게 한다.

### 2) 조선문단과 내지인 작가

1940년대 조선문단에서 내지인 작가의 이름이 자주 등장하는 것 역시 이상과 같은 일본문단의 움직임, 궁극적으로는 식민정책과 연관되어 있다. 1938년 3월 '3차 조선교육령'은 황국신민화와 내선일체의 교육방향을 확고히 한 것이었고 이를 계기로 조선어 교육은 사실상 금지

12 고영란, 「제국 일본의 출판시장 재편과 미디어 이벤트」, 『사이』 6, 2009 참조.

된다. 전시체제는 전쟁의 의의와 그에 대한 각오를 다지는 정신적 국민화의 과정을 요구했고 황국신민이나 내선일체의 교육 및 조선어 폐지는 이를 위한 당연한 수순이다. 그러므로 '조선교육령'은 같은 해 발표된 '조선지원병령'이나 '국가총동원법'과 분리되어 논의될 수 없다.

교육과 함께 언론, 문화의 통제도 강력하게 추진되었다. 국책을 수용하고 그것을 선전할 수 있는 극소수의 매체를 제외한 대부분의 언론, 매체는 폐간되었다. 1940년의 『동아일보』, 『조선일보』의 폐간, 1941년 『문장』, 『인문평론』이 폐간된 후 조선의 문학잡지로는 『국민문학』만이 남게 되는데, 이로써 『국민문학』은 당시의 조선문학을 대표하는 매체가 된다. 『국민문학』이 당시의 조선문학을 대표하는 매체가 된다는 것은 여러 가지 의미를 지닌다. 일차적으로는 조선에 대한 제국정부의 문화정책이 『국민문학』을 통해 그대로 전달되고 재현된다는 의미이며 그래서 『국민문학』은 대표적인 친일문학잡지로 그간 인식되어 왔다. 그러나 한편으로 『국민문학』은 당시의 조선문인들의 상황과 내면을 확인할 수 있는 유일한 잡지였으므로 단지 '친일문학잡지'만으로 규정될 수 없는 식민지 문인들의 갈등과 모순의 여러 국면들을 보여준다. 다양한 시선과 다양한 고민들이 『국민문학』이라는 국책잡지 속에 응축되어 있었던 것이다. 그리고 이러한 조선문학 유일의 대표잡지로서의 『국민문학』은 일본 내지 문단의 조선 붐과 연동하여 제국의 문학 시스템을 이룬다. 한편으로 그것은 지방문학으로서의 조선문학의 내용을 내지문단에 공급하는 공급원이면서, 또한 내지 문단과 동일하지는 않은 조선문학 내부의 고민과 차이를 생산해낸다.

『국민문학』은 애초 1월, 4월, 7월, 10월의 년 4회는 일본어판으로 발행하고 나머지는 한글판으로 발행한다는 원칙에서 출발하였으나 실제로는 일본어 전용판으로 발행되었다. 1942년 2월호, 3월호 이후에는 거의 모든 내용이 일본어로 게재되었고 1942년 6월호까지 광고는 조선어가 사용되었으나 7월호 이후에는 조선어는 사용되지 않고 있다.[13] 『국민문학』에 일본인 작가들이 다수 등장하는 것은 당시의 국책과 제국문학의 재편성과정, 그리고 이러한 일본어 전용의 사정과 관련이 있다. 일본어 전용이 됨으로써 실질적으로 일본어로 창작을 할 수 있는 작가들이 충분하지 않았던 탓에 작품난을 겪게 되었고, 일본어 창작이 가능한 일본인 작가들이 다수 등장하게 되었던 것이다. 물론 일본어 창작에 거부감을 가진 조선의 작가들이 절필하는 등의 사정과도 관련이 있다. 다나카 히데미쓰[田中英光], 유아사 가쓰에[湯浅克衛] 등의 소수 작가를 제외하고는 대다수의 작가들이 신인이었거나 혹은 『국민문학』을 통해 등단한 작가였는데 『국민문학』은 한편으로 내지인 작가들의 등용문이나 발표지면이 되기도 했던 것이다. 이들 일본인 작가들은 대체적으로 식민자의 눈으로 식민지를 관찰하는 시선을 보여주며, 국책의 수용과 문학적 선전을 담당한다. 내지의 문인들에 비해서 그들은 비교적 식민지의 상황에 대해 구체적인 지식과 감각을 가지고 있었지만, 식민자의 눈과 식민지적 현실의 괴리에 대한 깊이 있는 고민을 보여주지는 못한다.

『국민문학』이 제국문학 시스템의 한 부분으로서 조선문학을 대표하였다고 한다면 이들의 문학은 내지문단의 식민지 문학에 대한 관심을

13 大村益夫, 『國民文學』 復刻板解題, 東京 : 綠蔭書房, 1997.

충족시키는 중요한 요소가 된다. 특히 이들의 작품이 내지인 작가들의 것에 비해 식민지의 사정에 밝았으며, 그럼에도 불구하고 식민자의 입장에서 국책의 문학적 수용을 보여주고 있었다는 점에서 이들의 문학은 내지문단의 식민지 문학에 대한 요구를 충족시키는 면이 있다. 내지문단의 대표적 문학제도라 할 수 있는 '아쿠타카와상[芥川賞]'의 제19회 수상작으로 오비 쥬조[小尾十三]의 「등반」이 선정된 것은 이러한 맥락 때문에 가능한 일이었다. 「등반」이 다른 내지인 작가들의 작품에 비해 탁월한 성과를 거둔 것이라 하기는 어렵지만, 적어도 제국 문학의 시스템 속에서의 지방문학으로서의 조선문학, 그리고 그 균열의 체계와 담론 내부적 갈등, 그리고 교차에 대한 문제를 점검하는 데 유용한 자료인 것은 분명하다.

### 3) 이국풍의 '아쿠타카와상', 대륙진출의 일본문학

'아쿠타카와상'은 1935년 창설된 이래 오랜 세월 유지되어 현재에도 일본의 대표적인 문학상으로 그 권위를 인정받고 있다. 나오키 산쥬고[直木三十五]의 죽음을 계기로 '나오키상[直目賞]'과 함께 제정된 '아쿠타카와상'은 "신문잡지에 발표된 무명 혹은 신진작가"에게 수여하는 상으로 신인으로서의 문학적 재능과 가치를 인정받는 상이기도 하며 특히 동시에 발표되는 '나오키상'이 "무명 혹은 신진작가의 대중문예"[14]를

14 「芥川・直木賞宣言」, 『文芸春愁』, 1935年新年号.

대상으로 하고 있다는 사실에 대비되어 순수문학적 성격이 강조된다. 그러나 적어도 식민지 시기 말기의 일본문단과의 관련하에서 볼 때 '아쿠타카와상'의 국책 지향, 시국적 성격은 분명해 보이며, 그런 의미에서 '아쿠타카와상'의 순수성이란 실체 없는 애매함으로 읽힌다.

우선 1935년 창설부터 1945년까지의 수상작의 면면들을 당시의 일본 제국주의의 성격과 관련하여 간단히 살펴보자. 제1회 수상작은 이시카와 타츠조[石川達三]의 「창맹(蒼氓)」이 선정되었다. 「창맹」은 "프롤레타리아문학적이지도 않고 모더니즘 문학적이지도 않은 완전히 새로운 스타일"로 평가되기도 하지만 그것은 또한 "만주사변에서 지나사변으로 급전진하는 역사의 과정에서 소화초기의 문학으로서 길항하고 있던 새로운 두 경향의 문학운동(프로문학과 모더니즘-인용자)은 소멸할 수밖에 없었"고 이러한 역사적 상황에서 등장한 작품[15]이기도 했다. 「창맹」은 브라질 이민들의 비참한 생활상을 다룬 작품으로 아쿠타카와상의 이국취미를 반영하고 있는 것이기도 하다. 이후 소화 10년대, 즉 1935년에서 1945년 사이의 아쿠타카와상은 "중국풍의 범람"이 느껴지기도 하는데 이는 당시의 "시대상의 반영"[16]이기도 하다. 제6회(1937년 하반기) 수상작인 「분뇨담(糞尿譚)」의 작가 히노 아시헤이[火野葦平]는 이후 전시기(戰時期)의 베스트셀러인 『보리와 병정(麥と兵丁)』을 창작한 작가이며 당시 작가가 종군 중이었으므로 고바야시 히데오[小林秀雄]가 특파되어 항주에서 수상식을 진행했다. 13회(1941년 상반기) 수상작인 타다 유우

15 久保田正夫, 「昭和十年代の芥川賞」, 『芥川賞小事典』, 文芸春秋社, 1983, 59쪽.
16 위의 책, 63쪽.

케이[多田裕計]의 『장강델타(長江デルタ)』는 상해에서 출판되는 『대륙왕래(大陸往來)』라는 잡지에 게재된 것으로 당시 '아쿠타카와상 바다를 건너다'라고 선전되기도 했다. 이후 다룰 오비 쥬조의 「등반」과 함께 제국 문단의 확장과 통합을 보여주는 한 예라 할 수 있겠다. 17회(1943년) 수상작인 이시츠카 키쿠조[石塚喜久三]의 「전족 무렵(纏足の頃)」은 『몽강문학(蒙疆文學)』에 발표된 것으로 몽고를 배경으로 하고 있다. 1944년에는 야기 요시노리[八木義德]의 「류꽝후[劉廣福]」, 오비 쥬조[小尾十三]의 「등반(登攀)」이 공동수상한다. 「류꽝후」는 중국을 배경으로 한 것이고 「등반」은 조선을 배경으로 한 것이다.

〈외지 소재의 아쿠타카와상 수상작 개요〉17

<table>
<tr><th>횟수<br>(발표일)</th><th>작가</th><th>작품명</th><th>발표지면</th><th>배경(소재)</th></tr>
<tr><td rowspan="2">1회<br>(1935.8)</td><td>이시카와 타츠조[石川達三]</td><td>「창맹(蒼氓)」</td><td>星座</td><td>브라질</td></tr>
<tr><td colspan="4">일단의 무지한 이주민을 묘사하면서도 거기에 시대의 영향을 보여주는 수법이 견실하여 상당한 역작이라고 생각한다.(선후평, 菊池寬)</td></tr>
<tr><td rowspan="3">3회<br>(1936.8)</td><td>오다 다케오[小田嶽夫]</td><td>「성 밖(城外)」</td><td>文學生活</td><td>중국인과의 연애</td></tr>
<tr><td>츠루다 토모야[鶴田知也]</td><td>「코샤마인 이야기<br>(コシャマイン記)」</td><td>小說</td><td>아이누 족</td></tr>
<tr><td colspan="4">문명과 야만과의 적절한 신랄한 비판이 있다.(선후평, 室生犀星) *츠루다 토모야의 작품</td></tr>
<tr><td rowspan="2">4회<br>(1937.2)</td><td>토미사와<br>우이오[富澤有爲男]</td><td>「지중해(地中海)」</td><td>東陽</td><td>유럽</td></tr>
<tr><td colspan="4">남프랑스의 풍물이 배경이 되어 남녀관계의 스릴이 잘 묘사되어 있다.(선후평, 瀧井孝作)</td></tr>
<tr><td rowspan="2">8회<br>(1939.2)</td><td>나카자토 츠네코[中里恒子]</td><td>「승합마차(乘合馬車)」</td><td>文學界</td><td>국제결혼</td></tr>
<tr><td colspan="4">일본인의 처가 된 외국부인의 우수, 희망, 체념등이 잘 나타난다.(선후평, 橫光利一)</td></tr>
<tr><td rowspan="2">10회<br>(1940.2)</td><td>김사량(金史良)</td><td>「빛 속으로(光の中に)」</td><td>文藝首都</td><td>조선인</td></tr>
<tr><td colspan="4">조선인 문제를 다루어서 그 시사는 오히려 국가적 중대성을 가진 점에서, 수상에 값한다고 생각한다(선후평, 久米正雄) *후보작(수상은 寒川光太郎 「密獵者」)</td></tr>
<tr><td rowspan="2">13회<br>(1941.8)</td><td>타다 유우케이[多田裕計]</td><td>「장강 델타(長江デルタ)」</td><td>大陸往來(상해)</td><td>중국</td></tr>
<tr><td colspan="4">이상한 말일지 몰라도 소화 16년을 살고 있는 일본인으로서 「장강 델타」를 (수상작에) 넣었다.(선후평, 佐佐木茂索)</td></tr>
</table>

<table>
<tr><th>횟수<br>(발표일)</th><th>작가</th><th>작품명</th><th>발표지면</th><th>배경(소재)</th></tr>
<tr><td rowspan="2">16회<br>(1943.2)</td><td>쿠라미츠 토시오[倉光俊夫]</td><td>「연락원(連絡員)」</td><td>正統</td><td>중국</td></tr>
<tr><td colspan="4">노구교 부근의 풍물도 잘 그려져 있고 현지보고적 기술과 소설과의 결합도 효과가 좋다.(선후평, 佐藤春夫)</td></tr>
<tr><td rowspan="2">17회<br>(1943.8)</td><td>이시츠카 키쿠조[石塚喜久三]</td><td>「전족 무렵(纏足の頃)」</td><td>蒙疆文學(만몽지역)</td><td>몽고, 중국</td></tr>
<tr><td colspan="4">예술작품으로는 표현도 성숙하지 않고, 실화잡지적인 문체로 감동이 판에 박혔다는 점도 꺼려져서 나는 추천하고 싶지 않지만, 그러나 이 수상이 몽강의 여러 문학활동을 세상에 소개하는 계기가 된다면 그것은 그것대로 좋은 일이라고 생각을 바꿨다.(선후평, 片岡鐵兵)</td></tr>
<tr><td rowspan="3">19회<br>(1944.8)</td><td>오비 쥬조[小尾十三]</td><td>「등반(登攀)」</td><td>國民文學(조선)</td><td>조선, 만주</td></tr>
<tr><td>야기 요시노리[八木義德]</td><td>「유꽝후[劉廣福]」</td><td>日本文學者</td><td>중국</td></tr>
<tr><td colspan="4">외지의 작품을 이번 회에 또 두 편 선정하게 된 것은 예상하지 않았지만, 필연의 결과일 것이다. 후보작중 신문학의 맹아는 역시 이들 작품에 있다.(선후평, 川端康成)</td></tr>
</table>

위의 표는 아쿠타카와상 수상작 중 외지와 관련이 있거나 외지를 소재로 하고 있는 작품들을 정리한 것이다. 표에서도 알 수 있는 바와 같이 아쿠타카와상은 창설부터 꾸준히 외지 관련 작품들을 수상작으로 선정했다. 그런데 시기별로 조금씩 다른 성격을 드러내고 있음을 알 수 있다. 초기의 것이 외지를 소재로 다루고는 있지만 그것이 소재의 이국성에 초점을 맞추고 있을 뿐 국책과 적극적인 관련을 맺고 있지는 않은 반면, 1941년 이후의 수상작은 노골적으로 당시의 '시국에 적절한' 작품임을 이유로 선정되고 있다. 1940년의 김사량의 「빛 속으로」가 후보작에 오른 것도 일면 이러한 흐름의 과정 속에 있다고 보아야 할 것인데, 특히 1941년의 「장강 델타」가 "아쿠타카와상 결정위원들로부터 악작이라고 질타 받으면서도 시국을 인정해야만 한다는 이유"[18] 때문에 수상하면서부터 이후의 아쿠타카와상은 전적으로 시국적 기준에 의

17 이 표는『文藝春秋』 각 호의 작품상 발표,『芥川賞小事典』, 文芸春秋社, 1983을 참고하여 작성한 것이다.

18 任展慧,「茶川賞受賞作「登攀」の改冊について」,『三千里』(季刊), 1975 春, 177쪽.

해 그 선정이 결정되었다고 보아도 무방하다. 1935년을 전후한 일본문단의 외지 붐은 한편으로는 일본 출판업계의 불황을 타개하기 위한 소재발굴, 판매처 발굴과 관련[19]되면서, 또한 만주사변 이후 외국풍이 유행하게 된 사정을 반영하는 것이라면, 1940년 이후의 외지문학 붐은 전시체제하의 국책에 부응하는 문단 재편성의 과정으로 이해할 수 있다. 이와 관련해서 타다 유우케이의 「장강 델타」를 필두로 이시츠카 키쿠조의 「전족 무렵」, 오비 쥬조의 「등반」이 외지에서 발행되는 미디어에 발표된 작품이었다는 점도 주목을 요한다. 「장강 델타」는 상해에서 발간된 『대륙왕래(大陸往來)』에 발표된 작품이며 「전족무렵」은 『몽강문학(蒙疆文學)』,[20] 「등반」은 조선의 『국민문학』에 발표된 것이다. 내지 미디어의 확충과 내지문학의 대륙진출은 아쿠타카와상의 운영을 통해서 구체적으로 실현되고 있었던 것이다. 국책에의 적극적 참여, 외지 식민지의 내지문학으로의 편입과 동화는 문학에서 일본인들의 외지진출과 맥을 같이 하고 있었던 것이다. 실제로 아쿠타카와상 전형위원들은 당시 식민지의 문단에 대해서도 상당한 영향력을 끼치고 있었으며, 알려져 있다시피 구메 마사오[久米正雄], 키쿠치 칸[菊池寬], 키시다 쿠니오[岸田国士] 등은 순회강연과 좌담 등을 통해 조선 문단에도 익숙한 인물이었다. 또한 1939년 모던일본사에서 제정한 '조선예술상'의 전형은 아쿠타카와상 전형위원에게 위촉[21]되었고 1943년에 제정된 '몽강문학

---

19 이에 관해서는 고영란, 앞의 글 참조.

20 『몽강문학』의 발행처는 "張家口興亞大街"로 되어 있다. 『몽강문학』과 「전족무렵」, 그리고 외지 미디어와 내지문단에 대한 연구로는 곽형덕, 「'외지'체험 일본인 작가와 대동아문학자대회」, 제6회 식민주의와 문학 국제학술회의 발표문, 2010.12.4 참조.

21 任展慧, 「朝鮮側からみた日本文壇の'朝鮮ブーム'」, 『海峡』 12, 1985, 14쪽.

상’의 심사위원도 요코미츠 리이치, 카와바타 야스나리 등 아쿠타카와상 전형위원과 그 면면이 겹친다.[22] 아쿠타카와상을 중심으로 살펴본 일본문단의 추이는 그대로 외지의 식민지문단에도 이어지며, 이로써 내지와 외지를 통합한 하나의 제국문단이 형성되었다. 물론 여기에서 그 중심을 차지하는 것은 일본의 미디어와 문인들이었다.

여기에 한 가지 덧붙여 둘 것은 아쿠타카와상이 국책을 기준으로 외지문학을 수상작으로 선정하면서도 끊임없이 문학성에 대한 강조를 그치지 않았다는 점이다. 「등반」을 수상작으로 결정하면서도 선자들은 “이 시대에 살아있는 정신을 붙잡으려 한다는 점”[23]은 평가할 만하지만, 작품 구성에 있어서는 여러 가지 문제가 많다[24]고 밝히고 있으며 1941년 이후 외지문학에 대한 선자들의 평에서도 문학성에 대한 불만이 자주 토로되고 있다. 타키이 코사쿠[滝井孝作]가 쿠라미츠 토시오의 「연락원」에 대해 “창작소설로서는 힘이 약하고 품위가 낮은 점이 있다. 소재의 보고에 그치고 있는 점”을 지적하고 있다거나, 카와바타 야스나리가 이시츠카 키쿠조의 「전족무렵」에 대해 “결국 이 작품을 추천할 수밖에 없었던 것은 이번의 후보작품이 빈곤했던 탓이다”라고 평하고 있는 것은 그 단적인 예가 될 것이다. 이는 물론 “문학성과 시국의 관련을 둘러싸고 문학장 내부에서 갈등과 타협이 이루어졌음”[25]을 뜻하는 것이기도 하지만, 이와는 별도로 시국관련 작품을 수상작으로 내세우면서도 거기

22 곽형덕, 앞의 글, 195쪽.

23 片岡鐵兵, 「茶川賞選評」, 『文藝春秋』, 1944.9.

24 『문예춘추』 1944년 9월호에 실린 제 19회 아쿠타가와상 심사평에서 대부분의 심사자들은 이 작품에 대해 이러한 평을 덧붙이고 있다.

25 곽형덕, 앞의 글, 195쪽.

에 문학성의 외피를 끊임없이 추가함으로써 노골적인 시국협력을 문학성으로 포장하는 효과를 만들어냈다는 점을 지적할 수 있다. 「등반」은 『국민문학』에 게재될 당시의 작품과 아쿠타카와상 수상 후 『문예춘추』에 재수록될 때의 작품의 내용에 상당한 차이가 있는데 이는 작가, 혹은 선고위원들의 의도에 의한 것이라고 짐작할 수 있다. 특히 『문예춘추』에 수록된 것은 『국민문학』에 실린 것에 비해 노골적인 시국발언이 중화되어 있다.[26] 이는 물론 작가에 의한 자발적인 것일 수 있겠지만,[27] 여기에는 시국성을 기준으로 수상작을 선정한 이후 거기에 문학성의 외피를 더하려고 한 선고위원들의 의도도 포함되었을 것이다. 「등반」이 작가의 등단작이었고, 14회 수상작이었던 시바키 요시코[芝木好子]의 「청과시장(青果の市)」을 재수록할 당시 "시국에 비추어 봤을 때, 약간의 위험성" 때문에 "선고위원회의 요망에 따라 주로 경제경찰이 출몰하는 장면 등을 중심으로 수정 가필하여 수상작으로 발표"[28]한 전례도 있었던 점을 감안한다면 「등반」의 개작도 선고위원회의 의도가 개입된 것이라고 보아야 할 것이다. 즉 당시의 아쿠타카와상은 명백히 시국을 기준으로 하는 국책문단을 형성하고 있었지만, 거기에 문학성의 문제를 끊임없이 제기함으로써 당시의 문학장이 국책의 일방적 수용이 아니라 문학장 자체의 질서와 예술적 판단에 의해 형성되고 있었다는 환상을 함께 제공하고 있었다고 볼 수 있다.

---

26 「등반」의 개작에 대한 자세한 내용은 任展慧, 「芥川賞受賞作「登攀」の改冊について」, 『三千里』(季刊), 1975 春 참조.

27 "정치용어의 거친 부분은 작자에게 작가로서의 수치심을 불러일으켰던 것일까." 任展慧, 앞의 글, 178쪽.

28 新潮社辭典編部, 『新潮日本文學辭典』, 新潮社, 1988, 609쪽.

## 3. 식민지의 교화와 식민자의 국민되기 – 오비 쥬조의 「등반」

### 1) 오비 쥬조의 이력과 「등반」의 발표경위

오비 쥬조는 일본의 야마나시현 출생으로 1934년 조선에 건너와서 조선총독부 체신국에 근무했다. 1939년부터 2년간 원산공립상업학교에서 교사로 근무했으며 「등반」은 이때의 경험을 토대로 한 것이었다. 이후 신경의 중앙방송국에 취직하였다가 이후 모리나가 제과 만주본사에서 경리과장으로 근무하면서 「등반」을 집필하게 된다. 「등반」을 이해하기 위해서 오비 쥬조가 조선에 오게 된 경위를 잠시 살필 필요가 있는데, 이는 그의 좌익경력이 「등반」에 깊이 관여되어 있기 때문이다. 오비 쥬조는 고후상업학교[甲府商業學校]에 입학했지만 학교의 강압적이고 권위적인 체제를 견디지 못해 자퇴하고 이후 나가노 철도국 교습소전신과에 입소하여 철도국 등을 전전했다. 그가 공산당과 인연을 맺게 된 것은 나가노에서인데 전농지부(全農支部) 청년부 서기 등을 역임하면서 좌익운동에 관여한다. 이후 좌익퇴조와 함께 조직이 무너지자 동경으로 와서 무역상 등을 전전하면서 어렵게 상업학교 교사 면허장을 땄지만 좌익경력 때문에 신원조회에 걸려서 일본의 어느 곳에서도 교사가 될 수 없었다.[29] 그가 조선으로 오게 된 것은 바로 이 신원조회 때문에 일본의 어느 곳에서도 일할 수 없었던 사정 때문이고, 조선에서의 취업 역시 조

29 대략의 이력은 小尾十三 外, 『芥川賞全集』 3, 文藝春秋社, 1982, 440쪽, 작가 자필 약력을 참고했다.

선총독부의 젊은 과장의 호의 때문에 겨우 가능했던 것이지만 곧 다시 신원조회 때문에 한 달 만에 퇴직하게 된다. 이후 그는 이 신원조회를 통과하기 위해 갖은 애를 다 썼고 그 과정에서 "그런 운동(좌익관련—인용자)을 한지 6년도, 7년도 지난 일이건만 다시 한 사람의 청년이 여러 고생 끝에 공부하고 있는데도 불구하고 다시 한 번 취직의 문을 닫아버리다니 …… 권력자라든가, 정부라든가, 정치의 행태라든가 이런 것들"에 몹시 분개했다고 회고하고 있다.[30] 그가 원산공립상업학교의 교사가 되기까지는 이러한 우여곡절이 있었던 것이고 그 과정에서 그는 그의 좌익 운동경력을 끊임없이 의식할 수밖에 없었을 것이다. 「등반」의 등장인물 키타하라 쿠니오[北原邦夫]는 조선의 상업학교 교사로 설정되어 있는데 작자의 이력과 거의 일치하므로 작가의 사생활을 투사시켜 보아도 큰 무리가 없다.[31] 자세한 내용은 뒤에 다시 다루겠지만, 「등반」의 주제를 형성하는 중요한 요소 중 하나인 키타하라의 자의식은 좌익경력에서 비롯된 것으로 이는 오비 쥬조의 경력과 무관하지 않다.

오비 쥬조가 「등반」을 쓴 것은 조선에서가 아니라 만주의 신경에서였다. 신경 중앙방송국을 거쳐 모리나가 제과 만주본사에 취업하면서 생활의 안정을 얻게 되자 조선에서의 경험을 재료로 삼아 소설을 쓸 수 있게 되었다고 오비 쥬조는 회고하고 있다.[32] 그는 이 작품을 야마다 세이자부로[山田淸三郞][33]에게 보냈지만 너무 길어서 만주의 지면에

30 오비 쥬조가 신원조회 때문에 천신만고 끝에 조선에서 취직하게 된 과정은 小尾十三, 「二つの愛唱詩とのめぐりあい」, 『ひとりっ子の父』, 東京 : 第三文明社, 1981, 183~187쪽 참조.

31 田野辺薫, 「小尾十三の作品—人間性の体温を描く」, 『芥川賞全集』 3, 文藝春秋社, 1982, 374쪽.

32 小尾十三, 「芥川賞の憶い出」, 『ひとりっ子の父』, 東京 : 第三文明社, 1981, 181쪽.

33 山田淸三郞는 전향한 프로문학자로 당시 만주신문사에 근무하고 있었고 이후 만주문

는 실을 수 없다는 말을 듣고 친구의 소개로 조선의 『국민문학』에 보내게 된다. 최재서가 「등반」을 읽고 적극적으로 주선하여 『국민문학』에 실을 수 있게 된 것이다. 『국민문학』에 실린 「등반」을 읽고 이 작품을 아쿠타카와상 후보로 추천한 것은 동경에 있던 이와쿠라 마사지[岩倉政治]였다. 이와쿠라는 "금년(1944년―인용자) 2월, 보내져 온 『국민문학』을 별 생각 없이 손에 넣고 보니, 놀랍도록 긴 소설이 실려"[34] 있어서 읽게 되었다고 쓰고 있는데, 그렇게 본다면 「등반」이 이와쿠라의 추천을 받아 아쿠타카와상을 받게 된 것은 일종의 우연이었다고 할 만하다. 그러나 이러한 작품 발표 경위, 그리고 아쿠타카와상 수상 경위를 통해 알 수 있는 것은 당시의 일본문단, 조선문단, 그리고 만주문단이 놀라울 정도로 긴밀하게 연결되어 있었다는 사실이다. 만주에 있던 오비 쥬조가 야마다 세이자부로에게 원고를 건네고 그것이 다시 조선의 『국민문학』에 실리는 경로가 가능했으며, 또한 경성에서 발간된 『국민문학』이 실시간으로 동경에 있는 이와쿠라 마사지에게 전달될 수 있었던 것은 이미 제국의 문단이 하나의 권역으로 통합되어 가고 있었다는 것을 시사한다. 아쿠타카와상이 외지작가들에게 관심을 기울였을 뿐 아니라 외지에서 발간되는 미디어를 자신들의 문학장 속에 포함시킬 수 있었던 사정도 여기에서 근거를 얻는다. 조선에 진출했던 일본인 작가들의 작품을 조선의 문맥에서만 다룰 수 없는 이유도 여기에 있다. 또한 일본의 국책문단이 식민지와의 활발할 교통과 교섭을 통해

---

예춘추사에서 발행하는 『藝文』을 주관했다.

34 岩倉正治, 「「登攀」について」, 『국민문학』, 1944.10.

가능했던 상황도 오비 쥬조의 「등반」이 이동해간 경로를 추적함으로써 알 수 있다.

### 2) 교사 / 식민자의 시선-불가능한 내선일체

당연한 말이지만 「등반」은 일본인의 시점에 의해 서술된다. 소설은 3인칭 시점으로 서술되지만 사건의 전개나 인물의 심리는 모두 일본인 교사 키타하라 쿠니오[北原邦夫]에게 초점화되어 있다. 그가 관심을 기울이는 조선인 제자 야스하라 히사요시(安原壽善-창씨명, 조선명은 안수선(安壽善))에 관한 것은 모두 키타하라의 관점에 의해 서술되거나 짐작되고 있을 뿐이다. 「등반」을 비평한 다나카 마사요시[田中正美][35]는 「등반」을 "'나'가 표현되는 방식을 중심으로"[36] 읽으면서, 작중인물에 작가자신을 투사함으로써 작위적이지 않은 '결전하'의 문학을 만들어내고 있다고 해석한다. 그러나 여기에서 '나'는 어디까지나 일본인의 시점을 바탕으로 한 '나'이며 그러므로 여기에서 '국민적 자각을 토대로 하려고 하는 마음가짐'이란 일본인의 그것이다.

이러한 시점, 그리고 교사-제자라는 관계설정은 근본적으로 이 소설의 성격을 규정한다. 즉 키타하라에게 있어서 조선은 계몽하고 교화해

35 다나카 마사요시는 가고시마 출신으로 경성제국대학에서 영문학을 전공하였고 국민문학 지면에 자주 평론을 기고하였다. 박광현, 「조선문인협회와 '내지인 반도작가'」, 『현대소설연구』 43, 2010, 87쪽 참조.

36 田中正美, 「文藝時評」, 『국민문학』, 1944.4, 43쪽.

야 하는 대상이며, 이미 식민자–식민지인의 관계는 전복될 수 없는 위계관계로 고정되어 있다. 키타하라는 히사요시를 황국신민으로 이끌기 위해 헌신적인 노력을 기울이며 히사요시는 자신의 변화를 키타하라에게 인정받기 위해 끊임없이 자신의 충성심을, 자신의 결백성을 호소한다. 가르치는 자로서의 입장은 스스로가 '내선일체'의 본질을 선험적으로 획득하고 있다는 무의식을 전제하고 있는 것[37]이며 이때 조선은 문명에 반대되는 야만적인 것, 계몽하고 교화해야 할 대상으로 설정[38]된다. 오비 쥬조의 시선에도 이러한 관점은 기본적으로 전제되어 있다. 예컨대 「등반」에 연이어 만주에서 발표한 「걸레선생[雑巾先生]」의 다음과 같은 부분은 조선에 대한 식민자의 인식을 단적으로 드러낸다.

> 매끄러운 녹색의 잔디에 마음을 빼앗겼으나 장미 울타리 바깥은 전부 똥무더기의 행렬이었다. 오래된 놈, 금방 눈 따끈따끈한 것, 도저히 쳐다볼 만한 풍경이 아니었다. (…중략…)
>
> 그렇다. 내선일체라고 떠들썩하게 말해지지만, 확실히 이것은 중대한 목표다. 저 튼튼한 장미울타리를 헐어 버리는 것이 나의 임무가 아니면 안된다. 그는 녹색 선명한 잔디가 똥의 길을 넘어 거리를 넘어 바닷가까지 펼쳐져 있는 풍경을 그려 보았다.[39]

---

37 윤대석, 「식민자의 문학」, 『식민지 국민문학론』, 역락, 2006, 238쪽.

38 위의 글 참조.

39 小尾十三, 「雑巾先生」, 『雑巾先生』, 滿洲文藝春秋社, 1944, 29쪽. 「雑巾先生」은 문예춘추사가 만주에 지사를 두고 발행한 『예문』지에 1944년 발표한 작품으로 아쿠타카와상 심사 시 「등반」의 참고작품으로 제출되었다. 19회 아쿠타카와상 심사평에서 카와카미 테츠타로[河上徹太郎]는 "(「등반」은 미해결인 채로 끝났으나) 다음 작품인 「걸레선생」에서 해결을 보고하고 있다"라고 언급한 바 있다. 인용은 1987년 中野書店에서 출간된 복각판을 따랐다.

「걸레선생」의 주인공 요시무라[吉村] 역시 학교선생으로 태만한 학생들을 가르치는 데 열성을 다하는 인물이다. 친구인 해군중위에게 원산의 바닷가를 안내하는 중에 들른 골프장은 파란 잔디와 장미울타리로 그림 같은 풍경을 자아내고 있다. 그러나 그 장미 울타리만 넘으면 주위는 온통 똥무더기이다. 이는 작가가 바라본 조선풍경의 한 상징적 장면과도 같은 것이다. 내지풍의 골프장이 내지인을 위한 문명과 청결의 공간이라면 그 주변의 똥무더기는 조선의 풍경이 될 것이다. 내지와 조선을 장미울타리로 구분해서 바라보는 시선은 식민자가 식민지를 바라보는 분할과 배제의 시선에 다름 아니다. 그러나 그는 이러한 분할과 배제의 시선을 고수하기보다는 그것을 헐어 버리려 한다. 내지인과 조선인을 구분하고 울타리 안에 안전하게 머무르는 것으로는 진정한 '내선일체'는 이루어지지 않는다고 생각하기 때문이다. "정말로 가슴 속에 그리는 풍경은 언제나 사람들로부터 조롱"받기 때문에 그는 "못된 장난처럼 목을 움츠렸다."[40] 조선인 학생들에게 애착을 가지고 청소지도에 열성을 다하는 그를 일본인 동료교사들은 비웃고, 학생들마저 그를 '걸레선생'이라고 조롱한다.

이 울타리의 비유는 양면적이다. 그것은 내지인과 식민지인을 분할하고 이 둘을 문명과 야만의 대척점에 놓는 것이기도 하지만 그러한 분할이 차별에 근거하고 있음을 이미 암시하고 있기 때문이다. 조선인 학생들이 그를 조롱하는 것은 선생의 진심을 알지 못하기 때문이기도 하지만 이미 차별로 위계화된 곳에서 청소를 열심히 하는 소명의식만으로

---

40 위의 글, 29쪽.

조선인이 내지인과 동등한 위치에 설 수 없음을 알고 있기 때문이다.

「등반」에서 야스하라에게 관심을 가지고 그를 열성적으로 지도하려 하는 키타하라가 벽에 부딪치는 것은 이 지점에서이다. 키타하라가 야스하라에게 처음 관심을 가지게 된 계기는 야스하라의 반항 때문이었다. '농업대의(農業大意)' 시간에 아름다운 도덕의 전통과 농업의 중요성을 가르치는 키타하라에게 야스하라는 이의를 제기한다. 반대의 이유는 단호하다. "현실이 그렇"기 때문이다. 농민은 "아름다운 도덕 같은 것은 조금도 가지고 있지 않"으며, "게으름뱅이인데다 욕심이 많"다. "이기적인 사람만 많고 인정 같은 건 없"[41]다는 야스하라의 반박은 이를테면 이상화된 교육의 공론에 대한 문제제기이며, 그것은 큰아버지 집에서 전 가족이 기식생활을 하는 야스하라가 실생활에서 느낀 현실의 곤궁함을 바탕으로 한다. 그렇기 때문에 키타하라는 야스하라의 반박에 대해서 원론적인 교훈을 전달할 수는 있지만 그것에 대해 효과적인 대답을 내놓지 못한다. 키타하라는 이 일을 계기로 야스하라를 눈여겨보게 되었고, 그의 곤궁한 현실을 알게 된다. 일시적인 꾸짖음보다는 학생을 이해하고 그의 길을 이끌어 주는 것이 교사의 역할이라고 생각하는 키타하라는 야스하라에게 꾸준히 관심을 가지고 그의 길을 이끌어주려고 노력한다. 그리고 그의 이러한 교육의 궁극적인 목적은 내선일체, 황국신민화에 있다. 그러나 이 교육목표는 정부로부터 주어진 것

41 오비 쥬조, 「등반」, 노상래 역, 『신반도문학전집』 2, 제이앤씨, 2008, 67쪽. 『신반도문학전집』은 1943년 12월부터 1944년 6월에 걸쳐 주로 『국민문학』에 발표된 소설을 최재서가 엮은 것으로 1944년 인문사에서 발간되었다. 이 글에서 「등반」의 인용은 번역본을 따른다.

으로 키타하라는 교사로서의 직분으로 그것을 받아들인다. "한국병합에서 하사하신 메이지대제의 칙서에 따라 정부는 그 목적(내선일체-인용자)만을 위해 필사의 노력을 기울이고 있다." 그러나 키타하라에게는 "그 인식도 히사요시와 부딪혀서 비로소 통절하게 이해되었다."[42] 그러므로 그의 내선일체의 이해란 내지인과 조선인이 소통하는 것, 처지를 이해하고 그를 방황에서 구해내는 것에 다름 아니다.

야스하라는 아버지가 돌아가신 후 구두쇠인 큰아버지에게 생계와 학비를 모두 기대고 있으며 그 대신 그의 어머니는 하녀와 같이 노동하며 살아가고 있다. 다른 남자를 따라 떠나고 싶어 하지만 자식들의 생계와 아들의 학비 때문에 그것이 용이하지 않자 끊임없이 불만을 터뜨리고 아들을 원망하는 것이 그의 어머니이다. 거기에서 어머니와 가족을 희생시켜 공부하고 있는 자신을 비겁하다고 생각하고 있는 야스하라를 보면서 키타하라는 그의 현실을 해결해주지 못하는 한, 그를 올바로 교육할 수도 없다는 것을 절실히 깨닫는다. 가정교사 자리를 구해주고 상담을 하며 헌신적인 노력을 기울이는 키타하라에게 야스하라는 교화되는 듯 보이기도 하지만 그것은 일시적인 것일 뿐이다. 키타하라가 관심을 기울이면 기울일수록 야스하라는 키타하라가 짐작하지도 못한 현실을 드러내며 키타하라를 배반한다.

"어머니께서? 그럼, 네 가족은 전부 여기서 산단 말이냐?"

"아버지께서 돌아가셨기 때문에 어쩔 수 없습니다."

---

42 위의 글, 89쪽.

일일이 학생의 신상을 외울 수는 없었지만 그런 사정도 모르고 방문한 것은 바보 같은 짓이다. 그 말을 듣자 꽃놀이 사정도 납득가지 않는 것은 아니었다.

"그럼 어머니를 불러 오너라."

"만나셔도 소용없어요. 어머니께서는 국어를 모르십니다."

아무렇지도 않게 들은 그 한 마디는, 아무렇지도 않은 만큼 키타하라의 마음을 쳤다.[43]

제자의 형편을 이해하고 부모님과 대화해 보려는 키타하라에게 전달되는 "어머니께서는 국어를 모르십니다"라는 말은 어떠한 노력도 의미가 없다고 느낄 정도로 완강한 벽이 된다. 그것은 키타하라가 천황의 칙서로 내선일체를 실천하려 한다 할지라도 조선의 현실에 부딪쳐 그것이 온전히 완수될 수 없음을 암시한다. 키타하라가 야스하라에게 애정을 다하고 거기에 야스하라가 감화됨으로써 키타하라의 교육은 그 결실을 얻는 듯 보이지만 번번이 그것은 성공하지 못한다. 야스하라가 자신의 처지에서 벗어나기 위해 읽은 책은 사상검열에서 불온한 것으로 낙인찍히고, 조선인 친구와의 서한 때문에 그는 당국의 취조를 받기에 이른다.

원산에서 신경의 학교로 이직한 키타하라에게 전달된 야스하라의 전보로 시작되는 소설은 키타하라의 회상을 거쳐 야스하라의 긴 편지로 끝을 맺는다. 야스하라는 사상문제 때문에 상급학교에 진학할 수 있는 길을 차단당하게 되었고, 그것은 그의 모든 꿈을 잃어버리는 것과

43 위의 글, 73쪽.

마찬가지이다. 그러한 현실 앞에서 야스하라는 부정한 피, 환경을 극복하고, 사상문제의 나쁜 꼬리표를 떼어내겠다고 결심하는 편지를 보낸다. 그의 죄를 속죄하기 위해 천황의 뜻에 따라 진정한 일본인이 되겠다고 결심하는 야스하라가 선택한 길은 징병검사를 받고 군인이 되는 길이다. 그러나 그 길은 그의 모든 가능성이 국가권력에 의해 차단된 후에 선택된 길이라는 점에서, 척박한 가정환경과 끊임없이 반복되는 사상검열에 내몰린 끝에 선택의 여지없이 남겨진 길이라는 점에서 키타하라가 의도했던 교화와는 거리가 멀다.

키타하라가 신념을 다해 야스하라를 지도하려 하지만 야스하라는 몇 번씩이나 키타하라의 지도에서 벗어나 일탈하는 모습을 보인다. 그것은 야스하라가 반항적이거나 당시의 국책을 거부하기 때문이 아니다. 야스하라는 최선의 노력을 다해 교사의 지도를 따르려고 하지만 어려운 가정형편, 그리고 계속되는 감시와 검열에 의해 교사의 지도에서 벗어날 수밖에 없는 것이다. 즉 식민자의 눈과 피식민자의 현실은 국책의 강조에도 불구하고 쉽게 합치될 수 없는 차이와 모순을 보여주고 있는 것이다. 물론 소설은 이러한 갈등이 일어날 때마다 감화를 위한 더욱 성실한 노력, 혹은 회개의 형식을 통해 이 갈등들을 은폐한다. 그러나 그 근본적 차이의 문제가 정면에서 다루어지지 않는 한 이러한 은폐는 결국 강압적 이데올로기의 모순을 역으로 증명할 뿐이다. "결국 키타하라도, 독자도 안수선의 내면을 볼 수 없는 채로 끝난다"[44]는 것에 이 작품의 핵심이 있을 지도 모른다. 교화되었다고 생각했던 야스하라

---

44 黒川創, 「解説」, 『外地の日本文学選3－朝鮮』, 新宿書房, 1996, 358쪽.

에게서 불온한 서적이 발견되고, 다시 희망을 찾은 듯 보였던 야스하라가 사상단체의 학생들과 연결되어 있었던 것처럼, 내선일체의 교육과 식민지의 교화는 계속해서 지연된다.

### 3) 전향자의 내면 – 식민자의 연성(錬成)

국민문학 1944년 10월호에는 「등반」을 아쿠타카와상 후보작으로 추천한 이와쿠라 마사지의 비평이 실려 있다. 「등반」이 아쿠타카와상을 수상하자 추천인으로서 「등반」을 추천한 경위와 「등반」의 아쿠타카와상 수상에 대한 감상을 적은 글이다. 「등반」을 본격적으로 분석하고 있지는 않지만 이와쿠라가 「등반」의 사상성을 언급하고 있는 부분은 주목할 필요가 있다. 여기에서 '사상성'은 국책을 수용하고 내선일체와 황민화 정책에 적극 동의하는 「등반」의 주제를 말하는 것은 아닌 듯하다. 왜냐하면 별도의 항목에서 이와쿠라는 '문학의 효용'과 '정치문제'를 언급하면서 "경솔한 감상에 따르지 않고 관허적(官許的) 공식을 일보 돌파"[45]해서 조선문제를 다루고 있다고 지적하고 있기 때문이다.

그렇다면 이와쿠라가 지적하는 '사상성'의 문제는 무엇을 말하는 것인가. 구체적으로 드러나 있지는 않지만 이는 「등반」의 주인공 키타하라가 가진 사상운동의 전력, 즉 좌익사상의 문제를 어떻게 해결해가는가의 문제가 아닌가 한다. 이와쿠라 마사지 역시 전향한 좌익문학자[46]

45 岩倉正治, 「「登攀」について」, 『국민문학』, 1944.10.
46 이와쿠라 마사지는 도사카 쥰[戸坂潤], 스즈키 다이세츠[鈴木大拙] 등의 영향을 받아

로 누구보다도 오비 쥬조가 표현한 '전향자'의 심경을 민감하게 포착할 수 있었을 것이며 이와쿠라가 오비 쥬조의 문학을 극찬했던 이유도 이에 근거한 것이 아닌가 한다. 키타하라가 사상시비에 휘말린 조선인 학생 야스하라에 애정과 관심을 기울이면서 그를 황국신민으로 계도하려 하는 노력은 또한 과거의 과오를 씻고 자신이 진정한 국민으로 거듭나는 과정이기도 한 것이다. 「등반」은 식민지인을 교화시키는 일본인의 시점을 다룬 소설이기도 하지만, 또한 제국의 전향자가 식민지를 통해 어떻게 국민으로서의 정체성을 얻는가에 관한 이야기이기도 하다.

> 서른 두 살이나 되는 그가 말석인 것은 도쿄[東京]의 사대(私大)에 재학 중 고향 수와[諏訪]의 농민운동에 관계하다가 퇴학을 당했는데, 그것이 늘 그의 신원조사에 따라다녔기 때문에 이리저리 옮겨 다니며 방랑을 거듭하지 않으면 안 되었기 때문이다. 그러나 예의 말석이라고 해도, 그런 상처를 가진 그가 관리인 공립중학교 교사로서 떳떳하게 부임할 수 있었던 것은 사정을 아는 선배가 무진 애를 쓴 덕택이긴 하지만, 방랑하던 10년 동안 일본국민으로서의 자각에도 정도는 있겠지만, 그는 그 나름대로 그 자각을 회복했기 때문이다.[47]

세부적인 사항은 다르지만 키타하라의 이력은 작가 오비 쥬조의 이력과 거의 유사하다. 위 인용문은 키타하라가 처해있는 처지와 거기에

---

마르크스주의 사상을 가졌지만 전쟁 후기에 전향했고 전후에 재전향했다. 新潮社辭典編部, 『新潮日本文學辭典』, 新潮社, 1988, 115쪽 참조.

47 오비 쥬조, 「등반」, 앞의 책, 61쪽.

서 비롯되는 내면을 단적으로 드러낸다. 32살이나 되어서 교직의 말단에 있을 수밖에 없는 것은 그의 좌익 경력 때문이다. 취직을 위해 애쓰는 과정에서 그는 좌익 경력에 가해지는 사회적 압력을 충분히 느꼈을 것이며 동료교사와 구분되는 그의 처지는 그로 하여금 교사로서의 소명에 더욱 열성을 다해 매달리게 했을 것이다. 그리고 그는 자신의 과거로부터 자신이 완전히 벗어나 있음을 증명하기 위해 끊임없이 자신의 과거를 의식할 수밖에 없다. '방랑하던 10년 동안 일본 국민으로서의 자각을 회복'했다고 되뇔 수밖에 없는 것은 그만큼 과거 경력이 자신에게 부담이 되고 있기 때문이다. 그는 아직 완전히 용서받지 못한, 검증 중에 있는 불순분자인 것이다.

그런 의미에서 야스하라의 교화가 사상문제를 중심으로 진행되는 것은 우연이 아니다. 키타하라에게 있어서 교화는 곧 사상문제이고, 내선일체와 국민화의 핵심은 사상문제를 해결하는 데에 있었기 때문이다. 야스하라의 교화는 곧 키타하라의 자기 극복에 다름 아니다. 그가 야스하라의 문제에 그토록 열성적으로 매달리는 이유는 야스하라에게서 자신의 모습을 보기 때문이다.

> 키타하라는 마음이 다급했지만, 책상에서 움직일 수가 없었다. 그 정체를 밝힌다면, 자신이 겪은 10년 방랑의 어두운 날들이, 오늘, 지금부터 애처로운 소년 히사요시의 앞에 전개되는 것 같아 두려워졌다.[48]

48 위의 글, 99쪽.

그래서 키타하라는 야스하라에게 자신의 모습을 투사한다. 키타하라에게 식민지는 곧 끊임없이 단련되고 개발되어야 할 어떤 미달의 상태를 의미하는데, 그것은 비단 식민지뿐 아니라 모든 국민에게 해당되는 이야기가 된다. 전향자이거나 아직 국민으로서의 자각이 충분치 않은 모든 대상들에게서 그는 식민지를 본다. 키타하라에게 있어서 식민지가 동일시될 수 있는 부분이 있다면, 모든 미달된 영역이, 도달해야 할 어떤 지점을 향해 끊임없이 매진하는 과정, 그것을 식민지가 대표하고 있다는 데에 있다.

「등반」에 투영되어 있는 오비 쥬조의 경력에서 알 수 있는바, 오비 쥬조는 일본에서 좌익운동을 했던 작가, 지식인들이 대거 식민지로 그들의 거점을 이동하는 경위를 대표적으로 보여주고 있다고 해도 과언이 아니다. 식민지에서 그들은 식민지인들을 이해하는 한편으로 그들을 교화하는 식민자의 입장에 서 있었지만, 그들 역시도 일본 제국의 온전한 국민으로 인정받지 못한, 끊임없는 사상검증에 시달려야 했던 배제된 타자의 일원이었다. 이러한 사실은 조선과 만주 등에 진출했던 식민자들의 위치와 그들의 자의식을 외지문학과 관련하여 읽을 수 있게 한다. 그들은 타자로서의 자신의 위치에서 벗어나, 진정한 국민이 되기 위해 끊임없이 식민지인들을 교화의 대상으로 타자화시킬 수밖에 없었으며, 그 과정은 또한 스스로를 연성하는 국민화의 과정이기도 했을 것이다. "이상적인 '외지'의 교육자상 = 자기상은 물론 '선험'적으로 선취, 견지되는 성질의 것이 아니라, 언제나 조선의 학생들에 대한 대타의식을 통해 작위적으로 조형되어 가는 것"[49]이었음은 물론, 「등반」의 경우에는 자신의 미달된 국민의식을 학생교육을 통해 보충하고 확고히 해 나가는 길이기도 했다. 「등반」에서 가장 강력한 인상을 남기는 금강산 암벽 등반의 장면, 암벽을 타고 넘어 다시 시련을 넘고 정상에까지 다다르는 과정은 완벽한 국민으로의 재탄생을 위한 끊임없는 도정이기도 했던 것이다.

그리고 이러한 국민으로의 재탄생은 결국 국가의 존재를 인식하는 것, 천황을 중심으로 하는 국체를 인정하는 데에서 비로소 달성된다. 키타하라는 천황을 인정하고 그것에 자신을 맡기는 것을 통해 자신의 전향을 완성한다. 전향을 "국가 권력 아래에서 일어난 사상의 변화"라고 정의할 수 있다면, 그것은 단지 국가의 강제력에 의해서만 일어날 수 있는 것은 아니다. 국가의 강제력이 중요한 원인이 되겠지만, 또한 "개인 혹은 집단이 압력에 대해 스스로의 선택에 따라 반응한다는 것"이 간과되어서는 안 된다. "강제력이 작용한다는 것과 자발성이 있다는 것이 이러한 현상에 있어서 두 개의 불가결한 측면"[50]이 되는 것이다. 키타하라의 경우를 말한다면, 그가 좌익경력자라는 이유로 취직에 제한을 당하고, 일상생활에 심각한 제약을 받는 것이 국가권력에 의한 강제적인 전향과 관련되어 있다면 스스로 자신의 전향을 증명하고 국체를 받아들이는 과정은 자발적인 전향과정이라 할 수 있다. 그리고 이 두 과정이 합치되는 곳에서, 키타하라가 국가의 의미를 스스로 서술하는 데에 이르러서야 비로소 전향은 완성된다. 많은 일본인 사회주의자들의 전향이 "국제공산당의 열렬한 지지자의 입장에서 초국가주의 지

49 신승모, 「식민지 조선의 일본인 교사가 산출한 문학」, 『한국문학연구』 38, 2010, 143쪽.
50 쓰루미 슌스케, 최영호 역, 『전향』, 논형, 2005, 33쪽.

지자의 입장으로 바뀌는, 극단에서 극단으로 이동하는 경향"[51]을 띤다는 견해를 받아들인다면 키타하라 역시 이 범주에서 크게 벗어나지 않는다. 소설의 초반부에서 그 전향은 "국민으로서의 자각"이라는 의미로 막연하게 표현되었던 것과는 달리, 키타하라가 야스하라를 지도해 나가면서 이는 점점 구체화된다. 그리고 10년 전의 자신과는 달리 현재의 야스하라에게는 국가의 존재가 있다는 것, 그리고 그것이 얼마나 행복한 일인지를 깨닫는 데에까지 이르게 된다.

> 키타하라는 순수한 감격으로 고맙게 한 마디 한 마디를 들었다. 그리고 그 감격과는 다르게 깊은 감개에 멍하니 눈시울이 젖는 것을 느끼면서, 안경으로 부드러워진, 크고 조금 날카로운 긴, 주임의 속눈썹의 눈동자를 응시했다. 그런 눈빛이나 그런 말은 물론 검은 제복으로 가득한 실내도 예전에 키타하라가 여러 번 본 풍경과 너무나도 많이 닮아 있었다. 그는 그때와 지금의 자신의 입장을 비교해 10년이라는 시간의 흐름을 음미하지 않을 수 없었다.[52]

> 키타하라 자신이 겨우 제대로 된 길에 다다를 수 있었던 것도 10년 동안 방랑으로 그를 내몬 차가운 뭔가가 아니었을까, 국가 기구가 강력하게 보유한 그 채찍이야말로 혹 구하기 어려울 정도로 깊게 들어간 미로에서 사람을 구할 수 있는 것이다.[53]

---

51 위의 책, 169쪽.
52 오비 쥬조, 「등반」, 앞의 책, 100쪽.
53 위의 글, 147쪽.

키타하라는 사상문제로 조사를 받는 야스하라를 구하기 위하여 경찰서의 주임을 찾아간다. 경찰서의 주임은 훌륭한 황국신민을 만들기 위해 자신도 최선을 다하겠노라고 말하며 키타하라를 격려한다. 경찰서 주임을 만나면서 키타하라는 10년 전에 자기가 겪었던 일을 떠올리고 그때와는 달라진 풍경에 새삼 감격한다. 그리고 그 달라진 풍경에 바로 국가가 있다고 생각하면서 그것이 "자신의 과거에 비교하면 얼마나 행복한가"를 생각하고, 야스하라에게 반드시 그 "과분한 행복"[54]을 충분히 인식시켜주어야 하겠다는 사명감을 느낀다. 경찰의 구금과 훈육이 곧 국가의 교화사업이라고 인식하는 과정이 흥미롭다. 가장 강력한 이데올로기적 국가기구로서의 경찰은 곧 국가의 대리자로 인식되고, 무리한 사상통제와 억압조차도 국가가 행하는 당연한 통치행위로 인식하는 것, 그것은 곧 제국의 지배이데올로기에 스스로 동화되는 과정에 다름 아니다.

키타하라는 야스하라가 다시 구금되었다는 편지를 받고 고민 끝에 사건의 담당자인 고등주임 앞으로 편지를 쓴다. 그는 편지를 쓰는 도중 무언가 성의가 부족하다는 생각에서 편지쓰기를 중단하고 신경신사로 달려간다. 신사참배를 끝낸 후에야 비로소 편지를 계속 쓰기 시작한다. 그가 야스하라의 "과분한 행복"을 말하는 순간은 바로 이 경찰 고등주임의 편지를 호의로 해석하고 그것을 국가의 의미를 자각하는 순간이기도 하다. 야스하라를 교화하는 일이 국가의 힘과 은혜를 자각하는 일과 동일시되는 순간, 그리고 그것이 신사참배로 마무리되는 순간, 식민자와 식민지의 내선일체는 오히려 불가능해진다. 경찰에 의해 사상을 통제당하

54 위의 글, 149쪽.

고 구금당하며, 자신의 미래를 빼앗기는 조선인과 그것을 국가의 은혜로 인식하는 일본인 전향자의 거리가 명백해지기 때문이다. 그리고 이 지점에서 「등반」은 식민자와 식민지인의 차이를, 불가능한 내선일체를 암시하는 소설이기를 멈추고 한 전향자의 국가로의 귀의를 전달하는 소설이 된다. 군인이 되기를 결심하고 자신의 진심을 믿어달라는 야스하라의 장문의 편지가 키타하라에게 도착한 것은 그 다음이다.

키타하라의 좌익경력은 소설에서 키타하라의 의식에서 중요한 부분을 차지하는데, 그는 자신의 좌익경력을 어두운 과거, 하나의 죄로 인식하고 거기에서 벗어나기 위해 학생지도에 더욱 힘을 쏟는다. 안수선을 황국신민의 길로 인도하는 것은 자신의 죄를 벗고 새로운 존재로 다시 태어나는 것이기도 한 것이다. 식민지에 자신의 과거를 전이하고 거기에서 벗어나는 길을 황국신민의 길과 동일시하는 과정은 식민자가 식민지를 어떻게 자기중심적으로 타자화시키고 있는지를 잘 보여준다. 결국 식민지인의 연성은 미해결로 남은 채 국책의 강조와 감화라는 이데올로기에 봉합되며, 최종적으로 연성되는 것은 식민자의 국민의식이다.

## 4. 통합하는 제국, 불가능의 국민문학

이 글은 일제 말기 문학 연구의 성과를 바탕으로 제국-식민지의 상호교차와 영향 관계 속에서 한국문학을 바라보고자 한 시도이다. 식민지 시기의 문학, 특히 일제 말기의 문학은 식민주의 정책의 강력한 영향하에 있는 것이며 친일로 평가되는 문학은 물론이고 저항으로 평가되는 문학 역시 이러한 영향력을 어떻게 받아들이고 사유하는가에 대한 면밀한 주의를 기울이지 않으면 안 된다. 지금까지의 한국문학 연구가 식민지에 대한 지배정책과 문학담론에 집중되었다면 그것이 식민지 본국의 상황과 어떻게 연동하고 교차하는가에 대한 연구는 아직 부족한 단계에 있다고 할 수 있다.

일제 말기 식민지배정책은 조선의 문학상황 뿐 아니라 일본의 문학상황도 변화시켰으며 이를 한마디로 요약한다면 제국의 문학으로의 재편성이라고 할 수 있다. 지방문학이라는 용어가 새롭게 등장하면서 식민지의 문학—특히 조선과 만주의 문학이 지방문학의 틀로 일본문단에 편입되는 체계가 만들어진다. 조선 출신 작가들의 일본문단에서의 활약, 식민지에서의 내지인 작가들의 등장, 양 측의 문학매체에 자주 등장하는 조선문학, 동경문단 등의 특집이 이를 증거 한다고 할 수 있다. 1944년 오비 쥬조의 「등반」이 아쿠타카와상을 받은 것도 이러한 맥락하에서 해석할 수 있다. 순수문학의 대명사로 불리는 아쿠타카와상이지만 이 시기 아쿠타카와상은 국책과 시대적 분위기를 매우 적극적으로 반영하고 있었다. 중국, 혹은 식민지에 체류하는 작가들의 작품이 수상작으로 선정되고 이국적 분위기를 반영한 작품들이 다수 등장하는 것도 이 때문이다.

오비 쥬조의 「등반」을 한 거점으로 하여 일제 말기 문학을 검토하고자 한 것은 이러한 식민지 / 피식민지의 경계와 지평이 혼융되고 재편되는 과정을 살펴보기 위함이다. 「등반」은 일본 제국의 확대와 전쟁수행을 위한 제국통합의 시대적 요청하에서 식민지의 문학을 제국 문단의 하위범주로 편입시킬 필요에 의해 발굴된 작품이라고 할 수 있다. 또한 「등반」은 작품 자체로서도 식민 / 피식민의 관계의 차이와 균열을 드러낸다. 「등반」에 등장하는 일본인 교사는 조선인 제자를 황국신민화로 이끄는 교육을 통해 자신의 과거를 청산하고 제국의 주체로 거듭나려 한다. 그렇지만 조선인 제자의 사정은 그가 생각하는 것보다 훨씬 복잡하고 난해한 상황 속에 있다. 일본인 교사의 계도와 거기에서 자꾸만 어긋나는 조선인 학생의 관계는 강력한 제국 이데올로기의 봉합을 통해서도 쉽게 해결되지 않는 균열의 서사를 보여준다. 이러한 균열은 강요된 이데올로기가 근본적으로 안고 있는 모순의 한 표상이기도 하다.

조선인 제자와 일본인 교사의 내선일체는 결국 그 달성이 지연되면서 불가능한 것으로 남는 한편, 전향자였던 일본인 교사는 내선일체의 이념 속에서 국가라는 신앙에 귀속됨으로써 진정한 국민으로 재탄생한다. 내선일체와 황국신민화는 조선에서 강요된 이데올로기였지만 이것은 단지 식민지에 국한된 것은 아니었다. 일본 국민들 역시도 끊임없이 황국의 신민으로 연성되어야 했으며, 식민지는 그것을 가능하게 하는 훌륭한 훈련장이었다. 조선에서 활동한 일본인 작가 오비 쥬조의 작품을 통해 우리는 국가주의의 통치 이데올로기가 식민지와 식민본국에서 어떻게 분할되고 차별되며 또한 통합되는가를 확인할 수 있다.

# 참고문헌


## 1부 1장

이상경 편, 『강경애 전집』, 소명출판, 1999.

김경수, 「강경애 장편소설 재론」, 『주변에서 글쓰기—탄생 100주년 기념 문학제 논문집』, 민음사, 2006.

김미현, 『여성문학을 넘어서』, 민음사, 2002.

김민정, 「강경애 문학에 나타난 지배담론의 영향과 여성적 정체성의 형성에 관한 연구」, 『어문학』 85, 2004.

______, 「일제시대 여성문학에 나타난 구여성의 정체성에 관한 연구」, 『여성문학연구』 14, 2005.

김양선, 「강경애 후기 소설과 체험의 윤리학」, 『여성문학연구』 11, 2002.

______, 『1930년대 소설과 근대성의 지형학』, 소명출판, 2003.

김영주, 「하위주체 여성의 몸」, 『여성의 몸』, 창작과비평사, 2005.

김인환, 「폐허의 기록」, 탄생 100주년 기념 문학제 심포지엄 발제원고, 2006.5.12.

박혜경, 「강경애의 작품에 나타난 여성인식의 문제」, 『민족문학사연구』 23, 2003.

이상경, 『한국근대여성문학사론』, 소명출판, 2002.

가야트리 스피박, 태혜숙 역, 『다른 세상에서』, 여이연, 2003.

## 1부 2장

김남천, 「지식계급 전형의 창조와 『고향』 주인공에 대한 감상」, 『조선중앙일보』, 1935.7.5.

______, 「고발의 정신과 작가」, 『조선일보』, 1937.6.5.

______, 「일신상 진리와 모랄」, 『조선일보』, 1938.4.24.

______, 「창작방법의 신 국면」, 『조선일보』, 1937. 7.10~15.

_____, 「경영」, 『문장』, 1940.10.
_____, 「맥」, 『춘추』, 1941.2.
안함광, 「로만 논의의 제과제와 『고향』의 현대적 의의」, 『인문평론』, 1940.11.
이기영, 『고향』(한국장편소설대계 10권), 한성도서, 1937.
임 화, 「주체의 재건과 문학의 세계」, 『동아일보』, 1937.11.11~16.
_____, 「한설야 론」, 『동아일보』, 1938.2.24.
한설야, 「황혼의 여순」, 『조광』, 1939.4.
_____, 『대륙』(『국민신보』, 1939.6.4~9.24), 김재용 · 김미란 · 노혜경 편역, 『식민주의와 비협력의 저항』, 역락, 2003.
_____, 『황혼』(한국장편소설대계 23권), 영창서관, 1940.

김복순, 「페미니즘 미학의 기본 개념과 방법」, 『여성문학연구』 15, 2006.
김양선, 「식민시대 민족의 자기 구성방식과 여성」, 『근대문학의 탈식민성과 젠더정치학』, 역락, 2009.
김재용, 「내면세계의 탐구와 도식성 극복의 도정」, 『한설야 문학의 재인식』, 소명출판, 2000.
_____, 「일제 말 한국인의 만주인식」, 『일제 말기 문인들의 만주체험』, 역락, 2007.
김진석, 「프롤레타리아문학의 연애담론과 서사양식－이기영의 『고향』을 중심으로」, 『한국언어문학』 37, 2010.
서경석, 「1930년대 문학비평에 나타난 탈근대성 연구」, 『한국학보』 84, 1997.
서영인, 「만주서사와 (탈)식민의 타자들」, 『어문학』 108, 2010.
신두원, 「계급문학, 민족문학, 세계문학」, 『민족문학사연구』 21, 2002.
윤대석, 「'만주'와 한국문학자」, 『식민지 국민문학론』, 역락, 2006.
이경재, 「한설야 소설에 나타난 여성표상 연구」, 『현대소설연구』 38, 2008.
이미림, 「이기영의 '여성해방' 소설연구」, 『여성문학연구』 6, 2001.
이선영, 「『황혼』의 소망과 리얼리즘」, 『한설야 문학의 재인식』, 소명출판, 2000.
이선옥 『이기영 여성소설 연구』, 국학자료원, 2002.
이현식, 「한국 근대비평사를 바라보는 하나의 관점」, 『민족문학사연구』 21, 2002.
차원현, 「문학과 이데올로기, 주체, 그리고 윤리학」, 『민족문학사연구』 21, 2002.
최원식, 「프로문학과 프로문학 이후」, 『민족문학사연구』 21, 2002.
하정일, 「프로문학과 식민주의」, 『한국근대문학연구』 5, 2002.

## 1부 3장

천성활란, 「여성의 무장」, 『조광』 76, 1942.2.
최정희, 「장미의 집」, 『대동아』, 1942.7.
_____, 「야국-초(野菊-抄)」, 『국민문학』, 1942.11.
_____, 「징용열차」, 『半島の光』, 1945.2.
허하백, 「총후여성의 힘」, 『조광』 76, 1942.2.

가와 가오루, 김미란 역, 「총력전 아래의 조선 여성」, 『실천문학』, 2002 가을.
고갑희, 「여성주의적 주체 생산을 위한 이론」, 『여/성 이론』 1, 여이연, 1998.
김수진, 「1930년 경성의 여학생과 '직업부인'을 통해 본 신여성의 가시성과 주변성」, 공제욱·정근식 편, 『식민지의 일상지배와 균열』, 문화과학사, 2006.
김양선, 「식민주의 담론과 여성 주체의 구성」, 『여성문학연구』 3, 2000.
_____, 「친일문학의 내적 논리와 여성(성)의 전유 양상」, 『실천문학』, 2002 가을.
김재용, 「최정희-모성과 국가주의의 결합」, 『협력과 저항』, 소명출판, 2004.
서강여성어문학회 편, 『한국문학과 모성성』, 태학사, 1998.
서영인, 「순응적 여성성과 국가주의」, 『현대소설연구』 25, 2005.3.
송연옥, 「조선 '신여성'의 내셔널리즘과 젠더」, 『신여성』, 청년사, 2003.
심진경, 「여성작가, 애국부인 되다」, 『한국문학과 섹슈얼리티』, 소명출판, 2006.
이노우에 가즈에, 「조선 '신여성'의 연애관과 결혼관의 변혁」, 『신여성』, 청년사, 2003.
이상경 편, 『강경애 전집』, 소명출판, 1999.
이상경, 「나혜석의 여성해방론」, 『한국근대여성문학사론』, 소명출판, 2002.
_____, 「식민지에서의 여성과 민족의 문제」, 『실천문학』, 2003 가을.
이선옥, 「평등에 대한 유혹」, 『실천문학』, 2002 가을.
_____, 「여성해방의 기대와 전쟁동원의 논리」, 『친일문학의 내적 논리』, 역락, 2003.
이정옥, 「모성신화, 여성의 또 다른 억압 기제」, 『여성문학연구』 3, 2000.
최경희, 「친일문학의 또 다른 층위-젠더와 「야국-초」」, 박지향 외편, 『해방 전후사의 재인식』, 책세상, 2006.

### 1부 4장

이선희, 오태호 편, 『이선희 소설선집』, 현대문학사, 2009.

지하련, 서정자 편, 『지하련 전집』, 푸른사상, 2003.

공제욱, 「의복통제와 '국민' 만들기」, 공제욱 · 정근식 편, 『식민지의 일상-지배와 균열』, 문화과학사, 2006.

김수진, 「1930년 경성의 여학생과 '직업부인'을 통해 본 신여성의 가시성과 주변성」, 공제욱 · 정근식 편, 『식민지의 일상-지배와 균열』, 문화과학사, 2006.

김양선, 『근대문학의 탈식민성과 젠더정치학』, 역락, 2009.

김재용, 「최정희-모성과 국가주의의 결합」, 『협력과 저항』, 소명출판, 2004.

김주리, 「신여성 자아의 모방욕망과 '다시 쓰기'의 서사전략」, 『비평문학』 30호, 2008.

박정선, 「임화와 마산」, 『한국근대문학연구』 26, 2012.

박찬효, 「지하련의 작품에 나타난 신여성의 연애 양상과 여성성」, 『여성학 논집』 25집, 2008.

서승희, 「'전환'의 기록-정인택 소설의 변모양상과 그 의미」, 『현대소설연구』 41집, 2009.

서재원, 「지하련 소설의 전개양상」, 『국제어문』 44집, 2008.

서정자, 「지하련의 페미니즘 소설과 '아내의 서사'」, 『지하련 전집』, 푸른사상, 2003.

손유경, 「해방기 진보의 개념과 감각」, 『현대문학의 연구』 49집, 2013.

송연옥, 「조선 '신여성'의 내셔널리즘과 젠더」, 문옥표 외, 『신여성』, 청년사, 2003.

심진경, 「여성작가, 애국부인 되다」, 『한국문학과 섹슈얼리티』, 소명출판, 2006.

이상경, 「식민지에서의 여성과 민족의 문제」, 『실천문학』 2003 봄.

_____, 「신여성의 자화상」, 문옥표 외, 『신여성』, 청년사, 2003.

이선옥, 「여성해방의 기대와 전쟁 동원의 논리」, 『친일문학의 내적 논리』, 역락, 2003.

하신애, 「식민지 여성 소비자와 1930년대 후반의 근대 인식」, 『한국현대문학 연구』 37집, 2012.

### 2부 1장

김재용 · 곽형덕 편, 『김사량, 작품과 연구』 1, 역락, 2008.

______________, 『김사량, 작품과 연구』 2, 역락, 2009.

________________, 『김사량, 작품과 연구』 3, 역락, 2013.
『金史良 全集』, 東京 : 河出書房, 1973.

곽형덕, 「김사량 「토성랑」의 판본 비교 연구」, 『현대문학의 연구』 35, 2008.
권나영, 「제국, 민족, 그리고 소수자 작가—'식민지 사소설'과 식민지인 재현 난제」, 『한국문학연구』 37, 2009.
김석희, 「김사량 평가사—'민족주의'의 레토릭과 김사량 평가」, 『일어일문학연구』 57, 2006.
김윤식, 『일제 말기 한국 작가의 일본어 글쓰기론』, 서울대 출판부, 2003.
김응교, 「김사량 「빛 속으로」의 이름 · 지기미 · 도시유람」, 『춘향이 살던 집에서, 구보씨 걷던 길까지—한국문학산책』, 창작과비평사, 2005.
김재용, 『협력과 저항』, 소명출판, 2004.
______, 「일제 말 김사량 문학의 저항과 양극성」, 『김사량, 작품과 연구』 1, 역락, 2008.
김주영, 「김사량의 '빛 속으로'를 통해 본 균열의 제국」, 『세계문학비교연구』 37, 2011.
김혜연, 「「빛 속에」의 근대성 연구」, 『배달말』 46, 2010.
노상래, 「김사량의 창작어관 연구」, 『어문학』 80, 2003.
손혜숙, 「김사량 소설에 나타난 '탈식민성' 고찰」, 『어문론집』 33, 2005.
우석균, 「라틴 아메리카 하위주체 연구의 기원, 쟁점, 의의」, 『실천문학』, 2005 여름.
윤대석, 「언어와 식민지—1940년을 전후한 언어상황과 한국문학자」, 『식민지 국민문학론』, 역락, 2006.
윤대석, 「식민자와 식민지인의 세 가지 만남」, 『우리말글』 57, 2013.
이경원, 「탈식민주의론의 탈역사성」, 『실천문학』, 1998 여름.
이주미, 「김사량 소설에 나타난 탈식민주의적 양상」, 『현대소설연구』 19, 2003.
이철호, 「동양, 제국, 식민주체의 신생」, 『한국문학연구』, 2003.
정백수, 「'말할 수 없는' 존재의 표상, 그리고 대변—김사량의 「토성랑」」, 『한국근대문학연구』, 2000.
하정일, 『탈식민의 미학』, 소명출판, 2008.
황호덕 「제국 일본과 번역(없는) 정치」, 『대동문화연구』 63, 2008.
로절린드 C. 모리스 편, 태혜숙 역, 『서발턴은 말할 수 있는가?』, 그린비, 2013.
프란츠 파농, 이석호 역, 『검은 얼굴, 흰 가면』, 인간사랑, 1998.

2부 2장
「조영 '화전민' 영화화」, 『매일신보』, 1941.2.28.
김사량, 「잡음(雜音)」, 『제방』, 1936.6.
_____, 「토성랑」, 『제방』 2, 1936.10.
_____, 「조선문학풍월록」, 『문예수도』, 1939.6.
_____, 「산가 세시간―심산 기행의 일절」, 『삼천리』, 1940.3.
_____, 「풀 속 깊숙이」, 『문예』 조선문학특집호, 1940.7.
_____, 「화전 지대를 가다―맨드래미 꽃」, 『문예수도』, 1941.3.
_____, 「마을의 작부들―화전지대를 가다 3」, 『문예수도』, 1941.5.
_____, 『태백산맥』(『국민문학』, 1943.2~1943.10), 김학동 역, 『태백산맥』, notebook, 2006.
임 화, 「조선문학의 환경」, 『문예』, 1940.7.
定村光鉉, 「조선 사상범예방구금령 해설」, 『조광』, 1941.4.

곽형덕, 「김사량 일본어 소설 생성과정 연구」, 『현대문학의 연구』 38, 2009.
郭炯德, 「金史良日本語小說期硏究」, 早稻田大學校大學院文學硏究科 博士論文, 2014.
김재용, 『협력과 저항』, 소명출판, 2004.
김재용・곽형덕 편, 『김사량, 작품과 연구』 1, 역락, 2008.
_______________, 『김사량 작품과 연구』 2, 역락, 2009.
김학동, 「김사량의 『태백산맥』과 민족독립의 꿈」, 『일본학보』 68, 2006.
다카하시 아즈사[高橋梓], 「김사량의 일본어문학, 그 형성 장소로서의 비평공간」, 김사량 탄생 100주년 기념 국제학술대회 발표문, 2014.
서영인, 「서발턴의 서사와 식민주의의 구조―일제 말 김사량의 문학」, 『현대문학이론연구』 57, 2014.
오다 마코토, 「어떤 부정하기 힘든 힘―김사량의 「향수」」, 김재용・곽형덕, 『김사량, 작품과 연구』 1, 역락, 2008.
윤대석, 「식민지 국민문학론―1940년대 전반기 '국민문학'의 논리와 심리」, 『식민지 국민문학론』, 역락, 2006.
이자영, 「김사량의 『태백산맥』론―작가의 민족의식을 중심으로」, 『일본문화연구』 34, 2010.
임종국, 『친일문학론』, 평화출판사, 1966.

추석민, 「金史良の『太白山脈』研究」, 『일어일문학』 9, 1998.
안우식, 심원섭 역, 『김사량 평전』, 문학과지성사, 2000.
자크 랑시에르, 오윤성 역, 『감성의 분할』, b, 2008.

## 2부 3장

김석범, 김석희 역, 『까마귀의 죽음』, 소나무, 1988.

김석범, 「다시 '재일'에게 '국적'이란 무엇인가—준통일 국적의 제정을 바란다」, 『당대비평』 7, 1999 여름.
______, 「왜 일본語문학이냐」, 『창작과 비평』, 2007 겨울.
김석범・김시종 대담, 『왜 계속 써 왔는가, 왜 침묵해 왔는가』, 제주대 출판부, 2007.
김재용, 「폭력과 권력, 그리고 민중」, 『제주 4・3 연구』, 역사비평사, 1999.
김학동, 『재일조선인 문학과 민족』, 국학자료원, 2009.
김혜연, 「재일 1.5세대의 민족의식과 정체성 연구」, 고려인 강제 이주 70주년 기념 학술대회 발표문, 2007.
나카무라 후쿠지, 『김석범 『화산도』 읽기』, 삼인, 2001.
노종상, 「4・3사건의 문학적 형상화와 '심적 거리'」, 『인문학연구』 79, 2010.
서경식, 『고통과 기억의 연대는 가능한가?』, 철수와영희, 2008.
오노 데이지로, 「제주 4・3항쟁과 역사인식의 전개상—김석범론」, 김환기 편, 『재일 디아스포라 문학』, 새미 2006.
유숙자, 『재일 한국인 문학』, 월인, 2000.
윤건차, 『교착된 사상의 현대사』, 창작과비평사, 2009.
윤인진, 『코리안 디아스포라』, 고려대 출판부, 2004.
정대성, 「김석범 문학을 읽는 여러 가지 시각」, 『일본학보』 66, 2006.
정은경, 『디아스포라 문학』, 이룸, 2007.
강재언・김동훈, 하우봉・홍성덕 역, 『재일 한국・조선인—역사와 전망』, 소화, 2000.
宋惠媛, 「金石範の朝鮮語作品について」, 『金石範作品集』, 平凡社, 2005.

2부 4장
백신애, 김윤식 편, 『꺼레이』, 조선일보사, 1987.
백신애, 최혜실 편, 『아름다운 노을』, 범우, 2004.
백신애, 「금계랍」, 『여성』, 1937.6.
______, 「촌민들」, 「여성』, 1937.9.
______, 「나의 시베아 방랑기」, 『국민신보』, 1939.4.30.
백신애 외, 「여류작가 좌담회」, 『삼천리』, 1936.3.
(단행본에 포함되어 있지 않은 자료를 비롯한 여러 도움을 주신 '백신애 문학 기념사업회' 여러분께 감사드린다)

김미현, 「'사이'에 집짓고 살기」, 『페미니즘과 소설비평』, 한길사, 1995.
김연숙, 「사회주의 사상의 수용과 여성작가의 정체성」, 『어문연구』 33-4, 2005.
김윤식, 「백신애의 소녀시절」, 『영천문학』 창간호, 1993.
김지영, 「백신애 소설 연구—경계인의 정체성과 모성강박을 중심으로」, 『현대소설연구』 38, 2008.
남화숙, 「1920년대 여성운동에서의 협동전선론과 근우회」, 『한국사론』 25, 1991.
박종홍, 「신여성의 '양가성'과 '집떠남'의 고찰」, 『한민족어문학』 48, 2006.
서정자, 「아름다운 노을 고」, 『청파문학』, 14, 1984.
안숙원, 「백신애의 반미학과 페미니즘」, 『여성문학연구』 4, 2000.
우미영, 「여성의 광기와 무의식의 욕망」, 『여성문학연구』 4, 2000.
윤옥희, 「1930년대 여성작가 소설 연구」, 성균관대 박사논문, 1997.
이상경, 「1930년대 신여성과 여성작가의 계보연구」, 『여성문학연구』 12, 2004.
전상숙, 「'조선여성동우회'를 통해서 본 식민지 초기 사회주의 여성지식인의 여성해방론」, 『한국정치외교사논총』, 22-2, 2000.
정혜욱, 「타자의 타자성에 대한 심문—가야트리 스피박」, 『새한영어영문학』 46-1, 2004.
최혜실, 「백신애 문학에 나타난 이중적 타자성」, 『현대소설연구』 24, 2004.
로버트 J. C. 영, 김용규 역, 『백색신화』, 경성대 출판부, 2008.

## 3부 1장

이무영, 「문서방」, 『국민문학』, 1942.3.
_____, 「귀소」, 『춘추』, 1943.1.
이북명, 「빙원」, 『춘추』, 1942.7.
석인해, 「귀거래」, 『춘추』, 1943.6.
최인욱, 「생활 속으로」, 『춘추』, 1943.11.
「국어문제회담」, 『국민문학』, 1943.1.
「국책과 문학」, 『인문평론』, 1940.4.
「모던문예사전」, 『인문평론』, 1939.10.
「본지 창간 1주년 기념 현상모집」, 『인문평론』, 1940.2.
「신춘좌담회 — 문학의 제문제」, 『문장』, 1941.1.

근대문학 100년 연구총서 편찬위원회 편, 『연표로 읽는 문학사』, 소명출판, 2008.
김영희, 『일제시대 농촌통제정책 연구』, 경인문화사, 2003.
김인호, 『식민지 조선경제의 종말』, 신서원, 2000.
윤대석, 「1940년대 '국민문학' 연구」, 서울대 박사논문, 2006.
이주형, 『이무영』, 건국대 출판부, 2001.
임 화, 「생산소설론」, 『인문평론』, 1940.4.
장성규, 「1940년대 한국어 소설 연구」, 『국제어문』 47, 2009.
조남철, 「귀농과 이농의 역설적 의미」, 『현대문학의 연구』 1, 1998.
조진기, 「일제 말기 생산소설 연구」, 『우리말글』 42, 2008.
최덕교 편, 『한국잡지백년』, 현암사, 2004.
최유리, 「일제 말기 언론정책의 성격」, 『이화사학연구』 20・21(합집), 1993.
하정일, 『탈식민의 미학』, 소명출판, 2008.

## 3부 2장

小尾十三, 「登攀」, 『국민문학』, 1944.2.
_______, 「雜巾先生」, 『雜巾先生』, 滿洲文藝春秋社, 1944.
노상래 편역, 『신반도문학전집』 2, 제이앤씨, 2008.

고영란, 「제국 일본의 출판시장 재편과 미디어 이벤트」, 『사이』 6, 2009.
곽형덕, 「'외지'체험 일본인 작가와 대동아문학자대회」, 제6회 식민주의와 문학 국제학술회의 발표문, 2010.12.4.
나카네 다카유키[中根隆行], 「1930년대에 있어서 일본문학계의 동요와 식민지 문학의 장르적 생성」, 『일본문화연구』 4, 2001.
박광현, 「조선문인협회와 '내지인 반도작가'」, 『현대소설연구』 43, 2010.
서은주, 「일본문학의 언표화와 식민지 문학의 내면」, 『상허학보』 22, 2008.
신승모, 「식민지 조선의 일본인 교사가 산출한 문학」, 『한국문학연구』 38, 2010.
신승모, 「'외지문학'에 나타난 신(信)과 불신(不信)－야기 요시노리의 「류꽝후」와 오비 쥬조의 「등반」을 중심으로」, 『일본학연구』 27, 2009.
윤대석, 「식민자의 문학」, 『식민지 국민문학론』, 역락, 2006.
쓰루미 슌스케, 박영호 역, 『전향』, 논형, 2005.
岩倉正治, 「「登攀」について」, 『국민문학』, 1944.10.
任展慧, 「朝鮮側からみた日本文壇の'朝鮮ブーム'」, 『海峡』 12, 1985.
______, 「茶川賞受賞作「登攀」の改冊について」, 『三千里』(季刊), 1975 春.
小尾十三, 『ひとりっ子の父』, 東京 : 第三文明社, 1981.
郭炯德, 「'大東亞戰爭'前後の金史良文學」, 『早稲田大学院文学研究科紀要』 54, 2008.
久保田正夫, 「昭和十年代の芥川賞」, 『芥川賞小事典』, 文芸春秋社, 1983.
黒川創, 「解説」, 『外地の日本文学選3－朝鮮』, 新宿書房, 1996.
高崎隆治, 『文学の中の朝鮮人像』, 青弓社, 1982.
新潮社辭典編部, 『新潮日本文學辭典』, 新潮社, 1988.
田中正美, 「文藝時評」, 『국민문학』, 1944.4.
田野辺薫, 「小尾十三の作品－人間性の体温を描く」, 『茶川賞全集』 3, 文藝春秋社, 1982.
米谷匡史, 「尾崎秀実の「東亜協同体」批判」, 石井知章・小林英夫・米谷匡史 編, 『1930年代のアジア社會論』, 東京 : 社会評論社, 2010.